김춘수와 서정주 시의 미적 근대성

송 승 환

국학자료원

아름다움은 절망시키는 것이다.

— 폴 발레리

서정주와 김춘수는 내 시가 관통해 온 미학적 좌표의 두 개의 별이다. 서정주에서 김춘수로 긋는 곡선은 내 시의 출발점과 변곡점을 잇는다. 나는 서정주와 김춘수의 시를 선택하지 않았다. 나는 내 시의 계보와 기원을 탐사하는 자리에서 미당을 만났고 미당 시는 곧 나를 절망시켰다. 『화사집』에서 『질마재 신화』까지 미적 갱신을 거듭한 미당 시의 언어는 아름다웠다. 미당 시는 나에게 시의 언어에 대해 각성시켰고, 이해시켰고, 또 나를 구원하는 절망으로 몰아넣었다. 미당 시는 삶의 긍정이었고 생명이었고 음악이었고 무엇보다 언어의 완전한 독립국이었다. 내 시의 배면에 음악과 사물에 대한 집중이 있다면 그것은 미당 시로부터 기원한다. 나는 미당 시에 매혹되어 석사논문 「『질마재 신화』의 시간의식 연구」(2000)를 썼다. 미당이 추구한 '영원성'을 순도 높은 심미성으로 구현한 시집 『질마재 신화』의 시간의식과 미적 근대성을 주제로 썼다.

그리고 나는 깨달았다. 미당 시에 대한 마지막 문장을 썼을 때 미당 시의 전통지향성과 결별해야 한다는 것을 예감했다. 나는 미당 시의 아름다움에 이끌렸지만 시는 미지未知로 향한다는 믿음을 포기할 수 없었다. 시는 언어의 효과이면서도 현실과 세계에 대한 미적 입장이라는 것을 재인식하였다. 참혹한 삶과 역사를 괄호치고 현실의 모순을 긍정하면서 아름다운 신화의 세계로 초월하는 미당 시의 그늘에 계속 머무를 수 없었다. 나는 미당 시와 결별하면서 과잉된 상처의 언어를 고백해온 내 시와도 결별했다. 재災로 변한 모든 시를 바라보았다. 미지의 시는 검은 재에서 피어오르는 연기의 침묵 속에서 태어나고 있었다. 나는 미학적 전통의 계승과 극복과 단절을 실천한 시를 탐구하고 미적 근대성을 담아내는 시를 쓰기 시작했다. 미적 근대성을 실천한 시의 매듭 중에서 김춘수 시의 마디마디 굵은 매듭과 만났다. 나는 곧 김춘수 시의 매듭들에 옭매이고 절망했다.

김춘수 시는 미적 입장과 언어의 갱신을 끝까지 실천한다. 설움의 언어로 시작한 그의 시는 백지의 언어로 끝난다. 의미 있는 꽃의 언어에서 사물의 있음 그대로 묘사하는 언어로, 의미 없는 타령조와 처용단장 리듬으로, 주체가 소멸된 순수한 사물의 언어로, 백지의 언어로 김춘수 시는 언어의 갱신을 거듭한다. 나는 김춘수를 통해 실패가 분명한 언어의 모험을 끝까지 실천하는 것이 시의 윤리라는 것을 분명하게 인식했다. 나는 박사논문 「김춘수 사물시 연구」(2008)를 통해 시인으로서 견지해야 할 시의 윤리와 미적 입장을 되새겼다.

『김춘수와 서정주 시의 미적 근대성』은 전통과 현대에 대한 성찰과 미적 근대성을 탐구해온 석사논문과 박사논문의 기록이다. 김춘수와 서정주는 언어의 실험과 언어의 아름다움에 무엇보다 충실한 시인이다. 그들의 시는 시의 윤리를 실천하고 시의 미학적 완결성을 성취하기 위한 언어의 모험과 실패를 보여준다. 김춘수가 미적 근대성에 대한 자의식 속에서 언어 실험을 추구했다면 서정주는 미적 근대성에 대한 저항 의식 속에서 언어의 아름다움을 추구했다. 그들은 언어가 발생시키는 미학적 효과를 최우선으로 삼고 미적 자율성을 성취하기 위한 미적 입장을 견지했다. 현실과 역사에 대해 일정한 미적 거리를 확보하고 시의 윤리를 실천한 그들의 미적 입장은 아름다운 신화의 세계로 초월하거나 역사적 허무주의로 나아가는 양상을 드러냈다. 언어의 아름다움이 삶을 절망시키고 삶의 구원에 이르게 하는 길은 그들만의 과제가 아니다.

대학원 연구실에서 내가 배운 것은 공부의 한계를 묻는 이의 면전에서 시인是認하는 것이다. 나는 이 책의 한계를 시인한다. 성찰은 새로운 출발점이다. 언제나 출발점에 서서 성찰하고 정진하도록 이끌어주시는 이승하 선생님께 감사드린다. 시인과 평론가의 면모와 다른 엄정한 연구자로서 보다 단단한 학문의 결실을 보여드리겠다는 약속을 드린다. 내 문학의 공간이며 식구의 이름이 된 숲과 언준에게 무엇보다 고마움과 사랑을 전한다. 맑은 기원[淸原]의 부모님과 부재하는 현존의 부모님이 숲길의 언준을 바라보고 계신다.

북악산을 바라보며
2011년 여름
송 승 환

제1부
김춘수 사물시 연구

Ⅰ. 서론

가. 문제제기 및 연구목적

　김춘수는 한국 현대시사에서 부단한 자기 부정과 언어 실험을 보여준 시인이다. 그는 자신의 시세계를 구축하기 위해 새로운 시를 향한 실험과 모험을 멈추지 않았다. 끝없이 스스로를 배반하는 시의 실험 속에서도 그는 자신이 추구하는 시세계와의 긴장을 견지했다. 그는 자신의 시론을 확립하고 한국시의 모더니티의 한 정점을 설정하였다.

　김춘수의 시는 감상성을 유발하는 정서의 고양이나 사회 현실의 모순 극복을 위한 실천적 수단이 아니다. 그의 시는 사물과 언어에 대한 탐구를 보여준다. 김춘수의 시적 탐구는 세계에 대한 더 나은 이해와 성찰을 유도한다. 그의 시적 인식은 끝없는 회의와 집요한 물음과 그 물음에 대한 탐구로 다시 이어진다. 시적 인식에 대한 회의와 물음의 반복 과정은 김춘수가 언어와의 싸움을 회피하지 않는 시인이라는 증거이다.

　그의 시적 인식의 회의와 집요한 물음은 시의 양식 확립과 파괴를 반복한다. 시의 양식은 시인의 언술 구조로부터 비롯된다. 언술 구조는 서술과 묘사, 화자와 시점, 비유와 이미지, 문체와 리듬 등의 요소를 통해 구성되며 시인의 개성을 드러내는 언어적 특성이다. 그 중에서도 시의 언술 구조는 크게 은유적 언어가 지배적인 시적 언어와 환유적 언어가 지배적인 산문적 언어로 나뉜다.[1] 은유적 언어가 지배적인 시적 언어는 말하고

자 하는 의미를 화자가 비유적으로 진술하는 언술의 특징을 내보인다. 반면 환유적 언어가 지배적인 산문적 언어는 시적 대상을 축어적으로 설명하고 묘사하는 언술의 특징을 내보인다. 곧 시인의 언술 구조는 고유한 시의 양식을 확립시킨 시인의 언어적 특성이다.

시의 언술 구조를 바탕으로 구축된 시의 양식은 단순한 시의 형식이 아니라 일정 시기 동안 시인의 세계관이 품고 있는 시의 언술 구조이며, 시라는 예술적 장르를 통해 발현된 언어의 고유한 형식이다. 언어의 고유한 형식으로서 시의 양식은 시인의 세계관, 즉 세계에 대한 시적 인식의 변화에 따라 변모의 양상을 띠게 된다.

그러나 김춘수 시에 대한 기존의 많은 연구는 시의 양식의 변화에 따른 언술 구조의 변모를 간과하고 김춘수 시의 변모 양상을 주제론적으로 연구하였다. 김춘수 시의 변모 양상에 관한 주제론적 연구는 김춘수의 시적 실험 과정을 김춘수 시의 통시적 관점에서 밝혀준다는 측면에서 의미를 지니지만 시적 주제의 변모의 심층에 자리잡고 있는 텍스트의 언술 구조의 변모를 밝혀내지 못한다는 한계를 지닌다.

아울러 김춘수의 시에 대한 기존의 연구는 지나치게 김춘수가 제시한 '무의미시론'에 의거하여 '무의미의 시'의 개념과 '무의미'의 의미와 무의미에 대한 연구가 다수를 차지하였다. 또한 '무의미시론'에 입각한 작품 해석에 치중하여 텍스트 자체의 독립성이 내장하고 있는 시적 의미보다 시인의 의도에 따른 연구가 많았다. '무의미시론'에 입각한 작품의 해석과 독해는 의도의 오류를 양산한 측면이 있다. '무의미시론'은 김춘수의 시를 이해하는 배경 중의 하나일 뿐이다. 무엇보다 김춘수의 시는 텍스트 자체로 존립하는 작품으로서 독해되어야 한다. 김춘수의 시는 작품 자체에 대한 면밀한 독해로부터 출발해야 하며 각각의 작품의 독해를 통

---

1) 로만 야콥슨, 「언어의 두 측면과 실어증의 두 유형」, 『일반언어학 이론』, 민음사, 1989, 45~72면 참고.

한 귀납적 해석을 우선으로 삼아야 한다. 김춘수 시에 대한 면밀한 독해와 귀납적 해석은 "무의미시론"과 독립된 작품 자체가 지닌 풍부한 의미와 미적 가치를 거느린 텍스트로 거듭날 것이다. 동시에 김춘수가 제시한 "무의미시론"의 성과와 한계를 가늠하는 미적 판단 기준이 될 것이다.

김춘수의 '무의미시론'에서 비롯된 '무의미'의 '의미'와 '무의미'의 대립 개념 및 문제 설정은 김춘수가 탐구한 사물성의 추구와 언어에 대한 탐구라는 관점에서 재정립되어야 한다. 김춘수의 시가 지향한 "무의미"는 사물에 완강하게 깃들어 있는 현실과 역사와 문명의 관습적 관념과 인간적인 것과 윤리적인 것의 의미를 완전하게 지운 결과로서의 '무의미'이다. 그 결과 인간과 현실과 역사와 문명적 의미가 모두 지워진 '순수한 사물'과 '순수한 사물의 의미'가 발생한다.

'순수한 사물성 추구'는 말라르메(Stéphane Mallarmé)의 시에서도 찾아볼 수 있다. 인간의 생명을 사멸시키고 인간의 육체가 지닌 감성과 유한성을 초월하여 보석처럼 영원하고 순수성을 지닌 광물 자체가 되려는 「에로디아드(Hérodiade)」의 "난 인간적인 것은 아무것도 원치 않으며, 조각상이 되"[2]려는 시적 지향은 김춘수의 시적 지향과 동일하다. 말라르메의 시적 전통을 잇는 폴 발레리(Paul Valéry)는 "물리학자가 순수한 물(증류수)이라 하는 의미에서 순수"를 말한다. 물리학자가 말하는 바와 같은 '순수'가 깃든 "시는 작품에 비시적非詩的 요소가 전혀 섞이지 않은 한 작품, 도달하기에 불가능한 목표이며, 언제나 이 순수한 이상적인 상태에 이르기 위한 하나의 노력"[3]의 결과로서 완성되는 시이다. 즉 "언어에서 특수한 성격을 띠고 있는 부분인 시적 요소를 뽑아내어 그것만으로 하나의 작품을 구성"[4]하는 순수시純粹詩이다. 김춘수는 현실과 역사와 문명의 윤리적인 것의 의

---

2) 스테판 말라르메, 『시집』, 황현산 옮김, 문학과지성사, 2005, 80면.
3) 폴 발레리, 유제식, Poésie pure, Calepin d'un poète, 「서구문학의 수용과 그 한국적 변용: 폴 발레리의 경우」, 『세계비교문학연구』 제2집, 1997, 205면 재인용.
4) 폴 발레리, 유제식, Cours de Poétique. Deuxième leçon Ⅲ, 위의 글, 205면 재인용.

미가 없는 "무의미의 시"를 "일종의 순수시"[5]라고 말한 바 있다. 그런 의미에서 '순수한 사물성 추구'와 '순수한 사물의 의미'를 추구하는 김춘수의 '무의미의 시'는 '사물시'라는 개념에서 연구할 필요성이 제기된다.

본 연구는 기존 김춘수의 시에 대한 연구가 지닌 성과와 한계를 비판적으로 검토하고 김춘수 시의 사물성의 추구와 언어에 대한 탐구의 궤적을 살펴보려 한다. 사물성의 추구와 언어에 대한 탐구를 시적 언술 구조의 변모와 함께 통합적으로 고찰함으로써 김춘수 시의 고유한 특질과 한국 현대시에서 이룩한 김춘수 시의 시사적 의미를 해명하고자 한다. 이와 함께 김춘수 시가 지닌 미적 모더니티를 고찰함으로서 현대 세계 시사에서 지닌 미학적 가치를 규명해볼 것이다.

나. 연구사 검토

즉물시即物詩라고도 불리는 사물시(Dinggedicht)의 개념[6]은 1926년 오페르트(Kurt Oppert)가 뫼리케, 마이어, 릴케(Rainer Maria Rilke)의 시를 비교하면서 처음 사용했던 개념이다. 그는 사물시를 괴테 시대와 낭만주의 시대의 주관적인 감정적 서정시(Stimmungslyrik)와 상반되는 고유한 시의 형태를 부각시키려 하였다. 그에 따르면 사물시는, 존재하는 것의 물적物的이면서 서사적이고 객관적인 기술에 둔 것이라고 규정하고 있다.

독일 시인 릴케는 『신시집』(1907 · 1908)을 통해 사물의 본성을 객관적인 언어로 형상화하여 시적 성공을 이룬 바 있다. 릴케의 사물시에 대해 국내에서 학위논문으로 연구한 전영애는, 사물시의 개념을 오페르트(Kurt Oppert)의 맹목적인 전통에 따라 '존재하는 것의 물적 · 객관적 기술'이라

---

5) 김춘수, 「시론-시의 이해」, 『김춘수 전집 2 詩論』, 문장, 1986, 246면.
6) Oppert Kurt, Das Dinggedicht. Eine Kunstform bei Mörike, Meyer und Rilke, Deut -sche Vierteljahrsschrift fur Literaturwissenschaft und Geistesgeschichte, Vol. 4. 1926. S. 747ff.김재혁, 「릴케 고유의 "앞세우기" 이론을 통한 "사물시" 분석」, 『독일문학』 제77권, 한국독어독문학회, 2001, 72면 재인용.

고 한정하는 것은 타당하지 않다7)고 주장한다. 전영애는 ①서정적 자아가 대상계의 바깥에 서서 기술하고 있는 내적 구조를 통하여 사물시가 가지는 묘사의 성격, 즉 그 객관성을 밝히고 ②예술가를 문제로 삼은 몇 편의 시를 통하여 사물시가 아무리 객관적·사실적 기록이라 하여도 결국 한 사람의 시인이 쓴 시라는 점, 즉 주관이 투영의 과정을 거친 것임을 살펴보고 ③사물시는 내면에서 성숙한 시인의 내적 상황이 외적 사물과 부딪쳐서 그 결과 형성되어진 것임을 밝히고 ④사물시가 가지는 주관의 절제와 명료한 묘사가 그 기법에 힘입은 것으로 보고 사물에 대한 거리와 감정이입의 교차가 언어로 형상화된 그 다양한 기법을 살피면서8) 릴케의 사물시를 규명하려 하였다.

김재혁은 릴케의 『신시집』에 나타난 사물시에 관한 연구에서 "사물에 대한 묘사는 사물에 대한 해석 작업으로 이어지고, 그것은 결국엔 자신에 대한 실존적 해석을 낳는 것이다. 그렇기 때문에 사물시들의 사물은 시인의 '내적 고백'을 위한 '앞세우기'의 역할을 한다. '앞세우기'의 선택 과정이 하나의 해석 과정"9)이라고 주장함으로써 사물시가 단지 객관적 사물 묘사로만 이뤄진 시가 아님을 밝힌다.

파운드와 함께 이미지즘 시를 쓴 후 객관주의 시론을 일관되게 펼치면서 사물시를 창작해나간 미국 시인 윌리엄즈 카를로스 윌리엄즈(William Carlos Williams)는 "시 자체가 시 자체의 정당한 권리로써 하나의 사물(a thing)이어야 한다. 그것은 재현과 모방이 아니라 객관적이며 형식적인 하나의 패턴이어야 한다. 이 이론에 따르면 시란 낱말들로 이루어진 작거나 큰 기계로 정의"10)되는데, 그는 이것을 객관주의(objectivism)로 명명하였

---

7) 전영애, 「R. M. Rilke의 사물시(Dinggedicht)」, 서울대 석사논문, 1974, 4면.
8) 위의 글, 4~5면.
9) 김재혁, 「릴케 고유의 "앞세우기" 이론을 통한 "사물시" 분석」, 『독일문학』 제77집, 한국독어독문학회, 2001, 95~96면.
10) 임용묵, 「W. C. 윌리엄즈의 詩論」, 『인문학지』 제26집, 충북대 인문학연구소, 200

다. 카를로스는 "관념이 아니라 사물 속에서(No Ideas but in things)"라는 시적 구호를 통해 관념과 기호의 벽을 깨고 본원적 사물성의 회복을 희구하는 그의 시론을 펼쳤다.

프랑스의 대표적인 사물 시인 프랑시스 퐁주(Francis Ponge)는 사물을 인간의 시선이 아니라 사물의 시선으로 바라볼 때 사물의 본성을 드러낼 수 있다고 주장하였다. 그는 물과 자갈, 양초와 담배 등의 사물로만 이뤄진『사물의 편』(1942)이라는 시집을 발표했다. 그는 다음과 같이 사물을 관찰한다면 사물에 대한 새로운 이해와 언어를 획득할 수 있다고 주장했다.

> 인간이 사물들에게로 다시 눈을 낮추고(마치 사물들을 합당하게 표현하기 위해서는 말들로 다시 눈을 낮추어야 하듯이), 사물들이 가지고 있는 새로운 면을 보지 못하게 방해하는 선입관을 버리고 자신의 눈과 이성, 직관에 대한 믿음으로 – 아울러 사물들의 세부적인 것들과 마찬가지로 본질적인 것도 함께 고려해가면서 – 사물들을 연구하고 표현하는 데 전념한다면, 우리는 경이로운 진보를 이룰 수 있을 것이며, 인간은 놀라운 발전을 보게 되리라. 하지만 이와 동시에 사물의 새로운 면들을 로고스의 질료들, 다시 말해 말을 바탕으로 하여 이성 속에서 재구성해야만 한다.
>
> 바로 그때에만이, 인간의 지식과 발견들이 순간적이거나 덧없는 것이 아닌 굳건한 것이 될 수 있을 것이다.
>
> 사물들이 인간의 유일한 표현 방식인 논리적인 말로 표현될 때라야만이 인간의 것이 되어, 인간에게 도움을 줄 수 있다는 것이다.
>
> 그리하여 인간은 단지 자신의 지식만이 아니라, 이 세상에 대한 영향력도 증대시킬 수 있을 것이다.
>
> 그리고 비단 자신을 위해서만이 아니라, 모두를 위한 기쁨과 행복을 향하여 나아가게 되리라.[11]

3, 178면.
11) 프랑시스 퐁주, 허정아 옮김,『표현의 광란』, 솔, 2000, 46~47면.

미국 시인 로버트 블라이(Robert Bly)의 '사물시事物詩(the thing poem)'는 사물의 치밀한 관찰과 함께 인생론적 명상이 강화[12]되어 있는 특징을 갖고 있다. 로버트 블라이는 '물상'(the object)에 치중하는 시를 '물상시' 또는 '사물시'로 분류하고 사물시의 선배로 히메네스와 프랑시스 퐁주를 언급[13]한다. 그는 "올바로 본 모든 물상은 영혼의 새로운 능력을 풀어놓는다"는 에머슨의 사상을 언급하며 작가 정신의 움직임과 사물 자체를 표현한다. 사물 관찰의 자세함과 긴박하고 날카로운 리듬이 로버트 블라이의 사물시의 밀도를 이룬다.[14]

김수영이 뛰어난 즉물시인이라고 언급[15]한 바 있는 일본의 사물시인 무라노 시로오(村野四郎)는 1차 세계대전 후, 지나치게 주관적으로 경도된 초현실주의 등에 대한 반성으로 생겨난 신즉물주의에 공명하고 사물에 대한 냉철한 파악과 명쾌한 정신적 서정을 주장[16]하면서 『체조시집』(1939) 등을 통해 이미지의 실험을 했다. 김광림은 무라노 시로오의 『체조시집』에 대해 "독일의 新卽物主義에 눈을 떠서 사물성의 직관에서 현실의 구조와 인간의 본질에 육박하는 인식의 새로운 방법을 습득했다"[17]고 평가했다.

김수영은 "卽物詩라는 것은 대체로 벌써 일차대전 후에 독일에 그 기원을 두고 있지만, 그리고 일본에서는 1930년대에 벌써 消化·結實했지만, 우리나라에서는 내가 알기에는 한 사람도 이런 경향에서 성공한 작품을 내지 못했다. 뒤떨어진 현대시의 거리를 단축시키려는 노력으로서 이

---

12) 이영걸, 「블라이의 사물시(事物詩)와 산문시」, 『영미시와 한국시 2』, 한신문화사, 1999, 472면.
13) 이영걸, 위의 글, 473면.
14) 이영걸, 위의 글, 475면
15) 김수영, 『김수영 전집 2 산문』, 민음사, 1981, 354면.
16) 유정 편역, 「무라노 시로오」, 『일본근대대표시선』, 창작과비평사, 1997, 193면.
17) 김광림, 「허무의 낭떠러지를 보는 사람 - 무라노 시로오(村野四郎)에 대하여」, 『現代詩學』, 1994. 9, 256면.

러한 기도와 성공은 그 가치를 아무리 높이 평가해도 과찬이 되지 않을 것"[18]이고 말하면서 청록파의 한 사람인 박목월의 「동물시초」[19]가 지닌 사물시로서 완성도를 상찬하였다.

이 밖의 사물에 대한 시인들의 탐구는 공통적으로 사물의 본성을 드러내기 위해 인간의 의식과 관념과 감정의 절제를 우선시한다. '사물의 편'에 서서 사물에 대한 형상화를 중시하는 태도를 내보인다. 또한 화가나 조각가들처럼 시적 대상인 사물에 대한 구체적 묘사 작업에 치중하는 경향을 보인다. 사물시는 현대시의 출발점으로 삼고 있는 보들레르 이래[20]로 시대와 지역을 달리 하여 미적 모더니티의 다양한 양상으로서 상징주의 시와 이미지즘 시와 절대시[21] 혹은 순수시 등의 명칭으로 불리어왔다. 사물시는 현대시의 미학적 특성을 보여주는 시사적 가치가 있는 개념이다.

사물시의 개념은 라이너 마리아 릴케와 윌리엄 카를로스 윌리엄즈, 로버트 블라이와 프랑시스 퐁주, 무라노 시로오 등의 다양한 시적 성취가 보여주듯 최초로 사물시의 개념을 정의한 오페르트의 불명확한 개념에 수렴될 수 없음을 보여준다. 사물시의 개념은 세계의 여러 시인들이 보여주는 공통적 특질의 영역에서 출발하여 본래의 사물성을 드러내기 위해 다양한 시적 실험을 보여준 시인들의 사물시의 개념까지 포괄해야 한다. 사물시는 사물의 의미와 사물의 의미 이전에 존재하고 있는 본래의 사물성을 드러내려는 시적 실험을 아우르는 개념으로 확장시킬 때 좀 더 완결

---

18) 김수영, 앞의 책, 353~354면.
19) 박목월, 『박목월 시전집』, 서문당, 1984, 185면.
20) 후고 프리드리히는 '현대'(modern)라는 말을 보들레르 이후의 전체 시기를 지칭한다고 주장했다. 후고 프리드리히, 「제1판 서문」, 『현대시의 구조』, 장희창 옮김, 한길사, 1996, 22면.
21) 이승옥은 김춘수의 「처용단장 제1부」와 고트프리트 벤의 『밤의 파도』를 비교하는 논문에서 무의미시와 절대시의 유대성과 동질성을 검토한다. 고트프리트 벤의 절대시는 폴 발레리의 '순수시'를 비롯한 기존의 서구 '절대예술'의 개념에서 빌려온 것이라고 주장한다. 이승옥, 「'무의미시'와 '절대시'에 대한 비교 고찰」, 『뷔히너와 현대문학』 Vol.13, No.0, 한국뷔히너학회, 1999, 참고.

성을 지닌 개념으로서 유의미할 것이다.

그런 의미에서 김춘수가 명명하고 지향한 '무의미의 시'는, 본래 사물의 물질성을 탐구하고 사물의 있는 그대로의 모습을 묘사해내려 했다는 점에서 사물시의 개념에 속한다고 할 수 있다. 김춘수의 '무의미 시'는 사물에 깃든 인간적인 것과 윤리적인 것의 의미를 완전히 지운 순수한 사물에 관한 시이기 때문이다. 사물은 인간이 부여하고 판단한 '의미'와 '무의미' 이전에 사물 그 자체로 존재한다. 인간적인 것과 윤리적인 것의 '의미'와 '무의미'는 사물로부터 기원한 결과이다. 사물로부터 기원한 '의미'와 '무의미'라는 결과물에 대한 연구는 근본적이라기보다는 부차적인 측면을 지닌다. 사물시의 개념을 통한 김춘수 시에 대한 연구는 김춘수의 '무의미시'가 발생시킨 '의미'와 '무의미' 개념의 혼동을 막고 사물에 대한 판단 중지와 현상학적 환원을 통해 순수한 사물의 물질성을 드러내려 한 김춘수 본래의 의도를 규명하는 유용한 방법론이 될 것이다.

그 동안 사물시에 대한 연구는 앞서 언급한 릴케와 무라노 시로오, 윌리엄즈와 블라이 등의 외국시에 나타난 사물시에 치중되어 왔다. 한국 현대시에서 사물시에 관한 연구는 소수이다. 이혜원은 동물과 식물과 정물의 특징을 간략하게 묘사한 황순원의 시집 『골동품』에 대해 투시적 상상력과 객관적 소묘가 돋보인다는 평가를 내린다.[22] 이승하는 문명의 사물들을 집중적으로 시적 대상으로 삼고 있는 이하석의 시집 『투명한 속』에 대해 감상적 서정성을 철저히 배제함으로써 겉으로는 풍요를 구가하지만 속으로는 메마르기 이를 데 없는 현대의 비극을 극대화했다고 평가한다.[23]

사물시에 관한 연구와 별개로 김춘수의 시에 관한 기존 연구는 김춘수 시의 변모 과정을 밝혀내려는 연구[24], 김춘수의 '꽃'에 관한 연구[25], 무의

---

22) 이혜원, 「황순원 시 연구」, 『한국시학연구』 3호, 한국시학회, 2000, 242~243면.
23) 이승하, 「산업화시대 시의 모색과 발전」, 『한국현대시문학사』, 소명, 2005, 301면.
24) 권혁웅, 『한국현대시의 시작방법 연구』, 깊은샘, 2001.

미시론에 관한 연구[26], 시작詩作과 창작방법론에 관한 연구[27], 김춘수와 하이데거와의 영향 관계에 관한 연구[28], 김춘수와 국내의 다른 시인과의

서준섭, 「순수시의 향방 - 1960년대 이후 김춘수의 시세계」, 『작가세계』, 1997년 여름.

이혜원, 「시적 해탈의 도정」, 『1950년대 시인들』, 나남, 1994.

정효구, 「김춘수 시의 변모 과정 - 창작방법론을 중심으로」, 『20세기 한국시와 비평정신』, 새미, 1997.

최원식, 「김춘수 시의 의미와 무의미」, 『한국현대시연구』, 일지사, 1983.

25) 이승훈, 「존재의 해명 - 김춘수의 '꽃'」, 『현대시학』, 1974.5.

_____, 「김춘수론 - 시적 인식의 문제」, 『현대문학』, 1977.11.

김용직, 「아네모네와 실험의식 - 김춘수론」, 『시문학』, 1972.4.

이미순, 「김춘수의 꽃의 해체론적 읽기」, 『한국현대시와 언어의 수사성』, 국학자료원, 1997.

26) 강연호, 「언어의 긴장과 존재의 탐구 - 김춘수의 시론」, 『어문논집』 33집, 민족어문학회, 1994.

김동환, 「김춘수 시론의 논리와 그 정체성」, 『한국 현대시론사 연구』, 한계전 외, 문학과지성사, 1998.

김준오, 「한국 근대문학의 장르론에 대한 연구」, 계명대 대학원 박사논문, 1987.

김두한, 「김춘수 시 연구」, 효성여대 대학원 박사논문, 1991.

김인환, 「김춘수의 장르의식」, 『한국현대시문학대계』 25, 지식산업사, 1984.

남기혁, 「김춘수의 무의미시론 연구」, 『한국문화』 24, 서울대한국문화연구소, 1999.12.

문혜원, 「김춘수의 시와 시론에 나타나는 이미지 연구」, 『한국 현대시와 모더니즘』, 신구문화사, 1996.

박윤우, 「김춘수의 시론과 현대적 서정시학의 형성」, 『한국현대시론사』, 모음사, 1992.

오규원, 「김춘수의 무의미시」, 『현대시학』, 1973.6.

원형갑, 「김춘수와 무의미의 기본구조」, 『김춘수화갑기념현대시논총』, 형설출판사, 1982.

이기철, 「무의미의 시, 그 의미의 확대」, 『시문학』, 1976.6.

_____, 「의미시와 무의미시」, 『시문학』, 1981.10.

이영섭, 「김춘수 시 연구 - 무의미시의 허(虛)와 실(實)」, 『현대문학의연구』 22, 한국문학연구학회, 2004.

최라영, 「김춘수의 무의미시 연구」, 서울대 대학원 박사논문, 2004.

하현식, 「절대언어와 자유의지」, 『한국시인론』, 백산, 1990.

27) 권혁웅, 「한국 현대시의 시작방법 연구」, 고려대 대학원 박사논문, 2000.

비교를 통한 연구29), 김춘수의 시세계와 현실과의 관계에 관한 연구30), 김춘수 시와 상상력과의 연관성에 관한 연구31) 등으로 나뉜다.

　김춘수 시의 변모과정을 고찰한 연구 중에서 정효구32)는 김춘수의 변모 과정을 창작방법론의 세 시기로 나누어 고찰한다. 제1시기는 『구름과 장미』~『타령조·기타』, 제2시기는 『타령조·기타』~『처용단장(1991), 제3시기는 『서서 잠자는 숲』~『壺』로 나눈다. 제1시기는 존재의 의미 찾

---

28) 문혜원, 「하이데거의 영향을 중심으로 한 김춘수 시의 실존론적인 분석」, 『비교문학』 제20집, 한국비교문학회, 1995.
　　배상식, 「김춘수 초기시와 하이데거 사유의 연관성 문제」, 『동서철학연구』 제38호, 2005.
29) 강영기, 「김수영 시와 김춘수 시의 대비적 연구」, 제주대 대학원 박사논문, 2003.
　　노　철, 「김수영과 김춘수의 시작방법 연구」, 고려대 대학원 박사논문, 1998.
　　박은희, 「김종삼·김춘수 시의 모더니티 연구」, 성신여대 대학원 박사논문, 2003.
　　이광호, 「자유의 시학과 미적 현대성 – 김수영과 김춘수 시론에 나타난 '무의미'의 문제를 중심으로」, 『한국시학연구』 Vol.12, 한국시학회, 2005.
　　이기성, 「1950년대 모더니즘 시의 시간의식과 시쓰기」, 이화여대 대학원 박사논문, 2002.
　　이민호, 「현대시의 담화론적 연구」, 서강대 대학원 박사논문, 2001.
　　이인영, 「김춘수와 고은 시의 허무의식 연구」, 연세대 대학원 박사논문, 2000.
　　이은정, 「김춘수와 김수영 시학의 대비적 연구」, 이화여대 대학원 박사논문, 1993.
　　이　찬, 「20세기 후반 한국 현대시론 연구」, 고려대 대학원 박사논문, 2005.
　　채종한, 「존재론적 시의식에 관한 연구」, 영남대 대학원 박사논문, 2001.
30) 최하림, 「원초 경험의 변용」, 『시와 부정의 정신』, 문학과지성사, 1984.
　　신범순, 「무화과나무의 언어」, 『작가세계』 여름호, 세계사, 1997.
　　김주연, 「기쁜 노래 부르던 눈물 한 방울 – 김춘수 시집 『처용단장』」, 『현대문학』, 1992.3.
　　김준오, 「우울한 고전 기행의 소외현상학」, 『문학과비평』, 1988.5.
31) 김창근, 「한국현대시의 원형적 상상력에 관한 연구」, 부산대 대학원 박사논문, 1992.
　　오정국, 「한국 현대시의 설화 수용 양상 연구」, 중앙대 대학원 박사논문, 2002.
　　이명희, 「한국 현대시에 나타난 신화적 상상력 연구」, 건국대 대학원 박사논문, 2002.
32) 정효구, 「김춘수 시의 변모 과정 – 창작방법론을 중심으로」, 『20세기 한국시와 비평정신』, 새미, 1997.

기와 의미 부여의 특징을 보이고 제2시기는 존재와 존재 사이의 의미 관계 부여와 언어에 대한 신뢰를 보이지만 존재와 언어에 대한 탐구가 허무에 직면하고 언어를 부정하는 양상을 드러낸다고 하였다. 제3시기는 구체적인 현실을 수용하고 시의 언어와 산문 언어가 가장 잘 결합된 산문시의 창작 경향을 드러낸다고 고찰한다.

김춘수에 관한 연구 중에서 다수를 차지하는 무의미시와 무의미시론에 관한 연구 중에서 박철희는 김춘수의 무의미시론이 발표되었을 당시에 무의미시론과 무관한 것이 많다고 지적하며 무의미시론에 근거한 해석상 '의도의 오류'를 비판한다.[33] 김준오는 한국현대시사 속에서 장르론을 검토하면서 김춘수 시론의 의미를 규명하고자 한다.[34] 그는 김춘수의 무의미시론에서 대상을 잃어버린 이미지는 조향의 '오브제'와 관련되는 것임을 지적한다. 그리하여 무의미시론이 초현실주의와 연관이 있다고 파악한다. 박윤우는 김춘수의 무의미시론이 형태론적으로는 구조주의와 신비평의 영향 속에서 형성된 것으로 여겨지지만 인식론적으로는 모더니즘 사조와 연관되어 형성되었다고 주장한다.[35]

이승훈은 "관념과 유추, 묘사와 자유연상, 무의미의 개념"이라는 항목으로 김춘수의 무의미시론을 연구한다.[36] 그의 논지에 따르면 관념과 유추는 초기시의 특징으로서 이데아의 형이상학적 세계를 지향하는 관념과 미학을 드러낸다. 묘사와 자유연상은 서술적 이미지의 시와『처용단장』제1부의 특징으로 규정한다. 무의미시는『처용단장』제2부에서 허무에 대한 자각이 동기를 이룬다고 주장한다. 오세영은 김춘수의 무의미시론이 제기한 의미와 무의미에 대한 개념이 불명료하고 오류를 낳고 있다고

---

33) 박철희,「김춘수 시의 문법」,『서정과 인식』, 이우, 1982.
34) 김준오,「한국 근대문학의 장르론에 대한 연구」, 계명대 대학원 박사논문, 1987.
35) 박윤우,「김춘수의 시론과 현대적 서정시학의 형성」,『한국현대시론사』, 한국현대문학연구 편, 모음사, 1992.
36) 이승훈,「김춘수의 시론」,『한국현대시론사』, 고려원, 1993, 203~208면.

비판한다. 시와 언어는 언제나 대상에 대한 기술일 수밖에 없다는 사실을 외면하고 비대상성을 내세우는 김춘수의 무의미시의 성립은 불가능하다고 주장한다.[37] 문혜원은 김춘수의 무의미시가 의미를 배제한 극단에서 탄생한 '서술적 이미지'의 시라고 주장한다. 그의 연구는 무의미시론과 형태시론의 매개를 마련했다는 점에서 의미가 있다.[38]

창작방법론을 중심으로 연구로서 김인환은 김춘수 시에 나타난 창작 방식을 고찰한다.[39] 그는 김춘수 시의 시어와 시어는 서로에게 울림을 주는 방식을 통해 울림을 강화하면서도 독립성을 유지하는 시적 특징이 있다고 평가한다. 김두한은 무의미시를 은유를 통한 이미지와 이미지의 결합에 의한 시와 리듬형 무의미시로 나누어 설명한다.[40] 그러나 그의 논의는 김춘수의 시론과 산문에서 밝힌 의도를 바탕으로 이뤄진다는 점에서 의도의 오류를 낳고 있다.

언술 구조를 중심으로 연구한 이은정은 김춘수 시의 묘사를 언어학의 연구 방법론을 통해 검토한다.[41] 그는 김춘수의 묘사를 소리를 중심으로 한 묘사와 이미지를 중심으로 한 묘사로 나눈다. 소리를 중심으로 한 묘사는 감성의 철저한 배제와 시어의 과감한 생략으로 구현되며 이미지를 중심으로 한 묘사는 서경적 묘사와 병렬적 병치 문장 등으로 이뤄진다고 설명한다. 이러한 그의 논의는 김춘수의 언술 방식의 특징을 밝혀준다는 점에서 일정한 의미가 있다. 권혁웅은 김춘수의 무의미시론이 참여시에 반대하고 순수시의 이론적 입지를 확보하려는 노력에서 기원한다고 파악한다.[42] 그는 무의미가 '의미 없음'을 뜻하는 것이 아니라 사회적 의미가

---

37) 오세영, 「김춘수의 무의미시」, 『한국현대문학연구』 제15권, 한국현대문학회, 2004.
38) 문혜원, 「김춘수의 시와 시론에 나타나는 이미지 연구」, 『한국현대시와 모더니즘』, 신구문화사, 1996.
39) 김인환, 「과학과 시」, 『상상력과 원근법』, 문학과지성사, 1993.
40) 앞의 글.
41) 앞의 글.
42) 위의 글.

배제된 시적 언어이며, 순수시론의 극단적인 한 전개라고 주장하고 김춘수 시의 내재적 분석과 의미 파악을 통해 무의미시를 분석한다. 그의 연구는 시의 내재적 분석을 바탕으로 김춘수의 시작 방법론의 특성을 규명하고 있다는 점에서 그 의미가 있다.

이 밖에 김춘수의 시세계와 현실과의 관계에 관한 최하림[43]과 신범순[44], 김주연[45]과 김준오[46]의 연구는 김춘수의 시가 현실 부정과 순수시의 지향성을 드러낸다는 입장과 현실과 단절된 시세계를 지향한다는 입장으로 나뉜다.

지금까지 살펴본 대로 다수를 차지하는 무의미시와 시론의 기존의 연구에서 김춘수가 명명한 '무의미'와 '의미'의 기원에 자리잡고 있는 사물의 관점에서 고찰한 연구는 드물었다. 이는 주요하게 김춘수가 제시한 무의미시론에 근거한 연구와 이러한 논의가 양산한 해석상 '의도의 오류'를 비판한 연구가 다수를 차지한 까닭으로 보인다. 따라서 사물의 본질과 순수한 사물의 물질성을 추구한 김춘수의 시를 사물시의 관점에서 검토할 필요성이 제기된다. 본 연구는 기존 김춘수 시의 연구의 성과와 한계를 비판적으로 검토하고 김춘수 시의 사물시로서의 면모와 언술 구조의 특질을 밝혀냄으로써 김춘수의 시가 지닌 사물시의 개념을 확립하고자 한다. 이를 통해 한국 현대시의 사물시의 영역과 김춘수 사물시의 시사적 가치를 확립하고자 한다.

다. 연구범위와 연구방법

김춘수 시는, 언어를 통한 사물의 본질 탐구로부터 출발하여 본질 이

---

43) 위의 글.
44) 위의 글.
45) 위의 글.
46) 위의 글.

전의 사물 자체로 접근하여 사물 자체를 있는 그대로 드러내기 위해 사물의 묘사에 치중하였다. 더 나아가 사물의 존재 양식으로서 나타나는 사물의 물리적 파동을 언어의 리듬으로 나타내고자 하였다. 그 과정은 『꽃의 素描』(백자사, 1959), 『打令調·其他』(문화출판사, 1969), 『處容』(민음사, 1974), 『金春洙詩選』(정음사, 1976)에 집중되어 있다.

김춘수의 초기시에 해당하는 『구름과 薔薇』(행문사, 1948), 『늪』(문예사, 1950), 『旗』(문예사, 1951), 『隣人』(문예사, 1953)에서는 "울음"과 "슬픔", "흐느낌"과 "외로움"이라는 시어가 두드러지고 정서를 직접적으로 표출한다. 그러나 김춘수는 정서의 표출이 지니는 감상성의 한계를 깨닫고 점점 사물의 본질 추구와 사물의 물질성 추구라는 시적 실험을 시도한다. 그의 시적 실험이 모색의 과정을 거친 후 하나의 완성된 시적 양식을 처음 보여준 시집은 『꽃의 소묘』이다.

『꽃의 소묘』는 김춘수가 사물을 매개체로 삼아 사물의 본질을 추구한 첫 결실이면서 동시에 언어의 한계와 위기를 절실하게 체감한 시집이다. 김춘수는 『꽃의 소묘』를 통해 당면한 언어의 한계와 위기를 어떻게 극복해 나가는지를 보여준다. 그는 사물의 본질을 드러낼 수 없는 언어의 한계와 위기를 극복하기 위해 시적 방법론으로서 묘사를 선택한다. 그는 사물의 있는 그대로를 드러낼 수 있는 묘사 절대주의의 시를 지향함으로써 산문 지향의 시를 선보인다. 그러나 그는 『타령조·기타』에 이르러 또 한 번의 언어에 대한 회의와 성찰을 한다. 『타령조·기타』는 김춘수가 사물의 있는 그대로를 묘사로 드러낼 수 없음을 자각하고 묘사 대신 리듬을 선택하고 실험한 시집이다. 『타령조·기타』는 사물의 존재 양식인 사물의 물리적 파동을 언어의 리듬으로서 표현하고자 한 시집이다. 이 시집에서 시인은 단시 형태의 묘사와 함께 단문의 병렬적 배치를 통해 리듬의 실험을 보여준다.

『처용』에 수록된 「처용단장 제1부」와 『김춘수시선』의 「처용단장 제2

부」에서는 타령조 연작을 통해 습득한 리듬을 배면에 깔고 묘사적 이미지의 병렬적 병치를 통한 사물의 순수한 즉물성을 표현하였다. 「처용단장 제2부」는 텍스트 내부에 잔존하고 있던 주체의 목소리를 제거하고 소멸시키는 작업을 진행함으로써 인간적인 것의 의미를 지우고 언어의 주술적 리듬만으로 순수한 사물의 물질성을 드러내려 하였다. 「처용단장 제1부」와 「처용단장 제2부」는 인간적인 것의 의미를 지우고 『꽃의 소묘』로부터 시작된 사물에 대한 탐구를 리듬으로 구현되고 있다는 점에서 사물시로서의 면모가 드러난다.

그 이후 『처용단장』 연작은 10여 년이 넘는 시간의 단절을 거쳐 1991년 총 4부로 구성된 장편연작시의 형태로 시집 『處容斷章』(미학사, 1991)을 통해 완결된다.

「처용단장 제1부」와 「처용단장 제2부」와 달리 『처용단장』의 「처용단장 제3부」는 화자의 직접적 등장과 김춘수의 자전적 요소의 시적 도입 및 극단적인 언어 분절로 나아가는 면모를 보인다는 점에서 일종의 단절을 보여준다. 그는 사물의 본질과 있는 그대로의 사물의 존재와 사물의 물질적 파동인 언어의 리듬을 탐구하는 사물시에서 혼성모방과 언어 분절을 비롯한 언어 실험으로 나아간다. 『타령조·기타』에서 시작된 9편의 타령조 연작은 『꽃의 소묘(김춘수시선)』(삼중당, 1977)에서 4편이 더해져 완결된다. 『꽃의 소묘(김춘수시선)』에 수록된 타령조 연작 4편은 『처용단장』의 「처용단장 제3부」에서 나타나는 화자의 직접적 등장과 김춘수의 자전적 요소가 적극 드러난다. 이는 인간적인 것의 의미와 현실과 역사와 문명의 윤리적인 의미를 완전히 지우고 순수한 사물의 물질성을 시로 구현하려 한 김춘수의 시적 지향, 즉 그가 명명한 '무의미의 시'의 범주에서 다소 벗어난다.

그런 이유로 김춘수 사물시 연구는 사물의 본질 탐구와 사물의 있는 그대로의 존재를 드러내고 사물의 물리적 파동인 언어의 리듬을 적극 표현한 『꽃의 소묘』와 『타령조·기타』, 『처용』의 「처용단장 제1부」와 『김춘수시선』의 「처용단장 제2부」를 중심으로 연구 범위로 삼는다. 논의의 과정에서 필요한 그 외 시집의 작품들과 시론과 산문은 적절하게 인용하고 분석하기로 한다. 특히, 타령조 연작 9편과 「처용단장 제1부」 13편과 「처용단장 제2부」 8편은 전편에 걸쳐 분석함으로써 김춘수 시의 귀납적 독해에 근거한 김춘수 사물시의 개념을 정립할 것이다. 사물시의 개념 정립을 통해 김춘수의 '무의미시론'이 빚어낸 의도의 오류에서 벗어날 수 있는 계기를 마련할 것이다.

김춘수 사물시 연구는 현상학과 언어학의 연구방법론을 중심으로 하되 상징주의와 이미지즘, 러시아 형식주의와 수사학 등의 연구방법론을 참고할 것이다. 김춘수의 사물 본질 탐구는 스테판 말라르메[47]와 릴케[48]의 시론과 연관이 있다. 사물의 있는 그대로를 그려내기 위해 선택한 묘사와 이미지론은 릴케와 에즈라 파운드[49]와 에드문트 후설(Edmund Hussel)의 현상학[50]을 배경으로 삼고 있다. 묘사를 버리고 선택한 리듬은 T.S. 엘리엇의 시론[51]으로부터 영향을 받았음을 김춘수는 고백한 바 있다. 김춘수는 이러한 시적 영향을 자신의 것으로 체화하기 위한 노력을 멈추지 않았다. 그의 노력과 시적 실험의 과정은 김춘수 시의 고유한 언술 구조를 구축했다. 김춘수 시의 고유한 언술 구조는 소쉬르(Ferdinand Saussure)와 로만 야콥슨의 언어학과 은유와 환유를 중심으로 한 수사학을 통해 분석하게 될 것이다.

본 연구는 첫 시집 『구름과 장미』(1948)에서 출발해 『늪』(1950), 『旗』(1951), 『隣人』(1953), 『제1시집』(1954), 『꽃의 소묘』(1959), 『부다페스트에서의 少女의 죽음』(1959), 『타령조·기타』(1969), 『처용』(1974), 『김춘수시

---

47) 김춘수, 김주연 편, 「릴케와 나와 시」, 『릴케』, 문학과지성사, 1981, 243면.
48) 위의 글, 235~246면 참고.
49) Ezra Loomis Pound, 전홍실 편역, 『시와 산문선』, 한신문화사, 1995, 380~415면 참고.
50) 김춘수, 「의미와 무의미」, 앞의 책, 396면.
51) 위의 책, 351면.

선』(1976)에 이르는 김춘수 시의 통시적 창작 순서를 해체하고 공시적 관점에서 김춘수의 시를 연구하는 방법론을 활용하려 한다. 김춘수 시의 공시적 연구는 기존 통시적 관점에서 살펴본 김춘수 시의 변모 양상의 연구의 한계를 극복하는 계기를 마련할 것이다.

Ⅱ. 사물과 언어

가. 명명과 호명의 의미

김춘수는 존재와 언어에 대한 탐구를 사물에 대한 명명과 호명으로부터 출발한다. 사물은 명명하고 호명하기 전까지 사물인 채로 '거기'에 있다. 사물은 인간의 감각에 들어오기 전까지 온전히 사물 자체로 거기에 있다. 거기에 있는 사물은 인간의 경험 속에 감지되지 않은 '그것'이다. 그것은 인간이 부여한 의미나 질서에 포섭되지 않은 '그것'으로서만 존재한다.[1] '그것'으로 존재하는 사물은 비가시적 세계 속에 있다. 사물이 어떤 의미를 획득하게 되는 지점은 비가시적 세계를 넘어 서서 가시적 세계로 들어서는 경계선에서부터이다. 사물은 가시적 세계의 경계선 내부에 놓임으로써 의미가 발생한다. 가시적 세계의 경계선 내부에서 사물은 인간의 '경험 구조'에 속하게 된다. 사물에 대한 모든 경험의 구조를 부여하고 가시적 세계의 경계선을 이루는 것이 지평[2]이다. 사물에 대한 경험은

---

[1] 이러한 사물들의 문학적 형상화는 사르트르의 소설 『구토』에서도 확인할 수 있다. "나는 이름붙일 수 없는 '사물들'의 한복판에 있다. 혼자서 말없이, 아무 방비 없는 나를 사물들이 둘러싸고 있다. 밑에서, 뒤에서, 위에서, 나를 에워싸고 있다. 사물들은 아무것도 요구하지 않는다. 그것들은 강요하지 않는다. 거기에 있을 뿐이다… 그것은 존재한다." 방곤 옮김, 『구토』, 문예출판사, 1999, 237면.

[2] '지평Horizont'은 그리스어 horizein(구분한다, 경계짓다, 구획을 정한다)에서 유래한다. 인간의 신체뿐만 아니라 정신과도 결부되어 있는 이 '지평'은 시각 영역의 극한을 나타내는, 보이는 것과 보이지 않는 것을 구분짓는 경계이다. 우리는 세계 속

사물 자체에 대한 직관뿐만 아니라 사물을 둘러싼 공간에 대한 감각과 사물의 내면에 흐르는 시간 의식을 포함한 모든 것을 품고 있다. 지평은 사물에 대한 지각을 둘러싼 인간의 모든 경험을 구축한다.

비가시적 세계의 '거기'에 존재하는 '그것'은 가시적 세계의 지평 속에 등장하게 되면 인간의 감각과 매개되는 사물이 된다. 인간은 가시적 세계에 들어온 최초의 사물을 즉각적으로 규명할 수 없다. 규명할 수는 없지만 분명히 가시적 세계에 존재하는 사물은 인간에게 불투명하고 모호한 존재이다. 인간은 불투명하고 모호한 존재인 채로 사물을 방치하지 않으려 한다. 인간은 불명료한 상태의 사물을 자신의 경험 구조 속에 정립하기 위해 노력한다. 언어적 존재인 인간은 의미를 지닌 구조로 항상 조직화하려는 경향성을 내보인다. 불투명하고 모호한 사물을 경험 구조 속에 정립하기 위해 인간은 사물을 명명3)한다. 명명은 사물을 처음 인식하기 위한 사물의 언어적 정의이다. 사물은 인간의 언어로 명명됨과 동시에 인간적인 것의 어떤 의미를 지닌 현상으로 존재하게 된다.

언어로 명명된 사물의 최초의 이름은 인간의 경험 구조 속에서 사물의

에 있는 어떤 객체를 제거할 수는 있지만, 지평 자체를 제거한 세계는 생각할 수도 없다. 지평은 인간이 신체를 움직이거나 정신이 파악해 나감에 따라 확장되고 접근할 수 있는 문화와 역사, 사회적 조망을 지닌 무한한 영역이다. 인간의 모든 행동에 앞서 일상적 경험 속에서 직접 주어지는, 인간이 자기를 항상 새롭게 이해하고 실현할 수 있는 전제 조건이며 미리 지시된 잠재성이다. 따라서 인간과 세계는 서로 분리할 수 없는 지향적 통일체이다. 에드문트 후설, 이종훈 옮김, 『경험과 판단』, 1997, 55~56면 역주 재인용.

3) 무라노 시로오(村野四郎)는 하이데거의 「시인의 사명은 무엇인가」라는 글의 "언어는 존재의 집"이라는 명제에 근거하여 "存在는 言語에 의해 물음되기까지는 어둠 속의 無와 마찬가지이다. 그것이 물음됨으로써 無 속에서 뛰쳐나와 存在를 開示한다. 그것은 마치 빛을 받은 어둠 속의 돌과 같을 것이다. 이와 같이 言語는 처음으로 存在하는 것을 이름붙이고 그 命名이 비로소 存在하는 것을 存在에까지 指名한다"고 시에 있어서 언어의 의미와 기능을 설명한다. 무라노 시로오, 「詩에 있어서 言語란 무엇인가」, 김광림 옮김, 『現代詩學』, 1972. 2, 85면.; 마틴 하이데거, 「시인의 사명은 무엇인가」, 전광진 옮김, 『하이데거의 시론과 시문』, 탐구당, 1981, 34~135면 참조.

특성이 규명되어감에 따라 사물의 의미와 결합한다. 사물에 대한 명명 행위는 불투명하고 모호한 사물을 인식하고 인간의 경험 구조에 정립시키는 정신활동이다. 사물이 이름을 획득하는 과정은 비가시적 세계에서 가시적 세계의 지평 구조로 편입되는 과정과 일치한다.

> 내가 그의 이름을 불러 주기 전에는
> 그는 다만
> 하나의 몸짓에 지나지 않았다.
>
> 내가 그의 이름을 불러 주었을 때
> 그는 나에게로 와서
> 꽃이 되었다.
>
> 내가 그의 이름을 불러 준 것처럼
> 나의 이 빛깔과 향기에 알맞은
> 누가 나의 이름을 불러다오.
> 그에게로 가서 나도
> 그의 꽃이 되고 싶다.
>
> 우리들은 모두
> 무엇이 되고 싶다.
> 너는 나에게 나는 너에게
> 잊혀지지 않는 하나의 눈짓이 되고 싶다.
>
> ― 「꽃」[4](『꽃의 소묘』) 전문

---

4) 김춘수, 『김춘수 전집 1 詩』, 문장, 1984, 142면. 이하 이 책에서 인용하는 김춘수의 작품은 서지사항을 생략하고 작품 제목만 표기하기로 하되 김춘수, 『김춘수 시전집』, 현대문학, 2004.을 참고하여 한자어는 한글로 표기하고 시인이 수정한 부분은 김춘수, 『김춘수 시전집』, 현대문학, 2004.을 기준으로 인용하기로 한다.

김춘수의 대표작 「꽃」5)은 가시적 세계의 지평 구조에 등장한 사물에 대한 명명과 사물의 호명을 통한 사물의 의미를 탐구하고 있다. 나의 시선에 포착된 "그"는 시적 대상인 사물이면서 동시에 타자이다. 1연에서 타자인 "그"는 나에게 우선 "하나의 몸짓"으로 나타난다. "하나의 몸짓"6)은 나의 지평 구조에 진입했지만 아직 내가 명명하고 호명하지 않은 사물의 애매함과 불투명성을 지니고 있다. "하나의 몸짓"은 인간의 언어 질서로 수렴된 의미있는 언어가 아니라 인간적인 것의 의미가 없는 사물의 언어이다. "하나의 몸짓"은 인간의 언어 이전의 언어이며 사물이 인간의 경험 구조에 나타난 어떤 하나의 표상이다.

사물의 언어인 "하나의 몸짓"이 나에게 의미있는 존재로 변하는 것은 2연에서처럼 "내가 그의 이름을 불러 주었을 때"이다. 명명된 사물을 호명했을 때 사물의 의미는 발생하는 것이다. 호명은 사물을 인식하기 위한 명명과 달리 사물에 의미를 부여하기 위한 행위로서 기능한다. 사물에 대한 명명과 호명을 통해 "하나의 몸짓"은 나에게 인식되고 의미있는 존재인 '꽃'7)이 된다. '꽃'은 사물의 의미가 어떻게 발생하는지를 미적으로 형

---

5) "이 시는 꽃의 생태를 스케치했거나 꽃의 생태에 빗대어 어떤 감정을 드러내고 있지 않다. 이 시의 꽃은 어떤 관념의 등가물로서 취급되고 있다. 그것은 일종의 존재론적인 세계다. 나는 그때 일본을 거쳐 건너온 실존주의 사상에 경도되어 있었다. 인간의 존재양식이란 원래가 고독하다는 것이 그 특색이다. 존재로서의 의미부여는 살아가면서 자기가 해야 한다. 어떤 본질(존재로서의)이 미리 있었던 것이 아니다. 개체로서의 존재양식은 그처럼 고독하다는 데 있다. 그 고독이 결국은 연대의식을 낳게 한다." 김춘수, 이남호 편, 「통영 바다, 내 마음의 바다」, 『김춘수 문학앨범』, 웅진, 1995, 146면 참고.
6) 「꽃」의 처음 발표 당시는 다음과 같았다. "내가 그의 이름을 불러 주기 전에는/그는 다만/하나의 事物에 지나지 않았다." 김춘수, 「릴케와 나의 시」, 앞의 책, 242면.
7) "꽃을 소재로 하여 상징주의적 빛깔이 지은, 이데아를 추구하는 시들이 연작으로 10편 정도 쓰여졌다. 이때로부터 나는 선배를 의식하지 않게 되었다. 내 나이 이미 서른을 넘어서고 있었다. 몹시 늦은 각성이다. 50년대의 초다. 이 무렵에 비로소 나는 애착이 가는 시를 생산할 수 있었다." 김춘수, 남진우 편, 「시인이 된다는 것」, 『왜 나는 시인인가』, 현대문학, 2005, 76면.

상화한다. 꽃이 피기 전은 의미 없는 존재, "하나의 몸짓"에 대응하며 꽃이 핀 후는 의미있는 존재에 해당한다. "하나의 몸짓"과 대립되는 '꽃'은 인간의 언어로 명명된 사물의 이름 전체를 가리킨다. '꽃'은 불투명하고 모호한 사물이 의미있는 존재로 거듭나는 모든 시적 대상을 지칭한다. 그런 의미에서 "하나의 몸짓"은 의미 없는 사물의 언어이며 '꽃'은 언어로 명명되고 호명되어 의미있는 사물이 된다.

1연과 2연은 사물의 명명과 호명 행위의 여부에 따라 달라지는 꽃이 피기 전의 세계와 꽃이 핀 이후의 세계의 간극을 보여준다. 1연과 2연은 동일한 사물의 두 가지 면모를 드러낸다. "하나의 몸짓"에는 비가시적 세계에서 가시적 세계의 경계선8) 내부로 진입한 사물의 이동이 있다. 동시에 사물을 바라보는 화자의 시선 이동 또한 있다. 비가시적 세계에서는 전혀 보이지 않는 "하나의 몸짓"이 사물의 이동과 나의 시선 이동에 따른 지평의 1차 확장에 따라 가시적 세계의 내부에서 "하나의 몸짓"으로 거듭난 과정이 1연에 숨겨져 있다.

"그의 이름을 불러"주기 위해 "그"와 나의 거리는 "하나의 몸짓"으로 보이는 거리보다 더욱 가까워져야 한다. 그가 "나에게로 와서/꽃이 되"기 위해서는 가시적 세계의 변경에서 가시적 세계의 중심으로 이동해야 한

---

8) "촛불을 켜면 면경의 유리알, 의롱의 나전, 어린것들의 눈망울과 입 언저리, 이런 것들이 살아난다./차차 촉심이 서고 불이 제자리를 정하게 되면, 불빛은 방 안에 그득히 원을 그리고 윤곽을 선명히 한다. 그러나 아직도 이 윤곽 안에 들어오지 않는 것이 있다. 들여다보면 한바다의 수심과 같다. 고요하다. 너무 고요할 따름(「어둠」)"인 비가시적 세계는, 방안에 켠 촛불이 그린 원(圓)의 윤곽 밖에 있다. 촛불의 흔들림에 따라 불빛이 그려낸 원의 윤곽도 흔들린다. 원의 윤곽의 흔들림에 따라 보이는 사물이 보이지 않게 되고 보이지 않는 사물이 보이게 된다. 촛불이 시인의 시선이라면 불빛이 만들어낸 원의 윤곽은 시선이 미치는 영역이다. 촛불의 흔들림처럼 시인의 시선과 시선이 만들어낸 영역은 고정되어 있지 않아서 보이지 않는 사물을 볼 수 있는 가능성으로 열려있다. 촛불을 켜서 살아나게 된 "면경의 유리알, 의롱의 나전, 어린것들의 눈망울과 입 언저리"는 가시적 세계에 나타난 사물들이며 "하나의 눈짓"처럼 명명하고 호명함으로써 의미를 지니게 된 사물들의 이름이다.

다. "나에게로 오"는 그의 이동은 시적 대상인 그의 위치 이동 뿐만 아니라 내 신체의 접근과 시선 이동을 수반한다. '꽃'으로 명명된 의미있는 사물은 가시적 세계의 내부의 시적 대상과 나의 거리가 가까워짐으로써 확보된 것이다. 2연은 "하나의 몸짓"의 세계가 '꽃'의 세계로 확장되기 위한 지평의 2차 확장과 이동을 품고 있다. 지평의 확장이 드러내주는 것은 동일한 사물의 면모가 고정되어 있는 단일한 것이 아니라 "하나의 몸짓"과 '꽃'이라는 이중적 면모를 지니고 있다는 사실이다. 지평의 또 다른 확장은 시적 대상인 사물에 대한 또 다른 시적 인식의 확장을 내포한다. 그런 의미에서 지평 구조는 고정되어 있지 않으며 폐쇄되어 있지 않은 개방성과 임의적 성격을 지닌다.

1연과 2연에서 명명과 호명을 통한 사물에 대한 의미 부여는 3연에서 호명을 통한 나의 의미있는 존재에 대한 추구로 전환된다. 나는 '나'라는 존재가 내뿜는 "빛깔과 향기에 알맞은" "나의 이름을 불러"주기를 소망한다. '나'라는 존재의 빛깔과 향기는 사물의 물질성이다. 사물의 물질성을 드러내는 나의 빛깔과 향기는 인간의 감각을 자극한다. 그러나 나의 빛깔과 향기는 그의 시각과 후각에 감지될 뿐 완전히 인간의 언어로 번역될 수 없다. "알맞은"이라는 시어는 사물의 물질성을 인간의 언어로 번역할 때마다 발생하는 오역과 오류를 내포하고 있다. "나의 이 빛깔과 향기에 알맞은" 이름을 명명하고 호명하는 것은, '나'라는 존재의 물질성을 왜곡된 인간의 언어로 번역되는 과정을 동반한다. 그런 이유로 "나의 이 빛깔과 향기에 알맞은" 이름을 적확하게 명명하는 것은 불가능하다. 사물이 인간의 언어로 명명되는 이름과 맺는 관계는 자의적이기 때문이다. 열린 가능성과 임의적 성격을 지닌 지평 구조처럼 사물의 이름 또한 임의적이다. '나'라는 존재의 물질성을 완벽하게 구현하는 이름을 호명하기 위해서는 매번 새롭게 명명해야 한다. "알맞은"이라는 시어는 언어의 운명과 한계를 드러내고 있다.

가시적 세계의 지평 구조 속에서 우리는 4연에서처럼 모두 이름을 지니고 서로에게 호명됨으로 의미있는 존재가 되고자 소망한다. "우리들은 모두" 나와 너의 이름을 호명함으로써 의미있는 존재가 된다. 그러나 나와 너의 각각의 빛깔과 향기라는 물질성은 오역되거나 존재의 물질성과 무관한 언어로 명명된 것이다. 나와 너의 이름은 존재의 물질성을 지칭하기 위한 임의의 기호이자 그 '무엇'일 뿐이다. '무엇'은 매번 새롭게 명명해야 하는 나와 너의 이름이며 그 이름으로 환원될 수 없는 사물의 물질성이다. 그 '무엇'은 "하나의 눈짓"에 해당한다. 호명을 통해 의미있는 존재가 된 '무엇'은 사물의 이름이면서 언어 이전의 사물성을 지시하는 까닭에 "하나의 눈짓"은 1연의 "하나의 몸짓"과 구별된다. 몸짓과 눈짓은 동일한 신체가 취할 수 있는 행위임에도 불구하고 "하나의 몸짓"은 의미 없는 신체의 언어이다. 그러나 "하나의 눈짓"[9]은 의미있는 신체의 언어이다. 그 이유는 나와 너와 사물의 이름을 명명하고 호명함으로써 발생한 의미 때문이다. "하나의 몸짓"이 "내가 그의 이름을 불러 주기 전"의 의미 없는 사물의 언어라면 "하나의 눈짓"은 "너는 나에게 나는 너에게" 이름을 불러준 이후의 의미있는 사물의 언어이다. 김춘수의 「꽃」은 사물이 명명되고 호명됨으로써 가시적 세계의 지평 구조 내부에서 의미있는 존재가 되는 과정을 보여주는 작품이다.

1

그것들은 내 눈 앞을
그냥 스쳐가 버렸을까,

---

9) 「꽃」의 처음 발표 당시는 다음과 같았다. "우리들은 모두/무엇이 되고 싶다./너는 나에게 나는 너에게/잊혀지지 않는 하나의 意味가 되고 싶다." 김춘수, 「릴케와 나의 시」, 앞의 책, 242면.

산마루에
피었다 사라진
구름 한 조각,
온 하루를
내 곁에서 울다 간
어느 날의 바람의 그 형상,

그것들은 지금
숨쉬며 어디서
자라나고 있을까,

2

戰地에로 간
병정들의 눈
무서운 눈

꽃이 지면
여운은 그득히
뜰에 남는데
어디로 그들은
가 버렸을까,

그들은 그때
돌의 그 심야의 가슴 속에
잊지 못할 하나의 눈짓을
두고 갔을까,

— 「눈짓」(『꽃의 소묘』) 전문

「꽃」이 가시적 세계의 내부로 진입하여 명명되고 호명됨으로써 의미가 발생하는 사물을 보여준다면 「눈짓」은 가시적 세계의 경계선 너머 비가시적 세계로 사라져버린 의미있는 개별 사물에 대한 경험의 풍경을 보여준다. "개별적 사물에 관한 모든 경험은 그 자신의 내적 지평을 갖고 있다."[10] 1의 2연 "구름 한 조각"과 "바람의 그 형상"은 비가시적 세계로 사라져버리기 전에 내가 이름을 부름으로써 의미가 있던 사물들, "그것들"이다. "그것들"은 눈 앞에서 사라졌지만 나에게 그 의미는 지워지지 않고 있다. "그것들은 내 눈 앞을/그냥 스쳐가 버렸을까,"라는 1의 1연의 반문의 어조와 '그냥'이라는 부사의 어감은, '그것들'의 의미가 화자의 내면에서 사라지지 않고 남아있음을 표명한다. 더 나아가 1의 3연에서 화자는 눈앞에 보이지 않는 '그것들'의 현재 상태를 궁금해 한다.

「눈짓」의 1에서 주목해야 할 점은 사물들이 있던 시공간의 이동이다. 내가 바라보던 "산마루에/피었다 사라진/구름 한 조각"과 나의 "온 하루를/내 곁에서 울다 간/어느 날의 바람의 그 형상"은 가시적 세계에서 비가시적 세계로 이동하였다. '그것들'은 '지금' 현재의 시간에서 바라봤을 때 과거의 시간으로 이동하였다. 그러나 '그것들'이 나에게 지닌 의미는 존속하고 있다. 지금 보이지 않고 사라져버렸다 하더라도 '그것들'은 여전히 나에게 현재적 의미가 있다. 「꽃」의 분석 과정에서 살펴본 바와 같이 지평 구조는 개방된 가능성을 지니고 있다. 「눈짓」의 1에서 지평 구조는 사물의 가시성 속에 사물의 비가시성을 내포하고 있음을 보여준다. 지평에서 바라본 가시적 세계와 비가시적 세계의 경계는 확고하게 고정되어 있지 않으며 가시적 세계는 비가시적 세계를 이미 내포하고 있다. 또한 비가시적 세계는 가시적 세계의 의미있는 그것들을 내포하고 있다. 동시에 현재의 지평 구조는 과거의 지평 구조가 지녔던 사물들의 의미를 기억하고 있다.

---

10) 에드문트 후설, 앞의 책, 57면.

"모든 경험은 동일한 것[사물]에 관한 유일한 경험, 즉 무한히 개방된 경험으로서 종합적으로 통일된, 개별적 경험들의 연속성과 해명적 연쇄를 통해 확장"[11]될 수 있다. 과거의 의미있는 사물들은 지금 보이지 않지만 현재 나의 과거 지향(Retention)[12]을 통해 여전히 '그것들'의 의미는 지속된다. 지평 구조의 개방된 가능성과 시공간의 변동[13] 속에서도 지속되는 '그것들'의 의미는, "구름 한 조각"과 "바람의 그 형상"이라고 호명할 수 있는 이름을 통해 가능하다. 사물의 이름은 비가시적 세계와 과거로 사라져버린 사물의 의미를 지속시킬 수 있는 기능을 한다.

2의 1연 "병정들의 눈"은 1의 "구름 한 조각"과 "바람의 그 형상"처럼 비가시적 세계로 사라진 사물이다. 나는 전쟁터로 가서 사라진 "병정들의 눈"을 기억해낸다. 그들의 "무서운 눈"을 떠올린다. 그들은 어디로 갔는지 궁금해 하며 그들의 흔적이 이 세계에 남아있을 것인지 자문한다. 나는 그들의 흔적을 "돌의 그 심야의 가슴 속에/잊지 못할 하나의 눈짓"으로 표현한다. 그들의 흔적, "하나의 눈짓"은 내가 분명하게 의식하지 못한다 하더라도 나의 외재 지평[14]에 새겨져 있다. "꽃이 지면/여운은 그득

---

11) 위의 책, 56면.
12) 이 용어는 라틴어 'retentare'(굳건히 유지하여 보존하다)에서 유래한다. 따라서 의식에 나타난 것이 사라져버리는 것을 생생하게 유지하는 의식의 능동적 작용을 뜻한다. 에드문트 후설, 이종훈 옮김, 『시간의식』, 한길사, 1996, 87면 역주 재인용.
13) 경험된 모든 사물이 내적 지평을 가질 뿐만 아니라, 부수적 객체들에 관한 개방된 무한한 외적 지평도 갖는다는 것을 뜻한다. 이 부수적 객체들은 내가 지금 시선을 향하고 있지는 않지만, 그러나 내가 지금 경험된 것과 다르거나 혹은 그 어떤 유형 속에서 그것들과 동등한 것으로 항상 시선을 향할 수 있는 것이다. 하지만 다른 객체들이 아무리 예측적으로 상이하게 의식될 수 있더라도, 어쨌든 그것은 그것들 모두에 공통적인 것이다. 왜냐하면 그때그때 동시에 예측되었거나 혹은 오직 배경 속에서 외적 지평으로서 의식된 모든 실재적인 것들은 세계로부터 유래하는 실제적 객체들로 의식되며, 하나의 시공간적 지평 속에 존재하는 것으로 의식되기 때문이다. 에드문트 후설, 앞의 책, 58면 참고.
14) 외재 지평은 사물이 자신을 둘러싸고 있는 다른 대상들과 맺는 관계들로 이루어진다. 주체의 주의가 그 대상들에 쏠려 있지 않다 하더라도, 사실, 그것들은 여백 안에 은연히 나타나 있다. 미셸 콜로, 정선아 옮김, 『현대시와 지평구조』, 문학과지성

히/뜰에 남"는다고 진술한 것처럼 비가시적 세계인 "戰地로 간/병정들의 눈"은 현재의 나에게 떠올려진 그들 존재의 '여운'이다. 비가시적 세계로 사라졌다 하더라도 과거의 그들은 현재의 내가 기억하는 한 의미있는 존재이다. 나의 내면은 "돌의 그 심야의 가슴 속"이라고 비유할 수 있다. 그들의 "잊지 못할 하나의 눈짓"은 지금 나에게 호명된 의미있는 존재의 언어이다. 「눈짓」은 나의 기억과 호명[15]을 통해 비가시적 세계로 사라진 존재의 이름과 의미있는 존재의 언어를 환기한다. 여전히 현재까지 지속하고 있는 사물의 의미를 되새기고 있다.

이와 같이 김춘수는 사물을 인식하기 위한 명명과 사물에 의미를 부여하기 위한 호명을 통해 비가시적 세계의 의미 없는 사물이 가시적 세계의 의미있는 사물로 전환하는 사물의 본질과 언어와의 관계를 탐구한다.

나. 시적 인식과 사물의 새로운 의미

김춘수는 사물에 대한 명명과 호명을 시적 인식의 출발점으로 삼는다. 시적 인식은 시적 대상인 사물을 통해 획득된다. 새로운 시적 인식은 사물을 관습적 시선에서 벗어나 일탈의 관점에서 '다르게' 바라보는 시선을 통해 구축된다. 관습적 시선은 반성적 태도 없이 사물에 대한 고정관념으로 사물을 바라보는 시선을 가리킨다. 시인이 사물을 바라보는 시선은 단지 시각적 감각만을 가리키지 않고 사물을 체험하는 시인의 모든 감각과 경험 일반을 가리킨다. 사물에 대한 새로운 시적 인식은 사물을 바라보는

사, 2003, 19면 참고.

15) 사물의 의미는 기억과 호명에 의해 호출되는 사물의 이름을 통해 구성된다. 사물의 이름이 기억에서 희미해지거나 사라질 때 사물의 의미 또한 불분명하고 사라지게 된다. 사르트르의 『구토』에서 이러한 문학적 형상화는 또 한 번 확인할 수 있다. "마로니에 뿌리는 바로 내가 앉은 의자 밑에서 땅에 뿌리를 박고 있었다. 그것이 뿌리였다는 것이 이미 기억에서 사라졌다. 어렴풋이 나라지사 그것과 함께 사물의 의미며, 그것들의 사용법이며, 또 그 사물의 표면에 사람이 그려놓은 가냘픈 기호가 사라졌다." 『구토』, 앞의 책, 239면 참고.

관습적 시선과 고정관념에서 벗어날 때 획득할 수 있다. 사물에 대한 시적 인식은 이미 드러난 가시적 세계의 지평 구조 속의 사물뿐만이 아니라 그 사물이 품고 있는 비가시적 세계의 지평 구조 속의 보이지 않는 사물까지 투시할 때 가능하다. 비가시적 세계의 지평 구조는 시인의 내적 지평까지 아우른다. 비가시적 세계까지 투시하는 시인에게 시적 인식의 대상으로서 사물이 존재하는 시공간의 제한은 없다. 사물을 바라보는 고정된 시선에서 벗어나서 '다르게' 바라보고 무한의 시선으로 향할 때 사물에 대한 시적 인식은, 가시적 세계의 고정된 의미가 아니라 비가시적 세계의 무한한 의미로 열려있다.

> ⓐ나비는 가비야운 것이 美다.
> ⓑ나비가 앉으면 순간에 어떤 우울한 꽃도 환해지고 다채로와진다. 변화를 일으킨다. ⓒ나비는 복음의 천사다. ⓓ일곱 번 그을어도 그을리지 않는 순금의 날개를 가졌다. ⓔ나비는 가장 가비야운 꽃잎보다도 가비야우면서 영원한 침묵의 그 공간을 한가로이 날아간다. ⓕ나비는 신선하다.

— 「나비」(『拾遺詩篇』, 정음문고, 1976) 전문
(이하 알파벳 표기와 밑줄 필자)

「나비」는 '나비'에 대한 사전적 정의로부터 벗어나는 지점으로부터 시작된다. 「나비」는 나비에 대한 김춘수의 시적 정의와 명명으로부터 발현되고 있다. 김춘수의 나비는 학명 Lepidoptera이며 나비목鱗翅目에 포함되는 곤충이라는 백과사전의 정의로부터 벗어나 "가비야운 것이 美다"라고 명명되고 있다. 김춘수에게 나비는 "가비야운 것"의 총칭이며 "가비야운 것"은 아름다움이라고 명명되고 있다. ⓑ"나비가 앉으면 순간에 어떤 우울한 꽃도 환해지고 다채로와진다. 변화를 일으킨다"라는 문장은, 나비에 대한 시적 정의로 명명된 ⓐ"나비는 가비야운 것이 美다"의 부연 진술이다. ⓐ의 효과로서 ⓑ가 발생한다. 나비로 총칭되는 "가비야운" 모든 사물들은 아름다움을 지니고 있어서 "가비야운" 모든 사물들이 내려앉는 순간 "어떤 우울한 꽃도 환해지고 다채로와"지고 "변화를 일으"킨다. 김춘수는 나비에 대한 새로운 시적 정의와 명명을 다시 ⓒ의 문장 "나비는 복음의 천사다"로 확장시킨다. ⓒ의 문장으로 새롭게 정의되고 명명된 나비는 ⓓ의 문장을 통해 "일곱 번 그을어도 그을리지 않는" 속성을 지닌 "순금의 날개"를 지녔음이 부연 설명된다. ⓔ의 문장 속에서 나비는 "가장 가비야운 꽃잎보다도 가비야운" 것으로 표현된다. 나비는 "가비야운" 모든 사물들의 아름다움 중에서도 가장 아름답다는 사물로 강조된다. 김춘수는 그 나비가 "한가로이 날아"가는 "영원한 침묵의 그 공간"을 주목한다. "가비야운" 모든 사물들의 아름다움 중에서도 가장 아름답다는 사물인 나비가 날아가는 "영원한 침묵의 그 공간"은 신비롭고 아름다운 시적 공간이며 나비의 새로운 시적 정의인 ⓕ문장 "나비는 신선하다."를 낳는다.

나비에 대한 새로운 시적 정의이자 명명인 ⓐ와 ⓑ와 ⓕ문장은 모두 나비의 사전적 정의로부터 벗어난 시인의 명명이며 시인이 의미를 부여한 호명이다. 그 중에서도 나비에 대한 새로운 시적 정의이자 명명인 ⓐ "나비는 가비야운 것이 美다"라는 문장은 작품 「나비」에 대한 출발점이다. ⓐ문장은 하나의 곤충인 나비를 '다르게' 바라보고 새롭게 명명한 시인의 시적 인식이 깊이 새겨져 있다. ⓑ와 ⓕ는 ⓐ로부터 발원하여 확장된 나비에 대한 새로운 시적 인식이다. 나비는 ⓐ와 ⓑ와 ⓕ를 거치면서 시인만의 새로운 의미와 미적 가치가 부여된 사물이 되고 있다. 「VOU」에서도 나비와 같은 사물에 대한 김춘수의 새로운 명명 의지는 확인된다.

VOU라는 음향은 ⓐ오전 열한 시의 바다가 되기도 하고, ⓑ저녁 다섯 시의 바다가 되기도 한다. 마음 즐거운 사람에게는 ⓒ마음 즐거운 한때가 되기도 하고, 마음 우울한 사람에게는 ⓓ자색의 아네모네가 되기도 한다. 사랑하고 싶으나 사랑하지 않는 사람에게는 ⓔ그만한 이유가 되기도 한다.

－「VOU」(『拾遺詩篇』, 정음문고, 1976) 전문

뱃고동 소리를 연상시키는 "VOU라는 음향"은 ⓐ"오전 열한 시의 바다"와 ⓑ"저녁 다섯 시의 바다"와 ⓒ"마음 즐거운 한때"와 ⓓ"자색의 아네모네" ⓔ"그만한 이유"로 각각 인식된다. "VOU라는 음향"이 각각 ⓐ와 ⓑ와 ⓒ와 ⓓ와 ⓔ로 인식되는 이유는 시인이 "VOU라는 음향"을 각각 다른 시선으로 바라보고 명명했기 때문이다. "VOU라는 음향"은 시인이 새롭게 명명하는 순간 각각 ⓐ와 ⓑ와 ⓒ와 ⓓ와 ⓔ의 이름으로 호명된다. 시적 인식은 사물을 바라보는 관습적 시선과 고정된 정의로부터 벗어나 사물을 다르게 바라보고 새롭게 명명하고 호명함으로써 발생하는 것이다.

늪을 지키고 섰는
저 수양버들에는
슬픈 이야기가 하나 있다.

소금쟁이 같은 것, 물장군 같은 것,
거머리 같은 것,
개밥 순채 물달개비 같은 것에도
저마다 하나씩
슬픈 이야기가 있다.

산도 운다는
푸른 달밤이면
나는 그들의 슬픈 혼령을 본다.

갈대가 가늘게 몸을 흔들고
온 늪이 소리없이 흐느끼는 것을
나는 본다.

―「늪」(『늪』) 전문

　사물을 다르게 바라보는 시선에는 보이지 않는 사물을 보고 듣는 시적
체험이 스며있다. '늪'을 둘러싼 사물인 "수양버들"부터 아주 작은 사물
인 "소금쟁이 같은 것", "물장군 같은 것", "거머리 같은 것", "개밥 순채
물달개비 같은 것"에 이르기까지 시인은 사물에 스민 "슬픈 이야기"를 발
견하고 듣는다. 그 사물들의 "슬픈 혼령"을 보고 "갈대가 가늘게 몸을 흔
들고/온 늪이 소리없이 흐느끼는 것을" 듣는다. 「늪」은 보이지 않는 사물
들의 흐느낌과 흔들림과 슬픈 이야기를 보고 들음으로써 시적 인식을 확
보한다는 것을 제시한다.

　　눈을 희다고만 할 수는 없다.
　　눈은
　　羽毛처럼 가벼운 것도 아니다.
　　눈은 보기보다는 무겁고,
　　우리들의 영혼에 묻어 있는
　　어떤 사나이의 검은 손때처럼
　　눈은 검을 수도 있다.
　　눈은 검을 수도 있다.
　　눈은 물론 희다.

Ⅱ. 사물과 언어　43

우리들의 말초신경에 바래고 바래져서
눈은
오히려 병적으로 회다.
우리들이 일곱 살 때 본
복동이의 눈과 수남이의 눈과
삼동에도 익는 서정의 과실들은
이제는 없다.
이제는 없다.
萬噸의 우수를 싣고
바다에는
군함이 한 척 닻을 내리고 있다.

못 발에 밟히어 진탕이 될 때까지
눈을 희다고만 할 수는 없다.
눈은
우모처럼 가벼운 것도 아니다.

— 「눈에 대하여」(『꽃의 소묘』) 전문

「눈에 대하여」는 설득적 어조로 눈이라는 사물의 고정 관념에 대해 문제제기를 하고 눈에 대한 다른 의미를 부여하고 있다. 하얗고 차고 가볍고 쌓이고 녹는 눈의 속성에 대해 시인은 1행에서부터 "눈을 희다고만 할 수는 없다"고 부정한다. 3행에서 눈은 "羽毛처럼 가벼운 것도 아니"라고 다시 부정한다. 1행과 3행으로 부정된 눈은 시인의 시각에서 "눈은 보기보다는 무겁고" "눈은 검을 수도 있다"고 진술된다. 8행에서는 눈의 가장 큰 특성인 하얗다는 성질을 부정하기 위해 다시 "눈은 검을 수도 있다"고 반복한다.

"보기보다는 무겁고" "검을 수도 있다"는 눈에 대한 새로운 시적 인식은 "이제는 없"는 "복동이의 눈과 수남이의 눈과/삼동에도 익는 서정의 과실들"을 통과해서 획득한 인식이다. 지금은 우리 곁에 없는 소중한 사람과 과실들이 부재한 현실에 내리는 눈은 "오히려 병적으로 희"게 보인다. 소중한 사람과 사물들이 훼손된 지금의 바다에는 전쟁의 상흔을 암시하는 "萬噸의 우수를 싣고" "군함이 한 척 닻을 내리고 있다." 전쟁으로 인해 상처받고 훼손된 시인의 마음에 내리는 눈은 희고 가볍다고만 할 수 없는 것이다. 상처받은 시인의 마음과 바다에 내리는 눈이 희다면 "오히려 병적으로 희"고 군인들의 "뭇 발에 밟히어 진탕이 될 때까지/눈을 희다고만 할 수는 없"는 것이다. 그리하여 눈은 "우모처럼 가벼운 것도 아"닌 죽음의 검은 그림자가 드리워진 무거운 존재이다.

「눈에 대하여」에서 주로 사용된 시적 언술은 직접적인 설명을 통해 독자에게 시적 인식을 설득하기 위한 시인의 의도가 적극적으로 드러나고 있다. "눈"에 대한 통념적 인식을 부정하고 "눈은 보기보다는 무겁고" "눈은 검을 수도 있다"는 직접적인 시적 언술을 통해 사물의 새로운 의미를 부여하려는 의지를 표명하고 있다.

김춘수는 사물에 대한 고정관념으로부터 벗어나 사물을 '다르게' 바라보려는 시선을 통해 사물에 대한 새로운 시적 인식을 구축하려 한다. 사물에 대한 새로운 시적 인식은 사물의 의미와 새로운 시적 언어에 대한 탐구로 나아간다.

다. 언어의 위기와 한계

시적 인식과 사물의 새로운 의미는 사물의 이름을 명명하고 호명함으로써 발생한다. 그러나 호명된 사물의 의미는 고정되어 있지도 않고 단일하지도 않다. 사물의 의미는 지평의 확장과 이동에 의해 무한히 확장될 수 있다. 사물의 이름은 지평의 무한히 열린 개방성과 확장에 따라 무한한 의미를 지닐 수 있다. 그런 이유로 지금 인식하고 호명하는 사물의 이

름 속에는 사물이 지닌 현재적 의미뿐만이 아니라 미지의 의미 또한 담겨
있다. 미지의 의미는 현재 우리가 알 수 없는 사물의 모호한 의미이다. 모
호한 사물의 의미는 우리가 볼 수 없는 비가시적 세계 속에 있다. 우리가
사물의 의미를 파악하기 위해 사물의 이름을 부르면서 사물에 더욱 가까
이 다가간다는 것은, 사물의 어둠 속으로 더욱 깊이 들어간다는 것을 의
미한다.

돌이여,
그 캄캄한 어둠 속에 나를 잉태한
나의 어머니,
태어나올 나의 눈망울
나의 머리카락은 모두
당신의 오랜 꿈의
비밀입니다.
아직은 나의 이름을
부르지 마십시오.
무겁게
겹도록 달이 차서
소리하며 당신이 일어설 그때까지
당신의 가장 눈부신 어둠 속에
나의 이름은
감추어 두십시오.

그 한 번도 보지 못한 나를 위하여
어둠 속에 사라진 무수한 나……
돌이여,
꿈꾸는 돌이여,

— 「돌」(『꽃의 소묘』) 전문

「돌」에서 돌의 "캄캄한 어둠 속"은 사물의 모호하고 불투명한 미지의 비가시적 세계를 가리킨다. "가장 눈부신 어둠 속"은 하나씩 밝혀져서 눈부신 사물의 의미이면서 동시에 여전히 모호하고 불투명한 의미를 드리우고 있는 미지의 비가시적 세계를 가리킨다.

나는 세계 내에 존재하는 주체로서 "그 캄캄한 어둠 속"에서 잉태된 사물 중의 하나이다. 나의 의미 또한 사물의 의미처럼 단일하지 않으며 고정되어 있지 않다. 나의 의미에 대한 탐구는 오히려 더욱 모호하고 불투명한 "캄캄한 어둠 속" 미지의 세계로 진입시킨다. 돌로 표명되는 타자가 지금 부르는 "나의 이름"은, 나의 의미를 온전히 드러내지 못한다. 지금 타자가 부르는 나의 이름에는 나의 현재적 의미와 함께 여전히 모호하고 불투명한 나의 의미가 침전되어 있다. "태어나올 나의 눈망울"과 "나의 머리카락"은 돌에서 잉태되어 내 신체의 일부가 될 사물들이다. "태어나올 나의 눈망울"과 "나의 머리카락"은 명명되어 호명될 이름이며 돌의 의미있는 "오랜 꿈"이다. 하지만 그 꿈은 완전히 밝혀질 수 없는 사물의 모호한 "비밀"을 간직하고 있다. 그런 이유로 나는 "아직은 나의 이름을/부르지" 말아달라고 요청한다. 내 이름을 부를 때는 참거나 견뎌 내기 어려울 정도로 "달이 차서/소리하며 당신이 일어설 그때"이다. 돌의 의미가 충만하여 그 낱낱이 모두 한꺼번에 터져나오는 그때이다. 돌의 "캄캄한 어둠 속" 의미가 완전히 밝혀지고 미지의 비가시적 세계로부터 소리치며 돌의 의미가 확고히 "일어서는 그때"이다. "나의 이름"의 호명 속에 나의 모든 의미가 충만하고 낱낱이 가시적 세계에 드러나는 때이다. 그 때는 "한 번도 보지 못한 나"를 목격할 수 있는 순간이며 "어둠 속에 사라진 무수한 나"의 의미를 되찾을 수 있는 때이다. 그때까지 "나의 이름"은 돌의 "가장 눈부신 어둠 속에" 감추어주기를 나는 요청한다. 돌에게 "나의 이름"을 감추어달라고 요청하는 진정한 이유는, "나의 이름"을 통해 나의 의미를 완전히 파악하고자 하는 갈망 때문이다. 돌을 돌이라는 이름으로

부르면서 돌의 의미를 완전히 파악하고자 하는 욕망 때문이다. 그러나 그 욕망은 성취할 수 없다. 돌이라는 이름으로 돌의 의미는 완전히 파악되지 않는다. 돌을 돌이라고 명명하고 호명할 수 있을 뿐 나는 돌이 무엇인가에 대해 말할 수 없기 때문이다. 김춘수는 돌을 돌이라고 호명해야 하는 이유에 대해 다음과 같이 의문을 품는다.

> 도덕이 돌을 보고 돌이라고 하며 의심하지 않을 때, 시는 왜 그것
> 이 돌이라야 할까 하고 현상학적 망설임을 보여야 한다. 시는 도덕
> 보다 더 섬세하고 근본적일는지도 모른다.
>
> — 『시의 표정』(문학과지성사, 1971)[16]

「돌」을 통해 김춘수는 이름이 지닌 현재적 의미의 불완전성과 이름에 새겨진 언어의 위기를 깨닫고 있다. 그는 돌로 표명되는 사물의 의미 탐구를 통해 존재의 의미를 탐색하고 있다.

> 나는 시방 위험한 짐승이다.
> 나의 손이 닿으면 너는
> 미지의 까마득한 어둠이 된다.
>
> 존재의 흔들리는 가지 끝에서
> 너는 이름도 없이 피었다 진다.
> 눈시울에 젖어드는 이 무명의 어둠에
> 추억의 한 접시 불을 밝히고

---

16) 김춘수, 「시의 표정」, 『김춘수 전집 2 詩論』, 문장, 1986, 579~580면. 이하 이 책에서 인용하는 김춘수의 시론은 서지사항을 생략하고 시론집 제목만 표기하기로 하되 『김춘수 시론전집 I』(현대문학, 2004)과 『김춘수 시론전집 II』(현대문학, 2004)을 참고하여 한자어는 한글로 표기하기로 한다.

나는 한밤내 운다.

나의 울음은 차츰 아닌 밤 돌개바람이 되어
탑을 흔들다가
돌에까지 스미면 금이 될 것이다.

……얼굴을 가리운 나의 신부여,

- 「꽃을 위한 서시」(『꽃의 소묘』) 전문

「돌」의 의미 맥락 속에서 「꽃을 위한 서시」를 읽어보면 너로 표명되는
사물은 "나의 손이 닿으면" 닿을수록 "미지의 까마득한 어둠"이 된다. 사
물에게 다가섦이 오히려 사물에 대한 이해와 의미를 방해하고 사물을 나
로부터 멀어지게 한다. 사물의 모호한 의미는 "미지의 까마득한 어둠" 속
으로 들어가서 더욱 확대된다. 내 존재의 다가섦이 사물을 흐릿하고 모호
한 대상으로 만든다. 그러므로 사물에게 "나는 시방 위험한 짐승"이다.
김춘수는 다음과 같이 「꽃을 위한 서시」의 시작 의도를 밝힌다.

> 존재의 비밀과 그 선험적 깊이를 캐내지 못하는 절망감을 드러내
> 려고 한 것이지만, 한편 이 시의 배후에는 그런 절망감을 딛고 있으
> 면서도 그것들을 캐내려고 하는 인간의 존재 탐구에의 어쩔 수 없
> 는 열정을 감춰두고 있다. 그런 점으로는 역시 비극성 – 인간적 어
> 떤 양상을 응시하려고 하고 있다고 할 수 있다.[17]

내가 다가설수록 물러서는 너는 가까이 있지만 내가 볼 수 없는 세계에
있다. "멀고 먼 곳에서/너는 빛깔이 되고 향기(「꽃의 소묘」)"가 된다. 가시적
세계와 비가시적 세계의 경계와 그 경계 너머의 비가시적 세계에 있는 너

---

17) 김춘수, 「릴케와 나의 시」, 앞의 책, 244면.

는 아직 명명되지 않은 존재인 까닭에 이름이 없다. "존재의 흔들리는 가지 끝"은 너로 표명되는 사물이 존재하는 비가시적 세계의 변경이며 내가 바라볼 수 있는 가시적 세계와의 접경 지점이다. 그 접경 지점인 "존재의 흔들리는 가지 끝"에서 "나의 손이 닿으면" 너의 의미는 더욱 명료해지는 것이 아니라 "미지의 까마득한 어둠"이 되어버린다.

이름은 의미를 생성시키는 기능을 하지만 언어가 지닌 한계로 인하여 나와 너의 의미를 완전히 해명할 수 없다. 언어는 사물의 본질과 존재의 의미를 온전히 드러낼 수 없다는 한계를 품고 있어서 붕괴할 위기를 언제나 겪고 있다.

> 나는 이 시기에, 어떤 관념은 시의 형상을 통해서만 표시될 수 있다는 것을 눈치챘고, 또 어떤 관념은 말의 피안에 있다는 것도 눈치채게 되었다. 나는 관념공포증에 걸려들게 되었다. 말의 피안에 있는 것을 나는 알고 싶었다. 그 앞에서는 말이 하나의 물체로 얼어붙는다. 이 쓸모없게 된 말을 부수어보면 의미는 분말이 되어 흩어지고, 말은 아무것도 없어진 거기서 제 무능을 운다. 그것은 있는 것(존재)의 덧없음의 소리요, 그것이 또한 내가 발견한 말의 새로운 모습이다. 말은 의미를 넘어서려고 할 때 스스로 부서진다. 그러나 부서져보지 못한 말은 어떤 한계 안에 가둬진 말이다.18)

내가 너의 이름을 부르면 부를수록 너는 "미지의 까마득한 어둠" 속으로 멀어져간다. 내가 이름을 부르면서 다가갈수록 깊어가는 그 어둠 속에서 "너는 이름도 없이 피었다 진"다. 너의 이름을 부르면서 의미를 부여하고 관계를 생성시키려는 나에게 "존재의 흔들리는 가지 끝"은 너와 나를 가로막는 벽이자 "무명의 어둠"이다.

---

18) 김춘수, 「의미와 무의미」, 앞의 책, 384면.

내가 그들을 위하여 온 것이 아닌 거와 같이

그들도

나를 위하여 온 것은 아닙니다.

죽을 적에는 우리는 모두

하나 하나로

외롭게 죽어가야 하기 때문입니다.

— 「생성과 관계」(『인인(隣人)』) 부분

"그들과 내 사이에는/아무런 약속도 없(「생성과 관계」)"지만 죽을 때에는
우리 모두는 외롭게 각자 죽어가야 하기 때문에 나는 너와 관계를 맺고
싶어한다. 너와 의미있는 관계를 맺고 싶은 나에게 "무명의 어둠"은 의미
있는 세계 생성을 가로막는 까닭에 나에게 슬픔을 안겨준다. "너를 향하
여 나는/외로움과 슬픔을(「꽃의 소묘」)" 던진다. 그리하여 "무명의 어둠" 앞
에서 "나는 한밤내 운"다. 3연에서처럼 "나의 울음"은 "아닌 밤 돌개바람
이 되어/탑을 흔들다가/돌에까지 스미면 금이 될" 정도로 단단하다. 너와
의미있는 관계를 갈망하는 나의 소망은 "무명의 어둠" 앞에서 좌절된다.
의미있는 관계가 좌절되는 나의 슬픔은 그만큼 크고 깊다. 이름이 품고
있는 언어의 위기와 한계는 극명한 것이다.

너는 "얼굴을 가리운 나의 신부"처럼 눈앞에 있지만 명료하게 그 얼굴
을 보여주지 않는 사물이다. 너는 가시적 세계와 비가시적 세계의 경계에
서 이름 없이 존재하는 사물들이다. 「꽃을 위한 서시」에서 '꽃'으로 표명
되는 사물들은, 내가 이름을 명명하고 호명하는 순간 나에게 의미있는 존
재가 되면서도 동시에 그 이름이 지닌 언어의 한계로 인하여 사물의 본질
은 더욱 가려진다. 사물의 명명과 호명이 오히려 사물의 불투명성을 더욱
깊고 확대시키는 결과를 발생시킨다.

그는 웃고 있다. 개인 하늘에 그의 미소는 잔잔한 물살을 이룬다.
그 물살의 무늬 위에 나는 나를 가만히 띄워 본다. 그러나 나는 이
미 한 마리의 황나비는 아니다. 물살을 흔들며 바닥으로 나는 가라
앉는다.

한나절, 나는 그의 언덕에서 울고 있는데, 陶然히 눈을 감고 그는
다만 웃고 있다.

─ 「꽃·Ⅰ」(『꽃의 소묘』) 전문

"그"로 표명되는 꽃은 사물 일반을 가리킨다. 사물은 이름이 없으면서
도 꽃처럼 피고 지는 존재이다. 사물은 "사랑도 없이/스스로를 불태우고
도/죽지 않는 알몸으로 미소하는/꽃(「꽃의 소묘」)"이다. 사물은 사물 자체로
독립적이며 충만하다. 사물은 인간인 나와 별개로 거기에 존재한다. 사물
의 표정은 나와 무관하게 "웃고" 있으며 "그의 미소는 잔잔한 물살을 이
룬다." 자족적이며 충만한 사물의 "물살의 무늬 위에" 나는 "나를 가만히
띄워" 관계를 형성하고자 한다. 사물의 이름을 명명하고 호명함으로써 의
미를 생성시키고자 하지만 언어는 사물의 본질과 존재의 의미를 온전히
드러내지 못한다. 나 또한 사물과 별개로 여기에 존재한다. "나는 이미 한
마리의 황나비가 아니다." 나의 이름 또한 내 존재의 비밀을 드러내지 못
한다.

> 卽自(꽃)와 對自(나)와의 대립 관계에서 오는 인간의 존재론적 분
> 열상을 드러내려고 한 것이다. 나는 물살에 쓸려서 가라앉는데, 저
> 쪽 기슭에 핀 꽃은 상관 없는 곳에서 그 자신의 자족적인 웃음을 웃
> 고 있다. 대지는 인간의 불안을 무시하고 있다.[19]

---

19) 김춘수, 「릴케와 나의 시」, 앞의 책, 244면.

김춘수의 시작 의도가 밝힌 바와 같이 "사랑의 불 속에서도/나는 외롭고 슬(「꽃의 소묘」)"프다. 나는 명명하고 호명한 언어의 붕괴를 체감하면서 "물살을 흔들며" 사물의 본질에 가닿지 못하고 내 존재의 심연의 "바닥으로 나는 가라앉"을 수밖에 없다.

> 나는 다만 내 자신이 무엇인 줄도 모르면서 길어올리고 있을 뿐이다. 끝내는 내 자신에 이름을 붙여 호명하는 것도 내 자신의 책임으로 돌아가는지도 모른다. 내가 내 자신을 어떻다고 말해야 하나! 이런 따위를 존재론이라고 할 수 있을까? 그러나 존재의 비밀은 이름 붙일 수 없는 데에 있다. 이런 확신은 나를 선(禪)의 세계로 데리고 간다. 불립문자·교외별전·직지인심·견성성불－어느 하나를 떼어놓고 바라보아도 언어가 발디딜 틈은 없다. (중략) 하나의 사물도 말 속에서는 가지지 못한다는 것이 된다. 그런 안타까운 표정이 곧 말일는지도 모른다. 시는 그런 표정의 정수일는지도 모른다.[20]

이름 붙일 수 없는 사물을 명명하고 언어로써 사물과 존재에 대한 탐구를 할 수밖에 없는 시인의 운명과 비애가 있다. 나는 명멸하는 언어로써 존재의 궁극에 가닿고자 사물의 '언덕'에 오르지만 나는 그 '언덕'에서 언제나 미끄러지고 만다. 나는 사물의 외곽, "언덕에서" 울 수밖에 없다. 그런데 사물은 나와 무관하게 사물이 있는 거기서 나를 외면하며 "눈을 감"는다. 사물은 나의 울음과 별개로 "다만 웃고 있다." 「꽃·Ⅰ」은 언어가 사물의 본질과 존재의 의미를 포획할 수 없다는 것을 알면서도 언어를 통해 시를 쓰고 사물의 본질과 존재의 의미를 탐구해야만 하는 시인의 운명과 비극을 표현한다.

---

20) 김춘수, 「시의 표정」, 앞의 책, 579면.

바람도 없는데 ⓐ꽃이 하나 나무에서 떨어진다. 그것을 주워 손
바닥에 얹어 놓고 바라보면, 바르르 꽃잎이 훈김에 뜬다. 화분도 난
[飛]다. 「ⓑ꽃이여!」라고 내가 부르면, 그것은 내 손바닥에서 어디
론지 까마득히 떨어져 간다.

지금, 한 나무의 변두리에 뭐라는 이름도 없는 것이 와서 가만히
머문다.

— 「꽃 · Ⅱ」(『꽃의 소묘』) 전문

「꽃 · Ⅱ」는 꽃이라는 사물의 실재와 꽃이라고 발화되는 사물의 이름
사이의 간극을 보여준다. 그 간극에는 사물의 실재에 가닿지 못하는 언어
의 한계와 시인의 슬픔이 내재되어 있다. ⓐ꽃은 나무에서 떨어지는 실재
하는 사물이다. ⓑ꽃은 내가 호명하는 언어로서 실재 사물인 ⓐ꽃을 지
시하는 사물의 이름이다. 실재하는 사물 ⓐ꽃은 'ㄲ+ㅗ+ㅊ'이라는 일
련의 한글 기표(signifiant)로 발음되는 소리[꼳]와 필연적 관계를 맺고 있지
않다. 실재하는 사물 ⓐ꽃은 영어와 프랑스어와 독일어 등의 외국어로 호
명될 때 'ㄲ+ㅗ+ㅊ'과는 전혀 다른 소리로 결합되어 호명된다. ⓑ꽃은
ⓐ꽃이라는 실재하는 사물을 각기 다른 기표로 호명하고 지시하는 언어
중의 하나일 뿐이다. ⓐ꽃과 ⓑ꽃은 일정한 언어 사회 내에서만 맺는 자
의적 관계이다. 그러므로 실재하는 사물 ⓐ꽃을 "「꽃이여!」라고 내가 부
르면" 실재하는 사물 ⓐ꽃은 나의 의식 속에서 ⓐ꽃이라는 사물의 개념
과 청각 영상[21]으로 피어오른다. 하지만 ⓐ꽃과 ⓑ꽃의 관계는 서로 자

---

21) 언어 기호가 결합시키는 것은 한 사물과 한 명칭이 아니라, 하나의 개념과 하나의
청각 영상이다. 이 청각 영상이란 순전히 물리적 사물인 실체적 소리가 아니라, 그
소리의 정신적 흔적, 즉 감각이 우리에게 증언해 주는 소리의 재현이다. 우리는 개
념과 청각 영상의 결합을 기호라고 부른다. 그러나 일상 용법에서는 이 용어가 일
반적으로 청각 영상―가령 하나의 낱말―만을 지칭한다. 나무(arbor)를 기호(singe)
라고 부르는 것은, 단지 이 낱말이 '나무'라는 개념을 지니고 있어, 그 결과 감각 부
분의 관념이 전체의 관념을 내포하고 있기 때문이라는 것을 망각하고 있는 것이

의적 관계인 까닭에 나의 의식 속에 피어오른 ⓑ꽃은 ⓐ꽃이면서도 ⓐ꽃이 아니다. 실재하는 ⓐ꽃과 사물의 이름인 ⓑ꽃 사이에는 좁힐 수 없는 간극이 있는 것이다. 그 간극은 사물을 온전히 드러낼 수 없는 언어의 한계이다. 반복해서 "「꽃이여!」라고 내가 부르면" 부를수록 나는 언어의 한계를 더욱 절감하게 된다. 실재하는 사물인 ⓐ꽃은 "내 손바닥에서 어디론지 까마득히 떨어져"간다. "어디론지 까마득히 떨어져 간다"라는 어감 속에는 사물 자체와 사물의 본성에 가닿고 싶지만 언어의 한계로 인해 가닿을 수 없다는 시인의 비애가 묻어있다. 비애를 안고 "한 나무의 변두리에 뭐라는 이름도 없는 것이 와서 가만히 머"무는 실재하는 사물 ⓐ꽃을 바라보는 시인의 시선에는 이름 없는 사물22)을 어떻게 불러야 할 것인지에 대한 곤혹스러움이 있다. 산산이 부서지고 붕괴할 운명 속에 놓인 언어의 위기를 김춘수는 체감하고 있다.

"한 나무의 변두리"는 비가시적 세계와 가시적 세계의 경계이며 아직 내가 명명하지 못한 사물을 호명해야 하는 화자의 곤혹스러움이 발생하는 지점이다. "한 나무의 변두리"는 나의 내재 지평에 진입하여 나의 경험에 지각되었지만 아직 언어로 명명되지 않은 사물들이 머무는 외재 지평이다. 지금까지 논한 '꽃' 연작에서 김춘수의 '꽃'은,

> 관념의 꽃이다. 말라르메가 '내가 꽃이라고 발음할 때, 이 세상에는 없는 꽃의 환영이 떠오른다'고 할 때의 그 꽃과 원칙적으로는 같은 꽃이다. 표현 기호인 언어는 표현되는 것의 내용과는 다르다. 일상에서는 우리는 그것을 착각하고 있다. 꽃이라는 표현 기호가 꽃 그것인 것처럼 된다. 그러나 어느 순간 우리는 존재론적 물음을 우

다. 페르디낭드 소쉬르, 최승언 옮김, 『일반언어학 강의』, 민음사, 1990, 84면.
22) "이런 이름 없는 상태, 그것은 침묵이다. 그것은 언어로 표현할 수 없는, 자기에게 달라붙은 그 어떤 것이 된다. 그러나, 그것은 타자와의 완전한 단절을 의미한다. 그때 자기는 타자 앞에서 완전히 백치가 된다." 김현, 「김춘수와 시적 변용」, 『상상력과 인간/시인을 찾아서』, 문학과지성사, 1991, 182면.

리 주위의 사물들에 대해서 하는 수가 있다. 이 시(「꽃」)는 사물로서의 꽃의 생태적인 속성을 매개로 해서 인간의(인간적 존재 양상이라고 함이 더 적절하리라) 근원적 고독을 드러내려고 해본 것이라고 할 수 있다.[23]

이와 같이 김춘수의 "꽃"은 말라르메의 언어관과 관련되어 있다. 김춘수의 "꽃"은 말라르메 언어관의 맥락 속에서 더욱 살펴볼 필요가 있다.

자연 사물을 언어의 작용에 따라 거의 즉각적인 공기 진동에 의한 소멸로 옮겨적는 이 기적이 무슨 소용일까? 다만 순수 개념이, 어떤 비근하거나 구체적인 환기의 제약을 받지 않고, 거기서 발산되도록 하기 위해서가 아니라면.
내가 "꽃"이라고 말하면, 내 목소리에 따라 여하간 윤곽도 남김없이 사라지는 망각의 밖에서, 모든 꽃다발에 부재하는 꽃송이가, 알려진 꽃송이들과는 다른 어떤 것으로, 음악적으로, 관념 그 자체가 되어 그윽하게, 솟아오른다.[24]

말라르메가 「르네 길의 『언어론』 서문」에서 말하고 있는 것은 말라르메 자신이 지향하는 시 언어의 이상[25]이다. 실재하는 사물 ⓐ꽃을 ⓑ꽃이라고 말할 때마다 ⓐ꽃의 사물성은 "거의 즉각적인 공기 진동에 의"해 소멸한다. 발화되는 음파인 한 음절로서 ⓑ꽃은 실재하는 사물인 ⓐ꽃을 지시하면서도 공기 속으로 퍼져 사라진다. 우리가 "꽃"이라는 말을 한 번 발화할 때 ⓐ꽃의 부재 속에서 ⓑ꽃은 피고 진다. ⓑ꽃이라는 말 속에서 ⓐ꽃이라는 사물성은 사라지고 '꽃'이라는 개념은 우리의 의식 속에 피

---

23) 김춘수, 「릴케와 나와 시」, 앞의 책, 243면.
24) 스테판 말라르메, 유평근 옮김, 「르네 길의 『언어론』 서문」, 『시의 이해』, 민음사, 1983, 237~238면. 인용된 번역은 스테판 말라르메, 황현산 옮김, 『시집』, 문학과지성사, 2005, 22~23면. 황현산의 해설 「말라르메의 언어와 시」에서 재인용.
25) 황현산, 위의 글, 23면.

어오른다. 동시에 ⓑ꽃이라는 음성은 공기 속으로 소멸한다. 물질성을 지닌 '꽃'의 부재 속에서 피어오르는 꽃의 언어가 곧 시이다. 시는 사물을 지시하면서도 사물의 부재와 "공기 진동에 의한 소멸"의 운명을 겪어야 한다. "내가 '꽃'이라고 말하면" '꽃'이라는 말은 사물을 지시하면서도 사물의 부재를 드러내고 "음악적으로, 관념 그 자체가 되어 그윽하게, 솟아"올랐다가 소멸한다.

'꽃'이라고 말할 때마다 꽃의 물질성이 소멸할 수밖에 없는 언어의 운명 속에서 자연 사물인 '꽃'을 언어로 명명하고 호명하는 것이 의미있는 것으로 자리매김되는 것은, '꽃'이라는 "순수 개념"이 "어떤 비근하거나 구체적인 환기의 제약을 받지 않고" '꽃'이라는 발화 속에 온전히 발산될 때이다. '꽃'이라는 말의 발화는 소멸하는 꽃의 물질성의 잔향을 공기 중에 진동시킨다. 동시에 우리의 의식 속에 '꽃'이라는 순수 개념을 피워 올리면서 "그윽하게" 공기 속에서 "음악적으로" 사라짐으로써 시의 언어라는 의미를 지닌다. 말라르메의 시 언어의 이상은 음악적 사라짐을 통해 시의 언어 속에 사물의 순수 개념을 온전히 드러내려 한 것이다. 그러나 휘발되는 시의 언어 속에서 사물 자체와 사물의 순수 개념을 완벽하게 담아내고자 하는 것은 주지하다시피 불가능하다. 김춘수는 「꽃·Ⅱ」를 통해 언어가 처해있는 위기와 한계를 극명하게 인식하고 있으며 그의 시론이 말라르메의 시 언어의 이상의 맥락 속에 놓여있다는 것을 보여주고 있다.

김춘수는 사물과 언어 사이의 깊은 균열을 직시하고 사물의 본성과 순수 개념을 드러낼 수 없는 언어에 대한 한계를 크게 절감한다. 사물을 있는 그대로 드러낼 수 없는 언어에 대해 깊은 회의를 품는다. 「나목과 시 서장序章」에는 그가 시인으로서 품는 언어에 대한 회의와 고뇌가 독백의 어조로 담겨져 있다.

겨울하늘은 어떤 불가사의의 깊이에로 사라져 가고,

있는 듯 없는 듯 무한은

무성하던 잎과 열매를 떨어뜨리고

무화과나무를 나체로 서게 하였는데,

그 예민한 가지 끝에

닿을 듯 닿을 듯하는 것이

시일까,

언어는 말을 잃고

잠자는 순간,

무한은 미소하며 오는데

무성하던 잎과 열매는 역사의 사건으로 떨어져 가고,

그 예민한 가지 끝에

명멸하는 그것이

시일까,

— 「나목과 시 서장(序章)」
(『부다페스트에서의 소녀의 죽음』) 전문

「나목과 시 서장序章」에서 주목할 시어는 '깊이'와 '무한'과 '무화과나무'이다. '겨울하늘'이라는 시공간의 가시적 사물은 분명하면서도 쉽게 파악되지 않는 존재의 '깊이'를 지니고 있다. 존재의 '깊이'는 일종의 우주의 심연으로서 다가가면 다가갈수록 끝없이 빠져드는 허공으로의 '무한'한 추락과 우주로의 '무한'한 상승 체험을 제공한다.

존재는 이름 붙일 수 없지만 분명한 형태와 색채를 지닌 '겨울하늘'처럼 구체적 사물로 우리의 눈앞에 현현하고 있다. 하지만 사물의 이름과 사물의 본질과 존재의 의미에 대한 근본적 물음을 제기하는 순간 사물은, "어떤 불가사의한" 존재가 되어 아득하고 먼 곳의 심연으로 우리를 이끌면서 현기증과 공포를 안긴다. 자명한 것처럼 주어진 사물은 존재의 근본적 물음 앞에서 아주 낯선 이물감을 제공하는 사물로 나타난다. 김춘수의 시에 대한 다음과 같은 신범순의 언급은 주목할 만하다. 김춘수의 "시들이 지니고 있는 첫 번째 특징 중의 하나는 '이것은 무엇인가?'라는 의문이다. 이 의문은 일상의 대상들을 어둠 속에 침몰시키면서 끊임없이 반복된다. 그리고 가장 근본적인 것을 붙잡으며 삶의 근원적인 흐름 속에서 무엇인가 발견하고자 한다. 그는 이 의문을 우주적인 것으로 만들면서 자신의 삶을 진정으로 의미 있고 생기 있게 만들 수 있는 세계에 대한 강력한 염원과 관련"[26]시킨다.

존재에 대한 근본적 물음 앞에서 전혀 자명하지 않은 사물로 나타난 존재는 사물이 기원한 존재의 근원[고향]을 열어준다. 존재의 근원은 "역사적 사건"이 발생하는 일상의 시공간으로부터 우리를 들어올려 진공 상태의 우주적 시공간으로 진입시킨다. "언어는 말을 잃고/잠자는 순간"과 대면하여 최초의 존재론적 언어를 명명하고 호명할 순간을 탄생시킨다. 그 순간이 바로 최초의 시적 언어가 탄생하는 순간이다. 그러나 "걷고 있는 잎진 가로수 곁을/돌아오는 죽음의/풋풋하고 의젓한 무명의 그 얼굴(「죽음」)"처럼 존재의 근원으로 열린 문 안은 매우 어둡고 아득하여 '어디로' 이어지는지 우리는 알 수 없다. 최초의 시적 언어의 탄생을 눈앞에 두고 우리는 언어로 말할 수 없는 침묵과 고통을 겪어야 한다. 다만 우리는 현존재의 근원인 '그곳'에서 솟아올랐다가 '어딘가로' 추락하게 될 운명을 지닌 현존재의 형태와 색채의 현현을 볼 뿐이다. "죽음이 가고 있는 경건한 발소리(「죽음」)"를 듣고 있을 뿐이다. 아득함과 영원한 추락의 공포를 한꺼번에 체험하게 하는 사물의 본질과 존재의 의미에 대한 근본적 물음은, 존재의 근원을 품고 있는 심연이다. 존재에 대한 근본적 물음은 존재의 탄생과 죽음의 비밀을 품은 무한에 맞닿아 있다는 것을 인식하도록 한다. '깊이'와 '무한'은 "말을 바꾸면 절대이며, 사물의 실재이다. 플라톤적인

---

26) 신범순, 「무화과나무의 언어」, 『작가세계』 여름호, 세계사, 1997, 61면.

표현으로 바꾸면 그것은 사물의 이데아이다. 시란 이 무한으로 가는 통로이다. 이 통로를 통해 인간 조건은 극복될 수 있기 때문이다. 결국 시는 초극이며 해설이다. 사람이 무한, 사물의 실재에 도달할 때, 의식의 때가 완전히 벗겨질 때 사람들은 해탈한다. 죽음까지도 그때는 하나의 초극의 대상"[27]이다. 무한은 우리를 "향하여/미지의 제 손을 흔들(「죽음」)"며 눈앞의 구체적 사물로 현현하여 왔다가 돌아가는 존재의 생성과 무無가 공존하는 심연이다.

「나목과 시 서장序章」에서 겨울하늘 아래 "나체로 서" 있는 무화과나무는 깊이와 무한이 현현한 사물이다. 꽃을 피우지 않으면서도 무성한 "잎과 열매"를 맺는 무화과나무처럼 깊이와 무한은 꽃을 피우지 않는 무無의 행위를 통해 지상에 무화과나무를 나타나게 한다. "잎과 열매"를 생성시키기도 하고 "무성하던 잎과 열매를 떨어뜨"려 "나체로" 서 있게 하기도 한다. 이는 릴케의 시「두이노의 비가」제6비가를 연상시킨다.

> 무화과나무여, 너는 벌써 오래 전부터 내게 많은 의미를 주었다./ 너는 개화의 단계를 거의 완전히 건너뛰고,/내세움 없이 너의 순수한 비밀을/때맞추어 결심한 열매 안으로 밀어넣는다./ (중략) /신이 백조의 몸 속으로 뛰어들었듯이[28]

릴케의 무화과나무는 인간이 다다르고자 하는 궁극의 이상을 가리키며 김춘수의 무한과 무화과나무가 추구하는 바와 같다. 김춘수의 무화과나무의 "나체"는 존재의 깊이와 무한의 벌거벗은 진면목을 가리킨다. 존재의 깊이와 무한의 나체가 무화과나무의 "그 예민한 가지 끝"에 드러났음에도 불구하고 김춘수는 존재의 깊이와 무한에 "닿을 듯 닿을 듯하"면서도 닿지 못하는 언어에 대한 깊은 회의를 한다. 김춘수의 언어에 대한

---

27) 김현, 「김춘수와 시적 변용」, 앞의 책, 180면.
28) 라이너 마리아 릴케, 「두이노의 비가」, 앞의 책, 467면.

회의는 "시일까," 하고 반복해서 묻는 두 번의 쉼표(,)에서 더욱 두드러진 다. 깊이와 무한을 언어로 온전히 드러낼 수 없는 까닭에 시인의 "언어는 말을 잃고" 잠을 잔다. 존재의 깊이와 무한은 언어의 침묵을 가로질러 "미 소하며" 온다. 깊이와 무한의 "무성하던 잎과 열매"는 현존재의 역사적 사 건인 삶을 끝내고 다시 깊이와 무한의 심연으로 아득히 떨어져 간다.

> 시를 잉태한 언어는
> 피었다 지는 꽃들의 뜻을
> 든든한 대지처럼
> 제 품에 그대로 안을 수가 있을까,
> 시를 잉태한 언어는
> 겨울의
> 설레이는 가지 끝에
> 설레이며 있는 것이 아닐까,
> 일진의 바람에도 민감한 촉수를
> 눈 없고 귀 없는 無邊으로 뻗으며
> 설레이는 가지 끝에
> 설레이며 있는 것이 아닐까,

> — 「나목과 시」(『꽃의 소묘』) 부분

「나목과 시」에서 김춘수의 언어에 대한 회의는 더욱 심화된 독백으로 표현되고 있다. "시를 잉태한 언어"는 사물의 본성을 지닌 대지와 대조된 다. "꽃들의 뜻"을 인간의 언어로 번역하지 않고도 사물 자체로 품고 있 는 대지와 달리 시를 잉태시키는 언어는 꽃을 지시하면서도 꽃이라는 사 물의 부재 속에서 탄생하는 모순과 한계를 겪어야 한다. 사물의 부재 속 에서 사물의 의미를 품어야 하는 언어에 대한 깊은 회의는 "그대로 안을 수가 있을까,"라는 의문문에 드러난다. 김춘수는 시인으로서 의탁할 수밖에 없는 언어에 대한 희미한 기대감을 "설레이며 있는 것이 아닐까,"라는 두 번째 의문문을 통해 조심스레 표명한다. 사물의 본질과 존재의 의미를 형상화해내려는 시의 언어가 사물의 부재를 드러내는 모순 속에서도 김춘수는 언어에 대한 믿음을 조심스럽게 표명한다. "시를 잉태한 언어"는 "민감한 촉수를" 내밀며 흔들리는 사물의 끝없는 가장자리, 즉 "설레이는 가지 끝"에 "설레이며 있는 것이 아닐까" 하고 조심스레 기대한다. 그러나 김춘수의 언어에 대한 기대는 언어에 대한 깊은 회의를 극복하지 못한다.

> 꽃을 소재로 하여 형이상학적인 관념적인 몸짓을 하게 되었다. 이런 상태가 한 10년 계속되다가 60년으로 들어서자 또 어떤 회의에 부닥치게 되었다. 내가 하고 있는 몸짓은 릴케 기타의 시인들이 더욱 멋있게 하고 간 것이 아닌가 (중략) 또 하나 중요한 문제는 관념이란 시를 받쳐줄 수 있는 기둥일 수 있을까 하는 회의였다.[29]

김춘수의 언어에 대한 회의는 사물의 본성에 대한 물음으로 확장된다. 「분수」는 사물의 본성 자체에 대한 물음과 함께 시인의 운명과 언어의 회의를 복합적으로 보여준다.

> 1
>
> 발돋움하는 발돋움하는 너의 자세는
> 왜 이렇게
> 두 쪽으로 갈라져서 떨어져야 하는가,
>
> 그리움으로 하여
> 왜 너는 이렇게
> 산산이 부서져서 흩어져야 하는가,

---

29) 김춘수, 「의미와 무의미」, 앞의 책, 351면.

2

모든 것을 바치고도
왜 나중에는
이 찢어지는 아픔만을
가져야 하는가,

네가 네 스스로에 보내는
이별의
이 안타까운 눈짓만을 가져야 하는가.

3

왜 너는
다른 것이 되어서는 안 되는가.

떨어져서 부서진 무수한 네가
왜 이런
선연한 무지개로
다시 솟아야만 하는가.

― 「분수」(『꽃의 소묘』) 전문

비상과 추락의 운동을 영원히 반복해야 하는 분수는 무한에 닿고자 하
는 상승 의지와 허공으로 떨어지는 하강의 비애가 서려있는 사물이다. 비
상과 추락을 반복하는 분수에는 존재의 근원에 닿고자 하는 시인의 모습
이 투영되어 있다. 분수는 이카루스의 비상과 추락을 연상시킨다. 사물의
본성과 존재의 의미를 언어로 온전히 담아내고자 하는 시인의 이카루스
적 상승 의지는 존재의 무한에 다다르고자 비상하지만 언어의 한계로 인

해 추락하여 죽음을 맞이하고 마는 이카루스의 운명을 품고 있다. 「분수」의 1이 분수의 본성에 대한 근본적 물음을 "왜 이렇게"라는 질문을 통해 담아내고 있다면 「분수」의 2는 분수처럼 존재의 근원에 다다르지 못하고 절대 언어를 품지 못하고 추락하면서 "찢어지는 아픔만을/가져야 하는" 시인의 운명을 보여준다. 「분수」의 3은 분수의 본성에 대한 근본적 물음을 다시 한 번 제기하면서 "떨어져서 부서진" 분수와 시인의 슬픔이 빚어내는 아름다움, 무지개[30]를 그려내고 있다. 시인은 존재의 근원인 사물을 언어로써 온전히 그려내어 무한에 다다르고자 매번 날아오르는 이카루스이지만 언어의 한계로 인해 추락하고 마는 존재이다. 그러나 시인은 지상으로의 추락과 죽음을 두려워하지 않고 매번 비상하여 언어의 한계를 딛고 무한을 향해 비상하려는 상승 의지를 지닌 존재이기도 하다. 분수는 사물의 본질과 존재의 의미를 온전히 담아내려는 절대 언어의 불가능한 시쓰기의 운명을 짊어진 시인의 자화상이다. 김춘수는 사물의 본질과 존재의 의미를 담아내려는 불가능한 시쓰기의 운명을 거부하지 않는다. 그는 사물의 본질과 존재의 의미를 담아내려 한 자신의 은유적 언어에 대한 깊은 회의를 통해 언어의 한계를 극복할 시적 방법론을 모색한다.

라. 은유적 언어에 대한 회의

시적 언술(discours)[31]은 서로 다른 두 가지 의미 방향을 따라서 이루어진

---

30) "일종의 창공의 가상이다. 창공을 향한 파편의 저편에서 그리움으로 다시 솟는 무지개는 사실은 가상일 뿐이다. 그리하여 김춘수는 "왜 너는 다른 것이 되어서는 안 되는가"고 말한다. 자기 자신의 분열만을 통하여 창공을 바라본다는 점에서 분수는 깊이의 천착이다." 김현, 「김춘수와 시적 변용」, 앞의 책, 185면 참고.

31) "문장보다 높은 차원의 언어 표현을, 그것을 이루고 있는 문장들이 연계적으로 짜여 나가는 규칙의 견지에서 이를 때에 언술이라고 한다. 문학적 언술(discours littéraire)이라고 한다면, 그것은 문학 작품을 문학 작품을 문학 작품이게끔 하는 법칙을 전제하고 그 법칙의 견지에서 문학 작품을 이르는 명칭"을 가리킨다. 츠베탕 토도로프, 곽광수 옮김, 『구조시학』, 문학과지성사, 1977, 15면 역주 참고.

다. 시에서 한 화제는 유사성(similarity) 또는 인접성(contiguity)에 의해서 다른 화제로 연결된다. 유사싱은 은유[32]적 언어로 연결되고 인접성은 환유적 언어로 연결되는 표현의 경우가 두드러진다.[33] 시적 언술로서 은유는 유사성의 원리가 적용된다. "성공적인 은유의 사용은 사물들의 유사성을 파악하는 능력에 의존"[34]한다.

> 유사성의 원리가 시를 지배한다. 시구의 운율적인 대구법과 각운의 음성적 동일성이 유사성과 의미 대조의 문제를 야기시킨다. (중략) 반대로 산문은 인접성의 관계 안에서 기본적으로 작용하고 있다. 결국 시에 대해서는 은유가, 산문에 대해서는 환유가 보다 적은 저항을 이룬다. 이 점이 시적 비유에 관한 연구가 주로 은유의 방향으로 행해져야 한다는 점을 설명해준다.[35]

유사성의 원리로 적용되는 "선택의 기준은 '등가성', '유사성/상이성', '동의성/반의성'이며, 결합의 기준은 '인접성'이다. 시적 기능은 등가성의 원리를 선택의 축(계열축)paradigmatic에서 결합의 축(통합축)syntagmatic axis

---

32) 은유에 관한 이론은 1)치환 이론, 2)상호작용 이론, 3)개념이론, 4)맥락 이론으로 크게 네 가지로 압축할 수 있다. 김욱동, 『은유와 환유』, 민음사, 1999, 102면 참고. 국내에 번역된 은유와 상징 및 환유에 관한 이론은 I.A. 리처드, 『수사학의 철학』, 박우수 옮김, 고려대출판부, 2001.;필립 윌라이트, 김태옥 옮김, 『은유와 실재』, 문학과지성사, 1982.; 노드롭 프라이, 임철규 옮김, 『비평의 해부』, 한길사, 1982.; 테렌스 혹스, 심명호 옮김, 『은유』, 서울대 출판부, 1978.; 김현 편, 『수사학』, 문학과지성사, 1985.; 김용직 편, 『상징』, 문학과지성사, 1988; 로만 야콥슨, 신문수 편역, 『문학 속의 언어학』, 문학과지성사, 1989.;정원용, 『은유와 환유』, 신지서원, 1996.; 조지 레이코프・마크 존슨, 노양진・나익주 옮김, 『삶으로서의 은유』, 서광사, 1995. 등을 참조.
33) 로만 야콥슨, 「언어의 두 측면과 실어증의 두 유형」, 『일반언어학 이론』, 민음사, 1989, 66면 참고.
34) 아리스토텔레스, 이상섭 옮김, 「시학」, 『아리스토텔레스의 『시학』 연구』, 문학과지성사, 2002, 114면.
35) 로만 야콥슨, 위의 책, 71면.

으로 투영"36)한다.

    은유는 어떤 사물에 다른 어떤 사물에 속하는 이름을 붙여주는 것이다. 그런데 그 이름의 전이(轉移)는 ①유(類)에서 종(種)으로, ②종에서 유로, ③종에서 종으로 이루어지거나 또는 ④유추를 근거로 이루어진다.37)(밑줄과 부호는 필자)

    아리스토텔레스는 『시학』에서 은유에 관해 위와 같이 4가지로 정의한다. 그는 그중에서 유추에 의한 은유를 진정한 은유이며 가장 독창적인 시적 언술이라고 주장한다. "유추는 하나의 모델과 이의 규칙적인 모방을 전제한다. 유추 형태는 정해진 규칙에 따라 하나 또는 그 이상의 형태를 모델로 해서 이루어진 형태"38)를 가리킨다.

    은유(metaphor)란 말은 희랍어의 metaphora에서 왔는데, 이 말은 '넘어로'라는 의미의 meta와 '가져가다'라는 의미의 pherein에서

---

36) 로만 야콥슨, 「언어학과 시학」, 앞의 책, 222면. 로만 야콥슨의 은유와 환유의 이항 대립을 언어의 영역에 적용한 도식은 다음과 같다. 로만 야콥슨, 「언어의 두 측면 과 실어증의 두 유형」, 위의 책, 71~72면.; 박성창, 『수사학』, 문학과지성사, 2000, 197면 참고.

층위　　　용어들간의 관계	계열체적 관계	통합체적 관계
랑그	유사성	인접성
언어 행위	선택	결합
전의	은유	환유
장르	시	산문
유파	낭만주의 및 상징주의	사실주의

37) 김욱동, 앞의 책, 102면. 이상섭의 번역은 다음과 같다. "은유는 한 사실에서 다른 사실로, 즉 유에서 종으로, 종에서 유로, 종에서 종으로, 또는 유추에 의하여 한 낱 말을 옮겨서 쓰는 것이다." 아리스토텔레스, 이상섭 옮김, 「시학」, 『아리스토텔레 스의 『시학』 연구』, 문학과지성사, 2002, 108면 재인용.
38) 페르디낭드 소쉬르, 앞의 책, 190면.

연유되었다. 은유란 언어작용의 한 특이한 조합으로서 이에 의하여 한 사물의 양상이 다른 하나의 사물로 '넘겨 가져가'지거나 옮겨져서 두 번째의 사물이 마치 첫 번째 사물처럼 서술되는 것을 가리킨다.[39]

은유는 서로 다른 두 개의 대상과 개념을 전제한다.[40] 은유는 두 개념 사이의 유사성과 상이성을 하나의 내적 동일성의 원리로 파악하고 하나의 대상이나 개념을 다른 대상이나 개념으로 전이轉移시켜 의미의 전이를 발생시킨다. 은유는 하나의 대상과 개념을 또 다른 유類와 종種의 대상과 개념의 언어로 옮기거나 유추하여 이름을 붙이는 언술이다. 곧 사물의 이름을 명명하는 언술 행위가 은유이다.

사물의 본질과 존재의 의미를 추구하고 사물의 근원과 무한에 다다르려는 김춘수의 시는 유사성의 원리가 적용되는 은유적 언어가 매우 우세하게 활용되고 있다. 사물의 이름을 명명하고 의미를 부여하는 시어 선택의 기준으로서 작동하는 은유는 김춘수의 「꽃」에서 분명히 드러난다.

> 내가 그의 이름을 불러 주기 전에는
> 그는 다만
> 하나의 몸짓에 지나지 않았다.
>
> 내가 그의 이름을 불러 주었을 때
> 그는 나에게로 와서
> 꽃이 되었다.
>
> 내가 그의 이름을 불러 준 것처럼
> 나의 이 빛깔과 향기에 알맞은

---

39) 테렌스 혹스, 심명호 옮김, 『은유』, 서울대출판부, 1면.
40) 김욱동, 앞의 책, 111면 참조.

누가 나의 이름을 불러다오.
그에게로 가서 나도
그의 꽃이 되고 싶다.

우리들은 모두
무엇이 되고 싶다.
너는 나에게 나는 너에게
잊혀지지 않는 하나의 눈짓이 되고 싶다.

— 「꽃」(『꽃의 소묘』) 전문

　「꽃」에서 유추의 모델이 되는 것은 인간의 경험의 지평에 나타나지 않고 이름 없이 비가시적 세계의 '거기'에 존재하는 사물이다. 앞서 「꽃」을 분석한 바와 같이 사물은 이름이 없는 까닭에 사물의 의미 또한 아직 부재하다. 의미 없는 사물을 지시하기 위해 김춘수는 은유의 한 형식인 의인법으로 사물을 '그'로 명명하고 호명한다. '그'라는 대명사로 명명되고 호명된 사물의 움직임은 그의 '몸짓'이라는 언어로 선택[41]되고 비유된다.
　사물의 의미가 발생되는 순간은 사물의 이름을 "불러주었을 때"이다. 의미 없는 사물을 지시하는 대명사 '그'는 사물의 호명과 명명에 의해 의미있는 존재의 은유인 '꽃'으로 비유된다. 유사성의 원리에 의해 의미를 지닌 '꽃'은 '무엇'과 '눈짓'이라는 계열축의 언어로 치환된다. 곧 '그'와 '몸짓'의 계열축이 이름을 지니지 못한 의미 없는 사물의 은유라면 '꽃'과

---

41) "취할 수 있는 항들 사이에서 이루어지는 선택은 이 항들 가운데 어느 한 항을, 어떤 면에서 보면 동일한 가치를 가지고 있으나 또 다른 면에서 보면 다른 가치를 가지는, 어떤 항과 교체할 수 있는 가능성을 내포한다. 실제로 선택과 대치는 동일한 한 가지 작용의 다른 두 측면이다. 의미 작용의 유사성은 메타언어의 상징 기호와 이 메타언어와 관계하는 언어의 상징 기호를 서로 연결짓는다. 유사성은 은유적 항과 이것과 대치하는 항과 연결짓는다." 로만 야콥슨, 「언어의 두 측면과 실어증의 두 유형」, 앞의 책, 50~51면 참고.

'무엇'과 '눈짓'의 계열축은 명명되고 호명되어 의미를 획득하게 된 모든 사물의 은유이다. 김춘수의 「꽃」은 의미 없는 사물의 계열축에서 명명과 호명을 통해 의미를 획득한 사물의 계열축으로 이동하는 시적 언술로 구축된 작품인 것이다.

> 나비는 가비야운 것이 美다.
> 나비가 앉으면 순간에 어떤 우울한 꽃도 환해지고 다채로와진다. 변화를 일으킨다. 나비는 복음의 천사다. 일곱 번 그을어도 그을리지 않는 순금의 날개를 가졌다. 나비는 가장 가비야운 꽃잎보다도 가비야우면서 영원한 침묵의 그 공간을 한가로이 날아간다. 나비는 신선하다.

— 「나비」(『拾遺詩篇』) 전문

> VOU라는 음향은 오전 열한 시의 바다가 되기도 하고, 저녁 다섯 시의 바다가 되기도 한다. 마음 즐거운 사람에게는 마음 즐거운 한 때가 되기도 하고, 마음 우울한 사람에게는 자색의 아네모네가 되기도 한다. 사랑하고 싶으나 사랑하지 않는 사람에게는 그만한 이유가 되기도 한다.

— 「VOU」(『다른 시집에 수록되지 않은 초기 시』) 전문

이름 없는 사물에 대한 명명과 호명을 통한 사물의 의미 추구를 은유를 통해 구축하는 김춘수는 사물의 새로운 의미 부여 또한 은유를 통해 성취한다.

「나비」에서 나비는 전혀 다른 개념을 지닌 '美'와 '복음의 천사'의 은유로 치환되고 있다. 은유가 서로 다른 사물과 개념의 유사성보다 상이성의 차이가 클수록 효력을 발휘한다는 것을 감안한다면 「나비」의 독특한

시적 효과는 은유에서 기원한다는 것을 알 수 있다.

「VOU」에서도 "VOU라는 음향"은 "오전 열한 시의 바다"와 "저녁 다섯 시의 바다"로 은유되고 있다. "VOU라는 음향"이 은유의 원관념인 상수常數라면 "오전 열한 시의 바다"와 "저녁 다섯 시의 바다"는 "VOU라는 음향"의 변수變數로서 보조관념이다. 변수로서 보조관념은 "VOU라는 음향"이라는 원관념에 비추어 유사성과 상이성의 특질을 드러내며 "마음 즐거운 한때"와 "자색의 아네모네"와 "그만한 이유"로 다채롭게 교체되고 변주되고 있다. "VOU라는 음향"은 「VOU」의 본문 안의 사물뿐만이 아니라 시인이 의미를 부여할 수 있는 「VOU」의 본문 밖의 부재하는 잠재적 사물[42]까지 거느릴 수 있는 은유의 특성을 보여준다.

1

그는 그리움에 산다.
그리움은 익어서
스스로도 견디기 어려운
빛깔이 되고 향기가 된다.
그리움은 마침내
스스로의 무게로
떨어져 온다.
떨어져 와서 우리들 손바닥에
눈부신 축제의

---

42) 시인이 의미 부여를 한 "VOU라는 음향"의 보조관념은 「VOU」라는 작품 밖에 시인의 두뇌 속에 무한히 존재할 수 있다. 소쉬르는 이를 "각 개인의 언어를 구성하는 내적 보고(寶庫)의 일부"라 하고 연합관계라고 칭한다. "연합관계는 잠재적인 기억의 계열 속에 있는 부재적 사항들을 결합"시킨다. 즉 시인에게 '의미있는 사물'의 은유인 "VOU라는 음향"은 '의미있는 사물'이라는 원관념을 중심으로 수없이 많은 보조관념의 유사한 시어를 수직적 계열로 거느리고 있는 것이다. 소쉬르의 연합관계는 로만 야콥슨의 계열체적 관계에 해당한다. 로만 야콥슨, 앞의 책, 147면 참고.

비할 바 없이 그윽한
여운을 새긴다.

2

이미 가 버린 그날과
아직 오지 않은 그날에 머물은
이 아쉬운 자리에는
시시각각 그의 충실만이
익어간다.
보라,
높고 맑은 곳에서
가을이 그에게
한결같은 애무의
눈짓을 보낸다.

3

놓칠 듯 놓칠 듯 숨 가쁘게
그의 꽃다운 미소를 따라가며는
세월도 알 수 없는 거기
푸르게만 고인
깊고 넓은 감정의 바다가 있다.
우리들 두 눈에
그득히 물결치는
시작도 끝도 없는
바다가 있다.

　　　　　　　　　　－「능금」(『꽃의 소묘』) 전문

「능금」의 1에서 능금이라는 사물은 "그"라는 의인법으로 비유된다. 익는다는 속성을 지닌 능금의 개념은 '그리움'에 드리워짐으로써, '그리움'이라는 개념은 능금의 은유이면서 익는다는 개념을 획득한다. 더 나아가 '그리움'은 능금의 개념에 포함되는 빛깔과 향기와 무게를 지닌 사물로 확장된다. 1의 '여운'은 능금이 익어서 떨어진 나뭇가지 끝에 매달린 여운이면서 그리움의 부재가 빚어낸 정서의 은유이다.

1이 '능금'이라는 구체적 사물과 '그리움'이라는 정서의 은유를 지시한다면 2는 '능금'이라는 구체적 사물뿐만이 아니라 사물과 사물 사이의 관계 또한 환기시키며 은유하고 있다. "이미 가버린 그날과/아직 오지 않은 그날에 머물은/이 아쉬운 자리"는 능금이라는 구체적 사물을 거느리고 있던 나뭇가지 끝을 은유하면서도 "이 아쉬운 자리"는 사람과 사물이 맺는 관계와 사람과 사람이 맺는 관계 모두가 소멸하는 '아쉬운' 시공간을 은유하기도 한다. "아쉬운 자리"는 '능금'으로 표명되는 존재의 부재를 가리키는 은유이며 동시에 그 아쉬움을 메우기 위해 존재가 다시 '시시각각' 생성되는 시공간이다. '충실'이라는 추상 명사는 능금과 그리움이 지닌 '익는다'는 유사성의 원리에 의해 다시 선택됨으로써 부재하는 존재의 내밀한 생성을 의미하는 은유가 되고 있다.

3에서 구체적 사물인 '능금'은 사물과 존재 일반의 은유로 확장된다. 탄생해서 익어가는 존재와 익으면 소멸을 겪어야 하는 존재의 운명과 다시 잉태되는 존재의 순환 법칙을 보여주는 능금은 존재의 시원과 끝과 순환을 암시하는 은유이다. 능금은 "깊고 넓은 감정의 바다"라는 정서의 크기로 은유되었다가 "시작도 끝도 없는/바다"라는 의미로 확장되어 은유가 되고 있다.

「능금」은 김춘수가 구체적 사물인 능금을 어떤 방식으로 은유하고 의미를 부여하는가를 동시에 분명히 보여주는 작품이다. 축어적 개념인 '능금'(A)은 비유적 관념인 '그리움'(B)을 선택함으로써 축어적 개념인 '능금'(A)에 '그리움'의 의미를 부여하고 의미의 1차 확장을 도모한다. 축어적 개념인 '능금'(A)은 다시 '충실'(C)이라는 비유적 개념을 선택함으로써 존재의 부재와 생성이라는 의미의 2차 확장을 일으킨다. 축어적 개념인 '능금'(A)은 또 다시 존재의 생성과 소멸과 재탄생의 운명이 발생하는 시원으로서 비유되는 '바다'(D)라는 의미의 3차 확장을 일으킨다. 김춘수 시의 은유적 언어는 축어적 개념인 A를 비유적 개념인 B와 C와 D로 조금씩 추상화하고 확장시키는 방식(A=B→C→D)을 취하는 수직적[43] 사유 구조를 드러낸다. 김춘수의 시는 구체적 사물(A)을 매개체로 삼아 사물의 본질과 존재의 의미(B→C→D)를 추구하는 특질을 보여준다.

> 겨울하늘은 어떤 불가사의의 깊이에로 사라져 가고,
> 있는 듯 없는 듯 무한은
> 무성하던 잎과 열매를 떨어뜨리고
> 무화과나무를 나체로 서게 하였는데,
> 그 예민한 가지 끝에
> 닿을 듯 닿을 듯하는 것이
> 시일까,
> 언어는 말을 잃고
> 잠자는 순간,
> 무한은 미소하며 오는데,
> 무성하던 잎과 열매는 역사의 사건으로 떨어져 가고,
> 그 예민한 가지 끝에
> 명멸하는 그것이
> 시일까,

> ― 「나목과 시 서장(序章)」
> (『부다페스트에서의 소녀의 죽음』, 춘조사, 1959) 전문

---

43) "언어를 수직적으로 보는 계열적 관계는 동일한 위치를 차지할 수 있는 요소와 요소 사이의 관계"를 가리킨다. 김욱동, 앞의 책, 254면.

「나목과 시 서장序章」은 김춘수 시의 은유적 언어가 수직적 사유 구조를 지니고 있음을 단적으로 보여준다. 「나목과 시 서장序章」에서 "겨울하늘"은 구체적 시공간의 가시적 세계를 지시하지만 '겨울하늘'은 무엇인가라는 질문과 겨울하늘의 심연과 높이에 대한 근원적 물음을 던지는 순간 겨울하늘이라는 존재의 애매함과 그 내부의 깊이와 높이를 가늠할 수 없는 비가시적 세계를 드러낸다. 겨울하늘은 가시적 세계라는 축어적 개념뿐만 아니라 존재의 근원[고향]을 환기시키는 비가시적 세계의 "어떤 불가사의의 깊이"와 "무한"이라는 비유적 개념을 품고 있다. "깊이"와 "무한"은 존재가 생성된 근원이며 존재의 고향으로 되돌아가는 상상적 깊이와 무한이자 심리적 깊이와 무한으로서 추락과 비상의 비유적 개념을 아우르는 은유이다.

겨울하늘 아래 대지의 한복판에 "나체로 서"있는 무화과나무는 비가시적 세계에서 가시적 세계의 지평으로 현현하여 벌거벗은 채 자신을 드러내고 있는 존재 일반의 은유이다. 꽃을 피우지 않으면서도 열매를 맺는 "무화과나무"를 생성시킨 것은 "있는 듯 없는 듯"한 '무한'이다. 무한의 무無의 행위는 "무화과나무를 나체로 서게 하"는 존립의 근거이자 "무성하던 잎과 열매를 떨어뜨리"는 소멸의 근거이다. 무한은 존재의 근원이자 존재를 죽음으로 인도하는 존재의 고향으로서 형이상학적 의미를 지닌 비유적 개념이다. '지금 – 여기'에 존재하는 사물로서 무화과나무는 이름이 부재하면서도 존재하는 "있는 듯 없는 듯"한 무한의 현현물이다. 무한은 무화과나무처럼 구체적 개별 사물들이 지상에 현현했다가 다시 되돌아가는 존재의 생성과 무無의 시공간이다. 그런 의미에서 무화과나무는 무한의 현존하는 이름이며 무한을 지시하기 위해 매번 새로운 언어로 명명해야 할 은유적 언어이다. 축어적 개념인 무화과나무는 플라톤적 의미를 지닌 이데아에 해당하는 무한에 수직적으로 맞닿아있는 것이다. 플라톤적 의미의 이데아를 지닌다는 점에서 무한은 「나목과 시 서장序章」의 전체에 작용하는 기능을 하면서 은유의 수직적 사유의 수렴점인 상징의 차원으로 상승한다.

> 궁극적으로 은유는 세계를 '해석'하려는 인간의 의지를 반영한다. 그것은 세계의 사물성에 대해 인간이 투사하는 '의미'를 강조한다. (중략) 주체의 시선과 가치 판단이 강조된다. (중략) 수직적 의미론은 그 의미론 바깥의 세계를 배제하는 효과를 지닌다. 이러한 효과는 은유-상징-신화에 이르는 수직적 체계에서 동일하게 나타난다. 이때 은유가 겹치고 체계화된 것이 상징이며, 상징의 극단에 있는 것은 궁극적으로 신화와 종교, 그리고 인간의 이념이 만든 유사 종교들이다. 그래서 은유는 의미론적 구심력에 의해 작동한다고 표현할 수 있다.[44]

무화과나무의 "예민한 가지 끝"은 현존하는 사물의 가장자리이다. 그 존재의 거처는 보이지 않는 무한이 머무르는 장소이다. 그러나 인간의 언어는 구체적 사물이 실재하는 무한의 장소에 머무르지도 못할 뿐더러 "닿을 듯 닿을 듯하"지만 결국은 닿지 못한다. 무화과나무라는 사물은 무한이라는 비가시적 존재의 실재의 현현이지 인간의 언어로 온전히 그려낸 사물이 아니다. 무화과나무라는 인간의 언어는 무화과나무라는 실재의 사물과 별개로 명명된 자의적이고 임의적 언어이기 때문이다. 인간의 언어는 무화과나무라는 구체적 사물의 실재를 온전히 드러낼 수 없을 뿐더러 무화과나무의 시원과 생성과 무無의 근원인 '깊이'와 '무한'에 대해 말할 수 없다.

존재의 "예민한 가지 끝에" "닿을 듯 닿을 듯하는 것이/시일까,"라고 묻는 물음 속에 김춘수는 언어의 한계와 언어가 붕괴할 위기를 예감하고

---

44) 이장욱, 「커뮤니케이션 모형과 비유론」, 『혁명과 모더니즘』, 랜덤하우스중앙, 2005, 184면.

체감하고 있다. 실재하는 사물 무화과나무를 통해 형이상학적 의미의 무한에 다다르려는 김춘수 시의 은유적 언어는 수직적 사유를 지녔음에도 불구하고 은유적 언어가 지닌 한계와 위기 속에서 "언어는 말을 잃고/잠자는 순간"을 목도한다. "언어는 말을 잃고/잠자는 순간"은 언어의 무력함을 비웃으며 무한이 "미소하며 오는" 현현하는 순간이기도 하다. 시의 언어는 무한이 현현하는 순간 발화되어 "무화과나무"의 "예민한 가지 끝"에 닿을 듯 하지만 닿지 못하고 명멸하는 운명을 겪는다. 존재의 현현하는 순간을 언어로 표현하려는 시인은 내면에서 솟아올랐다가 "말을 잃고" "명멸하는 그것"을 매번 확인한다. "명멸하는 그것"은 「꽃 · Ⅰ」에서 분석한 바와 같이 물질성을 지닌 꽃의 부재 속에서 피어오르는 꽃의 언어이며 시이다. 그러나 김춘수는 부재 속에서 피어오르는 꽃의 은유인 "명멸하는 그것"이 "시일까,"라고 다시 시의 언어 자체에 대해 회의한다.

　김춘수 시의 언술은 유사성의 원리를 통한 은유적 언어를 기반으로 화자의 육성을 통해 쓰였다는 특징을 보여준다. 그의 시의 언술은 가시적 사물의 의미 발견과 삶의 비의를 파악하는 데 그치지 않는다. '무화과나무'처럼 구체적 개별 사물을 통해 '무한'이라는 비가시적이며 형이상학적인 의미로 상승하고 상징에 다다르는 수직적 사유를 보여주는 시적 언술의 특징을 보여준다. 그러나 김춘수 시의 언술은 은유적 언어가 지닌 한계로 인해 그가 지향하는 사물의 본질과 존재의 의미 추구를 온전히 성취하지 못한다는 이로니(Ironie)[45])의 특질을 지닌다. 김춘수 시의 은유적 언어가 사

---

45) 이로니는 독일 초기 낭만주의의 핵심개념으로 '무한에의 동경'의 뜻을 품고 있다. 독일의 대표적 낭만주의자인 프리드리히 슐레겔에게 있어서 이로니는 주어진 것을 부단히 초월하는 것이며, 유한한 인간을 넘어서서 유한 너머의 어떤 것을 지시할 수 있는 것을 의미한다. 무한에의 동경(환상)에는 무한에 다다르지 못한다는 좌절과 좌절을 딛고 무한으로 나아가기 위한 성찰이 내재되어 있다. "끊임없는 자기 정체성을 향한 이러한 욕구와 현실적인 충족 불가능성은 낭만주의의 고유한 동경이라는 욕구의 형식을 만들어내지만, 저 욕구의 무한성과 충족의 유한성 사이에는 긴장이 생겨난다. 그 긴장의 영역을 낭만주의자들은 '아이러니'라고 부른다." 김

물의 본질과 존재의 의미를 드러내지 못한다는 한계를 보여주고 있는 것이다. 그런 이유로 김춘수는 은유적 언어에 대한 깊은 회의를 한다.

> 엷은 햇살의
> 외로운 가지 끝에
> 언어는 제만 혼자 남았다.
> 언어는 제 손바닥에
> 많은 것들의 무게를 느끼는 것이다.
> 그것은 몸 저리는
> 희열이라 할까, 슬픔이라 할까,
> 어떤 것들은 환한 얼굴로
> 언제까지나 웃고 있는데,
> 어떤 것들은 서운한 몸짓으로
> 떨어져 간다.
> ─그것들은 꽃일까,
> 외로운 가지 끝에
> 혼자 남은 언어는
> 많은 것들이 두고 간
> 그 무게의 명암을
> 희열이라 할까, 슬픔이라 할까,
> 이제는 제 손바닥에 느끼는 것이다.

> ─「나목과 시」(『꽃의 소묘』) 부분

시의 언어로 발화된 사물은 사물의 물질성과 사물의 본성이 부재한 까

진수, 『우리는 왜 지금 낭만주의를 이야기하는가』, 책세상, 2001, 56면. 로만 야콥슨은 "낭만주의와 상징주의에 있어서 은유적 절차의 우위성"을 강조한 바 있다. 로만 야콥슨, 「언어의 두 측면과 실어증의 두 유형」, 앞의 책, 67면. 독일 낭만주의에서 '동경'에 관한 이론은 지명렬, 『독일낭만주의연구』, 일지사, 1975. 참고.

닭에 언어는 사물과 분리되어 "햇살의/외로운 가지 끝"에 혼자 남아있다. 시의 언어는 사물의 본성과 의미를 온전히 담아내야 한다는 "많은 것들의 무게를 느"낀다. 시의 언어가 느끼는 "많은 것들의 무게"는 시인의 언어에 대한 한계 체감과 시인으로서의 책무를 동반한다. "그것들은 꽃일까," 라고 진술하는 화자는, 부재 속에서 피어오르는 '꽃'이라는 시의 언어의 '회열'과 '슬픔'과 '서운함'을 "명멸하는 그것이/시일까,"라는 문맥과 겹쳐놓는다. 시의 언어에 대한 깊은 회의와 절망을 표현한다.

김춘수는 시의 언어에 대한 깊은 회의와 절망 속에서 은유적 언어의 한계를 체감한다. 그는 사물의 본질과 존재의 의미의 추구 대신 사물의 실재 자체, 즉 있는 그대로의 사물을 온전히 드러내는 시의 언어로의 갱신[46]을 한다. 그는 사물의 본질과 존재의 의미 추구를 성취하기 위해 선택한 은유적 언어로부터 있는 그대로의 사물을 드러낼 수 있는 환유적 언어로의 전환을 이뤄내고 시적 방법론으로서 묘사를 선택한다.

---

46) "사물의 본질보다도 사물의 존재를 사랑하고, 당신 자신보다도 자신의 존재를 사랑하라 - 여기에 아끄메이즘의 가장 높은 계율이 있다"며 상징주의에 대한 혐오감과 아끄메이즘의 계율을 명시한 러시아 아끄메이스트 오쉬쁘 만델쉬땀은 동일성의 원칙을 제시한다. "'A=A.' 이 등식은 참으로 훌륭한 시적 테마이다! 상징주의는 이 '동일성의 법칙Zakon Tozhdestva'에 지쳐 괴로워한 반면, 아끄메이즘은 믿을 수 없는 '실재로부터 참실재로a realibus ad realiora' 대신에 이 법칙을 자신의 슬로건으로 내건다." 김춘수의 은유적 언어로부터의 갱신은 '능금'이 '그리움'이며 '충실'이며 '바다'로 나아가는 '상징의 숲'과 종교적 의미에서 벗어나 '능금'이 곧 능금으로 환원되는, 말이 곧 사물이며 실재인 'A=A'라는 동일성과 실재의 사물로 향하는 귀환의 일종이라 말할 수 있다. 오쉬쁘 만델쉬땀, 조주관 옮김, 「아끄메이즘의 아침」, 『시의 이해와 분석』, 열린책들, 1994, 183~188면 참고.

Ⅲ. 사물과 이미지

가. 시적 방법론으로서 묘사

김춘수는 사물의 본질과 존재의 의미를 드러낼 수 없는 언어의 한계를 극복하기 위해 사물을 있는 그대로 온전히 그려낼 시적 방법론으로 묘사를 선택한다. 김춘수는 직접적인 정서 표출을 절제하고 사물에 대한 미적 판단을 중지하기 위한 언어적 각성으로 묘사를 선택한다. 김춘수가 시적 방법론으로 선택한 묘사는 사물 자체로 돌아가서 사물을 있는 그대로 드러내기 위한 시적 언술이다. 김춘수가 언어의 회의를 거쳐 언어의 한계를 극복할 시적 방법론으로 묘사를 선택한 배후에는 릴케[1]가 있다.

> 릴케는 대학에 들어가서 더욱 내 관심을 끌게 됐다. 나는 릴케 문헌을 샅샅이 섭렵할 작정이었다. 릴케의 초기로부터 만년에 이르기까지의 시집과 소설 「말테의 수기」와 기행문 「사랑하는 하느님의 이야기」와 「로댕론」을 구해 읽었고, 루 안드레아스 살로메의 릴케

---

1) "사물들은 갈수록 내게 친구처럼 여겨지고/모든 형상들은 더욱더 바라보는 듯하다./이름지을 수 없는 것에 나는 더 친근함을 느낀다."는 릴케의 「진보」라는 시구처럼 김춘수는, 사물을 말하는 시인에서 사물을 친근하게 바라보는 시인으로 '진보'한다. 사물을 바라보려고 할 때 무엇보다도 관념도 없고 이름도 없는 사물의 "형상"을 어떻게 묘사할 것인가의 문제가 제기된다. 라이너 마리아 릴케, 김재혁 옮김, 「형상시집」, 『두이노의 비가 外』, 책세상, 2000, 47면.

전기를 구해 읽었다. (중략) 50년대 말에 나는 릴케가 새삼 무서워
지면서 그에 경도한 내 처지를 청산하고 그로부터 등을 돌렸다.[2]

릴케의 일기에는 "네 눈을 꿈의 입술로부터 도려내어야 한
다…… 네 눈을 사물이며 태양이며 선량한 사람들에게도 돌리는
것이 좋으리라"라고 적혀 있다. (중략) 이런 소견은 그가 파리에서
로댕의 비서가 되어 로댕 곁에서 로댕의 작업을 조석으로 대하게
됨으로써 더욱 굳어져 간다. 그는 이리하여 초기시의 꿈꾸는 듯한
리리시즘을 탈피해 간다. 조형성·공간성·견고성 등 그는 "세계
의 투시자"가 되어 간다. 『事物詩集』[3]의 세계가 열리게 된다.[4]

김춘수가 『형상시집』과 『신시집』 및 『로댕론』의 릴케로부터 배운 것
은 실제의 시작詩作[5]이 아니라 사물을 바라보는 법이다. 릴케는 『말테의
수기』에서 "나는 보는 법을 배우고 있다. 왜 그런지는 모르지만 모든 것
이 내 안 깊숙이 들어와서, 여느 때 같으면 끝이었던 곳에 머물지 않고 더
깊은 곳으로 들어간다. 지금까지는 모르고 있었던 내면을 지금 나는 가지
고 있다. 이제 모든 것이 그 속으로 들어간다. 거기에서 무슨 일이 일어났
는지 나는 모른다 (중략) 내가 이미 말했던가? 보는 법을 배우고 있다고.
그렇다. 나는 보는 법을 배우기 시작했다."[6]고 말한다. 김춘수는 릴케로
부터 사물을 바라보는 법을 배우고 바라보는 사람[7]이 되어간다.

---

2) 김춘수, 『꽃과 여우』, 민음사, 1997, 103~104면 참고.
3) 릴케의 중기시의 대표 시집으로 이전과 전혀 다른 면모를 보인다 하여 『신시집』으
    로도 불린다.
4) 김춘수, 「릴케와 나의 시」, 앞의 책, 238면.
5) "릴케의 영향은 실지의 작품에는 드러나지 않고, 그때 나는 애독하기 시작했던 木
    月, 芝薰, 斗鎭 등의 『靑鹿集』이며 未堂의 시들을 닮은 습작품이 되어 나오곤 했다.
    한국어의 시적 뉘앙스를 이분들로부터 배우게 되었다고 할 수 있다." 김춘수, 「릴케
    와 나의 시」, 앞의 책, 241면.
6) 라이너 마리아 릴케, 김용민 옮김, 『말테의 수기』, 책세상, 2000, 11~12면 참고.
7) 바라보는 사람은 시적 대상인 사물을 화자에 의한 동일시의 태도로 바라보지 않는

릴케로부터 바라보는 법[8]을 배운 김춘수는 시적 대상인 사물에 대해 직접 설명하고 사물에 대한 미적 판단과 가치 판단을 표명하는 진술 방식을 취하던 이전의 시작 태도로부터 벗어난다. 그는 사물에 대한 미적 판단과 가치 판단을 최대한 절제하고 사물과 일정한 거리를 유지하면서 사물을 바라보는 시작 태도를 견지하게 된다. "사물이 지니고 있는 의미에서 나오는 것이 아니라, 사물의 단순한 본질에서 우러나오는"[9] 사물의 품위를 김춘수는 바라보고 투시한다. 릴케는 끌과 정과 망치로 사물의 표면을 깎아내는 육체의 노동을 통해 사물의 본성과 물질성이 스스로 드러나도록 하는 로댕의 조각 작업으로부터 있는 그대로의 사물을 드러내는 법을 배우고 사물시를 쓴 바 있다. 김춘수는 릴케처럼 사물을 바라보고 사물의 본성과 물질성이 스스로 드러나도록 하는 시적 언어의 방법으로서 묘사[10]를 자각한다. 김춘수는 있는 그대로의 사물의 품위를 드러내기 위

다. 바라보는 사람은 쉽게 파악되지 않는 존재의 현현인 사물의 표면과 표면 안의 본성을 보려 한다. "우리가 얻으려 애쓰는 것, 그것은 얼마나 하찮은가,/우리를 손아귀에 쥐려 하는 존재, 그것은 얼마나 위대한가;/그러므로 우리 모두 사물들처럼/거대한 폭풍에 휩쓸리도록 두면/폭 넓고 이름 없는 존재가 되리라." 라이너 마리아 릴케, 「바라보는 사람」, 『형상시집』, 앞의 책, 110~111면.

8) 1907년 3월 8일자 클라라에게 쓴 편지를 통해서도 릴케는 바라보는 법의 중요성을 언급한다. "관조란 놀라운 것이다. 우리는 아직 거기에 대해서 별로 알고 있지 못하다. 우리는 그것과 더불어 전적으로 외면을 향한다. 그러나 바로 우리가 가장 많이 그러할 때 관찰되지 않은 형태를 염원하던 사물들이 우리의 내면에서 나타난다." 전영애, 김주연 편, 「『신시집』의 사물과 자아」, 『릴케』, 문학과지성사, 1981, 148면 재인용.

9) 라이너 마리아 릴케, 장미영 옮김, 「로댕론」, 『보르프스베데/로댕론』, 책세상, 2000, 162면.

10) 대상을 묘사한다는 것은 그 대상에게 발언권을 넘겨주는 것이고, 그 대상을 말로 덮는다는 것이며, 대상이 말로 구체화되기에 이른다는 것이 아니겠는가? 하지만 이러한 묘사를 이끌어내는 작가는 동시에 자기 자신에게도 확고한 의지, 즉 사물들과의 첫 접촉 시에 자신에게 부족했던 내적 확신을 불어 넣는다. 자체 내에서의 재창조와 묘사된 대상의 본질을 무언의 몸짓으로 표현하는 것을 전제 조건으로 삼고 있는 <텍스트>라는 인간의 분비물에 기대고 있는 작가는, 무엇보다도 갑작스러운 자신의 감각과의 <대면>이 자기 내부에 야기한 마비 상태, 무용성과 혼미의 감

해 시작 방법론으로서 묘사를 선택한다.

　　설명을 전연 배격한다. 설명은 관념의 설명이기 때문이다. 이렇
게 되면 가치관의 입장으로는 일종의 회의주의가 되기도 하고, 현
상학적 망설임(판단 중지, 판단 유보)의 상태, 판단을 괄호 안에 집
어넣는 상태가 빚어진다. 묘사된 어떤 상태만을 인정하되 그 상태
에 대한 판단(관념의 설명)은 삼가기로 한다. 어떻게 보면 실재주의
의 입장 같기도 한다. 반(反)소설가의 입장과 일맥상통한다고 나는
생각한다.

　　　　　　　　　　　　　　－「대상의 붕괴」(『심상』, 1975.6.10.)[11]

　　결국 사물들을 묘사한다는 것은, 사물들을 마주 보며 사물들의
외부에 단호하게 위치한다는 것이다. 그러니까 사물들을 제 것으로
삼는 것이 문제가 되는 것도 아니고 사물들에 관해서 어떤 것을 옮
기는 것도 아니다. 출발부터 **인간이 아닌 것처럼** 놓여진 사물들은
인간의 힘이 미치지 못하는 곳에 끊임없이 남아 있고, 마침내 자연
적인 결합에 포함되지도 않으며 어떤 고통으로 회복되지도 않는다.
묘사하는 것만으로 만족한다는 것은 물론 대상에 접근하는 다른 모
든 방법들을 거부하는 것이다.[12](강조 원문)

　누보 로망의 대표적 소설가인 로브그리예의 언급처럼 김춘수는 "묘사
절대주의"의 자세로 "시공간적인 거기 있음에 관한 모든 판단을 완전히
닫아버린 현상학적" 판단 중지(Epoche)[13]를 하려 한다. 그는 현상학적 환

정을 회피하려 할 것이다. 장 삐에르 리샤르, 이기언 옮김, 「프랑시스 퐁주・上」, 『현
대시세계』, 1988, 222~223면.
11) 김춘수, 「의미와 무의미」, 앞의 책, 396면.
12) 알랭 로브그리예, 김치수 옮김, 『누보 로망을 위하여』, 문학과지성사, 1981, 83면.
13) 에드문트 후설, 『순수 현상학과 현상학적 철학의 이념들』, 문학과지성사, 1997, 157면.

원에 해당하는 '사태 자체에로(zu den Sachen selbst)!' 돌아가는 사물 묘사에
열중한다.

> 아이들이 장난을 익히듯 나는 말을 새로 익힐 생각이었다. 50년
> 대의 말에서부터 60년대의 전반에 걸쳐 나는 의식적으로 트레이닝
> 을 하고 있었다. 데생 시기라고 해도 좋을 듯하다.
>
> — 「의미에서 무의미까지」(『문학사상』, 1973.9.)14)

시집 『기旗』(문예사, 1951) 후기에서 "나는 스스로도 벅찬 나의 호흡을 소
묘했다. 소묘는 물론 나의 문학의 최량의 형식은 아니다. 지금의 나에게
알맞은 형식일 따름이다. 나는 앞으로도 이런 것을 쓸 게다. 내가 이 세상
에서 무엇인가를 요구할 수 있는 동안은 (중략) 나는 나의 모든 어지러운
생각을 정돈해 가야만 했다. 이런 소묘의 형식으로라도 나는 나를 미래에
로 건설해 가야만 했다"15)고 밝힌다. 묘사 연습은 시 뿐만이 아니라 수필
에서도 나타난다.

> 비는 R字나 n字形으로 거리에 내린다. Rain! 하는 소리를 내면서
> 鋪道 위에 떨어진다. (중략) 이런 무르녹은 哀愁의 소리를 이 땅의
> 거리에서도 이따금 듣는 때가 있다. 아가씨들의 레인 코우트의 뒷
> 모습. 그 뒷모습에 가 닿는 자동차의 헤드라이트. 거기 순간 明滅하
> 는 빗줄기의 가늘한 銀線. 그것이 鋪道 위에 떨어지는 선연한 소리.
> (중략) 비는 하염없이 오는데 우리들의 외로운 휴머니티는 혼자서
> 嗚咽한다. Rain! Rain! Rain! Rain! 하는 목메인 소리를 내면서……
>
> — 「우리를 슬프게 하는 것들」16)

---

14) 김춘수, 「의미와 무의미」, 앞의 책, 385면.
15) 김춘수, 『기(旗)』, 앞의 책, 102~103면.

비를 묘사한 이 수필은 산문시로 발표되기도 한다.

> 비는 R자나 N자 모양을 하고 거리에 내린다. Rain! 하는 소리를
> 내며 포도 위에 떨어진다. 비를 맞으며 빗속을 걸을 때 목덜미를 적
> 시는 한 방울의 빗물은 차다. 여지없고 사정없다. 손등의 살을 나는
> 꼬집어본다.
> 비는 하염없이 온다. 가을비는 Rain! Rain! Rain! 하는 목멘 소리
> 를 내며,
>
> ― 「가을비」(『서서 잠자는 숲』)[17] 전문

이와 같은 김춘수의 의식적인 "데생 시기"의 묘사는 김춘수 시의 근간을 이루고 시적 방향성을 삼을 수 있는 토대가 된다. 그는 묘사를 통해 시적 대상에 대한 화자의 진술을 최대한 자제하고 사물의 즉물성에 치중하는 시적 표현을 얻게 된다.

1959년에 간행된 시집 『꽃의 소묘』는 '소묘'가 일러주고 있듯 김춘수 '데생 시기'의 대표적 시집이다. 『꽃의 소묘』를 중심으로 1950년에 간행된 시집 『늪』과 1976년 간행된 시선집 『꽃의 소묘(김춘수 시선집)』에 나타난 김춘수의 시적 언술의 차이는 크게 두드러진다.

Ⓐ
늪을 지키고 섰는
저 수양버들에는
ⓐ 슬픈 이야기가 하나 있다.

ⓑ 소금쟁이 같은 것, 물장군 같은
것,

Ⓑ
간밤 섧게 울던 이무기,
오늘은 이승의 제일 고운 비늘 하나
바람 부는 서녘 하늘
ⓐ 가고 있다.
바람 부는 서녘 하늘 바라보면
ⓑ 개발

---

16) 김춘수, 「빛 속의 그늘」, 『김춘수 전집 3 隨筆』, 문장, 1983, 85~86면.
17) 김춘수, 앞의 책, 669면.

거머리 같은 것,
개밥 순채 물달개비 같은 것에도
저마다 하나씩
ⓒ 슬픈 이야기가 있다.

순채
물달개비
ⓒ 우는 소리 아직도 들린다.
ⓓ 들린다.

산도 운다는
푸른 달밤이면
ⓓ 나는 그들의 슬픈 혼령을 본다.

－「늪」전문(『꽃의
소묘(김춘수시선)』)

갈대가 가늘게 몸을 흔들고
온 늪이 소리없이 흐느끼는 것을
ⓔ 나는 본다.

－「늪」전문(『늪』)

　동일한 제목의 Ⓐ의 「늪」과 Ⓑ의 「늪」사이에는 김춘수가 열중한 의식적인 묘사 "트레이닝"의 과정이 숨어있다는 것을 알 수 있다. Ⓐ의 『늪』에서 ⓐ"슬픈 이야기가 하나 있다."와 ⓒ"슬픈 이야기가 있다.", ⓓ"나는 그들의 슬픈 혼령을 본다."와 ⓔ"나는 본다."라는 4개의 문장은, 화자가 작품 내부의 전면에 등장하고 있음을 보여준다. 이와 같은 4개의 문장은 상황을 직접 설명하는 진술 문장으로서 작품의 어조와 정서를 이끈다. Ⓐ의 ⓑ"소금쟁이 같은 것, 물장군 같은 것,/거머리 같은 것,/개밥 순채 물달개비 같은 것에도"라는 시행은 작고 소소한 사물들을 나열하면서 그 사물들이 불러일으킨 정서를 직접 표출한다. 화자는 Ⓐ의 ⓑ의 사물들을 "~같은 것"이라는 유사성의 원리로 바라본다. 화자는 그 사물들을 작고 소소한 생명체를 지시하는 원관념으로 통합하고 전이된 의미를 부여한다.
　이에 반해 Ⓑ의 『늪』에서 ⓐ"가고 있다"는 현재진행형으로서 화자의 가치 판단이 배제된 상황을 묘사한다. Ⓑ의 ⓑ"개밥/순채/물달개비"는 사물의 이름을 한정하고 명확히 지시함으로써 Ⓑ의 ⓑ사물들이 지시하는 바가 무엇인지 독자의 능동적 해석을 요구한다. Ⓑ의 ⓑ시행은 Ⓐ의 "개밥 순채 물달개비 같은 것에도"에서 "~같은 것에도"라는 부연 설명이 생략되고 사물의 이름마다 행갈이가 되어 있다. 이와 같은 시행의 배열과 부연 설명은 각각의 사물을 독립적인 사물 자체로 존립하도록 강조하고 김춘수가 인용하는 랜섬의 사물시(physical poetry)로서의 면모를 확립시키는 데 기여한다.

> 의미론적으로 빈사(술어)가 생략되고 없다는 것은 판단중지를 뜻하게 된다. 심상을 보이기만 하면 되는 것이지 그것(심상)이 어떻다고 설명할 필요가 없지 않느냐고. (중략) 반문하고 있는 것이다.[18]

> 빈사의 생략은 의미론의 입장으로는 판단의 유보상태를 뜻하게도 되지만, 피지컬 포에트리physical poetry의 전형이기도 하다. "물(物)을 강조하여 그 이외의 것은 되도록 배제하려는 시를 나는 피지컬한 시라고 부르려고 한다"고 존 크로 랜섬John Crove Ransom은 말하고 있다.

> ─「한국현대시의 계보」(『시문학』, 1973.2.1.)[19]

Ⓑ의 ⓑ"개밥/순채/물달개비"라는 사물들은 유사한 다른 사물로 전이되어 의미가 부여되는 은유의 유사성의 원리가 적용되고 있지 않다. 작고 소소한 생명체를 연상시키는 환유의 인접성의 원리에 의해 배열되고 사물들의 독립성과 연쇄로 인한 "우는 소리"의 효과가 강조되고 있다.[20] Ⓑ

---

18) 김춘수, 「시론─시의 이해」, 앞의 책, 247면.
19) 김춘수, 「의미와 무의미」, 앞의 책, 368면.
20) 사물의 의미를 추구하던 김춘수의 시는 은유의 유사성 대신 사물 자체의 묘사를

의 ⓒ"우는 소리 아직도 들린다."는 Ⓑ의 ⓑ"개밥/순채/물달개비"로 묘사된 사물의 병렬적 행간이 일으킨 시적 영향을 통해 개밥과 순채와 물달개비로부터 발원된 "우는 소리"가 좀 더 개별적이면서도 서로 어우러지는 울음소리의 효과를 발생시킨다. Ⓑ의 ⓒ"우는 소리 아직도 들린다."는 그 울음소리의 효과가 '아직도' 화자에게 들리는 상태를 묘사한다. Ⓑ의 ⓓ"들린다."는 울음소리의 지속성과 현재성의 강조를 보여주는 묘사이다. Ⓑ의 「늪」에서 화자는 최대한 객관적 태도를 견지하고 작품의 밖에서 개밥과 순채와 물달개비의 움직임을 바라본다. 화자는 개밥과 순채와 물달개비라는 사물들 자체가 불러일으킨 "우는 소리"가 들리는 상황을 묘사하고 있다.

① 모란이 피어 있고
   병아리가 두 마리
   모이를 줍고 있다.

② 별은 아스름하고
   내 손바닥은
   몹시도 가까이에 있다.

③ 별은 어둠으로 빛나고
   정오에 내 손바닥은
   무수한 금으로 갈라질 뿐이다.
   육안으로도 보인다.

통해 사물의 독립적 현존과 실재성을 강조하고 사물에서 사물로 수평적 이동을 하게 되는 환유의 인접성을 두드러지도록 변모한다. "은유의 유사성이 사물에서 사유로 상승하려는 경향을 보이는 반면에, 환유의 인접성은 사물에서 사물로 수평 이동한다." 이장욱, 『혁명과 모더니즘』, 랜덤하우스중앙, 2005, 157~158면 참고.

④ 주어를 있게 할 한 개의 동사는
　내 밖에 있다.
　어간은 아스름하고
　어미만이 몹시도 가까이에 있다.

— 「詩法」(『타령조・기타』) 전문

　시집 『타령조・기타』의 가장 마지막 작품에 해당하는 김춘수의 「詩法」은 사물 자체의 물질성을 그려내는 묘사에 주력하겠다는 의지를 드러내고 있다. ①과 ②와 ③의 문장을 통해 사물의 풍경 묘사 자체를 제시한다. ①과 ②와 ③의 문장을 먼저 제시한 근거는 김춘수의 시론이자 시작의 상황에 해당하는 ④의 문장에 있다.

　서술어에 해당하는 '동사'가 "내 밖에 있다"는 것은 김춘수가 사물에 대한 판단 중지를 통해 사물에 대한 부연 설명을 허용하지 않겠다는 의지의 표명이다. 또한 '주어'에 해당하는 사물의 물질성과 현존 상태를 강조하고 사물을 있는 그대로 그려내려는 시작 태도이다. "어간은 아스름하"다는 것은 서술어의 '어간'이 지니는 개념적 의미조차 희미하게 보이지 않도록 시작에서 멀리하고 있다는 의지이다. "어간은 아스름하다"는 2연의 '별'에 대응된다. '별'은 "내 밖에 있"는 '어간'의 은유로서 멀리 있어서 잘 보이지 않는 "어둠으로 빛"남으로 표현되고 있다.

　반면에 "어미만이 몹시도 가까이에 있다"는 것은 시제와 존칭 등의 문법적 기능만 가질 뿐 개념적 의미를 갖지 않는 어미만을 적극 활용하여 사물의 의미 없는 동적 상태를 보여주려는 시작 상황을 제시한다. "무수한 금으로 갈라질 뿐"인 "내 손바닥"은 '어미'의 은유적 관계의 유사성으로서 "육안으로도 보"일 정도로 "몹시도 가까이에 있"다.

　「詩法」은 있는 그대의 사물을 묘사하기 위한 언어의 고통과 개념적 의미를 지닌 언어에 대한 거부 의지를 보여준다.

그런 의미에서 김춘수에게 시적 방법론으로서 묘사는 직접적인 정서 표출을 절제하고 사물에 대한 미적 판단을 중지하기 위한 언어적 각성이다. 김춘수가 선택한 묘사는 사물 자체로 돌아가서 사물을 있는 그대로 드러내기 위한 시적 언술이다.

나. 묘사와 낯설게 하기

김춘수는 사물에 대한 묘사가 사물의 자명성에 대한 근본적 물음을 품고 있음을 잘 알고 있다. 사물에 대한 면밀한 관찰은 익히 알고 있다고 생각되고 '인지'되던 사물을 아주 낯선 사물로 '발견'되도록 한다. 무심히 지나치는 일상의 사물은 우리에게 관습적 의미의 맥락에서 고정되고 자동화[21]된 관념만을 제공할 뿐이며 정확히 인지되지 않는다. 그러나 하나의 일상적 사물을 오랫동안 바라보고 사물의 형상을 묘사해낼 때 그 사물은 우리가 전혀 알지 못한 낯선[22] 사물로 발견된다. 사물에 대한 모든 판단을 중지하고 사물 자체를 묘사할 때 빅토르 쉬끌로프스끼가 말한 일종의 '낯설게 하기'[23]의 효과가 발생한다. 이때의 묘사는 관습적 의미의 그

---

21) "대상에 대한 완전한 자동화를 의미하는 '자동화'의 과정은 지각의 노력을 가장 절약할 수 있게 해준다. 대상은 단 하나의 적절한 형태－예컨대 숫자－로 지정되거나 그렇지 않으면 대상은 공식에 의한 것처럼 작용하여 인식조차 되지 않는다. (중략) 생활은 없었던 것으로 간주된다. 자동화는 작업, 의복, 누군가의 부인, 전쟁의 공포 따위를 집어삼킨다" 빅토르 쉬끌로프스키, 「기법으로서의 예술」, 『러시아 형식주의』, 문학과사회연구소 편역, 청하, 1984, 33면.
22) "전통이 축적되어가면서 회화적 이미지는 하나의 표상(ideogram)은 하나의 정형(formula)이 되고, 그에 따라 재현되는 대상은 인접성에 의해 연결되게 된다. 대상에 대한 인지는 순간적으로 이루어지게 된다. 우리는 이제 더 이상 그림을 보지 않는다. 그 표상은 그래서 변형될 필요가 있다. 혁신적인 예술가는 이제까지 눈여겨 보지 않았던 특질들을 우리가 볼 수 있도록 대상을 보는 우리의 지각에 새로운 형태를 부여하는 것이다. 그는 통상적이 아닌 관점에서 대상을 우리에게 제시한다. 그는 선대의 사람들이 규약으로 정한 구성의 규칙을 깨뜨린다." 로만 야콥슨, 신문수 편역, 「예술에 있어서 사실주의에 관하여」, 『문학 속의 언어학』, 문학과지성사, 1989, 13면.

물망에 포획된 사물을 재현하려는 '소박한 사실주의'에서 벗어난다.[24]

　오전 열한 시의 다방에는 아무도 없었다.

　칠한 지 얼마 안 된 말끔한 엷은 연둣빛 벽면에 햇발이 부딪쳐 이따금 거기서 은어의 비늘 같은 것이 반짝이곤 하였다. ⓐ<u>나는 눈을 가늘게 감아 보았다.</u>
　점점점 포실한 가슴 속에 안기어 가는 듯한 그러한 느낌인데, 나의 귓전에는 ⓑ<u>찌, 찌, 찌······ 무슨 벌레 같은 것이 우는 소리</u>가 들려왔다.
　그것은 ⓒ<u>정적의 소린</u>지도 몰랐다.
　나는 어디 밝은 그늘 밑에서 졸고 있는 듯도 하였다.
　ⓓ<u>내가 눈을 다시 떴을 때,</u> 그때 나는 나의 왼쪽 뺨에 ⓔ<u>불같이 단 시선</u>을 느꼈다. 나는 처음에 그것이 꽃인가 하였다.
　그것은 딸기였다. ⓕ<u>쟁반에 담긴 일군(一群)의 딸기는 곱게 피어 오른 숯불같이 그 벌겋게 단 체온이 그대로 나에게까지 스며올 듯, 진열장의 유리를 뚫고 그것은 연신 풋풋한 향기를 발하고 있는 것만 같았다.</u> 손님이라고는 나 한 사람뿐인 다방의 오전의 해이해진 공기를 그것들이 혼자서만 빨아들이고 토하고 있는 상보였다.

---

23) "예술은 존재하여 사람들이 생의 감각을 되찾을 수 있게 한다. 또한 예술의 존재는 사람들이 사물을 느낄 수 있게 하며 돌을 <돌답게> 만들어 준다. 예술의 목적은 사물에 대한 감각을 알려져 있는 대로가 아니라 지각된 대로 부여하는 것이다. 예술의 기법은 사물을 "낯설게"하고 형식을 어렵게 하며, 지각을 힘들게 하고 지각에 소요되는 시간을 연장한다. 왜냐하면 지각의 과정은 그 자체가 미학적 목적이고 따라서 되도록 연장돼야 하기 때문이다." 빅토르 쉬끌로프스키, 「기법으로서의 예술」, 위의 책, 34면.

24) "톨스토이는 친숙한 대상물을 명명하지 않음으로써 친숙한 것을 낯선 것으로 만든다. 그는 사건을 그것이 최초로 일어난 것인 양 묘사한다. 어떤 것을 묘사할 경우 그는 그 대상의 어느 부분에 대한 수락된 명칭을 피하고 대신에 다른 대상에서의 그에 상응하는 부분의 명칭을 갖다 붙인다." 빅토르 쉬끌로프스키, 「기법으로서의 예술」, 앞의 책, 35면.

ⓖ진열장 근처의 공기는 그만큼 긴장해 보였다.

조금 전에 벌레 우는 것 같은 소리는 어쩌면 ⓗ그것들이 쉬는 숨소리인지도 모를 일이었다.

ⓘ나는 딸기를 딸기밭에서 본 일이 있다. ⓙ가늘고 키가 작은 줄기에 어울리지 않는 보기 흉한 큰 이파리를 달고, 그 위에 더 무거운 열매가 고개도 들지 못하고 있었다. 뿐 아니라 보오얗게 먼지를 쓰고 있는 양이 몹시 더러워 보였다. ⓚ그렇던 것이 어찌도 그리 싱싱하고 풋풋하였을까?

ⓛ나는 열심히 딸기를 보았다. ⓜ그 솜솜이 얽은 구멍이 구멍마다 숨을 쉬고 있는 듯 쟁반 위의 딸기는 생동하고 있었을 뿐 아니라, 그 근처를 완전히 제압하고 있었다. 온 방안의 공기가 유리 안의 한 개 쟁반 위에 모조리 흡수되었다.

ⓝ딸기는 그날 누구보다도 비장하였다.

— 「딸기」(『기(旗)』) 전문

「딸기」는 다소 과잉된 감정과 주관적 심리 묘사가 드러난다. 그러나 「딸기」는 김춘수가 사물을 바라보는 시선의 변화를 두드러지게 보여준다. 「딸기」는 친숙한 사물이 눈을 감았다가 다시 눈을 뜨는 사이 아주 낯선 사물로 발견되는 순간을 보여준다. "나는 눈을 가늘게 감아 보았다"는 '자동화'된 인식과 관념에 대한 판단을 중지하는 나의 행위를 가리킨다. "가늘고 키가 작은 줄기에 어울리지 않는 보기 흉한 큰 이파리를 달고, 그 위에 더 무거운 열매가 고개도 들지 못하고" "보오얗게 먼지를 쓰고" "몹시 더러"운 딸기는 눈을 감기 전의 매우 친숙한 딸기이다. 하지만 그 딸기는 눈을 감았다가 다시 눈을 뜨는 순간 낯선 딸기로 나타난다. 눈을 감았다가 다시 눈을 뜨는 순간은 사물을 바라보는 자동화된 시선으로부터 벗어나는 순간이다. 그 순간은 "찌, 찌, 찌…… 무슨 벌레 같은 것이 우는 소리"와 "정적의 소리"로 표현된다. 다시 눈을 뜨고 자동화된 시선으로부터 벗어나 친숙한 딸기를 바라보았을 때, 딸기는 "불같이 달은 시선"을 내뿜고 "곱게 피어오른 숯불같이 그 벌겋게 달은 체온이 그대로 나에게까지 스며올 듯, 진열장의 유리를 뚫고 그것은 연신 풋풋한 향기를 발하는" 낯선 딸기로 나타난다. 친숙한 딸기가 낯선 딸기로 나타났을 때 "진열장 근처의 공기는 그만큼 긴장해 보"인다.

김춘수의 '낯설게 바라보기'는 딸기의 빛깔이 지닌 특성을 극대화하고 딸기의 형태와 속성을 변화시키는 낯선 묘사를 통해 친숙한 딸기를 기이한 사물로 만들어놓는다. 낯선 사물로 나타난 딸기는 딸기라는 사물의 자명성에 대한 의문을 품게 하고 "이것은 무엇인가?"라는 존재론적 물음을 품게 한다. 존재론적 물음은 자명하다고 인식되어 온 딸기에 대해 우리가 아는 바가 전혀 없다는 사실을 확인시킨다. 딸기에 대한 존재론적 물음은 사물의 자명성에 대한 인식을 뒤흔들고 사물의 불투명성과 애매함[25]을 발생시킨다.

존재의 근원적 물음은 우리를 '자동화'된 일상의 시공간으로부터 들어올려 존재의 시원 앞에 서 있게 한다. 아득함과 사물의 본질과 존재의 의미를 묻는 사유를 체험하게 한다. 「딸기」는 화자의 직접적 진술을 통한 의미 부여의 방식을 취하지 않는 특징을 보인다. 딸기가 놓여있는 "오전열 한 시의 다방"이라는 일상의 시공간의 주관적 묘사를 통해 '자동화'된 일상의 친숙한 사물을 낯설게 바라보도록 독자들을 유도한다. 친숙한 사

---

25) "모든 것이 진정으로 이해되고 파악되고 말해진 것처럼 보이지만 근본에서는 그렇지 못하고, 아니면 그렇지 않은 것처럼 보이지만 근본에서는 그렇다. 애매함은 단지 사용하고 향유하는 가운데 접근 가능한 것을 처리하고 조정하는 일에만 해당하지 않고, 이미 존재 가능으로서의 이해 속에, 즉 현존재의 가능성을 기획투사하고 제시하는 양식 속에 확고하게 자리잡혀 있다." 마틴 하이데거, 이기상 옮김, 『존재와 시간』, 까치, 1998, 237면.

물에 대한 존재론적 물음을 우리 스스로 제기하도록 하는 시적 형식을 취하고 있다. 「딸기」는 화자의 직접적 진술과 은유적 언어를 통한 사물의 의미 부여라는 시적 언술 방식으로부터 묘사를 통한 사물 자체의 제시만으로 사물의 본질을 탐구하려는 시적 언술 방식으로 변모하는 지점을 분명히 보여주고 있다.

구름은 딸기밭에 가서 딸기를 몇 개 따먹고 「아직 맛이 덜 들었군!」하는 얼굴을 한다.
구름은 흰 보자기를 펴더니, 양털 같기도 하고 무슨 헝겊쪽 같기도 한 그런 것들을 늘어놓고, 혼자서 히죽이 웃어 보기도 하고 혼자서 깔깔깔 웃어 보기도 하고⋯⋯
어디로 갈까? 냇물로 내려가서 목욕이나 하고 화장이나 할까 보다⋯⋯ 그러나 구름은 딸기를 몇 개 더 따먹고 이런 청명한 날에 미안하지만 할 수 없다는 듯이, 「아직 맛이 덜 들었군!」 하는 얼굴을 한다.

— 「구름」(『꽃의 소묘』) 전문

바위는 몹시 심심하였다. 어느 날, (그것은 우연이었을까,) 바위는 제 손으로 제 몸에 가느다란 금을 한 가닥 그어 보았다. 오, 얼마나 몸저리는 일순(一瞬)이었을까, 바위는 열심히 제 몸에 무늬를 수놓게 되었던 것이다. 점점점 번져 가는 희열의 물살 위에 바위는 둥둥 떴다. 마침내 바위는 제 몸에 무늬를 수놓고 있는 것이 제 자신인 것을 까마득히 잊어 버렸다.
바위는 모르고 있지만, 그때부터다. 내가 그의 얼굴에 고요한 미소를 보게 된 것은⋯⋯ 「바위야 왜 너는 움직이지 않니,」 이렇게 물어 보아도 이제 바위에게는 아무것도 들리지 않는다.

— 「바위」(『꽃의 소묘』) 전문

「구름」과 「바위」는 「딸기」를 통해 획득한 사물의 묘사 방식을 김춘수가 완성한 하나의 시적 형식임을 보여준다. 김춘수가 제시한 주관적 묘사 속의 구름과 바위는 「딸기」가 보여준 바와 같이 우리에게 익숙하고 자동화된 사물이 아니라 낯선 사물로 나타난다. 「구름」과 「바위」의 공통점은 무생물인 구름과 바위를 의인화하여 구름과 바위의 목소리를 통해 화자가 구체적 상황의 주관적 묘사를 하고 있다는 점이다. 구름과 바위의 의인법과 주관적 묘사는 일련의 '꽃' 연작에서 보여준 의인법과 주관적 묘사와 다르다. '꽃' 연작은 은유적 언어를 통해 사물의 본질과 존재의 의미를 탐구했지만 그 탐구를 성취할 수 없는 원인이 언어 자체의 한계에 있다는 사실을 깨닫게 했다. 「구름」과 「바위」의 의인법과 주관적 묘사는 은유적 언어의 김춘수의 시적 대안으로서 사물의 본질이 사물의 현상 너머에 있지 않고 사물 자체에 있음을 자각하고 획득한 시적 언술이다. 구름과 바위의 의인법과 주관적 묘사는 구름과 바위가 존재하고 있는 현상 자체를 그려냄으로써 사물의 본질과 존재의 의미에 대한 탐구를 사물의 현상 너머의 형이상학적 차원에서 탐구하지 않고 사물의 현상 자체로 환원시키는 시적 효과를 마련한다. 그러나 김춘수는 「딸기」와 「구름」과 「바위」가 지닌 주관적 묘사의 한계를 인식한다. 김춘수는 스스로 "관념을 배제하기 위하여 이미지를 서술적으로 쓰자"[26]고 결의하고 "순수 이미지, 또는 절대 이미지의 세계를 만들어보"[27]려는 기획을 한다. 그는 그것을 일종의 "묘사 절대주의의 경지"[28]로 명명한다.

김춘수는 사물을 낯설게 바라보고 묘사하는 시적 방법론을 통해 사물의 본질과 존재의 의미를 형이상학적 차원에서 탐구하던 태도에서 벗어나 사물의 현상 자체로 돌아가 사물의 실재를 그려내려 한 것이다.

---

26) 김춘수, 「의미와 무의미」, 앞의 책, 396면.
27) 위의 책, 같은 면.
28) 위의 책, 같은 면.

다. 묘사와 이미지

김춘수의 '묘사 절대주의'는 주관적 판단과 개입을 최대한 절제하고 사물의 '있는 그대로'의 현상을 형상화하려는 시작 태도이다. 묘사 절대주의는 시인의 "개성이 아니라 그것[특수한 매체]을 통해서 독특하고 예기치 않던 방법으로 인상들과 경험들을 결합"[29]시키는 객관적 상관물을 형상화해내려 한다. 엘리엇은 "시는 정서의 방출이 아니라 정서로부터의 도피며, 개성의 표현이 아니고 개성으로부터의 도피다. 그러나 물론 개성과 정서를 가진 사람만이 이것들로부터 도피를 하고 싶다는 것이 무엇을 뜻하는가를 알 것"[30]이라고 몰개성론을 내세운 바 있다. 김춘수의 묘사 절대주의의 시는, 엘리엇의 몰개성론처럼 정서와 관념을 극단적으로 제거하고 화자의 개성적 목소리를 지움으로써 사물의 즉물성만으로 사물의 있는 그대로를 그려내려 한다. 사물의 즉물성만을 극단적으로 묘사한다는 것은 서정시의 화자라는 주체를 사물의 편에 서게 하고 주체를 소멸시키는 것이다. 주체가 사물의 편에 선다는 것은 랭보가 말한 바 있는 '나는 타자'[31]가 되는 것이다. 사물의 편에서 사물을 묘사하려 할 때 사물은, 인간중심주의의 시선에서 바라보던 사물이 아니라 사물 스스로 충만하고 세계를 구성하는 완전히 새롭고 신선한 사물로 태어난다. 주체의 목소리를 침묵에 잠기도록 하고 사물의 관점에서 세계를 바라볼 때 사물은 주체에게 말을 걸어온다.

사물들을 신선하게 하기 위해서는 정신밖에 없다. 그런데 여기서 주의해야 할 점은 이러한 이유[이성]들은 단지 사물이 받아들일 수 있는 방법으로 정신이 사물에게로 회귀할 때만이 정당하고 유효하

---

29) T.S. 엘리엇, 황동규 옮김, 「전통과 개인의 재능」, 『엘리어트』, 문학과지성사, 1978, 152면.
30) 위의 책, 154면.
31) 아르뛰르 랭보, 이준오 옮김, 「폴 드므니에게」, 『랭보 시선』, 책세상, 1997, 304면.

다는 것이다. 그것은 다시 말해 사물들이 침해당하지 말아야 하며, 사물들 자신의 관점으로 묘사되어야 한다는 것이다. (중략) 사물은 따라서 이타적인 것(l'autre)이다. 그것은 다른-사물(l'autrechose)로서 나에게 명령을 내리거나 혹은 나에게 그 어떤 교환이나 거래 또는 계약의 가능성을 배제한 채, 불가능하고 비타협적이며 만족시킬 수 없는 요구를 한다. 한 마디 말도 없이, 나에게 말하지 않고서도 사물은 나에게, 다시 말해 나의 고독 속에서 그리고 그 무엇과도 대치될 수 없는 나의 특이성 속에서, 홀로 있는 나에게 말을 건넨다.[32]

김춘수가 추구하는 묘사절대주의의 시는 사물의 편에서 사물이 현존하고 있는 상태 자체를 형상화함으로써 사물 자체가 빚어내는 이미지를 창조하려 한다. 김춘수는 "이미지를 大別하여 敍述的[33](descriptive)인 것과 比喩的(metaphorical)인 것"[34]으로 나누고 서술적 심상을 "心象 그 자체를 위한 심상"[35]이라 정의한다. 비유적 심상은 "관념을 말하기 위하여 도구로서 쓰여지는 심상"[36]으로 정의한다. 그는 비유적 심상이 "관념에 봉사하는 역할을 하고 있기 때문에 심상이 불순"[37]하다고 평가하고 박목월의 시 「불국사」를 예를 들어 서술적 이미지를 설명한다. "이미지가 觀念(idea)의 도구로서 쓰여져 있지 않고 이미지가 그 자체를 위하여 동원"[38]되는 까닭에 서술적 이미지로만 이뤄진 시를 "일종의 순수시"[39]가 된다고 주

---

32) 자끄 데리다, 허정아 옮김, 『시네퐁주』, 민음사, 1998, 22~23면.
33) 'descriptive'는 '서술적(敍述的)'뿐만 아니라 '설명하다'라는 맥락의 '기술적(記述的)'으로도 번역이 가능한 까닭에 '서술적'이란 용어는 김춘수가 의도한 바에 따라 '묘사적'이란 용어가 더욱 합당하다고 보인다. 권혁웅 또한 '서술적'이란 용어를 '묘사적'이란 용어가 더 적절하다고 지적한 바 있다. 권혁웅, 『한국 현대시의 시작 방법 연구』, 깊은샘, 2001, 66면.
34) 김춘수, 「시론-시의 이해」, 앞의 책, 243면.
35) 위의 책, 243면.
36) 위의 책, 247면.
37) 위의 책, 같은 면.
38) 위의 책, 246면.

장한다.

김춘수의 이미지 분류에 따르면 '꽃'을 매개로 사물의 본질과 존재의 의미를 추구하면서 존재와 언어의 탐구를 하던 일련의 시편들은 비유적 이미지가 중심적인 시편들에 해당된다. 사물 자체가 빚어낸 현상을 형상화하여 이미지 그 자체가 목적인 시편들은 서술적 이미지가 중심적인 시편들에 해당된다.

김춘수의 서술적 이미지는 은유를 통해 형이상학적 의미의 상징에 다다르지 않고 묘사된 사물 자체가 빚어낸 이미지를 목적으로 한다는 점에서 일본 초현실주의의 제창자이자 일본 현대시사상에 새로운 시적 차원을 제공한 모더니스트 니시와키 준사부로(西脇順三郎)의 시론과 일맥상통한다. 김춘수는 니시와키 준사부로의 시를 번역[40]한 바 있으며 자신의 시론에 니시와키 준사부로의 T.S. 엘리엇론의 일부를 서술적 이미지의 설명을 위한 논거로 인용 한다.

> 내가 이상으로 하는 시는 그 어떤 것도 상징하는 것을 그만두는 시이고 싶다. 그것은 회화적이기에 이미지 그 자체로서 무엇인가를 느끼게 하는 시이고 싶다. 그와 같은 이미지를 창출하는 것이 시의 내용이다. 그 이미지는 우리들을 신비롭게 끌어당기는 것이다. 그 것을 시적 美라고 한다. 시작품은 이미지 그 자체로 끝나는 것이다. 먼 것을 연결하고 가까운 것을 절단하여 모든 連想을 피하는 관계가 시적 관계인 것이다. 시는 그와 같은 새로운 관계를 포함한 이미지를 만드는 것이 목적이다. 그러한 새로운 관계를 시적인 美라고 생각하고 싶다.
>
> — 西脇順三郎, 「나의 詩作에 대하여」[41]

---

39) 위의 책, 같은 면.
40) 니시와키 준사부로, 김춘수 옮김, 『나그네는 돌아오지 않는다』, 민음사, 2002.
41) 박현서, 『일본현대시평설』, 청하, 1989, 60면 재인용.

옛날에 시를 읽은 사람은 시의 세계를 시의 세계로서 보지 않고 그 시의 세계가 무엇을 나타내고 있는가 하는 의미를 찾는다. 옛날의 시인이 시를 만들 적에는 시의 세계에 의하여 무엇인가를 의미하려고 했다. 은유를 만들 적에도 무엇인가를 나타내기 위하여 사용하는 상징적 형태가 있었다. (중략) 그런데 우리들은 은유라고 하는 그 자체를 시의 대상으로 하고 있다.

그 때문에 이미 은유는 소멸하고 없다고 할 것이다.

― 西脇順三郎, 『T.S. Eliot』[42]

니시와키 준사부로의 시가 추구하는 바는 "일상적 차원을 초월한 시적 이미지에 의한 순수한 언어미의 창조를 의미하는 것"[43]이었다. 김춘수가 묘사를 통해 구축하려는 서술적 이미지의 시는 은유를 통한 "그 어떤 것도 상징하는 것을 그만두"는 니시와키 준사부로의 시와 동일하다. 김춘수의 서술적 이미지의 시는 "이미지 자체로 무엇인가를 느끼게 하는" 은유 자체를 대상으로 하는 시에 해당한다. 그런 의미에서 김춘수의 서술적 이미지는 "관념이 아니다. 그것은 빛나는 매듭이나 또는 송이"[44]이다. "이미지는 그 자체가 언어"[45]라고 말한 에즈라 파운드의 이미지[46]에도 해당된다.

시인은 이미지를 보거나 느끼기 때문에 사용해야지, 어떤 신념이나 어떤 윤리나 경제제도를 지지하기 위하여 그것을 사용할 수 있다고 생각하기 때문에 사용해서는 안된다. 우리가 뜻하는 이미지는 우리가 그것을 직접적으로 알기 때문에 실재적이다… 우리가 지각하거나 구상한 대로 이미지를 표현하는 것이 우리가 할 일이다.[47]

42) 김춘수, 「시론 ― 시의 이해」, 앞의 책, 260면 재인용.
43) 박현서, 위의 책, 60면.
44) 에즈라 파운드, 전홍실 편역, 「소용돌이파」, 『시와 산문선』, 한신문화사, 1995, 393면.
45) 위의 책, 388면.
46) 위의 책, 385~386면.
47) 위의 책, 385~386면.

곧 김춘수가 묘사해내려는 사물은 그 자체가 말이며 실재하는 이미지이다. 이미지시트 시인들인 파운드와 리처드 올딩턴(Richard Aldington), 힐다 두리틀(Hilda Dolittle)은 1912년 이미지즘의 신념 조항[48]을 다음과 같이 3가지로 합의한 바 있다.

Ⅰ. 주관적이든 객관적이든 사상(事象)의 직접적인 취급.
Ⅱ. 제시에 기여치 않는 말은 절대 사용 말 것.
Ⅲ. 리듬에 관해서: 박절기의 연속이 아닌, 음악적 구절의 연속으로 구성될 것.

그 중에서도 이미지에 관한 직접적인 설명을 하고 있는 제1항과 제2항이 함의하는 바와 같이 사물 자체를 그려내기 위한 이미지를 만들어내기 위해서는 '사상事象' 즉, 관찰할 수 있는 사물과 현상을 직접 제시하고 묘사해야 한다. 화자의 판단과 개입의 절대 금지가 전제되어야 한다.

종잇장같이 하아얀데 아가리가 귀밑까지 쭉 찢어지고 면상 한복판에 등잔만한 눈깔이 하나 빙빙빙 굴고 있는 몸뚱이도 팔다리도 없는 괴물이 짙은 안개 속에서 일렁일렁 갈데없이 일렁거리고 있었다.
시퍼런 하늘에는 갈구리 같은 달이 흐늘거리고 깎아세운 듯이 하늘까지 높은 양쪽 돌벽[石壁]에서는 쉴새없이 싸늘한 바람이 불어오고……
노등(路燈)의 희미한 불빛 틈으로 가만히 엿보나 그것이 괴상한 소리로 염불처럼 무엇을 중얼거리고 있었다.

— 「혼(魂)」(『늪』) 전문

---

48) 위의 책, 382면.

「혼魂」은 팔다리가 없고 입이 찢어지고 얼굴이 하얀 외눈박이 괴물이 나타난 달밤의 기괴한 풍경을 묘사한다. 최대한 화자의 주관적 진술을 절제하면서 '~있었다'라는 과거진행형으로 '혼'이 나타난 달밤의 기괴한 풍경을 제시한다. '~있었다'라는 과거진행형은 '혼'이 출몰한 과거의 사건과 시공간의 현재적 재현을 형상화하고 재현을 통한 정서의 지속과 여운이라는 시적 효과를 불러일으킨다. '~있었다'라는 과거진행형은 김춘수가 향후 서술적 이미지를 구축하는 시적 언술로 자주 활용하게 된다.

김춘수의 초기시는 "밤엔 뜰 장미와/마주 앉아 울었노니(「구름과 장미」)"와 "나의 마음이/서러운 벌레처럼 울고 있다(「창에 기대어」)"와 같이 '울음'과 '서러움'의 시어가 빈번할 만큼 화자의 주관적 정서의 토로가 빈번했다. 「혼魂」은 첫 시집 『구름과 장미』에서부터 시작된 시편들 중에서 화자의 주관적 정서의 토로에서 벗어나 최초로 객관적 묘사로만 이루어진 작품이라는 점에서 그 의미가 있다.

거북이 한 마리 꽃그늘에 엎드리고 있었다. 조금씩 조금씩 조심성 있게 모가지를 뺀다. 사방을 두리번거린다. 그리곤 머리를 약간 옆으로 갸웃거린다. 마침내 머리는 어느 한 자리에서 가만히 머문다. 우리가 무엇에 귀 기울일 때의 그 자세다. (어디서 무슨 소리가 들려오고 있는 것일까,)

이윽고 그의 모가지는 차츰차츰 위로 움직인다. 그의 모가지가 거의 수직이 되었을 때, 그때 나는 이상한 것을 보았다. 있는 대로 뻗은 제 모가지를 뒤틀며 입을 벌리고, 그는 하늘을 향하여 무수히 도래질을 한다. 그동안 그의 전반신은 무서운 저력으로 공중에 완전히 떠 있었다. (이것은 그의 울음이 아니었을까,)

다음 순간, 그는 모가지를 소로시 옴츠리고, 땅바닥에 다시 죽은 듯이 엎드렸다.

— 「꽃밭에 든 거북」(『꽃의 소묘』) 전문

「꽃밭에 든 거북」은 김춘수의 '데생' 시기의 해당하는 작품이면서 일련의 '꽃' 연작을 쓰던 시기의 작품[49]이다. 「꽃밭에 든 거북」은 거북의 움직임을 면밀히 묘사함으로써 거북의 이미지 자체가 눈앞에 현존하도록 하는데 성공하고 있다. 「꽃밭에 든 거북」은 "꽃그늘에 엎드"린 거북이 머리를 내밀고 사방을 두리번거리다가 머리를 수직으로 쳐들었다가 다시 땅바닥에 엎드리는 과정을 세밀하게 묘사하고 있는 점이 두드러진다. 거북이 모가지를 뻗어 "하늘을 향하여 무수히 도래질"을 하는 것의 수직적 지향과 "모가지를 소로시 옴츠리고" 땅바닥에 다시 내려오는 수평적 엎드림의 대립적 의미가 무엇인지 해석하는 것은 나름의 의미가 있다.

거북이 모가지를 뻗어 "하늘을 향하여 무수히 도래질"을 하는 것은 일련의 「꽃」 연작과 「나목과 시 서장序章」의 맥락 속에서 거북이가 현실 너머로 초극하려는 의지와 좌절이라는 상징적 의미로 해석할 수 있다.

그러나 작품에 대한 해석과 의미는 시인의 의도한 바대로 독해될 수만은 없다. '거북'은 '꽃그늘로', '꽃그늘'은 '모가지'로, '모가지'는 '하늘' 및 하늘을 향한 '도래질'로, '모가지'는 다시 '땅바닥'으로 연쇄되고 통합되어 묘사되고 있다. 거북은 텍스트 내부의 시공간에서 수평적으로 이동[50]한다. 「꽃밭에 든 거북」은 거북의 신체 부위를 지칭하는 묘사와 거북의 이동만을 묘사하고 있을 뿐이다. 그 묘사는 은유와 상징적 의미를 부여할 만한 특별한 시어를 제공하지 않고 있다. 묘사는 거북의 개별 신체 동작과 꽃밭이 함의하는 의미를 분명히 드러내지 않고 거북이 꽃밭에 처해있음의 상황만을 제시하고 있기 때문이다. 그런 이유로 「꽃밭에 든 거

---

49) 김춘수, 「릴케와 나의 시」, 앞의 책, 243면.

50) 「꽃밭에 든 거북」은 "거북"을 핵심어로 삼아 묘사체계를 구축하고 있다. "묘사체계는 핵심어 주위에 세워진 환유망이기 때문에 그 구성요소들은 전체에 걸쳐 핵심어와 똑같은 유표소들을 갖는다. 핵심의 유표소들의 교체는 즉각적으로 전체 체계의 방향을 긍정에서 부정으로 혹은 부정에서 긍정으로 바꾸면서 모든 구성성분의 어휘소의 내포들을 반대로 바꾼다." 미카엘 리파떼르, 유재천 옮김, 『시의 기호학』, 민음사, 1989, 110면.

북」은 현실 너머로 초극하려는 의지와 좌절이라는 상징적 의미로만 수렴될 수 없다.

「꽃밭에 든 거북」은 일련의 '꽃' 연작의 맥락이 지니는 상징적 의미와 함께 묘사를 통한 "의미는 어떤 특별한 기표에 의해 만들어지는 것이 아니라 기표들의 연쇄 속에서 비로소 가능해진다는 사실"[51]을 환기시킨다. 「꽃밭에 든 거북」의 텍스트 내부에는 "의미화 작용을 대신할 만한 어떤 초월적 기표도 존재할 수 없기 때문"[52]이다.

「꽃밭에 든 거북」은 존재의 움직임 자체를 묘사하고 이미지로 제시함으로써 그 이미지가 다양한 의미를 불러일으키는 시적 효과를 획득하고 있다. 그러나 「꽃밭에 든 거북」은 여전히 김춘수가 사물에 대한 의미 부여를 버리지 못하고 있음을 보여준다. 괄호를 친 두 개의 문장, "어디서 무슨 소리가 들려오고 있는 것일까,"와 "이것은 그의 울음이 아니었을까,"는 화자의 주관적 판단이 직접 개입되어 있다. 괄호를 친 두 개의 문장이 생략되었을 때 「꽃밭에 든 거북」은 있는 그대로의 사물 이미지가 더욱 다양한 의미와 해석을 불러일으킬 수 있을 것이다.

> Ⓐ ① 눈 속에서 초겨울의
>   붉은 열매가 익고 있다.
>   ② 서울 근교에서는 보지 못한
>   꽁지가 하얀 작은 새가
>   그것을 쪼아먹고 있다
> Ⓑ ③ 월동하는 인동잎의 빛깔이
>   이루지 못한 인간의 꿈보다도
>   더욱 슬프다.

> ―「인동잎」(『타령조·기타』) 전문

51) 자끄 라캉, 『욕망이론』, 권택영 편역, 문예출판사, 1994, 62면.
52) 자끄 라깡, 앞의 책, 62면.

「忍冬잎」은 김춘수가 비유적 이미지를 극복하고 서술적 이미지를 만드는 훈련을 하는 과정에서 처음 시도했다[53]는 작품이다. 그러나 「忍冬잎」은 김춘수 다음과 같이 밝힌 바와 같이 서술적 이미지 구축에 실패하고 있다.

> 이미지를 상징으로 사용하고 있는 데가 있는가 하면, 순수하게 사용하고 있는 데도 있다. 이미지를 상징으로 사용하는 것은 피안 의식이 작용하고 있는 증거라고 할 것이다. 즉, 사물의 의미를 탐색하는 태도다. 이미지를 순수하게 사용하는 것은 사물을 그 자체로서 보고 즐기는 태도다. 이 두 개의 태도가 나에게 있어서는 석연치가 않다. 혼합되어 있다. 나는 그것을 의식한다. 이러한 자의식은 시작에 있어 나를 몹시 괴롭히고 있다.[54]

모두 1연 8행으로 이루어진 「忍冬잎」은 크게 Ⓐ와 Ⓑ의 두 단락으로 나눌 수 있다. Ⓐ가 화자의 시선에 의한 서경적 묘사가 이뤄지고 있다면 Ⓑ는 사물에 대한 화자의 의미 부여와 직접적 정서 표현이 이뤄지고 있다. Ⓐ-①은 "붉은 열매"가 "익고" 있는 상태를 묘사하고 Ⓐ-②는 붉은 열매를 쪼아먹고 있는 "작은 새"를 묘사하고 있다. Ⓐ는 Ⓐ-①과 Ⓐ-②라는 인접한 시공간을 배경으로 두 개의 문장 안에 두 개의 사물(붉은 열매-작은 새)과 사건의 연쇄를 통해 하나의 장면으로 통합하고 있다. Ⓐ에서 활용되고 있는 Ⓐ-①과 Ⓐ-②의 공통적 서술형 어미인 "~고 있다"라는 현재진행형은 김춘수가 「魂」에서부터 활용한 바 있는 "~있었다"라는 과거진행형과 함께 장면 제시를 통한 서술적 이미지 구축에 자주 활용되는 서술형 어미이다. 현재진형형은 Ⓐ-①문장과 Ⓐ-②문장이 병치[55]되고 통합되도록 만드는 시적 효과를 발생시킨다.

---

53) 김춘수, 「의미와 무의미」, 앞의 책, 386면.
54) 김춘수, 앞의 책, 462면.
55) 김춘수의 『타령조·기타』와 『處容斷章』에서 나타나는 병치 문장은 대부분 병치은유의 성격을 지닌다. 병치은유(diaphor)는 의미의 전이(전환)와 유사성의 원리보

Ⓐ와 달리 Ⓑ는 장면 제시를 통한 사물의 형상을 그려낸 이미지 구축을 하지 않고 "더욱 슬프다"라는 화자의 정서를 직접 드러낸다. 김춘수는 「인동忍冬잎」에 대한 반성으로서 "사생寫生에 열중하다 보면 자기도 모르는 사이에 설명이 끼이게 된다. 긴장이 풀어져 있을 때는 그것을 모르고 지나쳐 버린다. 한참 뒤에야 그것이 발견되는 수가 있다"56)고 고백한다. 그는 묘사를 통해 서술적 이미지의 순수한 상태를 형상화해내려는 훈련을 거듭한다.

> ① 白露 가까운 개울물소리
> 　별에서도 풀벌레가 운다.
> ② 수세미 잎에 앉은 잠자리 한 마리
> 　그의 허리는 부러지고 있다.
> ③ 입 안에 든 달디단 과자처럼
> 　그는 조금씩 녹아내리고 있다.

> － 「잠자리」(『타령조・기타』) 전문

「잠자리」는 "~ㄴ다"는 현재형 문장 1개와 "~고 있다"는 현재진행형 문장 2개가 병렬적으로 병치되고 통합되어 구성되어 있다. ①이 처서處暑와 추분秋分 사이의 절기에 해당하는 백로白露 즈음의 개울의 시공간에서 "풀벌레"가 우는 장면을 제시하고 있다면 ②는 완연한 가을인 백로에 허

다 상이성의 원리를 지니고 단독이 아닌 다른 요소와의 결합에서 큰 효과를 거둔다. 병치은유는 등가성의 원리를 선택의 축에서 결합의 축으로 투영하는 시적 기능 속에서 환유의 특성을 지닌다. 병치은유는 원관념을 숨긴 여러 개의 치환은유(epiphor)를 비인과적으로 병렬적으로 배치한 것이다. "은유 작용이 관여하는 또 다른 하나의 상보적 의미 작용을 交喩(diaphor)라 칭할 수 있다. '동작(phora)'은 여기서 어떤 특정 경험들을 참신하게 '통과dia'한다는 것이며 이때 오로지 병치의 원리에 의해서 새로운 의미가 탄생된다." 필립 윌라이트, 김태옥 옮김, 『은유와 실재』, 문학과지성사, 1982, 77면.
56) 김춘수, 앞의 책, 386면.

리가 부러지고 있는 "잠자리 한 마리"를 제시한다. ①문장과 ②문장은 "풀벌레"와 "잠자리"를 핵심어로 삼고 서로 병치됨으로써 완연한 가을날의 사물 풍경 자체가 자아내는 정서의 이미지를 형상화하고 통합하는 기능을 하고 있다.

> Ⓐ-1　①　한 아이가 나비를 쫓는다.
> 　　　　②　나비는 잡히지 않고
> 　　　　③　나비를 쫓는 그 아이의 손이
> 　　　　　　하늘의 저 투명한 깊이를 헤집고 있다.
> Ⓐ-2　④　아침햇살이 라일락 꽃잎을
> 　　　　　　흥건히 적시고 있다.

— 「라일락 꽃잎」(『타령조·기타』) 전문

「라일락 꽃잎」은 4개의 문장이 통합된 작품이다. ②는 "~고"라는 연결 어미로 되어 있지만 언술행위의 한 의미 단락을 이룬다는 점에서 하나의 문장이다. 「라일락 꽃잎」은 크게 Ⓐ-1과 Ⓐ-2의 두 장면으로 나뉜다. Ⓑ-1이 아이와 나비를 핵심어로 삼아 장면을 제시하고 있다면 Ⓐ-2는 아침햇살과 라일락 꽃잎을 핵심어로 삼아 장면을 제시하고 Ⓐ-1과 병치됨으로써 묘한 시적 분위기를 창조한다. 그러나 「라일락 꽃잎」의 ③은 ①과 ②와 ④와 달리 "하늘의 저 투명한 깊이"라는 시구를 품고 있어서 화자가 서경적 묘사에 대한 주관적 판단을 미묘하게 드러내고 있다. '깊이'라는 추상 명사가 불러일으키는 개념은 "하늘"의 은유로서 순수한 서술적 이미지를 구축하려는 「라일락 꽃잎」의 시적 완성도에 미묘한 균열을 내고 있다. 그러나 「라일락 꽃잎」은 「인동잎」과 「잠자리」에서 보여준 화자의 직접적인 진술과 개입이 현격히 절제되어 있다는 점에서 김춘수가 지향하는 서술적 이미지의 시작詩作에 좀 더 근접하고 있다는 의미를 지닌다.

① 미 8군 후문

　　철조망은 대문자로 OFF LIMIT

② 아이들이 오류인 둘러앉아

　　모닥불을 피우고 있다.

③ 아이들의 구기자빛 남근이

　　오들오들 떨고 있다.

④ 동국 한 송이가 삼백오십 원에

　　일류 예식장으로 팔려 간다.

　　　　　　　　　― 「冬菊」(『타령조·기타』, 문화출판사, 1969) 전문

　「冬菊」은 화자의 목소리와 주관적 판단과 개입이 전혀 없는 ①과 ②와 ③과 ④의 객관적 상황의 병치은유와 통합만으로 이미지를 형성한다. 「동국」은 「혼魂」과 「꽃밭에 든 거북」을 거쳐 「잠자리」와 「라일락 꽃잎」의 엄정한 자기 검열과 훈련 끝에 획득한 김춘수의 서술적 이미지, 즉 사물의 즉물적 이미지이다. 「동국」의 서술적 이미지는 은유와 상징적 의미를 지향하지 않는 까닭에 「동국」이 환기하는 시적 주제와 의미가 무엇인지 명확히 드러나지 않는다. 그러나 「동국」의 시적 주제와 의미가 명확하지 않다고 해서 그 의미가 부재한 것은 아니다. 「동국」은 각각의 사물들이 처해 있는 모습 그대로를 드러냄으로써 그 자리에 처해있는 사물들 자체가 빚어내는 묘한 정서를 표출하고 있다. “동국”이라는 사물에 대한 고정 관념과 가치 판단을 중지하고 “동국”과 ①과 ②와 ③과 ④의 병치은유가 충돌하면서 빚는 새로운 의미를 사유하도록 유도한다.

　　대상이 없을 때 시는 의미를 잃게 된다. 독자가 의미를 따로 구성해볼 수는 있지만, 그것은 시가 가진 의도와는 직접의 관계는 없다. 시의 실체가 언어와 이미지에 있는 이상 언어와 이미지는 더욱 순수한 것이 된다. (중략) 이미지가 대상을 가지고 있는 이상 대상을 수단

이 될 수밖에는 없다는 뜻으로는 그 이미지는 불순해진다. 그러나 대상을 잃은 언어와 이미지는 대상을 무화시키는 결과가 되고, 언어와 이미지는 대상으로부터 자유로운 것이 된다. 이러한 자유를 얻게 된 언어와 이미지는 시인의 실존 그것이라고 할 수 있다. 언어가 시를 쓰고 이미지가 시를 쓴다는 일이 이렇게 하여 가능해진다.

- 「한국현대시의 계보」(『시문학』, 1973.2.1.)[57)]

이러한 맥락에서 「동국」은 김춘수 시의 방향이 바뀌는 지점을 가리키고 있다. 「동국」은 대상을 재현한 서술적 이미지로 된 작품이지만 화자의 목소리를 완전히 배제하고 은유와 상징을 통한 의미와 관념의 구축을 철저하게 거부하고 있다는 점에서 이전의 시와 다른 지점이다. 김춘수는 자신의 시적 변모 지점을 자각한다. 그는 대상을 가지고 있는 이미지는 의미와 관념의 매개체이자 은유와 상징으로 활용되는 수단이라는 점에서 불순하다고 판단한다. 그는 대상을 잃은 언어와 이미지로 구축된 "대상으로부터 자유로운" 순수시를 지향한다.

① 남자와 여자의
  아랫도리가 젖어 있다
② 밤에 보는 오갈피나무,
  오갈피나무의 아랫도리가 젖어 있다.
③ 맨발로 바다를 밟고 간 사람은
  새가 되었다고 한다.
④ 발바닥만 젖어 있었다고 한다.

- 「눈물」(『처용』) 전문

---

57) 김춘수, 앞의 책, 372면.

「눈물」은 「동국」이 지니고 있는 시적 대상으로부터 자유로운 작품이다. 「눈물」은 『타령조・기타』(1969) 이후의 작품이다. "눈물"은 「동국」과 달리 텍스트 내부에 등장하지 않으며 재현하지 않는다. 「눈물」의 ①에서 "아랫도리"는 단순히 '성기'만을 가리키는 은유라고 말할 수 없다. ①과 ②의 공통된 "아랫도리"의 은유는 무엇인지 쉽게 파악되지 않는다. ③의 문장 속에 예수를 지칭하는 "맨발로 바다를 밟고 간 사람"이 왜 ①과 ②와 ④의 문장 사이에 자리잡고 있어야 하는가에 대한 시적 논리 또한 쉽게 파악할 수 없다. 제목 「눈물」은 ①과 ②와 ③과 ④의 문장으로 구축된 텍스트 안의 각각의 사물들과 어떤 연관을 지니면서 상징적 의미를 지니는지 잘 알 수 없다. 「눈물」의 시적 주제와 의미를 파악하려고 하면 할수록 「눈물」의 시적 주제와 의미는 잡히지 않는다.

제목 「눈물」과 텍스트의 본문 사이에는 간극이 생성시키는 시적 긴장이 존재한다. 그 간극이 생성시킨 시적 긴장과 효과는 ①과 ②와 ④의 문장에서 공통된 "젖어있다"는 시어와 ③의 "바다"라는 시어가 제공하는 축축한 물의 이미지와 화학적 반응을 일으키고 미묘한 정서의 울림을 제공한다.

> 거기엔 아무런 현실적인 일상적인 의미면의 연관성이 전연 없는 동떨어진 사물끼리가 서슴없이 한자리에 모여 있다. 이와 같이 사물의 존재와 현실적인 합리적인 관계를 박탈해버리고, 새로운 창조적인 관계를 맺어주는 것을 '데뻬이즈망'이라고 한다.
> 그 움직씨 '데뻬이제depayset'는 '나라'(혹은 '환경', '습관')를 바꾼다는 뜻이다.
>
> — 조향, 『데뻬이즈망의 미학』[58]

「눈물」은 초현실주의 회화에서 완전히 이질적인 것들이 모여서 기존

---

58) 김춘수, 「시론－시의 이해」, 앞의 책, 260면.

의 관습적 의미와는 전혀 다른 새로운 의미를 창조하는 데뻬이즈망(depa-ysement)의 기법을 활용하고 있다는 것을 보여준다. 시적 긴장과 시적 효과를 생성시키는 ①과 ②와 ③과 ④의 문장의 결합이 그 예이다. 김춘수는 「눈물」의 제목을 일종의 '트릭'이라고 말한다.

> 이 시는 어떤 상태의 묘사일 뿐이다. 관념이 배제되고 있다. 그 점으로는 일단 성공한 시다. 그런데 하나의 통일된 이미지를 찾아내기란 퍽 힘이 들는지도 모른다. 즉 이 시의 의도를 찾아내는 데에는 많은 곤란을 겪어야 하리라. 우선 제2행까지와 제4행까지로 이미지는 두 갈래로 갈라져 있다는 것을 알게 되는데 그게 납득이 안 될 것이다. <남자와 여자>와 <오갈피나무>가 무슨 상관일까? 이것은 하나의 트릭이다.
> 시가 통속소설의 줄거리처럼 도입부에서 전개부로 전개해 가다가 절정에서 대단원으로 끝을 맺는 정석적인 순서를 밟게 되면 그 자체 여간 따분하지가 않다. 또 어떤 진실을 위하여는 그런 따위 허구가 뜻이 없는 것이 되기도 한다. 이 시의 경우는 이 두 가지 이유를 다 가지고 있다고 해야 할 것이다. 허구는 진실을 놓치는 수가 있다. 반소설에서는 그래서 허구(줄거리)를 배격한다. 허구란 실은 그것을 만드는 사람의 관념의 틀에 지나지 않는다. 관념이 필요하지 않을 때 허구는 당연히 자취를 감춰야 한다.
> 이 시의 제5행부터 끝행까지는 전반부와 비교하면 전연 또 다른 국면을 보이고 있다. 물론 하나의 트릭이지만, 이 트릭은 이미 말한 대로 어쩔 수 없는 하나의 작시 의도를 대변해주고 있다. 결국 이 짧막한 한 편의 시는 세 개의 다른 이미지에다 두 개의 국면을 보여주고 있다고 할 것이다. 말하자면 이 시는 몇 개의 단편의 편집이다. 나의 작시 의도에서 보면 그럴 수밖에는 없다. 뚜렷한 하나의 관념을 말하려는 것이 아니다. 관념은 없다. 내면 풍경의 어떤 복합상태 －그것은 대상이라고 부르기도 곤란한－의 二重寫에 지나지 않는다. 그저 그런 상태가 있다는 것뿐이다. (중략) 제목으로 「눈물」을

달게 된 것은 <바다>와 <맨발>과 또는 <발바닥>과 <아랫도리>와의 관련에서 그렇게 한 것이다. 모두가 물이고 보이지 않는 부분(발바닥과 아랫도리)이지만, <눈물>이 들어서(개입하여) 하나의 무드(정서)를 빚게 해줄 수가 있었다. 모두가 트릭이다. 그러나 좋은 독자는 이런 트릭 저편에 있는 하나의 진실을 볼 수 있어야 하리라.

- 「대상의 붕괴」(『심상』, 1975.6.10.)[59)]

김춘수는 "세잔느가 寫生을 거쳐 추상에 이르게 된 그 과정[60)]을 나도

---

59) 김춘수, 「의미와 무의미」, 앞의 책, 398~399면.
60) "인상주의란 그림 속에서 대상이 우리 눈에 들어와 감각에 닿는 바로 그 순간을 포착하고자 한다. 대상들은 그들이 순간적인 지각에 드러나는 대로, 어떤 일정한 윤곽없이 광선과 대기를 통해 결합된 그대로 묘사된다. (중략) 대상들의 색채를 재현하기 위해서는 캔버스에 그들의 고유색(ton local), 즉 그들이 배경에서부터 분리되었을 때 띠게 되는 색을 칠하는 것만으로는 충분치 않았으며, 따라서 자연 속에서 그 고유색들을 변경시키는 대비(contrast) 현상을 계산해야만 했다. (중략) 결과적으로 인상주의자들은 고유색 자체를 깨뜨리고 만다. 일반적으로 대상을 구성하고 있는 색들을 섞기보다는 나란히 병치시켜 놓음으로써 특정한 색을 얻을 수 있으며, 그럼으로써 보다 생생한 색조를 얻게 된다. 이러한 과정의 결과로서, 더 이상 자연과 1 대 1의 대응 관계가 아닌 캔버스는 각 부분들간의 상호 작용을 통해, 인상에 대한 보편적 진실 - 즉 우리가 사물을 대할 때 받는 인상 - 을 회복한다. 그러나 그와 동시에, 분위기를 묘사하고 색조를 깨뜨림으로써 대상은 침몰하게 되며, 대상이 가지고 있는 고유한 중량감을 상실하게 된다. 그런데 세잔느는 (중략) 대상을 재현하고 배경 뒤에서 그것(대상)을 다시 발견하고자 했다. (중략) 대상은 이제 반사광에 의해 가려지거나, 대기나 다른 대상들과의 관계 속에서 소멸되어 버리는 일이 없었으며, 마치 내부에서 은밀하게 빛이 비춰 빛이 대상에서부터 발산되고 있는 것처럼 보이고, 결과적으로 입체성과 질료성의 인상을 갖게 되었다. (중략) 그러므로 우리는 세잔느는 자연을 모델로 하는 인상주의 미학을 버리지 않은 채, 대상으로 되돌아가고자 했다고 말해야 할 것이다. (중략) 그는 감각을 포기하지 않은 채, 오직 자연에 대한 직접적인 인상만으로써 윤곽을 그리거나 대상을 통해 색을 에워싸는 일 없이, 또한 원근법(perspective)이나 화면 구성을 사용하지 않고서 리얼리티를 추구했던 것이다. (중략) 세잔느는 리얼리티에 이르기 위한 수단을 포기한 채 리얼리티를 추구했다." 모리스 메를로-퐁티, 권혁면 옮김, 「세잔느의 회의」, 『의미

그대로 체험하게 되고, 사생은 사생에 머무를 수만은 없다[61]는 확신에 이"[62]른다. 「눈물」은 김춘수가 "리얼리즘을 확대하면서 초극해 가는 데 시가 있다는 하나의 사실"[63]을 깨달은 면모를 보여주는 작품이다. 시적 주제와 의미의 곤혹스러움을 제공하면서도 정서의 묘한 울림을 제공하는 「눈물」은, 대상으로부터 자유로운 서술적 이미지들을 재구성한다. 김춘수는 등가성의 원리에 따른 사물의 즉물적 묘사와 병치은유를 선택의 축에서 결합의 축으로 투영함으로써 환유적 언어의 특성을 지닌 '묘사 절대주의'의 시를 「눈물」에서 실험한 것이다.

지금까지 살펴본 김춘수의 '묘사 절대주의'의 시는 다음과 같은 시적 지향성과 특징을 지닌다. 첫째, 주관적 판단과 개입을 최대한 절제하고 사물의 '있는 그대로'의 현상을 형상화하려 한다. 둘째, 사물의 즉물적 묘사는 시의 화자를 몰개성적인 화자로 변모시키고 시의 화자를 소멸시키는 과정을 마련한다. 셋째, 사물의 즉물적 묘사가 만들어내는 시의 이미지는 관념의 도구로서 쓰이지 않고 그 자체를 위해 동원된다. 김춘수의 용어로 서술적 이미지에 해당하는 묘사적 이미지는 은유를 통해 형이상

와 무의미』, 서광사, 1985, 19~21면.

61) "단지 (대상의) 윤곽선만을 좇는다면 깊이, 즉 사물이 우리 앞에 펼쳐져 있는 것이 아니라, 많은 것이 남겨진 채로 있는 무궁무진한 리얼리티의 차원을 잃고 말 것이다. 세잔느가 대상의 색채를 수정하여 팽창시키고, 푸른색으로 여러 번 윤곽선을 나타내고 있는 것은 이러한 이유에서였던 것이다. (중략) 이처럼 널리 알려진 형태 변형 수법은 결코 임의적인 것이 아니었는데 세잔느는 후기 무렵, 그가 더 이상 화면을 색채로 채우지도 않으며 정물의 조밀한 짜임새를 추구하는 것에서 벗어났을 때인 1890년 이후에 가서는 이 기법을 포기해 버리고 만다. 그러므로 세계가 그 진정한 깊이 속에서 주어지는 것이라면, 윤곽선은 색채의 결과이어야만 했다. 왜냐하면 이 세계란 빈틈없는 하나의 덩어리이며 하나의 색채 체계로서, 이것을 가로질러 소실 원근법과 윤곽선, 각도 및 굴곡선들이 힘줄처럼 새겨져 있고, 공간 구도가 떨림 속에서 이루어지기 때문이다." 모리스 메를로 퐁티, 「세잔느의 회의」, 위의 책, 24면.

62) 김춘수, 「의미와 무의미」, 앞의 책, 396면.

63) 위의 책, 같은 면.

학적 의미의 상징에 다다르지 않고 묘사된 사물 자체가 빚어낸 이미지를 목적으로 한다.

이러한 묘사 절대주의의 시를 바탕으로 김춘수는 "무의미한 것 속에서 스스로를 의미하게 하는 것"[64]을 드러내는 "무의미의 시"를 주장한다.

라. 이미지와 사물시

김춘수가 명명한 "무의미의 시"는 비유적 이미지와 서술적 이미지의 개념을 정의하면서 인용한 바 있는 『시론 - 시의 이해』(송원문화사, 1971)의 「이미지론」에서 그 단초가 마련된다. 『의미와 무의미』(문학과지성사, 1976)의 「自序」에서는 직접 "무의미의 시"에 대한 의견을 밝힌다.

> 나는 약 10년 가까운 세월 동안 매우 아슬아슬한 실험적 태도를 고집해 왔다. 이른바 '無意味의 詩'라는 것이 그것이다. 나는 내가 하는 일에 대한 知的 관심을 버릴 수가 없었다. (중략) 나는 내가 하는 일의 知的 反省을 다하지 않을 수 없다. 이번의 詩論集은 바로 그러한 意圖의 소산이다.
>
> ─「自序」(『의미와 무의미』, 문학과지성사, 1976)[65]

김춘수는 『의미와 무의미』의 「한국현대시의 계보」, 「대상·무의미·자유」, 「의미에서 무의미까지」, 「이미지의 소멸」, 「대상의 붕괴」에서 그 용어를 정의한다.

> 같은 서술적 이미지라 하더라도 사생적 소박성이 유지되고 있을 때는 대상과의 거리를 또한 유지하고 있는 것이 되지만, 그것을 잃

---

64) 자끄 데리다, 앞의 책, 46면.
65) 김춘수, 「의미와 무의미」, 앞의 책, 349면.

었을 때는 이미지와 대상은 거리가 없어진다. 이미지가 곧 대상 그 것이 된다. **현대의 무의미 시는 시와 대상과의 거리가 없어진 데서 생긴 현상이다. 현대의 무의미 시는 대상을 놓친 대신에 언어와 이 미지를 시의 실체로서 인식하게 되었다**고 할 수 있다.(강조 필자)

— 「한국현대시의 계보」(『시문학』, 1973.2.1.)[66]

이미지를 서술적으로 다룬 시들 중에는 대별하여 두 개의 유형이 있다. 그 하나는 대상의 인상을 재현한 그것이고 **다른 하나는 대상 을 잃음으로써 대상을 무화시킨 결과 자유를 얻게 된 그것이다.** 이 후자가 30년대의 李箱을 거쳐 50년대 이후 하나의 경향으로서 한 국시에 나타나게 된 **무의미의 시다.** 그러니까 시사적으로 한국의 현대시가 50년대 이래로 비로소 시에서 자유가 무엇인가를 경험하 게 되었다고 하겠다. 그러나 이 경우에도 완전한 자유에 도달하였 다고 말하기는 어려울 것 같고 비교적 자유에 접근해간 경우가 있 었다고 해야 할는지 모른다. (중략) 자유라는 측면에서 바라볼 때, 대상을 놓친 서술적 이미지의 시와 모든 비유적 이미지의 시는 양 극이라고 할 수 있고, 대상을 가지고 있는 서술적 이미지의 시는 그 중간에 자리한다고 할 수 있다. 왜냐하면 그는 대상을 가지고 있는 그만큼 자유롭지는 못하나, 그러나 대상에 대하여 판단중지(대상을 괄호 안에 집어넣고 있다)의 상태에 있기 때문에 하나의 방관자적 입장에 설 수 있다.

— 「한국현대시의 계보」(『시문학』, 1973.2.)[67](강조 필자)

사생이라고 하지만, 있는(실재) 풍경을 그대로 그리지는 않는다. 집이면 집, 나무면 나무를 대상으로 좌우의 배경을 취사선택한다. 경우에 따라서는 대상의 어느 부분을 버리고, 다른 어떤 부분은 과

---

66) 위의 책, 369면.
67) 김춘수, 「의미와 무의미」, 앞의 책, 375~376면.

장한다. 대상과 배경과의 위치를 실지와는 전연 다르게 배치하기도 한다. 말하자면 실지의 풍경과는 전연 다른 풍경을 만들게 된다. **풍경의, 또는 대상의 재구성**이다. 이 과정에서 논리가 끼이게 되고, 자유연상이 끼이게 된다. 논리와 자유연상이 더욱 날카롭게 개입하게 되면 **대상의 형태는 부숴지고, 마침내 대상마저 소멸한다. 무의미의 시가 이리하여 탄생**한다.

　　　　　　　─「대상의 붕괴」(『심상』, 1975.6.)[68](강조 필자)

　김춘수의 무의미의 시를 정의하기 위해서는 무엇보다도 지금까지 논의한 김춘수의 이미지론을 다음과 같이 재정리할 필요가 있다.

　(1) 비유적 이미지: 사물을 시적 대상으로 삼아 관념(idea)을 말하기 위하여 도구로서 쓰여지는 심상이다. 비유적 이미지는 관념에 봉사하는 역할을 하고 있기 때문에 불순하다.

　(2)-① 서술적 이미지: 사물을 시적 대상으로 삼아 이미지가 관념의 도구로서 쓰여져 있지 않고 이미지가 그 자체를 위하여 동원되는 심상으로서 그 이미지 자체로 된 시는 일종의 순수시이다. 사물을 재현의 대상으로 삼아 사생적寫生的 소박성이 유지되면서 대상과의 거리를 유지하는 이미지이다.

　(2)-② 서술적 이미지: 시적 대상으로서 재현할 사물을 잃음으로써 이미지 자체가 대상이 되는 이미지이다. 이때 대상과 이미지의 거리는 없어진다. 실재의 풍경을 있는 그대로 재현하지 않고 취사선택과 과장과 축소를 통한 풍경과 대상의 재구성을 통한 이미지이다. 재구성 과정에서 개입하는 논리와 자유연상에 의해 대상의 형태가 부서지고 대상마저 소멸하게 되는 이미지이다.

---

68) 위의 책, 387면.

이와 같은 이미지 분류에서 김춘수는 (2)-②의 서술적 이미지로만 구성된 시를 "무의미의 시"로 명명한다. 김춘수의 "무의미의 시"가 거느리는 (2)-② 서술적 이미지가 (1)비유적 이미지 및 (2)-①서술적 이미지와 구획되는 큰 특징은 사물을 시적 대상으로 삼아 있는 그대로 재현하지 않는다는 점이다. (2)-②서술적 이미지는 지금까지 추구해온 묘사 절대주의의 시에 변모의 계기를 마련한다.

그동안 김춘수가 묘사절대주의를 통해 구축하려 했던 시는 사물을 있는 그대로 드러내기 위해 사물을 시적 대상으로 삼고 이미지로 재현한 시이다. 그는 시적 방법론으로 선택한 묘사를 통해 사물을 있는 그대로의 형상으로 드러내려 했다. 그러나 사물을 시적 대상으로 삼아 이미지로 재현한 시는 과연 사물을 있는 그대로 드러내고 있는가라는 문제제기 앞에 균열을 겪을 수밖에 없다. 미메시스의 차원에서 사물이 완벽하게 재현된다는 것은 불가능하기 때문이다. 완벽한 재현된다 하더라도 사물에 부여된 관습적 관념과 고정된 의미로부터 자유롭지 못하기 때문이다. 사물의 즉물적 묘사와 이미지는 주체를 소멸시키고 사물의 편에 섰을 때 성취된다는 점에서 (2)-①서술적 이미지는 여전히 사물을 대상으로 바라보는 주체의 시선이 남아있다.

「잠자리」와 「라일락 꽃잎」은 (2)-①서술적 이미지를 활용해서 사물을 재현한 작품이다. 김춘수가 말한 바 있는 "일종의 순수시"이다. 이때의 "순수" 개념69)은 비유적 이미지에 비해 상대적으로 의미와 관념을 도

---

69) 김춘수의 "순수" 개념은 1960년대 한국시의 "순수/참여" 논쟁 상황과 연결되어 있다. 김춘수의 "순수시"에 대한 시적 지향성은 김수영의 사회 참여적이며 메시지 중심의 시에 대한 안티테제로서 모색하게 되는 시대적 맥락이 있다. "國內 詩人으로 나에게 壓力을 준 시인이 있다. 故 金洙暎씨다. 내가 「打令調」 連作詩를 쓰고 있는 동안 그는 만만찮은 일을 벌이고 있었다. 소심한 技巧派들의 간담을 서늘케 하는 그런 대담한 일이다(여기 대해서는 따로 자세한 글을 쓰고 싶다). 金씨의 하는 일을 보고 있자니 내가 하고 있는 試驗이라고 할까 練習이라고 할까 하는 것이 점점 어색해지고 無意味해지는 것 같은 생각이었다. 나는 한동안 붓을 던지고 생각

구로 삼지 않는다는 점에 대해 김춘수가 가치 평가를 내린 "순수"이다.

이와 달리 김춘수의 "무의미시"는 사물을 시적 대상으로 삼지 않으며[70] 실재의 풍경을 있는 그대로 재현하지 않는 이미지에서 탄생한다는 점에서 주목할 필요가 있다. 「눈물」에서처럼 "무의미시"는 실재 풍경과 사물을 시적 대상으로 삼지 않고 있는 그대로 재현하지 않는다. "무의미시"는 실재 풍경과 사물을 취사선택하고 과장과 축소를 통한 풍경과 대상의 재구성을 한다. 실재 풍경과 대상의 재구성은 역사와 일상이라는 시공간에 놓인 실재 풍경과 사물에 스며있는 관습적 관념과 고정된 의미의 해체 과정[71]이다.

김춘수의 "무의미시"에서 사물은 역사와 일상의 시공간에 놓인 사물이 아니다. 역사와 일상의 시공간이 부여한 모든 관습적 관념과 고정된 의미에 의해 더럽혀진 사물을 다시 깨끗이 씻어낸 탈역사적 시공간의 사물이다. "무의미시"는 역사와 일상의 시공간이 부여한 모든 관습적 관념과 고정된 의미를 완전히 지워버린 그 무無의 시공간에 존재하는 사물의 시이다.

했다. (중략) 나는 여기서 크게 한번 回傳을 하게 되었다. 여태껏 내가 해온 연습에서 얻은 成果를 소중히 살리면서 이미지 위주의 아주 敍述的인 詩世界를 만들어보자는 생각이다. 물론 여기에는 觀念에 대한 絶望이 밑바닥에 깔려 있다. 現象學的으로 對象을 보는 눈의 훈련을 해야 하겠다는 생각이다." 김춘수, 「의미와 무의미」, 앞의 책, 351면.

70) 오세영은 김춘수의 "무의미의 시"가 사물을 대상으로 삼지 않는다는 점에 대해 불가능하다는 입장을 취한다. 오세영은 시와 언어의 본질은 주관이나 객관에 대한 인식내용으로 되어 있다는 점에서 시와 언어는 대상 없이 써질 수 없다는 점을 지적한다. "만일 대상 없이 발생한 언어 혹은 시 ─ 또는 '의미'라고 불러도 좋다. ─ 가 있을 수 있다면 그것은 주체도 의식하지 못한 상태에서 작동한 우연 혹은 본능의 소산일 수밖에 없다."고 김춘수의 무의미시에 대해 비판한다. 오세영, 「김춘수의 무의미시」, 『한국현대문학연구』 제15권, 한국현대문학회, 2004. 참고.

71) 이것은 데리다의 표현을 빌면 모든 관습적 관념과 고정된 의미에 더럽혀진 사물을 "다시 깨끗하게 씻기réappropriation"에 해당한다. 데리다는 "우리가 항상 되돌아와야 하는 곳은 우리의 오브제이다. 우리는 우리의 생각을 깨끗한 물에 다시 한 번 헹구어야 한다"고 말하면서 프랑시스 퐁주의 사물에 대한 글쓰기를 분석한다. 자끄 데리다, 앞의 책, 44~45면 참고.

김춘수의 시가 지향하는 "무의미"는 사물에 완강하게 깃들어 있는 현실과 역사와 문명의 관습적 관념과 인간적인 것과 윤리적인 것의 의미를 완전하게 지운 결과로서의 '무의미'이다. 그 결과 인간과 현실과 역사와 문명적 의미가 모두 지워진 '순수한 사물'과 '순수한 사물의 의미'가 발생한다.

김춘수의 "무의미시"가 성립하기 위한 전제는 사물에 깃든 모든 인간적인 의미와 편견과 가치를 무無의 상태로 환원하는 것이다. 최초 사물의 순수 상태로 돌아가기 위해 인간적인 것의 모든 의미를 지우고 현상학적 환원을 다시 하는 것이다. 주체의 입장이 아니라 사물의 편에서 사물이 스스로 현존하도록 사물의 물질성을 드러내는 것이다. 인간의 언어로 명명하고 호명할 수 없는 사물이 생성시킨 순수한 사물성의 새로운 의미로 충만한 사물에 관한 시이다.

그런 이유로 김춘수의 '무의미시'의 '의미'와 '무의미'의 대립 개념은 사물로부터 파생된 부차적 결과물이다. '의미'와 '무의미'는 독립적으로 현존하는 사물과 별개로 인간적인 것의 의미 여부와 관련된 개념이다. 따라서 '무의미시'라는 개념은 김춘수가 추구한 사물의 물질성과 언어에 대한 탐구라는 관점에서 재정립되어야 한다. '무의미시'는 인간적인 것의 모든 의미를 지우고 순수한 사물의 물질성이 구현된 사물에 관한 시를 가리킨다는 점에서 사물시이다. 사물시라는 개념은 김춘수의 '무의미시'에서 '무의미'와 '의미'가 일으키는 개념의 혼돈을 막고 사물로부터 비롯된 인간적인 것의 '의미'와 '무의미'라는 부차적 결과물에 함몰되는 논의를 극복할 수 있는 계기를 마련한다. 사물시는 인간적인 것의 의미와 무의미 이전에 존재하는 순수한 사물의 물질성이 구현된 사물에 관한 시이다.

이 지점에서 현실과 역사와 문명의 모든 의미가 지워진 김춘수의 "무의미시"는 가능한가, 라는 물음이 제기된다. 결론부터 말한다면, 인간적인 것의 관습적 관념과 고정된 의미를 모두 지운 순수한 사물의 새로운 의미를 생성시킬 사물시로서 "무의미시"는 불가능하다. 다만 "무의미시"

는 기존 관념과 의미를 모두 지우고 순수한 사물의 새로운 의미로 충만한 백지의 언어로부터 시작(詩作/始作)하려는 치열한 시적 긴장과 그치지 않는 시적 모험과 지향으로서 가능할 것이다.

현실에 대한, 역사에 대한, 문명에 대한 관심이 한쪽에 있으면서 그것들을 초월하려는 도피적 자세가 또 한쪽에 있다. 이것들이 또한 **내 내부에서 분열을 일으킨다.**[72](강조 필자)

오랜 慣習에서 벗어나려고 할 때 우리는 不安해진다. 전연 낯선 세계에 발을 들여놓아야 하는 그 不安과 함께 아직도 많은 사람들이 거기서 安住하고 있는 곳을 떠나야 한다는, 疎外된다는 그 不安이 겹친다. 이러한 不安은 두말할 것도 없이 그것을 의식하는 사람들에게는 虛無란 말이 된다. (중략) **허무는 글자 그대로 모든 것을 없는 것으로 돌린다.** (중략) 허무는 자기가 말하고 싶은 대상을 잃게 된다는 것이 된다. 그 대신 그에게는 보다 넓은 시야가 갑자기 펼쳐진다. 이렇게 해서 '無意味詩'는 탄생한다. 그는 바로 허무의 아들이다. (중략) 旣成의 價値觀이 모두 편견이 되었으니 **그는 그 자신의 힘으로 새로운 뭔가를 찾아가야 한다.** 그것이 다른 또 하나의 偏見이 되더라도 그가 참으로 誠實하다면 허무는 언젠가는 超克되어져야 한다. 성실이야말로 허무가 되기도 하고, 허무에 대한 制動이 되기도 한다. 이리하여 새로운 意味(對象), 아니 意味가 새로 소생하고 대상이 새로 소생할 것이다.[73](강조 필자)

관념·의미·현실·역사·감상 등의 내가 지금 그들로부터 등을 돌리고 있는 말들이 어느 땐가 나에게 복수할 날이 있겠지만, 그 **때까지 나는 나의 자아를 관철해 가고 싶다. 그것이 성실이 아닐까? 그러나 나는 언제나 불안하다.** 나는 내 생리 조건의 약점을 또한 알

---

72) 김춘수, 「의미와 무의미」, 앞의 책, 462면.
73) 위의 책, 378~379면.

고 있기 때문이다. 벌써 나의 이 생리 조건이 나의 의도와 내가 본 진실을 감당 못하고 그 긴장을 풀어 달라고 비명을 지르고 있다. 나의 생리 조건에 나는 동정한다.[74](강조 필자)

純粹詩를 쓰려면 쓸 수 있을 것인데 **나는 끝내 그것(純粹詩)에 안심이 안된다. 觀念은 蒸發하든지 排泄되든지 하여 투명한 어떤 情景만이 原稿紙 위에 전개되어가는 일에 불안해진다.** 그러니까 나의 詩는 비유가 되는 일이 많다. 부분적으로도 그러하거니와 전체적으로도 그렇다. 이른바 텍처와 스트랙처가 다 그렇다는 말이다. **끝내 휴먼한 것을 떠나지 못한다는 말이 되겠다.** 그러나 이 휴먼한 것을 벗어나고 싶은 이를테면 解放되고 싶은 願望은 늘 나에게 있다. 말하자면 꿈과 같은 狀態-라고 해도 정확한 記述은 못 된다- 즉, 꿈에서 現實的인 의미를 控除해버린, 그런 상태에 대한 원망이 있다. 시가 완전히 넌센스가 되어 버린 그러한 상태-超現實主義의 어떤 시에서 그런 상태를 본 일이 있다. **한 시인의 觀念과 人格과 學識과 經驗이 한 줄의 情景 속에 敍述的으로 溶解되어 있는 그러한 시를 쓰고 싶으나** 되어질 듯하면서 끝내 잘 되어지지가 않는다.[75](강조 필자)

김춘수는 현실과 역사와 문명에 대한 관심과 이 관심으로부터 초월하려는 도피적 자세가 내면에서 서로 갈등하고 있음을 고백한다. 스스로 현실과 역사와 문명의 "휴먼"한 것으로부터 자유롭지 못함을 고백한다. 현실과 역사와 문명의 "무의미"에 도달하기 위해서는 주체에서 탈주체로의 이동이 필요하다. 휴머니즘에서 반휴머니즘으로의 이동과 현실과 역사와 문명으로부터의 초월이 전제되어야 한다. 김춘수는 현실과 역사와 문명에 대한 관심을 버리지 못하는 자신의 "생리 조건의 약점"을 자각한다.

---

74) 위의 책, 389~390면.
75) 김춘수, 「의미와 무의미」, 앞의 책, 469~470면.

그는 완전한 사물의 편에 섰을 때 느끼게 될 불안을 느낀다. 그는 "휴면한 것을 벗어나" "말하고 싶은 대상을 잃은 허무"로부터 태어나는 '무의미 시'를 지향한다. 현실과 역사와 문명의 의미로부터 자유롭고 순수한 사물의 물질성이 구현된 사물시를 성취하기 위한 시적 실험을 한다.

① 샤갈의 마을에는 삼월에 눈이 온다.
② 봄을 바라고 섰는 사나이의 관자놀이에
　　새로 돋은 정맥이
　　바르르 떤다.
③ 바르르 떠는 사나이의 관자놀이에
　　새로 돋은 정맥을 어루만지며
　　눈은 수천수만의 날개를 달고
　　하늘에서 내려와 샤갈의 마을의
　　지붕과 굴뚝을 덮는다.
④ 삼월에 눈이 오면
　　샤갈의 마을의 쥐똥만한 겨울 열매들은
　　다시 올리브빛으로 물이 들고
⑤ 밤에 아낙들은
　　그 해의 제일 아름다운 불을
　　아궁이에 지핀다.

— 「샤갈의 마을에 내리는 눈」

(『타령조 · 기타』) 전문

　「샤갈의 마을에 내리는 눈」은 특정 현실에 존재하는 시공간을 재현하지 않는다. 「샤갈의 마을에 내리는 눈」은 현실에 존재하지 않는 시공간을 재구성한 작품이라는 점에서 대상이 없는 이미지로 창작된 시이다. "샤갈의 마을"과 "봄을 바라고 섰는 사나이"와 "눈"과 "그 해의 제일 아름다운 불"은 현실로부터 비롯된 대상을 재구성한 이미지라는 점에서 현실에서의 은유와 상징적 의미가 무엇인지 정확히 파악하는 것은 쉽지 않다.

「샤갈의 마을에 내리는 눈」은 의미 맥락상 모두 5개의 문장으로 나뉜다. ①은 작품의 배경이 되는 "샤갈의 마을"의 시공간을 묘사하고 ②는 "샤갈의 마을"에 살면서 봄을 기다리는 사내의 관자놀이를 묘사한다. ③은 사내의 관자놀이와 "샤갈의 마을"에 내리는 눈 자체를 묘사하고 ④에서는 삼월에 내리는 눈 속에서 올리브빛으로 물드는 겨울 열매를 묘사한다. ⑤는 "샤갈의 마을" 아낙들이 밤에 불을 지피는 묘사를 하면서 작품을 끝맺고 있다. ①부터 ⑤에 이르는 각각의 문장은 실재 현실의 은유로서 어떤 의미를 형성하고 서로에게 영향을 주면서 하나의 상징적 의미로 수렴되지 않는다. ①의 문장부터 ⑤의 문장은 각각의 묘사와 묘사적 이미지의 병치은유와 연쇄를 통해 미묘한 정서만을 제공할 뿐 하나의 상징적 의미로 수렴되는 것을 방해한다. 「샤갈의 마을에 내리는 눈」은 "눈"과 "봄"과 "불"이 빚어내는 이미지의 병치은유가 제공하는 묘한 정서와 분위기를 환기시키는 특징을 보여준다.

「샤갈의 마을에 내리는 눈」은 실재 대상과 의미가 부재한 이미지를 형상화해냈다는 점에서 사물시에 근접하고 있다. 그러나 김춘수는 묘사를 통해 사물시를 성취할 수 없음을 자각한다.

> 관념으로부터 떠나면 떠날수록 내 눈 앞에서는 대상이 무너져 버리곤 한다. 속이 시원하기도 하고, 때로는 불안하기도 하다. 이 불안 때문에 언젠가는 나는 관념으로 되돌아가야 하리라. 그걸 생각하면 나는 몹시 우울해진다. 그러나 사람에게는 어떤 한계가 있는 모양이다. 절대란 하나의 지향의 상대일 뿐 거기에 오래 머물 수가 없다.[76]

사물시의 개념으로 재정립될 수 있는 김춘수의 무의미시는 사물을 시

---

76) 김춘수, 「의미와 무의미」, 앞의 책, 398면.

적 대상으로 삼지 않고 실재의 풍경을 있는 그대로 재현하지 않는 묘사적 이미지에서 탄생한다. 대상과 의미가 없는 묘사적 이미지는 사물시의 구성 요소로서 실재 풍경과 현실의 재구성으로부터 기원한 것이다. 대상과 의미가 없는 묘사적 이미지는 사물에 깃든 모든 인간적인 것의 의미를 지웠을 때 획득할 수 있다. 인간적인 것의 모든 의미를 지우고 대상과 의미가 없는 묘사적 이미지는 순수한 사물의 물질성을 구현하고 사물시를 완성한다. 그런 의미에서 사물시는 김춘수가 주체가 아니라 사물의 편에 서서 사물의 물질성을 구현해낼 때 가능하다. 사물에 깃든 역사와 문명과 현실에 대한 관심을 포기하지 않는 한 성취할 수 없다. 그는 현실과 역사와 문명에 대한 관심을 포기하지 않는다. "하나의 지향의 상대"로서 "절대"인 사물시는 묘사를 통해서는 도달하지 못한다는 것을 자각한다. 그는 이미지가 리듬의 음영이라는 판단을 내린다. 그는 묘사 대신 사물의 존재 양식인 리듬을 선택한다.

마. 환유적 언어에 대한 성찰

김춘수의 명명과 호명을 통한 사물의 본질과 존재의 의미 추구는 유사성의 원리가 적용된 은유적 언어를 지배적으로 활용했음을 살펴본 바 있다. 명명과 호명을 통한 사물의 본질과 존재의 의미를 추구하던 김춘수는 은유적 언어의 한계로 인해 사물의 본질과 존재의 의미를 해명할 수 없음을 자각한다. 그는 은유적 언어에 대한 회의를 통해 시적 방법론으로 묘사를 선택하고 묘사 절대주의 시를 지향한다. 그의 묘사 절대주의 시는 인접성의 원리가 적용되는 환유적 언어가 매우 우세하게 활용된다. 묘사 절대주의 시는 사물의 본질과 존재의 의미를 탐구한 은유적 언어에서 있는 그대로의 사물의 실재를 그려내기 위한 환유적 언어로의 언술 구조가 변모한 지점이다. 유사성의 원리를 통한 사물의 형이상학적 의미를 추구하던 은유적 언어에서 인접성의 원리를 통한 사물의 있는 그대로의 실재를 묘사해내기 위한 환유적 언어로의 전환이 이뤄진 것이다.

> 환유(metonomy)[77]는 meta change와 onoma 'name'에서 연유된
> 희랍어 metonymia에서 왔다. 여기에서는 사물의 이름이 그 사물과
> 관련된 다른 어떤 것을 대신하기 위하여 전이된다.[78]
> 　산문은 무엇보다도 지칭 대상에 중점을 두고 있기 때문에 시적
> 절차로서는 기본적으로 비유와 문체(figure)가 연구되었다. (중략)
> 산문은 인접성의 관계 안에서 기본적으로 작용하고 있다. 결국 시
> 에 대해서는 은유가, 산문에 대해서는 환유가 보다 적은 저항을 이
> 룬다.[79]

　은유가 한 사물을 다른 사물의 관점에서 말하는 방법이라면, 환유[80]는
한 개체를 그 개체와 관련있는 다른 개체로 말하는 방법이다. 은유의 기
능이 주로 사물이나 개념을 이해하는 데 있다면 환유는 사물이나 개념을
지칭하는 데 그 기능이 있다. 달리 말하면 은유가 이해를 위한 장치인 반
면 환유는 지칭을 위한 장치라고 할 수 있다.[81] 은유는 개념 영역이나 의

---

77) 테렌스 혹스, 앞의 책, 5면.
78) 부분으로서 전체를 나타내거나 전체로서 부분을 나타내는 제유는 환유에 속하지
만 본 연구에서는 환유와 제유를 구별하지 않는다. 은유 및 직유와 달리 동일한 개
념과 의미 안에서 전이되는 환유와 제유를 문맥에 따른 적확한 구별은 불가능할
뿐더러 환유와 제유의 구별을 통해 얻는 김춘수의 시적 의미와 변모 양상에 관한
연구의 효과는 그리 크지 않다고 판단된다. 은유와 환유와 제유의 구별을 통한 김
춘수와 김수영과 신동엽에 관한 연구로는 권혁웅, 『한국 현대시의 시작방법 연구』,
깊은샘, 2001 참고.
79) 로만 야콥슨, 「언어의 두 측면과 실어증의 두 유형」, 앞의 책, 71면.
80) 퀸틸리아누스는 환유를 다섯 가지 종류로 나누었다. 용기로써 내용물, 행위자로써
행위나 물건, 원인으로써 결과, 시간이나 장소로써 그 특성이나 생산품, 그리고 연
상된 대상으로써 그 소유자나 사용자로 나눈다. 조지 레이코프와 마크 존슨은 퀸틸
리아누스의 분류에 두 가지를 더해 장소로써 기관, 장소로써 사건, 부분으로써 전
체, 제조기로써 제품, 제품으로써 사용자, 통제자로써 피통제자, 그리고 기관으로써
책임자로 일곱 가지 관점에서 환유를 설정한다. 김욱동, 앞의 책, 210면 참고.
81) 김욱동, 위의 책, 194면.

미 영역 사이에서 의미의 전이가 일어나는 반면 환유는 하나의 개념 영역이나 의미 영역 안에서 전이가 일어난다.[82] 환유는 시공간의 인접성을 중심으로 사물과 사물 사이의 관계를 통하여 그 사물을 개념화하도록 해준다는 데 특징이 있다. 환유는 물리적이고 인과적인 관계에 기초를 두고 있기 때문에 환유로 쓰이는 대상은 은유의 대상보다 인간의 구체적인 경험과 아주 깊이 연관되어 있다.

로만 야콥슨이 지적한 바 있듯 언술 구조의 분포와 의미적 차원에서 유사성과 인접성을 선택하고 결합하고 계층화의 작용을 조작하면서 개인은 자신의 개인적 문체 및 언어적 취향과 선호를 드러낸다.[83] 김춘수의 은유적 언어에서 환유적 언어로의 전환은 그의 시가 은유를 통한 시적 언어에서 환유를 통한 산문적 언어로 변모했음을 드러내준다. 「딸기」와 「구름」과 「바위」, 「꽃밭에 든 거북」과 「라일락 꽃잎」과 「동국」, 그리고 「눈물」에서 보여주듯 김춘수의 사물시는 문장 단위의 산문적 언어를 시의 주된 언술로 활용한다. 사물시의 산문적 언어는 사물에 대한 판단 중지와 사물의 즉물적 묘사를 추구하고 환유적 언어의 특성을 드러낸다.

> 처음으로 에세이集을 내게 된다. 30년 가까이 써 온 것들 중에서 얼마를 가려 뽑은 것이다. 여기에 수록된 것들의 대부분은 그 때 그 때의 나에게 있어서는 매우 절실했다고 생각된 문제들을 다룬 것들이다. (중략) 社會와 人生에 대한 그 동안의(약 10년 남짓한) 내 생각이 그대로 반영되고 있는데, 스스로 인정하기에 **내 知性과 感性은 매우 망설이고 있는, 이를테면 懷疑하고 있는 상태라고 해야 하겠다. 信念을 얻기 위한 탐색의 자세인지도 모른다.**
>
> ― 「책머리에」(『빛 속의 그늘』, 예문관, 1976)[84] 부분(강조필자)

---

82) 위의 책, 196면.
83) 로만 야콥슨, 앞의 책, 67면.
84) 김춘수, 「빛 속의 그늘」, 앞의 책, 15면.

두 번째로 내는 散文集이다. 第一散文集 『빛 속의 그늘』에 수록하지 못한 것과 그 이후에 씌어진 것들을 모았다. (중략) **나는 내가 詩作에서 할 수 없었던 일―이른바 메시지 같은 것도 散文에서는 할 수 있었다. 나는 어떤 메시지를 위하여 산문을 썼다고도 할 수 있다. 詩와 散文이 또한 내 속에 공존하고 있다. 한 사람의 시민이 되려는 충동과 그것을 뛰어넘으려는 충동―다르게 말하면, 도덕적이 되려는 충동과 그것을 뛰어넘으려는 충동**이 아울러 나에게 있었는 듯하다. 그래서 나는 散文을 써서 散文集을 내면서 詩를 써서 詩集을 냈는지도 모른다.

― 「책머리에」(『오지 않는 저녁』, 근역서재, 1979)[85] 부분

(강조필자)

김춘수는 윤리적 차원에 속하는 현실과 역사와 문명에 대한 관심과 그 관심으로부터 초월하려는 심미적 차원의 도피적 자세가 내면에서 서로 갈등하고 있음을 고백한 바 있다. 김춘수의 심미적인 것과 윤리적인 것[86]의 갈등[87]은 산문집 『오지 않는 저녁』의 「책머리에」 밝힌 바와 같이 시

---

85) 김춘수, 「오지 않는 저녁」, 위의 책, 153면.
86) 김춘수의 윤리적인 것에 대한 자의식은 ①부르주아 출신이라는 것에 대한 성찰 ② 통영에서 서울로의 이사로 인한 고향과 실존 의식 ③조선인 친구의 밀고로 인한 감옥 수감과 폭력 체험 ④감옥에서 만난 일본 인민전선파의 제국 대학 교수의 가식적 모습 목격 ⑤고향 후배의 맏형 아나키스트와의 만남 등에서 비롯되었다. 김춘수, 『꽃과 여우』, 민음사, 1997 참조. 이러한 김춘수의 윤리적인 것에 대한 자의식은 폭력과 이데올로기에 대한 극단적 혐오로 나타났고 윤리적인 것의 초월과 도피 지향으로서 심미적인 것에 해당하는 시에서는 허무와 '무의미의 시'로 나타났다.
87) "심미적인 것과 윤리적인 것은, 인간이 맺는 구체적인 역사, 사회 현실들과의 다양한 유대들이란 맥락에서 볼 때 나타나는 인간 내부의 한 전체의 두 측면들이라고 할 수 있다. 그러므로 윤리적인 것과 심미적인 것 사이의 '부조화'뿐 아니라 '조화'의 실재적 기초는 인간 자체에서 찾아야 한다. 만일 인격의 전인적 발달을 위한 필수적인 전제조건들이 갖춰진다면, 윤리적인 것과 심미적인 것의 의미를 잘못 반영하고 있는 모순들은 극복될 수 있으며, 모든 형태의 실제적 소외는 제거될 수 있을 것이다. 예술은 윤리적인 것과 심미적인 것의 실제적 변증 관계들을 밝혀주는데

의 언어와 산문 언어 사이의 갈등과 변모 양상을 내포한다. 김춘수의 윤리적인 것은 시에서 담아낼 수 없는 현실과 역사와 문명에 대한 관심에 대해 "어떤 메시지를 위하여 산문"을 쓰게 한다. "한 사람의 시민이 되려는 충동"과 "도덕적"인 인간이 되려는 충동을 갖게 한다. 김춘수 산문 언어의 내면적 기원은 윤리적인 것에 있다. 그러나 묘사 절대주의 시가 선택한 산문 언어의 묘사는 그가 심미적인 것을 추구하는 시를 지향한다는 점에서 "메시지"를 직접 드러내지 않는다. 묘사 절대주의 시는 윤리적인 것을 초월하고 사물의 관습적 관념과 인간적인 것의 모든 의미를 지우는 사물시를 지향한다.

따라서 인접성의 원리가 적용된 환유적 언어를 기반으로 쓰인 묘사 절대주의 시의 묘사는 단순히 산문 언어로서의 성격만을 지니지 않는다. 묘사 절대주의 시는 윤리적인 것에서 심미적인 것으로의 초월과 시의 언어에서 산문 언어로의 이동 과정을 보여주는 김춘수만의 시적 언술의 특징을 보여준다.

> 거북이 한 마리 꽃그늘에 엎드리고 있었다. 조금씩 조금씩 조심성 있게 모가지를 뺀다. 사방을 두리번거린다. 그리곤 머리를 약간 옆으로 갸웃거린다. 마침내 머리는 어느 한자리에서 가만히 머문다. 우리가 무엇에 귀 기울일 때의 그 자세다. (어디서 무슨 소리가 들려오고 있는 것일까.)
>
> 이윽고 그의 모가지는 차츰차츰 위로 움직인다. 그의 모가지가 거의 수직이 되었을 때, 그때 나는 이상한 것을 보았다. 있는 대로 뻗은 제 모가지를 뒤틀며 입을 벌리고, 그는 하늘을 향하여 무수히 도래질을 한다. 그동안 그의 전반신은 무서운 저력으로 공중에 완전히 떠 있었다. (이것은 그의 울음이 아니었을까.)

중요한 역할을 한다" A.V. 아도, 박장호·이인재 옮김, 『윤리학사전』, 백의, 1996, 268면.

다음 순간, 그는 모가지를 소로시 옴츠리고, 땅바닥에 다시 죽은 듯이 엎드렸다.

― 「꽃밭에 든 거북」(『꽃의 소묘』) 전문

앞서 분석한 바 있는 산문시 「꽃밭에 든 거북」은 윤리적인 것의 의미는 배제하면서 심미적인 것을 추구하는 김춘수 시의 언술 구조 특징을 보여준다. "하늘을 향하여 무수히 도래질을 한다"와 "땅바닥에 다시 죽은 듯이 엎드렸다"라는 두 개의 묘사 문장은 일련의 '꽃' 연작에서 사물의 본질과 존재의 의미 추구가 언어의 한계로 인해 좌절을 겪는 것임을 암시하는 은유적 언어로 해석할 수 있다. 그러나 '꽃' 연작의 의미 맥락과 무관하게 「꽃밭에 든 거북」을 읽는다면 두 개의 묘사 문장은 은유적 언어로만 규정할 수 없다. "선택"의 언어 행위에 해당하는 "잠재적인 기억의 계열 속에 있는 부재하는 항들을 연결"[88]짓는 은유적 언어로 명확히 수렴되는 의미의 지점을 갖고 있다고 단정할 수 없다.

「꽃밭에 든 거북」은 단지 두 개의 묘사 문장을 선택하여 은유와 상징적 의미를 결정짓는 작품이 아니다. 각각의 문장들이 연쇄되어 고유한 문맥을 형성하여 의미를 창조한다. 작품 안에 "현존하는 것: 실제적인 연쇄체 안에 동시적으로 존재하는 둘 또는 그 이상의 항에 의존"[89]하는 환유적 언어로 묘사된 산문시라는 것을 재인식하도록 한다. 「꽃밭에 든 거북」은 묘사 절대주의 시가 묘사를 통해 은유적 언어에서 환유적 언어로의 이동 과정을 보여주는 작품이다.

---

88) 페르디낭드 소쉬르, 앞의 책, 147면.
89) 위의 책, 같은 면.

① 인간들 속에서
    인간들에 밟히며
    잠을 깬다.
② 숲속에서 바다가 잠을 깨듯이
    젊고 튼튼한 상수리나무가
    서 있는 것을 본다.
    남의 속도 모르는 새들이
③
    금빛 깃을 치고 있다.

－「처용」(『타령조·기타』) 전문

　「처용」은 커다란 연관 없는 3개의 병치 문장이 「처용」이라는 제목 아래 하나의 텍스트를 구축한다. 「처용」은 미묘한 정서를 유발할 뿐 뚜렷한 의미를 파악하기 쉽지 않다. 제목 「처용」이 환기하는 '처용'이라는 설화적 인물과 텍스트 본문과의 직접적 연관을 파악하기 어렵다. '처용'이라는 설화적 인물과 텍스트 본문과의 연관을 굳이 찾는다면 아내를 범한 역신疫神의 폭력을 ①의 문장에서 찾을 수 있다. 그 역신에게 복수하지 않고 용서하면서 인내하는 인간적 면모를 지닌 처용의 마음 "속도 모르는 새들"을 ③의 문장에서 찾을 수 있다. 그러나 '처용'이라는 설화적 인물이 환기하는 정보는 「처용」이라는 텍스트를 이해하는데 큰 도움이 되지 않는다.
　「처용」은 김춘수의 묘사절대주의 시의 언어가 「꽃밭에 든 거북」보다 은유적 언어에서 환유적 언어로 더욱 이동한 것을 보여준다. 모두 3개의 묘사 문장으로 되어 있는 「처용」은 "등가성의 원리가 선택의 축에서 결합의 축으로 투영"[90]되어 있음을 분명히 보여준다. ①과 ②와 ③의 문장은 「처용」이라는 제목 아래 선택된 계열체의 문장이다. 3개의 계열체 문

---

90) 로만 야콥슨, 「언어학과 시학」, 앞의 책, 222면.

장을 품고 있는 「처용」은 ①과 ②와 ③의 문장뿐만 아니라 「처용」이라는 텍스트 밖에 ①과 ②와 ③의 문장과 유사한 묘사 문장을 잠재적으로 거느린다. 「처용」이라는 텍스트 밖의 잠재적 문장은 「처용」이라는 텍스트의 성격으로 인해 ①과 ②와 ③의 문장과 교체 관계에 있으며 서로 대치될 수 있다. 동시에 ①과 ②와 ③의 문장은 단지 계열체 문장의 교체 관계에만 있지 않고 「처용」이라는 텍스트 내부에서 서로 배열되고 결합된 병치 관계의 통합체 문장이다. 그러므로 ①과 ②와 ③의 문장은 유사성의 원리에 의해 선택되고 결합되어 있다는 점에서 병치은유의 특성을 지닌다. ①과 ②와 ③의 문장의 병치은유는 등가성의 원리를 선택의 축(계열체)에서 결합의 축(통합체)으로 투영하는 시적 기능 속에서 환유의 특성을 지닌다. ①과 ②와 ③의 문장은 계열체 문장으로서 「처용」이라는 제목의 텍스트에 투영되고 통합되고 있기 때문이다. 병치은유의 관계인 ①과 ②와 ③의 문장은 인접한 시공간에 있으면서 서로의 관계를 지칭하고 있다는 점에서 환유적 언어의 특성을 드러낸다. ①과 ②와 ③의 문장은 은유와 상징적 언어로 수직적 상승하여 하나의 의미로 수렴되지 않는다. ①과 ②와 ③의 문장의 결합은 유사성의 원리가 인접성의 원리로 이동하여 수직에서 수평으로 뻗어나가는 환유적 언어의 발생을 보여준다. 「처용」의 환유적 언어는 '처용' 설화의 재구성과 2차 텍스트의 성격을 지닌 묘사적 이미지와 산문적 언어를 통해 사물시를 구축하는 역할을 하고 있다.

   1

   ① 그대는 발을 좀 삐었지만
     하이힐의 뒷굽이 비칠하는 순간
   ② 그대 순결은

型이 좀 틀어지긴 하였지만
③ 그러나 그래도
　　그대는 나의 노래 나의 춤이다.

　　　2

④ 六月에 실종한 그대
⑤ 七月에 산다화가 피고 눈이 내리고,
⑥ 난로 위에서
　　주전자의 물이 끓고 있다.
⑦ 西村 마을의 바람받이 西北쪽 늙은 홰나무,
⑧ 맨발로 달려간 그날로부터 그대는
　　내 발가락의 티눈이다.

　　　3

⑨ 바람이 인다. 나뭇잎이 흔들린다.
⑩ 바람은 바다에서 온다.
⑪ 생선 가게의 납새미 도다리도
　　시원한 눈을 뜬다.
⑫ 그대는 나의 지느러미 나의 바다다.
⑬ 바다에 물구나무 선 아침하늘,
　　아직은 나의 순결이다.

－「處容三章」(『타령조·기타』) 전문

　　「처용삼장」은 3연 20행으로 되어있다. 문장의 의미 단락으로는 13개
로 나뉜다. 「처용삼장」은 「처용」처럼 제목이 환기하는 '처용'이라는 설
화적 인물과 커다란 연관이 없다.
　　1에서 핵심어는 그대의 "발"이다. 1은 그대의 "발"을 중심으로 인접된

묘사체계를 보여준다. ①은 "그대의 발 – 뺌 – 하이힐의 뒷굽 – 비칠"의 인접성을 묘사한다. ②는 ①의 원인에 따른 심리적 인접성의 결과이다. "그대의 발 – 뺌 – 하이힐의 뒷굽 – 비칠"은 "그대 순결 – 型의 틀어짐"으로 통합된다. ③은 ①의 원인에 따른 ②의 "그대 순결 – 型의 틀어짐"의 결과에도 불구하고 "그대는 나의 노래 나의 춤"이라고 규정한다. ③은 ①과 ②의 맥락 속에서 화자가 긍정적 가치 판단을 내리는 통합체의 문장이다.

2에서 핵심어는 "실종한 그대"이다. ④의 "六月에 실종한 그대"는 시간적으로 인접한 ⑤"七月"의 "산다화 – 눈"으로 통합된다. ④와 ⑤는 인접한 시간의 간격을 환유적 언어로 묘사하고 있다. 실종되었지만 돌아오지 않는 "그대"를 기다리는 "六月"과 "七月" 사이의 시간의 길이를 제시하고 있다. ⑥은 "그대"를 기다리는 심리적 시간의 길이를 부연 설명하는 묘사이다. ⑦은 "실종한 그대"가 달려나간 방향의 공간에 서 있는 "홰나무"에 대한 묘사이다. ⑧은 ④와 ⑤와 ⑥과 ⑦의 문장을 통합하면서 "맨발로 달려"가서 돌아오지 않는 "그대"에 대한 화자의 그리움과 아픔을 묘사하고 의미 부여를 한다.

3에서 핵심어는 "바다"와 "그대"와 "아침하늘"이다. ⑨는 "바람"과 "나뭇잎"에 대한 묘사이다. ⑩은 "바람"의 기원이 "바다"임을 명시한다. ⑪은 ⑩의 인접한 사물인 "납새미"와 "도다리"를 지칭하며 묘사한다. ⑫는 3에서 핵심어인 "바다"와 "그대"를 연결시키고 의미 전이를 통한 의미 부여를 하고 있다. ⑬은 "바다 – 그대 – 아침하늘 – 나의 순결"로 통합하면서 그대에 대한 화자의 가치 판단을 드러내며 3을 통합한다.

「처용삼장」의 시적 언술은 1과 2와 3의 각 연聯 안에서 인접성의 원리를 통한 환유적 언어로 구성되어 있다. 1과 3은 처용을 화자로 내세운 유사성을 드러내지만 2는 처용의 아내를 화자로 내세웠다는 점에서 1과 3의 사이에서 상이성을 드러낸다. 화자의 유사성과 상이성을 동시에 드러내는 「처용삼장」의 1과 2와 3은 병렬 관계로서 「처용삼장」의 텍스트에 투영되고 통합됨으로써 환유적 언어의 특징을 드러낸다. 1과 2와 3의 병렬적 병치를 통해 환유적 언어의 특성을 드러내는 「처용삼장」의 시적 언술은 하나의 의미와 주제로 수렴되지 않는다. 1과 2와 3의 환유적 언어는 하나의 의미 체계와 상징적 의미로 구축되는 것을 방해한다. 「처용삼장」은 미묘한 정서를 발생시키는 즉물적 묘사 이미지를 제시할 뿐이다. 환유적 언어는 사물의 물질성을 즉물적 묘사 이미지로 구현하는 사물시의 시적 언술의 기반이다.

김춘수의 시론을 통해 「처용삼장」의 시적 배경을 밝힌다. 그는 「처용삼장」이 윤리적인 주제에서 비롯된 것이었다고 말한다.

> 내가 이 재료에 관심을 가지게 된 動機는 倫理的인 데 있다. 즉, 惡의 문제—惡을 어떻게 대하고 처리해야 할 것인가에 있었다. 그러나 이 문제는 날이 갈수록 나에게는 벅차기만 하고, 어떤 해결의 실마리조차 쉬이 얻어지지 않았다.

― 「「處容三章」에 대하여」(계간 『한국문학』, 1967.2.)[91]

김춘수가 의도한 바대로 「처용삼장」을 읽는다면 「처용삼장」의 윤리적 주제는 작품 속에 드러나는 화자의 목소리를 통해 나타난다. 1의 화자가 '처용'이라면 2의 화자는 처용의 '아내'에 해당하고 3의 화자는 다시 '처용'에 해당한다. 각각의 화자는 자신의 입장에서 순결의식과 원죄의식 및 타자의 폭력과 용서라는 윤리적인 주제를 표현한다. 그러나 「처용삼장」이 김춘수의 의도대로 윤리적인 주제를 온전히 구현하고 있는가에 대해서는 의문이 든다. 「처용삼장」은 김춘수의 의도와 무관하게 서경적 묘사의 즉물적 이미지를 통해 사물시의 한 면모를 보여준다. 동시에 "순결"이라는 시어가 드러내는 윤리적인 것의 초월을 이루지 못하고 있다는 점

---

91) 김춘수, 「의미와 무의미」, 앞의 책, 468면.

에서 미완의 사물시이다.

> 한 시인의 觀念과 人格과 學識과 經驗이 한 줄의 情景 속에 敍述的으로 溶解되어 있는 그러한 시를 쓰고 싶으나 되어질 듯하면서 끝내 잘 되어지지가 않는다. 하잘것없는(아주 초라한) 說明이 붙거나 한다. 世界와 人生을 情景을 통하여 추구하고 있는지도 모르는 일이다. 한때 폴 발레리를 읽고 깜작 놀랜 일이 있다. 그의 詩가 순수하지 못했기 때문이다. 도도한 思辨의 大河였기 때문이다. 그는 자기의 詩와 詩論의 틈바구니에 끼여 괴로운 辨明을 하고 있는 듯하나(순수시는 도달해야 할 목표지, 도달할 수는 없는 것으로 치부한다), 純粹詩는 있다.

> ―「「處容三章」에 대하여」(계간 『한국문학』, 1967.2.26.)92)

김춘수는 "世界와 人生을 情景을 통하여 추구"하는 순수시는 존재한다고 믿는다. 김춘수가 존재한다고 믿는 순수시는 인간적인 것과 윤리적인 것의 의미를 완전히 지우고 순수한 사물의 물질성이 구현된 사물시이다. 김춘수의 사물시는 문장 단위의 산문적 언어를 시의 주된 언술로 활용하는 특징을 내보인다. 사물시의 산문적 언어는 인접한 시공간의 묘사 문장 단위를 구축하고 병치은유를 형성한다. 문장들의 병치은유는 다시 작품 전체에 투영됨으로써 환유적 언어의 특성을 드러낸다. 환유적 언어는 하나의 의미 체계와 상징적 의미로 구축되는 것을 방해하고. 미묘한 정서를 발생시키는 즉물적 묘사 이미지를 주로 제시하는 특징을 보여준다. 김춘수의 환유적 언어는 사물의 물질성을 즉물적 묘사 이미지로 구현하는 사물시의 주된 시적 언술이다. 김춘수는 묘사가 지닌 한계를 자각하고 사물시의 완성을 위해 사물의 존재 양식인 리듬을 선택한다.

---

92) 김춘수, 「의미와 무의미」, 앞의 책, 470면.

IV. 사물과 파동

가. 사물의 존재 양식으로서 리듬의 무의미와 의미

김춘수는 순수한 사물의 물질성을 재현과 재구성의 대상으로 삼는 묘사의 한계를 깨닫는다. 묘사는 실재 현실의 재현과 재구성을 기반으로 사물의 즉물적 이미지를 그려낼 수 있지만 사물을 여전히 시적 대상으로 머물게 하는 한계를 지닌다. 사물에 대한 묘사는 "윤리적인 것"의 잔재가 시적 대상으로 잔존하면서 그 시적 대상에 의존한 이미지를 생성시킨다. 김춘수는 시적 대상이 없는 순수시, 즉 사물시는 묘사만으로 완성하지 못한다는 것을 자각한다. 그는 기의 없는 기표만으로 예술의 형식과 미를 완성하는 음악[1]처럼 대상이 없는 순수시, 사물시를 완성하기 위해 리듬[2]

---

1) 김춘수의 시에 내재된 음악은 상징주의 시가 지향하는 음악과 다르다. 김춘수의 시에 내재된 음악과 리듬은 현실로부터 초월하기 위한 매개체가 아니라 주문과 주술의 기능을 한다. 이와 달리 상징주의 시의 음악적 지향점은 상징주의 시인 폴 베를렌이 시에서 분명히 밝힌 바 있다. 1874년에 씌어져 상징주의 선언으로 읽히는 「시법 Art poétique」을 통해 모든 시는 "모든 사물보다 앞서는 음악"[1]이 되어야 하며 "어떤 빈틈도 없는 시어를 고르려 해서는 안된다"고 그는 노래한다. 그는 "모호함이 분명함에 어우러지"게 하는 "잿빛 노래(La chanson grise)"를 통해 사물과 사물 사이의 분명한 구분들을 지우면서 모든 사물들을 흐릿하고 아련하고 모호한 사물들로 만들어야 한다고 주장한다. 그는 분명한 "색깔이 아니라, 오직 뉘앙스만을!" 원한다. "모든 시는 음악이며 가벼움이어야 한다"는 그의 원칙은 상징주의 시의 선언이 되었다. 아름다운 멜로디와 풍부한 리듬의 시의 뉘앙스가 주는 음악적 모호함과 몽롱함은 이성적 판단을 흐리게 하고 자아와 사물의 분별마저 흐리게 하여 사물과 하나가 된

을 선택한다.

그가 묘사의 한계를 보완해줄 리듬[3]을 선택한 이유는 리듬이 창출하는 주문 때문이다. 주문은 말을 반복함으로써 실현하고자 하는 바를 되뇌는

<hr />

몽롱한 존재를 지상으로부터 들어올려 "다른 하늘"을 향해 사물의 본질에 가닿도록 한다. 음악은 지성이 아니라 모호함과 분위기의 인상을 감지하는 감각을 통해 영혼과 사물의 본질에 우리 존재를 닿게 해준다. 상징주의 시에서 음악은 모호성의 미학을 마련하고 분명한 현실 너머 모호한 미지 세계와 사물의 본질과의 합일로 나아가게 하는 매개체이다. 폴 베를렌, 이건우 옮김, 『랭보에게』, 솔, 1997, 128~133면; 폴 베를렌, 윤정선 옮김, 『사투르누스의 시』, 혜원출판사, 1988, 214~217면 참고.

2) 리듬·율동·운율·율격·압운 등이 운율론에서 자주 거론되지만 논자들의 입장에 따라 합의된 용어를 정하기가 쉽지 않다. 르네 웰렉과 오스틴 웨렌은 "리듬의 실제에 속성에 관한 1백 가지가 넘는 이론들을 논의할 필요는 없다"고 단언한다. 리듬은 "주기성을 요구하는 이론들"과 "비순환적 형태들의 운동들까지 내포하는 이론들"을 아우르는 것으로 정리한다. 르네 웰렉·오스틴 웨렌, 「음조, 리듬 및 운율」, 『문학의 이론』, 이경수 옮김, 1987, 233면. 다만 리듬과 율격의 구분은 필요하다. 율격(meter)은 운문(verse)을 이루고 있는 소리의 반복적이고 규칙적인 양식을 말하는데, 소리와 반복성과 규칙성의 세 요소를 지니고 있어야 한다. 율격은 산문과 운문을 구별시켜주는 변별적 자질이며 언어 체계 안에서 규칙적이고 체계적이어서 불변성을 가진다. 본고에서 다루는 김춘수의 시는 전통적 운문의 율격에 적확하게 맞지 않고 산문 언어의 특성을 가지고 있으며 그가 의도한 바의 운율의 가변성을 지니므로 본고에서는 영어의 'rhythm'을 번역하지 않고 리듬이라는 포괄적 용어로 사용하기로 한다. 김대행, 「운율론의 문제와 시각」, 『운율』, 김대행 편, 문학과지성사, 1984, 12면 참고. 한국시에서의 운율 연구는 이승복, 『우리 시의 운율체계와 기능』, 보고사, 1995.; 강홍기, 『현대시 운율구조론』, 태학사, 1999. 참고. 국내 번역된 러시아 시에서의 리듬과 율격의 문제는 유리 로트만, 유재천 옮김, 「리듬과 율격」, 『시 텍스트의 분석』, 가나, 1987, 92~107면.; 벤자민 흐루쇼브스키, 박인기 편역, 「현대시의 자유율」, 지식산업사, 1989, 115~134면.; 유리 티냐노프, 조주관 편역, 「시의 구성 요소로서의 리듬」, 『시의 이해와 분석』, 열린책들, 1994, 137~149면.; 빅토르 어얼리치, 박거용 옮김, 「시의 구조:소리와 의미」, 『러시아 형식주의』, 문학과지성사, 1983 참고.

3) "리듬은 일반적으로 동일한 성분들의 정확한 교체, 반복을 의미한다. (중략) 시에서의 리듬은 특이한 종류의 현상이다. 시의 규칙적 순환성은 상이한 것을 같게 할 목적으로, 또는 차이점 속에서 유사성을 드러낼 목적으로, 다른 성분들을 동일 위치에서 주기적으로 반복하거나 이 동일성의 위장된 성격을 드러내고 유사성 속에서 차이점을 확립할 목적으로 동일한 것을 반복한 것이다." 유리 로트만, 「시의 구조적 토대로서의 리듬」, 앞의 책, 90~91면.

주술이다. 리듬은 주문을 외는 말의 반복으로부터 발생한다. 주문의 주술적 효과를 일으키는 말의 리듬은 언어의 관습적 의미를 지운다. 이성적 사회에서 사용되는 언어의 의미와 달리 리듬을 통해 발현된 시의 의미는 불명료하고 의미가 없다. 무의미한 말의 리듬은 이성적 세계에서 주술적 세계를 불러내어 주술적 세계의 최초 언어를 되살려낸다. 리듬은 언어가 곧 사물이던 우주적 시간으로 환원시킨다. 리듬은 이성적 세계에서 의사소통의 수단으로 전락한 언어를 순수한 사물의 물질성을 가진 언어로 복원시킨다. 리듬을 통해 복원된 언어는 언어가 최초로 탄생한 순간의 순수한 의미로 충만한 '말'이며 사물이다. 리듬은 사물의 존재 양식이며 사물의 물리적 운동으로서 흘러나오는 파동이다. 김춘수는『타령조·기타』의 타령조 연작에서 주문의 반복이 발생시키는 무의미한 말의 리듬을 통해 이성적 세계에서 사용하는 언어의 관습적 의미를 지우고 주술적 세계의 순수한 사물의 물질성과 파동을 사물시로 구현하려 한다. 그러나 김춘수는 여전히 인간적인 것과 윤리적인 것의 의미를 지우지 못한다. 타령조 연작에서 김춘수는 봄에서 가을에 이르는 시간의 경로 속에서 사랑을 완성하기 위해 반역사주의적 태도를 견지하고 주술적 세계를 지향하는 태도를 내보인다. 이성적 세계의 관습적 의미를 지우기 위해 실험한 타령조 연작의 다양한 시적 리듬 속에는 김춘수가 버리지 못한 인간적인 것의 의미와 세계관이 남아있다.

> 나는 여기에 이르러 **이미지를 버리고 呪文을 얻으려고 해보았다.** 대상의 철저한 파괴는 이미지의 소멸 뒤에 오는 것으로 생각하게 되었다. **이미지는 리듬의 음영에 지나지 않는다.** 물론 그 이미지는 그대로의 의미도 비유도 아니라는 점에서 넌센스일 뿐이다. 그러니까 어떤 상태의 묘사도 아니다. **나는 비로소 묘사를 버리게 되었다.**[4]

내 앞에는 T.S. 엘리엇의 詩論과 우리의 옛노래와 그 가락들이 나타나게 되었다. 그 중에서도 나는 **아주 品格이 낮은 場打令을 붙들고,** 여기에다 **엘리엇의 理論을 적용**시켜보았다. 새로운 연습이 시작되었다. 40代로 접어들면서 나는 새로운 試驗을 내 자신에게 강요하게 되었다.[5]

이미지를 버리고 김춘수가 얻으려 한 주문은 일정한 말의 반복을 통해 리듬을 창조한다. 김춘수는 리듬에 주목하게 된 배경으로 T.S. 엘리엇의 시론을 지목한다.

이 시에는 다소 룬(Lune)부(府)나 **주문(呪文)과 같은 효과가 있습**니다. 그러나 룬부(府)나 주문은 일정한 효과를 거두고자 하는 기획되는 대단히 실용적인 법칙이어서 마치 늪에서 소를 잡는 것과 같습니다. 이 시를 즐기기 위하여 그 꿈의 뜻을 알 필요는 없습니다. (중략) **의미의 불명료**는 그 시가 보통의 언어로 표현할 수 있는 이하가 아니라 이상의 의미를 내포하는 사실에 기인할 것입니다. (중략) 시의 음악은 그 시대의 일상 언어에 잠재하는 음악이어야 하겠습니다. 또 그것은 그 시인의 고장의 일상어에 잠재해야 된다는 뜻입니다.

— T.S. 엘리엇, 「시의 음악성」[6] 부분(강조 필자)

T.S. 엘리엇은 시의 음악성을 통해 룬(Lune)부(府)나 주문의 효과를 얻고자 한다. 룬은 옛날 북유럽 민족이 사용한 문자로서 룬 문자를 가리킨다. 룬은 신비적인 의미를 나타내는 기호를 지칭한다. T.S. 엘리엇은 리듬이

---

4) 김춘수, 「의미와 무의미」, 앞의 책, 398면.
5) 위의 책, 351면.
6) T.S. 엘리엇, 이창배 옮김, 「시의 음악성」, 『엘리어트 선집』, 을유문화사, 413~415면.

"그 시대의 일상 언어에 잠재하는 음악"이어야 하며 "그 시인의 고장의 일상어에 잠재"해야 된다고 주장한다. 시인이 가장 익숙한 그 고장의 언어로 생생하게 살아있는 원초적 말의 의미를 복원해낼 때 최초 '언어'에 근접하는 길이 열리기 때문이다. T.S. 엘리엇의 음악에 관한 시론은 김춘수가 리듬을 선택하고 "우리의 옛노래와 그 가락"인 "場打令"을 주목하게 된 배경을 설명해준다. 김춘수는 시집 『타령조·기타』(1969)에서 9편, 『꽃의 소묘(김춘수 시선)』(1977)에서 4편을 써서 모두 타령조 연작 13편을 완성한다. 그 중에서 본 연구의 범위에 해당하는 시집 『타령조·기타』(1969)의 타령조 연작 9편은 다음과 같은 리듬의 구조와 운율을 내보인다.

	문장 반복의 리듬 구조	운율의 특징
타령조 (1)	A – B – C – A' – D – E – F – A	23행 중 'ㅓ' 10개+'ㅕ' 3개+'ㅏ' 6개 두운과 'ㅗ' 4개 각운
타령조 (2)	A – B – C – D – E – B'	20행 중 'ㅓ' 5개 두운과 'ㅏ' 7개 각운
타령조 (3)	A – B – C – A – B – D – A'	21행 중 "지ㅡ" 3개 두운과 "ㅡ야" 3개+"ㅡ고" 4개+"ㅡ지" 3개 각운
타령조 (4)	A – B – C – C' – D – A	21행 중 'ㅏ' 12개+'ㅣ' 6개 두운과 "ㅡ고" 5개+'ㅏ' 6개+"ㅡㄴ" 5개 각운
타령조 (5)	A – B – A'+B' – C – D – A – B″ – A″	19행 중 'ㅜ' 8개 요운과 'ㅏ' 8개+"ㅡ지" 5개 각운
타령조 (6)	A – B – C – D – E – A'	23행 중 'ㅏ' 7개+'ㅗ' 5개+"ㅡㄴ" 6개 각운
타령조 (7)	A – B – C – D – E – F – D	23행 중 'ㅏ' 15개+'ㅣ' 3개 두운 'ㅏ' 6개+'ㅗ' 4개 각운
타령조 (8)	A – B – C – D – A' – B' – D'	21행 중 "둥골뼈" 4회+ "보이지 않는 것" 2회+

		"잃어버린" 4회+"당신과 나" 4회 반복
타령조 (9)	A – B – C – A – E	18행 중 "꽁초" 6회 각운

서우석은 김춘수 시의 리듬에 정형이 없다[7]고 지적한 바 있다. 서우석의 지적처럼 김춘수 시의 리듬에 정형은 없지만 타령조 연작의 리듬의 유형은 크게 3가지로 나뉜다. 동일한 문장의 반복과 변주를 기반으로 크게 문장의 순환 구조(타령조 (1)・(4))와 순환 구조에서 일탈한 구조(타령조 (2)・(3)・(5)・(6)), 그리고 문장의 순환과 일탈의 복합 구조(타령조 (7)・(8)・(9))로 나뉜다.

1. 동일 문장의 반복과 순환 구조의 리듬

동일 문장(A)의 반복과 순환을 통한 리듬은 동일 문장이 생성시킨 심리를 마지막까지 지속시켜주기를 기대[8]하는 독자를 만족시키는 기능을 한다. 동일 문장의 반복과 순환을 통한 리듬을 보여주는 대표적인 예는 「타령조(4)」이다.

> A 빠스깔 쁘띠의 헤어스타일을 하고
>   二寸 五分 높이의 하이힐을 신고 당신은

---

7) "그의 리듬은 정형이 없다. 정형이 없음은 리듬을 만들지 못해서 즉 성취할 수 없었기 때문에 없는 것이 아니고 정형을 피하고 또는 거부함으로써 없는 것이라고 한다면 그가 말하는 <무의미의 의미>처럼 무리듬의 리듬이라는 역설적 표현이 그의 시에 적용될지도 모를 일이다." 서우석, 「김춘수: 리듬의 속도감」, 『시와 리듬』, 문학과지성사, 1981, 141면.
8) "음절의 지속이 낳은 기대・만족・실망・경이 등이 짜내는 것 그것이 리듬이다. 일련의 말이 지니는 음(音)은 운율을 통해 비로소 그 힘을 충분히 발휘한다." I.A. 리처드, 김영수 옮김, 『문예비평의 원리』, 현암사, 1977, 183면.

지금 어디를 간다고 하고 있는가,
B 플라타너스에는 미풍이 있고
　미풍에 나부끼는
　색색가지 빛깔의 뉴스가 있고
C 비둘기 똥도 두어 곳 떨어져 있는
　한여름 그러한 네거리를
　가슴을 펴고 활개를 치며
　당신은 가려거든 가거라,
C' 장마 뒤 땡볕에 얼굴을 굽히며
　잘생긴 콧등에 썬글라스도 멋지게 얹고
　가슴을 펴고 활개를 치며
　당신은 가려거든 가거라,
D 가려거든 가거라, 산에서 날아온
　산비둘기다.
　천둥이 울고 간 다음날의 아침의
　당신은 칠월달 나팔꽃이다.
A 빠스깔 쁘띠의 헤어스타일을 하고
　二寸 五分 높이의 하이힐을 신고 당신은
　지금 어디를 간다고 하고 있는가,

- 「타령조(4)」 전문

　「타령조(4)」는 동일 문장(A − B − C)을 주축으로 C의 변형 문장인 C'와 새
로운 D의 문장을 통해 리듬[9]의 변주와 변화를 주었다가 다시 A로 끝내는

---

9) 김춘수가 자신의 시적 논리를 확립하는 과정에서 자주 인용한 논자 중의 한 명인
I.A. 리처드는 리듬을 무의식과 연관하여 설명한 바 있다. "리듬과 그 한 형식인 율
격(meter)은 반복과 기대로 얻어진다. 기대되는 것이 반복되는 경우에도, 그것이 기
대될 뿐 나타나지 않을 경우에도 리듬과 율격의 효과는 늘 기대(anticipation)에서 생
긴다. 이 기대는 보통 무의식이다. 현실의 음(音)으로서, 또한 동시에 언어운동의 심
상으로서의 음절의 계속은 마음을 일정한 상태로 준비시킨다. 곧 그 다음에 오는 어
떤 계속은 수용하기 쉽게, 어떤 계속은 수용하기 어렵게 마음은 준비한다." I.A. 리

리듬의 순환 구조를 보여준다. 리듬의 순환 구조 내부에는 운율을 발생시키는 두운과 각운이 두드러지게 사용되고 있다. 전체 21행 중에서 양성모음 "ㅏ"를 12번 반복하는 두운은 가볍고 맑으며, 빠르고 작고 얕은 느낌을 주면서 낭독의 속도를 높인다. "ㅣ"를 6번 반복하는 두운은 다소 여린 느낌을 준다. 연결어미 "-고"로 끝나는 각운 5개와 의문형과 명령형의 어조를 생성하는 "ㅏ"로 끝나는 각운 6개와 현재형 어미 및 조사에 해당하는 "-ㄴ"의 각운 5개는 시의 리듬 형성을 촉진한다.

「타령조(4)」의 A문장은 "-가,"라는 문장 형태 속에 질문과 여운을 품고 있다. "당신은/지금 어디를 간다고 가고 있는가,"라는 시구는 C와 C'가 품고 있는 "당신은 가려거든 가거라,"를 거치면서 당신이 가지 않기를 바라는 반어적 의미와 당신은 어디에도 가고 있지 않다는 단정적 의미를 드러낸다. 그 미묘한 의미는 처음과 끝에서 반복되는 문장 A에서 발생한다. 처음과 끝에서 순환하는 문장 A는 화자의 정서와 일체감을 형성시키는 기능을 한다.

A ⓐ<u>사랑</u>이여, 너는
　　ⓑ<u>어둠</u>의 변두리를 돌고 돌다가
B 새벽녘에사
　　그리운 그이의
　　ⓑ'<u>겨우</u> 콧잔등이나 입언저리를 발견하고
　　ⓑ<u>먼</u>동이 틀 때까지 ⓒ<u>눈이 밝아 오다가</u>
C ⓒ<u>눈이 밝아 오다가</u>, 이른 아침에
　　ⓐ<u>파</u>이프나 입에 물고
　　ⓑ<u>어</u>슬렁 어슬렁 집을 나간 그이가
　　ⓐ<u>밤,</u> 자정이 넘도록 돌아오지 않는다면
A' ⓑ<u>어둠</u>의 변두리를 돌고 돌다가

처드, 앞의 책, 181면. 본고에서 용어의 통일을 위해 용어의 번역을 부분 수정함.

ⓑ먼동이 틀 때까지 사랑이여, 너는

ⓑ얼마만큼 달아서 ⓓ병이 되는가,

D   ⓓ'병이 되며는

무당을 불러다 굿을 하는가,

E   ⓑ넋이야 넋이로다 넋반에 담고

ⓐ打鼓冬冬 打鼓冬冬 구슬채찍 휘두르며

ⓑ'役鬼神하는가,

F   ⓐ아니면, 모가지에 칼을 쓴 춘향이처럼

ⓑ머리칼 열 발이나 풀어뜨리고

ⓑ저승의 산하나 바라보는가,

A   ⓐ사랑이여, 너는

ⓑ어둠의 변두리를 돌고 돌다가……

- 「타령조(1)」 전문

「타령조(1)」은 A에서 시작해서 A로 끝나는 동일 문장의 반복과 순환을 통한 리듬을 보여주는데, 그 중에서도 현격한 두운의 리듬을 제시한다. 총 23행 중에서 ⓐ로 표기된 양성모음('ㅏ') 6개와 ⓑ로 표기된 음성모음('ㅓ') 10개는 두운을 이룬다. ⓑ'로 표기된 이중모음('ㅕ') 3개 또한 두운을 이룸으로써 모두 19행의 두운의 리듬을 형성한다. ⓒ"눈이 밝아 오다가"는 B의 끝과 C의 첫 시구에 배치됨으로써 리듬을 형성한다. ⓓ"병이 되는가,"는 A의 변주인 A'의 ⓓ'"병이 되며는"으로 변주되어 다소 어긋난 리듬을 형성한다. 그 어긋난 리듬은 사랑이 성취되지 못함으로 인해 발생한 화자의 "병"이다. 화자는 병의 치유를 "무당을 불러 굿"을 하고 장구를 치는 주술의 힘을 빌어 행하려 한다. 주술의 힘으로 치유가 안된다면 "춘향이"처럼 암행어사가 되어 돌아올 이도령을 기다리는 인내의 힘으로 치유하려 한다. 김춘수의 시적 세계관이 드러나는 지점이다.

「타령조(1)」에서 두드러진 두운은 심리적 안정과 기대를 유지시킨다.

두운은 행간의 반복과 변주를 통해 작품의 통일성을 유지하고 지루할 수 있는 요소를 제거한다. 「타령조(1)」은 모든 시행의 끝을 종결어미 "–다"로 끝내지 않는 특징을 갖고 있다. 「타령조(1)」은 모든 시행의 종결어미를 유성음으로 끝냄으로써 빠른 속도의 리듬을 발생시킨다. 유성음은 끊어질듯 하면서도 끊어지지 않고 매우 빠르게 이어지는 호흡으로 읽혀지는 효과를 낳고 있다. 가쁜 호흡의 리듬은 그이와의 "사랑"이 성취되지 못한 화자의 "병"을 상기시킨다. 빠른 리듬은 장구를 빠르게 치면서 "어둠의 변두리를 돌고 돌"아 그이와의 사랑이 다시 복원되기를 바라는 화자의 심리적 상태와 일치한다.

2. 동일 문장의 변형된 순환 구조의 리듬

동일 문장의 변형된 순환 구조의 리듬은 심리적 기대를 만족시켜주면서도 동시에 다소 어긋난 정서를 제공한다. 어떤 좌절뿐만 아니라 강한 설득과 동일한 심리적 상태를 체험하게 한다. 동일 문장의 변형된 순환 구조의 리듬의 대표적인 예는 「타령조(3)」이다.

> A 志鬼야,
>   네 살과 피는 삭발을 하고
>   가야산 해인사에 가서
>   독경이나 하지.
> B 환장한 너는
>   종로 네거리에 가서
>   남녀노소의 구둣발에 차이기나 하지.
> C 금팔찌 한 개를 벗어주고
>   선덕여왕께서 도리천의 여왕이 되신 뒤에
> A 지귀야.

네 살과 피는 삭발을 하고

가야산 해인사에 가서

독경이나 하지.

B　환장한 너는

종로 네거리에 가서

남녀노소의 구둣발에 차이기나 하지.

D　때마침 내리는

밤과 비에 젖기나 하지.

A'　악한이 들고 신열이 나거들랑

네 살과 피는 또 한번 삭발을 하고

지귀야.

- 「타령조(3)」 전문

　두운이 두드러진 「타령조(1)」과 달리 「타령조(3)」은 현저한 각운이 두
드러진다. 총 21행 중 "-야"의 3개와 "-고"의 4개와 "-지"의 3개의
각운이 리듬의 한 구조를 이룬다.

　「타령조(3)」은 동일 문장(A-B)을 주축으로 <A-B-C-A-B-D-
A´>의 문장 구조를 보여준다. 동일 문장(A-B)의 반복은 "지귀"에게 원
망願望의 정서를 토로하는 화자의 심리를 강조하고 화자의 심리와 동일한
정서를 품게 한다. <A-B-C>와 다른 <A-B-D> 배열과 배치는
<A-B-C>의 정서와 다소 다른 정서의 체험을 제공한다. A와 B에서
반복된 "-이(기)나"라는 조사에는 'Ⓐ를 못하면 Ⓑ라도 하지'라는 선택
과 'Ⓑ보다는 Ⓐ가 더 낫다'는 가치판단이 내재되어 있다. "-이(기)나"
라는 조사는 B보다는 A를 선택하고 권유하는 화자의 입장이 드러난다. C
와 다른 D의 시행 "때마침 내리는/밤과 비에 젖기나 하지"는 A의 시행 "삭
발을 하고/가야산 해인사에 가서/독경이나 하지"의 선택을 좀 더 강하게 권
유하는 화자의 목소리가 나타나고 있다. 이때 C의 시행 "금팔찌 한 개를 벗

어주고/선덕여왕께서 도리천의 여왕이 되신 뒤"는 A의 선택을 하게 되는 시기와 조건을 설정한다. 「타령조(3)」은 A의 변형 문장인 A´로 끝냄으로써 심리적 기대보다 더욱 강한 화자의 권유를 보여준다. 「타령조(3)」은 청자인 "志鬼"에게 현실의 "종로 네거리"보다 "가야산 해인사"에 가서 "독경"하기를 권유하는 상황을 제시하고 화자가 접신接神 상태임을 암시한다.

A　저
　　머나먼 紅毛人의 도시
　　비엔나로 ⓐ갈까나,
　　프로이드 박사를 ⓐ'찾아갈까나,
B　뱀이 눈뜨는
　　꽃피는 내 땅의 삼월 초순에
　　내 사랑은
C　서해로 갈까나 동해로 ⓐ갈까나,
　　용의 아들
　　羅睺羅 처용아빌 ⓐ'찾아갈까나,
D　엘리엘리나마사박다니
　　나마사박다니, 내 사랑은
　　먼지가 ⓑ되었는가 티끌이 ⓑ되었는가,
E　굴러가는 역사의
　　차바퀴를 더럽히는 ⓒ지린내가 ⓑ되었는가
　　ⓒ'구린내가 ⓑ되었는가,
　　썩어서 果木들의 거름이나 ⓑ'된다면
B'　내 사랑은
　　뱀이 눈뜨는
　　꽃피는 내 땅의 삼월 초순에,

－「타령조(2)」전문

「타령조(2)」는 <A-B-C-D-E-B'>의 문장 구성을 통해 동일 문장의 변형된 순환 구조의 리듬을 보여준다. 시행의 끝에 위치한 동일한 시구인 ⓐ와 ⓑ의 반복과 변주는 리듬 형성과 일탈이라는 실험을 보여준다. 가야 할 방향과 이루고 싶은 소망을 담은 ⓐ"갈까나,"는 ⓐ'"찾아갈까나,"를 통해 화자의 심리를 더욱 강조한다. A문장에서 "비엔나로 갈까나,"는 정신분석학을 창조한 지그문트 프로이트에게 가는 방향을 지정한다. ⓐ"갈까나,"보다 2음절 더 많이 점층된 음절인 "찾아갈까나,"는 프로이트를 만나보고 싶다는 소망을 더욱 강조한다. 동일한 반복과 변주의 음절의 점층적 리듬인 C의 ⓐ"갈까나,"와 ⓐ'"찾아갈까나,"는 인고행忍苦行의 보살인 "라후라羅睺羅"[10]를 만나보고 싶다는 소망을 더욱 강조한다. 그러나 소망과 방향성은 심리적 상태이지 실천의 대상이 아니다. ⓐ"갈까나,"와 ⓐ'"찾아갈까나,"는 그렇게 해볼까, 라는 소망과 선택의 갈등이 스며있는 화자의 심리적 상태이다. 그러므로 ⓐ"갈까나,"와 ⓐ'"찾아갈까나,"의 반복과 변주에 의한 일탈 리듬은 심리의 일정한 방향성과 동일한 순환 운동을 방해하고 다소 일탈시키는 기능을 한다. 화자는 자신의 "사랑"을 무의식을 탐구한 프로이트에게 가서 탐문해 볼 것인가, 아니면 인고행의 보살인 라후라, 즉 처용에게 가서 탐문할 것인가, 를 결정하지 못하면서 갈등하고 있다.

선택의 곤혹스러움 속에서 "내 사랑"은 예수의 인간적 외침인 "엘리엘리나마사박다니", "주여 주여 왜 저를 버리시나이까?"를 외치면서 행방

---

10) "高麗歌謠인 「處容歌」에는 處容을 <羅睺羅處容아비>라고 하고 있다. <羅睺羅>는 범어Rahula의 借音인 듯한데, 그것이 忍苦行의 보살을 의미하는 듯 하다. 疫神에게 아내를 빼앗기고도 되려 춤과 노래로 자기를 달랬다는 說話의 主人公을 고려의 佛教가 그렇게 받아드리고, 命名했다는 것은 당연한 일이다. 그리고 이 處容說話가 실린『三國遺事』의 著者가 僧 一然인 이상 布教나 說教의 뜻을 은연중 加味했으리라는 것도 짐작할 수 있다. 내가 이 材料에 관심을 가지게 된 動機는 倫理的인 데 있다. 즉, 惡의 문제—악을 어떻게 대하고 처리해야 할 것인가에 있었다." 김춘수, 앞의 책, 468면.

이 묘연하다. 그 사랑의 행방에 관한 물음은 ⓑ"되었는가"라는 반복을 통해 증폭된다. "내 사랑"은 "먼지"와 "티끌", "굴러가는 역사의 차바퀴를 더럽히는 지린내와 구린내"가 되었는지 화자는 궁금해한다. 진실로 화자가 소망하는 것은 ⓑ"되었는가"의 변주인 ⓑ'"된다면"에 담겨있다. 화자는 자신의 "사랑"이 역사와 무관한 자연처럼 "썩어서 과목들의 거름이나 된다면" 좋겠다는 소망을 드러낸다.

ⓐ와 ⓑ의 반복과 변주 속에는 김춘수의 세계관이 스며있다. 정신분석학자도 무속인도 종교인도 아닌 김춘수는, 프로이트로 대변되는 무의식의 세계와 "처용", "라후라", "엘리엘리나마사박다니"로 대변되는 신화적·종교적 세계관에 대해 친연성을 보인다. 그러나 그는 역사주의적 세계관에 대해서는 거리를 두는 태도를 내보인다.

그의 무의식적 세계와 신화적·종교적 세계관 사이에서의 갈등 및 역사주의적 세계관에 대한 거부는 B와 B'의 배치를 통해 구현되고 있다는 점을 주목해야 한다. B와 B'는 「타령조(2)」의 동일 문장의 변형된 순환 구조의 리듬을 구축하고 화자의 선택과 취향을 드러내는 위치에 배치되어 있다. B는 A와 C 사이에 위치함으로써 프로이트의 무의식적 세계와 신화적·종교적 세계관 사이에서 갈등을 드러낸다. B'는 D 다음에서 반복되고 변주되어 "내 사랑은/뱀이 눈뜨는/내 땅의 삼월 초순에" "썩어서 과목들의 거름이나 된다면" 좋겠다는 소망을 드러내는 기능을 하고 있다. B와 B'는 동일 문장이 어떻게 변형되고 어떤 위치에 배치되느냐에 따라 선택과 소망의 의미로 분화되고 어떻게 리듬의 의미를 구축하는지를 보여준다. 「타령조(2)」는 「타령조(1)」보다 김춘수가 리듬을 통해 지향하는 세계관을 뚜렷하게 드러내는 작품이다.

A   ⓐ쓸개 빠진 ⓑ녀석의 ⓐ쓸개 빠진 사랑을 보았나,

B   ⓑ녀석도 참

　　　　　나중에는 제 ⓒ불알을 따서
　　　　　ⓓ새끼들을 먹였지,
A'B'　ⓓ'애비의 ⓒ불알 먹는 ⓓ새끼들을 보았나,
C　　　ⓔ그래서 ⓑ녀석의 ⓓ새끼들은
　　　　　간이 곪았지,
　　　　　ⓒ불알 먹었다. ⓒ불알 먹었다.
　　　　　ⓒ불쌍한 ⓒ'울아부지 ⓒ불알 먹었다.
D　　　ⓔ그래서 ⓑ녀석의 ⓓ새끼들은
(C')　ⓒ"뿔이 ⓕ돋쳤지,
　　　　　눈두덩에 ⓒ"뿔이 ⓕ돋친 귀신이 됐지,
A　　　ⓐ쓸개 빠진 ⓑ녀석의 ⓐ쓸개 빠진 사랑을 보았나,
B"　　ⓑ녀석도 참
　　　　　나중에는 오뉴월 구름으로 흐르다가
　　　　　입춘 가까운 눈발로도 ⓐ쓸리다가
A"　　히히 히히 히
　　　　　ⓐ쓸개빠진 ⓑ녀석은 ⓐ쓸개빠진 ⓗ웃음을
　　　　　ⓗ웃을 뿐이지,

　　　　　　　　　　　　　－「타령조(5)」 전문

　　<A－B－A'B'－C－D(C')－A－B"－A">의 문장 구조로 구성된 「타령조(5)」는 동일 문장의 변형된 순환 구조의 리듬을 내보인다. 리듬의 구조 내부에는 김춘수가 한 행의 내부에 동일 음절을 반복하고 동일음ㅠ의 강세를 구축하면서 운율을 형성하려는 실험이 돋보인다. A의 "쓸", A'B'의 "새/애", C의 "불/울", A"의 "쓸개빠진"이 그 실험의 예이다. 김춘수는 동일 음절의 반복을 한 행의 내부뿐만이 아니라 작품 전체에 걸쳐 반복함으로써 형성되는 운율을 시도한다. 동일 음절의 반복 운율은 7번의 "쓸"과 7번의 "녀", 8번의 "불/울[울]"과 9번의 "새/개/애[ㅐ]"로 발생하고 있다. 그 중에서도 ⓐ의 "쓸"과 ⓒ의 "불/울[울]"은 여타의 타령조 연작보다

「타령조(5)」의 변별적 자질을 구분시켜주는 운율이다. C에서 ⓒ의 "불/울[울]"은 「타령조(5)」의 중심적 운율로서 "불알"이 상기시키는 부끄러움과 가난함의 정서가 "불"쌍한 "울"아버지와 겹쳐진다. "불/울[울]"의 리듬은 「타령조(5)」에 희극적 비극이라는 정서를 만들어내고 있다. D는 C의 첫 행을 반복하고 그 이후에 다른 문장을 제시한다는 점에서 C'이기도 하다. D의 둘째 행("뿔이 돋쳤지,")은 셋째 행("눈두덩에 뿔이 돋친 귀신이 됐지,")으로 확장 반복되어 리듬을 만들어낸다. 「타령조(5)」는 김춘수가 실험한 리듬의 한 방식을 보여준다.

> A ⓕ그해 여름은
>   유월 ⓐ<u>한 달</u>을 비만 ⓑ보내다가
>   칠월 ⓐ'<u>한 달</u>도
>   구질구질한 비만 ⓑ'보내 오다가
>   팔월 어느 날 난데없이 달려와서는
>   ⓓ서둘렀을까,
> B 지나가는 붕어팔이 노인을 ⓑ''불러다가
>   못물에 구름을 띄우기도 ⓒ하고
>   수국을 ⓒ'피우고
> C ⓕ그동안 썩어 있던
>   로비비아 줄기에서도 어느새
>   갓난애기 귓불만한
>   로비비아를 뽑아 ⓒ''올리고,
> D ⓕ그처럼 너무 ⓑ'''서두르다가
>   웃통을 벗은 채로
>   ⓔ<u>쿵 하고 갑자기</u> ⓓ'<u>쓰러졌을까,</u>
> E ⓕ'정말 그처럼 허무하게
>   ⓕ그녀의 마당에서 ⓕ그해 여름은
>   ⓔ'<u>쿵 하고 쓰러져선 일어나지</u> ⓓ''<u>못했을까,</u>
> A' 건장한 몸이 유월 한 달을

비만 보내다가, 칠월 한 달도

구질구질한 비만 보내 오다가 팔월 어느 날

난데없이 달려와서는……

- 「타령조(6)」 전문

「타령조(6)」 또한 <A - B - C - D - E - A'>의 문장 형태로 동일 문장
의 변형된 순환 구조의 리듬을 내보인다. 다른 타령조 연작과 달리 처음
과 끝의 문장만 반복하고 변주하고 순환의 리듬을 조금 일탈시키는 시적
구조를 보여준다. 변형된 순환 문장 구조 속에서 ⓑ계열과 ⓒ계열과 ⓓ
계열의 동일한 시구가 반복되는 가운은 <A - B - C - D - E - A'>의 문
장 구조 안에 각각 배치되어 「타령조(6)」 내부의 리듬을 만들어낸다. 총
23행 중 7개의 'ㅏ'와 5개의 'ㅗ'와 6개의 'ㅡㄴ' 가운을 드러낸다. 그 중
에서도 ⓑ계열(보내다가/보내 오다가/불러다가/서두르다가)과 ⓓ계열(서둘렀을까,/
쓰러졌을까,/못했을까,)의 7개의 'ㅏ' 가운은 「타령조(6)」의 중심적인 리듬을
형성한다. ⓕ의 "그" 반복과 E에서의 ⓕ'의 변주인 "정말 그"는 한 행 내
부의 동일음 강세를 통한 리듬 실험을 보여준다. D와 E 문장에는 ⓔ와 ⓔ'
문장 단위의 반복과 변주가 배치되어 긴밀한 호흡을 연결시킨다. 「타령조
(6)」의 리듬에는 어느 해 장맛비로만 보낸 여름과 그녀에 대한 추억이 담
겨있다.

3. 변형된 순환과 일탈의 복합 구조의 리듬

변형된 순환과 일탈의 복합 구조로 된 리듬은 순환의 심리적 기대에서
일탈한 불안한 정서를 보여주고 다시 순환의 리듬으로 회귀하기를 바라
는 심리적 특성을 갖고 있다. 변형된 순환과 일탈의 복합 구조를 보여주
는 타령조 리듬의 대표적 예는 「타령조(8)」이다.

A   ⓐ등골뼈와 등골뼈를 맞대고

    ⓑ당신과 내가 돌아누우면

      아테넷사람 플라톤이 생각난다.

B   ⓒ잃어 버린 유년, 잃어 버린 사금파리 한 쪽을 찾아서

    ⓑ'당신과 나는 어느 이데아 어느 에로스의 들창문을

      기웃거려야 하나,

C   ⓓ보이지 않는 것의 깊이와 함께

    ⓓ'보이지 않는 것의 무게와 함께

      육신의 밤과 정신의 밤을 허우적거리다가

D   결국은 돌아와서 ⓑ'당신과 나는

    ⓔ한 시간이나 두 시간 ⓕ피곤한 잠이나마

      잠을 자야 하지 않을까,

A'   ⓑ당신과 내가 돌아누우면

    ⓐ'등골뼈와 등골뼈를 가르는

      오열과도 같고, 잃어 버린 하늘

B'   ⓒ'잃어 버린 바다와 잃어 버린 작년의 여름과도 같은

    용기가 있다면 그것을 ⓖ참고 견뎌야 하나

D'   ⓖ참고 견뎌야 하나, 결국은 돌아와서

    ⓔ한 시간이나 두 시간 내 품에

      꾸겨져서 부끄러운 얼굴을 묻고

    ⓕ'피곤한 잠을 당신이 잠들 때,

                – 「타령조(8)」 전문

　

「타령조(8)」은 동일 문장(A－B－D)을 주축으로 <A－B－C－D－A'－B'－D'>의 문장 구조를 보여준다. 변형된 순환과 일탈의 복합 구조의 리듬을 지닌 「타령조(8)」은 <A－B－C－D>에 <A'－B'－D'>를 배치하고 D'문장으로 끝냄으로써 독자의 기대 심리를 만족시키면서 D가 품고 있는 쓸쓸함의 여운을 강조한다.

「타령조(8)」은 동일 시어와 동일 시구의 반복과 변주, 행간의 반복을 통

한 리듬 실험의 특성을 보여준다. ⓐ계열과 ⓓ계열의 문장은 한 행 단위의 반복과 변주의 리듬을 형성한다. ⓑ계열과 ⓒ계열과 ⓔ와 ⓕ계열과 ⓖ는 일정한 시구 단위의 반복과 변주의 리듬을 형성한다. 그 중에서 ⓖ "참고 견뎌야 하나,"는 한 행의 끝과 다음 행의 처음에 위치하여 행간의 반복 리듬을 형성한다. 이와 같은 「타령조(8)」의 리듬은 두운과 각운을 통한 리듬과 한 행 내부의 동일음 강세 반복 리듬을 통해 세밀한 운율 실험을 보여주던 여타 타령조 연작과의 차이점이다. 「타령조(8)」은 "플라톤"이 연상시킨 "이데아 – 잃어버린 바다 – 잃어버린 여름"의 이상향에 닿지 못하고 서로 돌아누운 당신과 나의 "피곤한 잠"을 대립시킨다. 「타령조(8)」은 리듬의 순환을 통한 이데아의 지향과 그 이데아에서 일탈한 "당신과 나"의 쓸쓸한 정서를 순환과 일탈의 복합 구조의 리듬으로 보여준다.

A   시무룩한 내 영혼의 언저리에
     툭 하고 하늘에서
     ⓐ사과알 한 개가 떨어진다.
B   ⓐ가을은 마음씨가 헤프기도 하여라.
     ⓐ땀 흘려 여름 내내 익혀 온 것을
     ⓐ아낌없이 주는구나.
C   혼자서 먹기에는 부끄러운 이상으로
     ⓐ나는 정말 처치곤란이구나.
     ⓑ누구에게 줄꼬,
D   ⓐ받아 든 한 알의 사과를
     ⓐ사랑이여,
     ⓐ나는 또 ⓑ누구에게 줄꼬,
E   ⓐ마음씨가 옹색해서
     ⓐ삼시 세 끼를 내 먹다 남은 찌꺼기
     비릿한 것의
     비릿한 그 오장육부 말고는

<blockquote>

　　　너에게 준 것이라곤 나는 아무것도 없다.

F　ⓐ<u>아</u>무것도 없다. 허구한 날 손가락 끝이 떨리기만 하고

　　ⓐ<u>나</u>는 너에게

　　ⓐ<u>가</u>을의 사과알 한 개를 주지 못했다.

D'　ⓐ<u>받</u>아 든 한 알의 사과를

　　ⓐ<u>사</u>랑이여,

　　ⓐ(ⓑ'<u>나는 또 누구에게 줄꼬,</u>

</blockquote>

- 「타령조(7)」 전문

「타령조(7)」 또한 변형된 순환과 일탈의 복합 구조의 리듬을 보여준다. 타령조(7)의 순환은 처음에 위치한 A가 마지막에서 다시 반복되거나 변주되는 방식을 취하지 않는다. 「타령조(7)」의 변형된 순환은 중간에 위치한 D가 마지막에서 반복되고 변주된 D'로 순환되면서 변형된 리듬을 형성한다는 점이 특징이다. 「타령조(7)」은 총 23행 중에서 15개의 ⓐ'ㅏ' 두운을 시도한다. 15개의 두운은 작품의 통일된 동일음을 시행의 처음에 발음되도록 리듬을 만들어낸다. 3번 반복되는 ⓑ"누구에게 줄꼬"는 화자의 탄식을 강조하는 리듬을 형성하고 「타령조(7)」의 주된 정서를 드러내는 변별적 자질로 기능한다. D는 마지막에서 변주된 D'로 순환되면서 형성한 일탈 리듬 속에 "한 알의 사과"와 대조된 ⓑ"누구에게 줄꼬"라는 화자의 탄식을 반복함으로써 가진 것 없어 탄식하고 후회하는 화자의 정서를 담고 있다.

<blockquote>

A　재떨이에 ⓑ던져진 ⓐ꽁초

　　멋대로 ⓑ'나동그라진 ⓐ꽁초,

　　흰 자월 드러내고

　　천정을 치떠보는 ⓐ꽁초,

B　지그시 눈을 감고

</blockquote>

필터를 깨물던

타고 있던 그때가 ⓒ멋이었구나.

ⓒ멋이었구나, 거리로 나서자

C   밤과 낮의 뒤통수에

풍 불구멍을 내 주던

그때가 그래도 ⓒ멋이었구나.

A   재떨이에 던져진 ⓐ꽁초

멋대로 나동그라진 ⓐ꽁초,

흰 자월 드러내고

천정을 치떠보는 ⓐ'꽁초는

E   필터 가까운 한 부분이

아직 한 번도 타지 못한 그 부분이

이젠 좀 분하고 억울할 따름이라네.

— 「타령조(9)」 전문

「타령조(9)」는 <A−B−C−A−E>의 문장 구성으로 변형된 순환과 일탈의 복합 구조의 리듬을 보여다. 다른 타령조 연작에서 나타나는 A 또는 B의 동일한 문장의 순환과 변형된 리듬이 아니라 새로운 문장 단위인 E로 마무리하는 일탈 리듬을 보여주는 점이 특징이다. 총 18행으로 구성된 「타령조(9)」는 ⓐ"꽁초"라는 명사를 6번 각운으로 사용한다. 행간 시구의 반복 리듬인 ⓒ"멋이었구나"를 3번 사용함으로써 E에서 나타나는 화자의 희극적인 억울한 감정과 대비를 이루는 정서를 형성한다.

지금까지 살펴본 시집 『타령조·기타』의 타령조 연작의 9편 전편은 김춘수의 의식적인 리듬 탐구를 분명히 보여준다. 타령조 연작에서 나타나는 리듬은 다음과 같은 네 가지의 특징을 드러낸다. 첫째, 김춘수가 탐구한 리듬은 소리의 유사성을 일으키면서 화자의 정서와 동일한 일체감을 제공한다. 리듬의 반복을 통한 심리적 동일성의 추구는 심리적 안정감을 제공하는데, 그것은 자연을 모방하고 우주의 리듬을 내면화하려는 인간의 아날로지적 태도에서 기원한다. 둘째, 리듬의 변주는 소리의 상이성을 일으키면서 화자의 정서보다 더욱 강한 긍정이나 부정의 정서를 체험하게 한다. 셋째, 리듬의 반복과 변주가 제공하는 각각 다른 심리적 체험은 그 내부에서 심리적 이동의 욕구를 불러일으킨다. 리듬은 소리의 상이성이 주는 기대의 좌절에서 유사성이 주는 균등한 기대의 만족으로 유도하는 심리적 효과를 낳는다. 넷째, 타령조 연작은 하나의 리듬으로 일관되게 고정되거나 하나의 유기적인 의미와 이미지로 구축되는 것을 거부한다. 타령조 연작 9편의 리듬과 이미지는 병렬적 배치와 병치은유의 특징을 지닌다. 타령조 연작은 순환과 일탈의 기준에서 크게 3개의 리듬으로 분류할 수 있지만 그 분류는 분석의 편의를 위한 것이다.

타령조 연작의 리듬은 이성적 세계의 관습적 언어의 의미를 지우고 말과 사물이 하나인 주술적 세계로 진입하려는 김춘수의 시적 실험을 보여준다. 그는 주술적 세계에서 무의미한 말의 리듬을 통해 태초의 말과 사물이 하나가 될 수 있는 시적 실험을 한 것이다.

이와 같은 타령조 연작의 리듬은 김춘수가 지향하는 세계관을 분명히 드러낸다. 타령조 연작의 시적 대상과 내용을 정리해본다면 다음과 같다.

	시적 대상	내용	시공간의 시어
타령조(1)	사랑(너) (Eros/Libido)	사랑의 실패로 발병남. "굿"으로 병을 치유하려 함. 주술적 세계관과 인고(忍苦)의 정신을 드러냄.	어둠의 변두리
타령조(2)	내 사랑	사랑의 탐구 방법으로 무의식적 세계와 신화적·종교적 세계관 사이에서 갈등. 반역사주의적 세계관을 드러냄.	삼월 초순
타령조(3)	지귀(志鬼)	화자가 접신(接神)상태에서 지귀(志鬼)에게 호소.	가야산 해인사(탈현실)↔종로

		주술적 세계관을 드러냄.	네거리(현실)
타령조(4)	당신	어디 가려는 당신↔ 가지 않길 바라는 나	한여름
타령조(5)	쓸개 빠진 녀석	제 불알을 새끼에게 먹인 녀석 불알 먹은 새끼는 귀신이 됨.	오뉴월
타령조(6)	비와 그	비만 내리던 어느 여름날과 그녀에 대한 추억	유월 – 칠월 – 비 – 팔 월
타령조(7)	사랑(너)	사과(사랑)를 주지 못한 나의 탄식	가을
타령조(8)	이데아와 에로스 (Idea/eros)	이데아와 바다와 여름(지향)↔ 피곤한 잠(상실). 형이상학적 세계의 지향과 상실.	피곤한 잠
타령조(9)	꽁초	멋과 억울함	거리

　타령조 연작의 시적 대상과 내용은 봄에서 가을에 이르는 시간의 경로 속에서 김춘수가 사랑(Eros/Libido)을 완성하고 충족시키기 위해 반역사주의적 태도(「타령조(2)」)를 견지하고 무의식적 세계와 신화적·종교적 세계관(「타령조(2)」) 사이에서 갈등하면서 주술적 세계(「타령조(1)」, 「타령조(3)」)와 형이상학적 세계(「타령조(8)」)를 지향한다는 것을 보여준다.

　주문의 반복이 빚어내는 무의미한 말의 리듬으로 김춘수는 현실과 역사와 문명이 발생시킨 인간적인 것과 윤리적인 것의 의미를 지우려 한다. 무의미한 말의 리듬을 통해 김춘수는 주술적 세계로 나아가 순수한 사물의 물질성을 가진 최초의 언어를 복원시키려 한다. 리듬을 통해 복원된 주술적 세계의 최초 언어는 윤리적인 것의 의미가 사라지고 순수한 사물의 "심미적인 것"의 "의미"로 충만하다. 리듬을 통해 복원된 최초의 언어는 곧 사물이며 물리적 운동으로서 흘러나오는 사물의 파동이다. 사물의 존재 양식으로서 파동은 언어와 사물이 하나인 주술적 세계의 리듬과 동일하다. 김춘수는 사물의 존재 양식인 리듬을 통해 순수한 사물의 물질성을 타령조 연작에서 구현하려 한 것이다. 그러나 이성적 세계의 관습적 의미를 지우기 위해 실험한 타령조 연작의 다양한 시적 리듬 속에는 김춘수가 버리지 못한 인간적인 것의 의미와 세계관이 잔존하고 있음을 보여준다.

그런 의미에서 타령조 연작에서 실험한 리듬은 김춘수가 묘사를 통해 있는 그대로의 사물을 그려내려 했던 현상학적 환원과 판단 중지가 적용되고 있는 시적 방법론이다. 리듬은 이성적 세계의 주체와 객체의 구분을 지우고 이성적 세계로부터 주술적 세계로 나아가도록 한다. 리듬은 주술적 세계에서 주체를 소멸시키고 인간이 사물과 우주와 합일하도록 한다. 무의미한 말의 리듬이 만들어낸 주술적 세계에서 사물은 현상학적 환원과 판단 중지가 실현된 순수한 사물의 물질성을 드러낸다. 김춘수는 리듬을 통해 순수한 사물의 물질성을 사물시로 구현하려 했지만 여전히 반역사주의와 주술적 세계관이라는 인간적인 것의 의미를 지우지 못한다. 그는 타령조 연작이 거둔 리듬의 성과와 한계를 자각하고 사물시의 완성을 위해 「처용단장」으로 나아간다.

나. 주체의 소멸 과정과 사물성의 추구

1. 리듬과 이미지의 충돌과 사물의 즉물적 묘사 : 「처용단장 제1부」

「처용단장 제1부」[11]는 모두 13편의 시로 구성되어 있다. 시집 「처용(시선집)」에 수록된 「처용단장 제1부」는 타령조 연작을 통해 습득한 리듬을 활용하면서도 리듬을 내면화하려는 시도를 내보인다. 「처용단장 제1

---

11) 「처용단장 제1부」에 대해 김춘수는 다음과 같이 밝히고 있다. "제1부에서는 훨씬 온건하다. 서술적 이미지로 된 일종의 물질시를 시도했다. 후기 인상파, 특히 세잔느에서 볼 수 있듯이 개성이 포착한 자연의 인상을 일체의 선입견(관념)없이 드러낸다. 왜곡된 자연이다. 시에서는 어쩔 수 없이 심리의 가두리가 그늘을 치게 된다." 김춘수, 「장편 연작시 「처용단장」 시말서」, 앞의 책, 211~212면.

부」의 13편 중에서 변형된 순환과 일탈 구조의 리듬을 내보이는 4편의 시와 내면화된 리듬을 내보이는 5편의 시는 타령조 연작의 표면화된 리듬이 내면되었음을 보여준다. 「처용단장 제1부」는 타령조 연작의 리듬을 내면화하고 사물의 즉물적 묘사와 결합시킴으로써 타령조 연작의 표면화된 리듬을 이미지로 지우려 한다. 또한 하나의 이미지로 응고되려는 시는 또 다른 리듬과 이미지와 충돌하고 병치됨으로써 하나의 이미지를 형성하지 못한다. 「처용단장 제1부」는 하나의 의미로 고정되려는 리듬과 이미지를 서로 충돌시키고 끝없이 지우면서 사물에 깃든 관습적 관념을 지우려 한다. 리듬과 이미지가 충돌함으로써 발생시킨 사물의 즉물적 묘사로 순수한 사물의 물질성을 드러내려는 시적 실험의 한 정점을 보여준다.

(1) 변형된 순환과 일탈 구조의 리듬

타령조 연작에서 보여준 변형된 순환과 일탈 구조의 리듬은 「처용단장 제1부」의 「1 – 1」, 「1 – 4」, 「1 – 6」, 「1 – 12」에서도 나타난다. 그러나 타령조 연작과 달리 변형된 순환과 일탈 구조의 리듬 속에 두운과 각운의 형식적 실험은 나타나지 않는다. 변형된 순환과 일탈 구조의 리듬은 동일한 심리적 기대를 저버리고 시적 전개의 불확정성을 가중시킨다. 리듬을 발생시키는 문장의 반복으로부터 일탈한 문장의 병렬적 배치와 종결은 의미의 불명료성을 발생시킨다. 시적 의미의 불투명성은 사물의 즉물적 묘사와 결합하여 시적 의미 이전에 존재하는 순수한 사물의 물질성을 드러낸다.

> A　바다가 왼종일
> 　　생쥐 같은 눈을 뜨고 있었다.
> B　이따금

바람은 한려수도에서 불어오고
느릅나무 어린 잎들이
가늘게 몸을 흔들곤 하였다.

C 날이 저물자
　　내 늑골과 늑골 사이
　　홈을 파고
　　거머리가 우는 소리를 나는 들었다.

D 베고니아의
　　붉고 붉은 꽃잎이 지고 있었다.

A' 그런가 하면 다시 또 아침이 오고
　　바다가 또 한 번
　　생쥐 같은 눈을 뜨고 있었다.

E 뚝 뚝 뚝, 阡의 사과알이
　　하늘로 깊숙이 떨어지고 있었다.
　　가을이 가고 또 밤이 와서
F 잠자는 내 어깨 위
　　그 해의 새눈이 내리고 있었다.

G 어둠의 한쪽이 조금 열리고
　　개동백의 붉은 열매가 익고 있었다.
　　잠을 자면서도 나는
H 내리는 그
　　희디 흰 눈발을 보고 있었다.

— 「1-1」 전문

「처용단장 제1부」의 「1-1」은 <A - B - C - D - A' - E - F - G - H>의 문장 구조가 보여주는 바와 같이 변형된 순환과 일탈 구조의 리듬을 드러낸다. 그러나 「1-1」은 변형된 순환과 일탈의 리듬을 보다 잠재적 리듬으로 전환하고 화자의 시선에 포착된 즉물적 이미지를 그려내는 특징을 내보인다. 모두 9개의 문장으로 3연을 구성하고 있는 「1-1」은 모두 "-있었다"라는 과거진행형의 종결 형태를 지닌다.

「처용단장 제1부」에서 주목할 점은 "-있었다"라는 과거진행형이다. 「혼魂」(『늪』)에서 처음 등장한 "-있었다"라는 과거진행형은 최대한 화자의 주관적 진술을 절제하는 효과와 서경적 묘사를 드러내는 효과를 발휘한 바 있다. 「처용단장 제1부」에서 "-있었다"라는 과거진행형은 「처용단장 제1부」 전체에서 묘사적 이미지를 형상화해내는 기능을 한다. 과거의 사건과 시공간을 현재화하고 현전화를 통한 정서의 지속과 여운이라는 시적 효과를 극대화한다. "-있었다"라는 과거진행형은 시제는 과거이지만 각 문장의 "시구詩句는 살아 있는 구체적인 시간이 된다. 그것은 리듬이며 근원적 시간이고 영원히 재창조"[12]한다. "-있었다"라는 과거진행형은 "미래이며 현재인 그러한 과거, 즉 우리 자신을 현재화하는"[13] 기능을 한다.

「1-1」은 A는 바다의 상태를, B는 바람과 어린 잎들의 상태를, C는 내 늑골 사이에서 우는 거머리 소리를, D는 베고니아 꽃잎이 지는 것을, A'는 다시 온 아침의 바다의 상태를, E는 사과알이 떨어지는 상태를, F는 새 눈이 내리는 상태를, G는 개동백의 붉은 열매 상태를, H는 나의 상태를 각각 절제된 화자의 목소리로 묘사한다. 「1-1」은 텍스트 내부에서 주체를 조금씩 소멸시키고 사물의 물질성을 구현하려는 김춘수의 시적 의도가 두드러진다.

「1-1」은 실재 현실의 시공간을 재현한 묘사적 이미지가 아니라 김춘수가 현실을 재구성한 묘사적 이미지로서 사물의 서경적 풍경을 즉물적으로 그려낸 것이다. <A-B-C-D-A'-E-F-G-H>의 문장들의

---

12) 옥타비오 파스, 김홍근·김은중 옮김, 『활과 리라』, 솔, 1998, 84면.
13) 위의 책, 같은 면.

관계는 유기적인 관계의 짜임이 아니라 시집 『타령조·기타』에서 보여준 병렬적 관계의 병치 문장으로 짜여있다. 이는 「처용단장 제1부」의 주요한 특징을 이루면서 병치은유에 의해 선택된 문장이 결합의 축에 투영되어 환유적 언어로 나타나는 특성을 드러낸다.

> A 눈보다도 먼저
>   겨울에 비가 오고 있었다.
> B 바다는 가라앉고
>   바다가 있던 자리에
>   군함이 한 척 닻을 내리고 있었다.
> C 여름에 본 물새는
>   죽어 있었다.
> D 물새는 죽은 다음에도 울고 있었다.
>   한결 여름이 된 소리로 울고 있었다.
> A 눈보다도 먼저
>   겨울에 비가 오고 있었다.
> B´ 바다는 가라앉고
>   바다가 없는 해안선을
>   한 사나이가 이리로 오고 있었다.
> E 한쪽 손에 죽은 바다를 들고 있었다.

－「1－4」 전문

「1－4」는 작품의 주축인 문장(A－B)을 바탕으로 <A－B－C－D－A－B'－E>의 변형된 순환과 일탈 구조의 리듬을 형성한다. 새로운 문장 E로 끝낸 변형된 순환과 일탈 구조의 리듬은 "죽은 바다"의 부정적 의미를 강조하고 일상으로부터 일탈된 심리를 제공한다.

「1－4」의 주된 이미지는 '물 이미지'이다. "눈－비－바다－물새－울음" 속에 내재된 '물 이미지'는 하강적 심리 운동을 일으키고 축축한 정서를 발생시킨다. '물 이미지'는 C의 "여름에 본 물새는/죽어 있었다."는 시행을 통해 죽음의 이미지를 입게 된다. 물새의 죽음 이미지는 E의 "죽은 바다"로 확장되어 「1-4」의 주된 정서를 확립시킨다. 「1-4」는 실재 상황의 구체적 의미를 지닌 한 편의 시라기 보다는 현실의 재구성과 서경적 묘사를 통한 묘사적 이미지를 구축하고 죽음과 쓸쓸한 정서를 유발하는 작품이다. "겨울"이 될 때까지 지속된 물새의 죽음은 "-있었다"의 과거 진행형을 통해 현재화됨으로써 지속된 죽음과 울음으로 인한 슬픔을 보여 준다. 지속된 죽음과 울음으로 인한 슬픔은 동일 문장의 변주인 A-B'의 리듬과 "비"와 "바다"의 시어를 통해 더욱 강화되고 지속된 느낌을 준다.

"바다"라는 시어는 확고한 상징적 의미를 드러내고 있지는 않지만 죽음의 그림자를 드리우고 있다. "바다"라는 시어는 반복된 단어의 리듬이 몰고 오는 주술적 세계의 사물의 물질성을 드러낸다. 그러나 "바다"는 "순수"와 "죽음"의 관념이 스며있다는 점에서 순수한 사물의 물질성을 드러내는 사물시와 인간적인 것의 관념이 들어있는 시의 경계에 있는 언어이다.

A 모과나무 그늘로
　느린 햇발의 땅거미가 지고 있었다.
B 지는 석양을 받은
　적은 비탈 위
　구기자 몇 알이 올리브빛으로 타고 있었다.
C 금붕어의 지느러미를 쉬게 하는
　어항에는 크낙한 바다가
　저물고 있었다.
D VOU 하고 뱃고동이 두 번 울었다.
A 모과나무 그늘로
　느린 햇발의 땅거미가 지고 있었다.
E 장난감 분수의 물보라가

솟았다간
하얗게 쓰러지곤 하였다.

－「1－6」 전문

　「1－6」은 바닷가의 풍경을 즉물적 이미지로 보여준다. 「1－6」은 화자가 직접 드러나지 않으면서 인간적 정서가 개입된 시어를 최대한 절제하고 있다는 특징을 보여준다. 특정한 주제와 의미를 말하려 하기보다는 서경적 묘사를 통해 사물의 즉물성을 제시하려는 시적 의도가 두드러진다. 작품 속에서 주체의 소멸과 사물의 물질성을 발현시키려는 사물시의 면모가 엿보인다. 「1－6」은 <A－B－C－D－A－E>의 문장 구조가 보여주듯 A문장을 변형 순환하고 일탈하는 리듬을 지니고 있다. 변형된 순환과 일탈 구조의 리듬은 바닷가의 파도처럼 일렁이는 사물의 파동을 담아내면서 바닷가의 저물녘이라는 시공간을 <A－B－C－D－A－E>라는 병렬적 병치문장의 리듬으로 사물의 물질성을 그려낸다.

A　겨울이 다 가도록 운동장의
　　짧고 실한 장의자의 다리가 흔들리고 있었다.
B　겨울이 다 가도록
　　아이들의 목덜미는 모두
　　눈에 덮인 가파른 비탈이었다.
C　산토끼의 바보,
　　무르팍에 피를 조금 흘리고 그때
　　너는 거짓말처럼 죽어 있었다.
D　봄이 와서
　　바람은 또 한 번 한려수도에서 불어오고
　　겨울에 죽은 네 무르팍의 피를
　　바다가 씻어주고 있었다.

C′　산토끼의 바보,
　　너는 죽어 바다로 가서
　　밝은 날 햇살 퍼지는
　　내 조그마한 눈웃음이 되고 있었다.

- 「1－12」 전문

「1－12」는 5개의 즉물적 이미지로 "너"에 대한 추억을 현전화한다. "－있었다"라는 과거진행형을 통해 너는 나의 현재로 호명된다. A와 B가 환기하는 유년시절의 너는 "산토끼의 바보,"로 반복 호명된다. '산토끼의 바보'라는 낯선 호명은 친근함과 묘한 정서를 불러일으킨다. A와 B가 빚어내는 "흔들리고" "가파른" 삶의 순간이 극복되고 승화될 수 있었던 이유는 '산토끼의 바보'로 호명되는 너의 죽음이 '무르팍의 피－바람－바다－햇살－눈웃음'의 물질성과 결합되는 과정을 거쳤기 때문이다. 「1－12」는 유년시절 친구의 죽음이 사물의 즉물적 이미지로 구현되고 있다. 그러나 「1－12」의 뚜렷한 시적 주제를 파악하기 쉽지 않다.

(2) 리듬의 내면화

「처용단장 제1부」의 「1－7」, 「1－8」, 「1－9」, 「1－10」, 「1－13」은 내면화된 리듬을 보여준다. 그러나 리듬이 내면화되었다고 해서 리듬의 존재를 감지할 수 없는 것은 아니다. 리듬의 내면화는 표면화된 리듬이 고착되는 것을 거부하고 사물의 즉물적 이미지를 더욱 강조하기 위한 시적 장치이다.

　　　　새장에는 새똥 냄새도 오히려 향긋한
　　　　저녁이 오고 있었다.
　　　　잡혀온 산새의 눈은

꿈을 꾸고 있었다.
눈 속에서 눈을 먹고 겨울에 익는 열매
붉은 열매,
봄은 한잎 두잎 벚꽃이 지고 있었다.
입에 바람개비를 물고 한 아이가
비 개인 해안통을 달리고 있었다.
한 계집아이는 고운 목소리로
산토끼 토끼야를 부르면서
잡목림 너머 보리밭 위에 깔린
노을 속으로 사라지고 있었다.
거짓말처럼 사라지고 있었다.

- 「1-7」 전문

　「1-7」은 「1-6」에서 시도한 작품 속의 주체 소멸과 사물성의 추구를 심화하고 있다. 「1-7」은 "- 있었다."라는 과거진행형의 반복을 통해 과거 사물의 즉물성을 묘사하고 현전화한다. 「1-7」은 바닷가에서 살았던 한 아이의 유년 시절에 있었던 한 장면을 상기시키는 즉물적 이미지들의 결합만으로 한 편의 시가 성립할 수 있음을 보여준다. 「1-7」은 실재를 재현하지 않으면서 대상으로부터 자유로운 묘사적 이미지로 구현하려는 사물시에 근접하고 있다. "거짓말처럼 사라지고 있었다."라는 마지막 문장이 환기하는 아련함은 「1-7」의 묘사가 보여주는 상황의 실재 여부를 떠나 미묘한 정서의 울림을 준다. 「1-7」은 작품 속의 주체 소멸과 사물의 즉물적 묘사만으로 성립할 수 있는 사물시의 가능성을 보여준다.

A 내 손바닥에 고인 바다,
　그때의 어리디 어린 바다는 밤이었다.
B 새끼 무수리가 처음의 깃을 치고 있었다.
C 봄이 가고 여름이 오는 동안
　바다는 많이 자라서

허리까지 가슴까지 내 살을 적시고

　　　내 살에 테 굵은 얼룩을 지우곤 하였다.
D　바다에 젖은 바다의 새하얀 모래톱을 달릴 때

　　　즐겁고도 슬픈 빛나는 노래를

　　　나는 혼자서만 부르고 있었다.
E　여름이 다한 어느 날이던가 나는

　　　커다란 해바라기가 한 송이

　　　다 자란 바다의 가장 살찐 곳에 떨어져

　　　점점점 바다를 덮는 것을 보았다.

－「1－8」 전문

　「1－8」은 타령조 연작에서 두드러지던 표면적 리듬을 내면화하고 나의 유년시절을 현전화하는 점이 돋보인다. 유년시절은 내가 나의 내면에서 상기하는 한 지속된다는 점에서 영속성을 지닌다. 그러나 유년시절의 이미지는 재구성한 이미지로 존재한다는 점에서 대상의 재현이 아니다. 「1－8」은 "－있었다"는 과거진행형을 통해 재구성한 유년시절을 현전화하는 즉물적 이미지를 구축한다. 유년시절의 주된 이미지는 '바다'이다. 유년시절을 상기시키는 바다 이미지는 특정한 주제를 중심으로 수렴되고 수직적 체계를 갖는 관념적 의미보다 C와 D와 E의 문장에서처럼 바다와 연관된 나의 유년 체험을 즉물적으로 드러내는 역할을 한다. "즐겁고도 슬픈 빛나는 노래를/나는 혼자서만 부르고 있었다."는 화자는 "어리디 어린 바다"에서 "다 자란 바다"로 나아가는 성장통을 담고 있다. 「1－8」에서는 성장통이 담긴 아픔조차 절제된 점이 주목할 만하다. 「1－8」은 고독한 유년과 성장통의 아픔을 표면적으로 드러내기 보다는 바다의 이미지를 즉물적으로 형상화해냄으로써 사물시에 근접하고 있다.

　　A　팔다리를 뽑힌 게가 한 마리

길게 파인 수렁을 가고 있었다.
B   길게 파인 수렁의 개나리꽃 그늘을
우스꽝스런 몸짓으로 가고 있었다.
C   등에 업힌 듯한 그
두 개의 눈이 한없이 무겁게만 보였다.

                                – 「1–9」 전문

　「1–9」는 "팔다리를 뽑힌 게"의 즉물적 묘사만으로 구축한 단시 형태
의 사물시이다. A의 "길게 파인 수렁"과 B의 "가고 있었다"라는 시구는
A와 B 문장 안에서 각각 반복됨으로써 내면화된 리듬을 형성한다. 내면
화된 리듬은 "팔다리를 뽑힌 게" 앞에 놓인 "길게 파인 수렁"이라는 험난
한 삶의 리듬이면서 "가고 있었다"라는 끈질긴 삶의 지속적 리듬이다. 삶
의 험난함과 지속의 리듬을 바라보는 나의 시선은 C의 문장에서처럼 감
정을 절제하며 "팔다리를 뽑힌 게"를 향한다. 「1–9」는 감정의 절제와
사물의 즉물적 묘사를 지향하게 될 경우 나타나게 될 사물시의 형식을 배
태하고 있다. 작품 속에서 주체의 소멸과 사물성의 추구를 시도할 때 사
물시는 단시短詩의 형식으로 나타난다. 「처용단장 제2부」에서 단시의 형
식이 두드러진다.

은종이의 천사는
울고 있었다.
누가 코밑 수염을 달아주었기 때문이다.
제가 우는 눈물의 무게로
한쪽 어깨가 조금 기울고 있었다.
조금 기운 천사의
어깨 너머로
얼룩 암소가 아이를 낳고 있었다.
아이를 낳으면서
얼룩암소도 새벽까지 울고 있었다.

그해 겨울은 눈이
그 언저리에만 오고 있었다.

—「1 – 10」 전문

「1 – 10」은 사물의 물질성이 더욱 두드러진다. 「1 – 10」은 "은종이"의 물질성이 연상시킨 "천사"와 "얼룩 암소"와 "그해 겨울"의 눈의 이미지를 겹쳐놓는다. 별다른 연관성 없는 3개의 묘사적 이미지가 겹쳐져있다. 「1 – 10」은 특정한 의미를 드러내기 보다는 사물의 물질성만을 제시하는 사물시의 면모를 가장 근접하게 보여준다. 「1 – 10」은 어떤 관념의 형상화가 아니라 '은종이'가 촉발시킨 사물의 물질성과 시공간만을 겹쳐놓는 사물시의 특질을 구축한다. 「1 – 10」의 "은종이"에 대해 오규원은, "보다 적극적인 순수시론의 수용이 빚는 표현의 결과"[14]로 파악한다. 그는 "감정의 개입을 막고, 그 대신 감정을 無化시킬 수 있는 사물을 서술적 이미지 속에 놓고, 그것을 방치함으로써 비유를 기피"[15]하는 시작 방법론이 「1 – 10」에 두드러진다고 평가한다. 이는 인간적인 것의 의미와 슬픔이 드러나던 「인동잎」과 「처용삼장」과는 확연히 달라진 시적 지점이다.

A 봄은 가고
   그득히 비어 있던 풀밭 위 여름,
   네잎 토끼풀 하나,
   상수리나무 잎들의
   바다가 조금씩 채우고 있었다.
B 언제나 거기서부터 먼저 느린 햇발의 땅거미가 지고 있었다.
C 탱자나무 울이 있었고
   탱자나무 가시에 찔린

---

14) 오규원, 「무의미시」, 『현실과 극기』, 문학과지성사, 1978, 84면.
15) 오규원, 위의 책, 83면.

서녘 하늘이 내 옆구리에
아프디 아픈 새발톱의 피를 흘리고 있었다.

                  - 「1 - 13」 전문

  「1 - 13」은 3개의 묘사적 이미지로 사물의 물질성을 그려내고 있다. "풀밭 위 여름"과 "바다"와 "햇발의 땅거미"와 "탱자나무"와 "서녘 하늘"의 물질적 이미지만으로 한 편의 사물시를 보여준다. 「1 - 13」에서 "- 있었다."라는 과거진행형은 과거의 한 장면을 서경적 묘사로 구축하고 감정의 표출을 절제시키는 기능을 하고 있다. 관념과 의미 부여를 통한 시의 주제를 구현하기보다는 사물의 즉물적 묘사와 제시만으로 과거에 발생한 정서의 지속과 과거의 현전화를 구축하는 사물시의 한 형식을 마련한다.

(3) 동일 서술어의 변형된 반복과 내면화된 리듬의 결합

  동일 서술어의 변형된 반복과 내면화된 리듬의 결합은 표면화된 리듬으로 사물시가 고정되는 것을 막고 내면화된 리듬으로도 고착되는 것을 막는다. 「1 - 3」에서 (1)은 동일 서술어의 변형된 반복을 보여주고 (2)는 내면화된 리듬을 보여준다. 「1 - 3」은 (1)과 (2)를 병렬적으로 병치하면서 사물의 즉물적 이미지를 제시하고 하나의 시적 의미로 수렴되는 것을 거부한다.

    (1) A   벽이 <u>걸어오고 있었다.</u>
         A'   늙은 홰나무가 <u>걸어오고 있었다.</u>
         A" 한밤에 눈을 뜨고 보면
              호주 선교사네 집

회랑의 벽에 걸린 청동시계가

겨울도 다 갔는데

검고 긴 망토를 입고 걸어오고 있었다.

B   내 곁에는

바다가 잠을 자고 있었다.

B' 잠자는 바다를 보면

바다는 또 제품에

숭어새끼를 한 마리 잠재우고 있었다.

CB' 다시 또 잠을 자기 위하여 나는

검고 긴

한밤의 망토 속으로 들어가곤 하였다.

B'C 바다를 품에 안고

한 마리 숭어새끼와 함께 나는

다시 또 잠이 들곤 하였다.

*

(2) A 호주 선교사네 집에는

호주에서 가지고 온 해와 바람이

따로 또 있었다.

B 탱자나무 울 사이로

겨울에 죽두화가 피어 있었다.

C 주님 생일날 밤에는

눈이 내리고

내 눈썹과 눈썹 사이 보이지 않는 하늘을

나비가 날고 있었다.

한 마리 두 마리,

− 「1−3」 전문

(1)의 1연은 A의 "걸어오고 있었다"와 B의 "잠을 자고 있었다"라는 시

구를 중심으로 문장의 길이가 점점 길어지는 점층의 리듬을 형성하고 있다. <A – A' – A'' – B – B'>의 문장 구조로 된 (1)의 1연은 "걸어오고 있는" 사물들과 "잠을 자"는 사물들의 묘사적 이미지를 그려낸다.

(1)의 2연은 (1)의 1연의 C의 "들어가곤 하였다."를 C'의 "들곤 하였다."로 변주한다. B의 "잠을 자고 있었다"를 C의 첫 행에서 "잠을 자기 위하여"로 다시 변주함으로써 <A – A' – A'' – B – B' – CB' – B'C'>의 문장 구조로 된 반복과 변주의 리듬을 형성한다.

무엇보다 A계열의 문장은 김춘수가 유년에 체험했던 호주 선교사와의 만남과 유치원 시절을 묘사적 이미지로 재구성해냄으로써 유년의 순수함을 현전화하려는 시도가 돋보인다. 현전화되는 운동의 이미지는 A의 "걸어오고 있었다"라는 시구를 통해 구현된다. B는 유년 시절의 현전화를 통해 상기된 "바다"와 나를 묘사한다. 유년의 순수함의 현전화와 지속은 "– 있었다"라는 과거진행형을 통해 구현되고 "바다" 이미지와 겹쳐짐으로써 유년 시절의 순수함은 "바다" 이미지로 전이된다. "바다"는 유년의 나와 "숭어새끼"를 품고 있는 존재로 암시된다.

(2)에서도 반복되는 호주 선교사를 통한 이국적 체험은 (2)의 주된 묘사적 이미지를 창조한다. A는 호주 선교사를 통한 이국적 체험이 만들어낸 "해와 바람"을 묘사한다. B는 호주 선교사가 살고 있는 울타리의 겨울 "죽두화"를 묘사하고 C는 크리스마스 밤의 상상적 나비를 묘사한다. 「1 – 3」은 호주 선교사가 연상시킨 유년 시절의 순수함을 "바다"의 물질성이 품도록 하는 묘사적 이미지와 크리스마스 밤의 나비 이미지가 두드러진 사물시에 근접하고 있다.

(4) 동일 문장의 변형된 순환 구조의 리듬

타령조 연작에서 등장했던 동일 문장의 변형된 순환 구조의 리듬은 「처용단장 제1부」의 주된 리듬인 변형된 순환과 일탈 구조의 리듬과 내면화된 리듬을 거부하는 시적 의미를 지닌다. 동일 문장의 변형된 순환 구조의 리듬은 과거진행형의 서술어미를 통해 유년시절의 현재화를 성취하고 유년시절과 합일하고 싶은 심리를 드러낸다.

> A <u>3월에도 눈이 오고</u> 있었다.
>
> B 눈은
> 　　라일락의 새순을 적시고
> 　　<u>피어나는 산다화를 적시고 있었다.</u>
>
> C 미처 벗지 못한 겨울 털옷 속의
> 　　일찍 눈을 뜨는 남쪽 바다,
> 　　그날 밤 잠들기 전에
> 　　물개의 수컷이 우는 소리를 나는 들었다.
>
> A' <u>3월에 오는 눈</u>은 송이가 크고
>
> B' 깊은 수렁에서처럼
> 　　<u>피어나는 산다화의</u>
> 　　<u>보얀 목덜미를 적시고 있었다.</u>

－「1－2」전문

「1－2」는 모두 4개의 문장으로 1연을 구성하고 있는데, 동일 시구의 반복과 변주에 의한 순환과 일탈 리듬을 내보인다. A의 "3월에도 눈이 오고"는 A'의 "3월에 오는 눈"으로 변주되고 B의 "피어나는 산다화를 적시고 있었다."는 B'의 "피어나는 산다화의/보얀 목덜미를 적시고 있었다."로 변주되어 순환과 일탈 리듬을 구축한다. <A－B－C－A'－B'>로 드러나는 리듬은 모두 묘사적 이미지의 병렬적 병치문장을 통해 구현된다. 「1－2」는 A계열과 B계열 문장의 시각적 이미지와 C의 청각적 이미지를 "－있었다"라는 과거진행형과 결합시켜 묘사적 이미지를 구축한다. 「1

－2」의 시각적 이미지와 청각적 이미지는 사물의 물질성을 즉물적으로 제시하려는 시적 의도를 보여준다. 「1－2」는 「1－1」과 함께 「처용단장 제1부」의 중심 이미지인 "눈"과 "바다" 이미지를 반복적으로 드러낸다. 「1－1」의 "거미가 우는 소리를 나는 들었다."를 "물개의 수컷이 우는 소리를 나는 들었다."로 변주하는 특징을 동시에 보여준다.

(5) 변형된 순환과 일탈의 복합 리듬과
    동일 문장의 변형된 순환 리듬의 병치

변형된 순환과 일탈의 복합 리듬과 동일 문장의 변형된 순환 리듬의 병치는 하나의 작품 안에 동일하지 않은 두 개의 리듬을 병렬적으로 병치함으로써 하나의 리듬과 하나의 시적 의미로 고착되는 것을 거부하려는 김춘수의 시적 의도를 드러낸다.

(1) A   아침에 내린
         福童이의 눈과 壽福이의 눈은
    B   두 마리의 금송아지가 되어
         하늘로 갔다가
    C   해질 무렵
         저희 아버지의 외발 달구지에 실려
         금간 쇠방울 소리를 내며
         돌아오곤 하였다.
    A´   한밤에 내린
         福童이의 눈과 壽福이의 눈은 또
    D   잠자는 내 닫힌 눈꺼풀을
         더운 물로 적시고 또 적시다가
    C´   동이 트기 전
         저희 아버지의 외발 달구지에 실려

금간 쇠방울 소리를 내며
돌아가곤 하였다.

           *

(2) A   눈이 내리고 있었다.

      B   눈은 아침을 뭉개고
           바다를 뭉개고 있었다.

      C   먼저 핀 산다화 한 송이가
           시들고 있었다.

      A   눈이 내리고 있었다.

      D   아이들이 서넛 둘러앉아
           불을 지피고 있었다.

      A´   아이들의 목덜미로도 불 속으로도

     (D´) 눈이 내리고 있었다.

                     – 「1 – 5」 전문

  「1 – 5」는 「1 – 4」의 "눈" 이미지와 연결될 뿐 별다른 연관성 없는 독립된 작품이다. (1)과 (2)로 구성된 「5」는 각각 다른 리듬 구조를 내포하고 있다. 「1 – 5」의 (1)은 <A – B – C – A' – D – C>로 구성되어 변형된 순환과 일탈의 복합 구조의 리듬을 보여준다. A의 "아침에 내린/福童이의 눈과 壽福이의 눈은"과 A'의 "福童이의 눈과 壽福이의 눈은 또"는 동일 구문의 변형 반복으로 리듬을 만든다. 동일 문장이지만 "해질 무렵(C)/동이 트기 전(C)"과 "돌아오곤 하였다. (C)/돌아가곤 하였다. (C)"처럼 조금씩 변주된 시행을 지닌 C와 C' 또한 변형 반복으로 리듬을 만든다. A와 A'의 변형 반복과 C와 C'의 변형 반복의 배치는 대구법을 이루면서 리듬을 형성한다. B와 D의 마지막 행은 "– 다가"의 동일 각운을 지닌다.

  「1 – 5」의 (1)은 하루의 시간을 4개로 나누고 그때의 상황을 묘사한다. A와 B는 아침, C와 A'는 해질 무렵, D와 C'는 동이 트기 전의 사건을 보여준다. 시간의 변화에 따라 "福童이의 눈과 壽福이의 눈"은 "두 마리의 금 송아지가 되어 하늘로 감(아침) ─ 금간 쇠방울 소리 내며 돌아옴(해질 무렵) ─ 내려와서 잠자는 내 닫힌 눈꺼풀 더운 물로 적심(한밤) ─ 금간 쇠방울 소리 내며 돌아감(동이 트기 전)"의 운동을 보여준다. <A ─ B ─ C ─ A'─ D(B') ─ C'>의 리듬은 하루 동안의 "福童이의 눈과 壽福이의 눈"의 운동과 순환을 보여주고 그 순환 운동을 현재화하는 기능을 수행한다.

「1─5」의 (2)는 「1─5」의 (1)의 리듬과 이미지와 무관한 동일 문장의 변형된 순환 구조의 리듬과 이미지를 제시한다. <A ─ B ─ C ─ A ─ D ─ A'(D')>의 동일 문장의 변형된 순환 구조의 리듬을 지닌 「1─5」의 (2)는 모두 6개의 병치 문장으로 구성되어 있다. 「1─5」에서도 "─ 있었다"는 과거진행형 각운을 통해 과거 사실의 지속과 현재화를 보여준다. "눈이 내리고 있었다"라는 A문장이 환기하는 정서는 A'와 A'(D')에서 두 번 반복 되어 정서의 심화와 강조된다. "눈이 내리고 있었다"라는 A 문장이 환기 하는 정서는 B와 C와 D의 시공간에 내리는 "눈" 이미지에서 발생한다. 아침과 바다를 뭉개고 산다화 한 송이를 시들게 하고 아이들의 목덜미로 내리고 아이들로 하여금 추위를 이겨내기 위해 불을 지피게 하는 "눈"의 이미지는 소멸과 죽음과 차가움의 정서를 유발한다. "눈이 내리고 있었 다"라는 A문장의 반복이 발생시킨 리듬은 소멸과 죽음과 차가움의 정서 와 함께 "눈"의 즉물성을 강조한다.

「처용단장 제1부」의 「1─5」는 김춘수의 시적 의도를 분명히 보여준 다. 변형된 순환과 일탈의 복합 리듬으로 응고되려는 순간 동일 문장의 변형된 순환 리듬으로 앞선 리듬을 거부한다. 하루 동안의 "福童이의 눈 과 壽福이의 눈"의 순환 운동을 현재화하는 (1)의 리듬은 "눈이 내리고 있 었다"라는 문장의 반복과 변형 리듬이 만든 "눈"의 즉물적 이미지에 의해 부정되고 소멸과 죽음과 차가움의 정서와 병치된다. 「1─5」라는 하나의 제목으로 묶인 (1)과 (2)는 하나의 이미지로 통합되는 것을 거부하고 서로 다른 리듬과 이미지로 서로가 서로를 배척한다. 하나의 형이상학적 의미로 고정되기를 거부하는 시행과 연의 병렬적 병치와 리듬을 통해 사물에 깃든 관습적 관념을 지우고 순수한 사물의 물질성이 드러나는 사물시를 실험한 것이다.

(6) 동일 문장의 반복을 통한 순환 리듬

> A　울지 말자,
> 　　산다화가 바다로 지고 있었다.
> B　꽃잎 하나로 바다는 가리워지고
> 　　바다는 비로소
> 　　밝은 날의 제 살을 드러내고 있었다.
> C　발가벗은 바다를 바라보면
> 　　겨울도 아니고 봄도 아닌
> 　　雪晴의 하늘 깊이
> A　울지 말자,
> 　　산다화가 바다로 지고 있었다.

> － 「1－11」 전문

　「1－11」은 <A－B－C－A>의 동일 문장의 반복을 통한 순환 리듬을 보여준다. 내면화된 리듬과 변형된 순환과 일탈의 복합 리듬과 동일 문장의 변형된 순환 리듬의 병치까지 보여준 「처용단장 제1부」는 「1－11」에서 역설적으로 고요와 정적의 정서를 마련하는 리듬을 제시한다. 처음과 끝에 반복되는 A의 "산다화가 바다로 지고 있었다."라는 사물의 즉물적 이미지는 심리의 하강적 운동을 발생시킨다. 심리의 하강적 운동은 슬픈 정서를 동반한다. 반복되는 A의 "울지 말자,"는 슬픈 정서를 절제시키는 시적 효과를 낳는다. 그러나 "울지 말자,"는 역설적으로 「1－11」 작품 전체의 정서를 고양시키는 시적 효과를 낳는다. 기원을 알 수 없는 슬픔을 느끼지만 감정을 절제해야 하는 A의 상황이다.

A는 정서를 표출하는 "울지 말자,"와 사물의 즉물적 묘사인 "산다화가 바다로 지고 있었다."의 시행으로 구성된 특징을 보인다. 뚜렷한 인과관계가 성립되지 않는 두 문장은 "울지 말자,"라는 의미를 확장시키지 않고 "산다화가 바다로 지고 있었다."의 즉물적 이미지로 전개된다. 이는 의미를 구축하지 않고 의미를 이미지로 소멸시키려는 김춘수의 시적 의도로 보인다.

A와 무관하게 B와 C는 사물 자체가 독립적으로 현존하고 있는 즉물적 이미지를 구축함으로써 A와 병치되는 사물의 즉물성을 보여준다. 「1-11」은 정서를 표출하면서도 그 원인과 의미를 구축하지 않는다. 「1-11」은 나의 정서와 무관하게 독립적으로 현존하고 반복을 통해 영원히 순환하는 사물의 리듬을 즉물적으로 형상화한 것이다.

「처용단장 제1부」의 13편은 다음과 같이 정리된다.

처용단장 제1부	리듬	사물의 물질성	화자 유무	시공간
1	변형된 순환과 일탈 구조의 리듬	바다, 붉음	유	가을과 겨울
2	동일 문장의 변형 순환 구조의 리듬	눈, 산다화, 남쪽 바다	유	3월
3	동일 문장의 변형 반복＋리듬의 내면화	바다, 죽두화, 나비	유	유년, 호주선교사네 집
4	변형된 순환과 일탈 구조의 리듬	눈, 비, 바다, 물새	무	겨울
5	변형된 순환과 일탈리듬＋동일문장 변형된 순환 리듬	눈, 금송아지 산다화, 불	유	겨울

6	변형된 순환과 일탈 구조의 리듬	바다, 석양	무	어항
7	내면화된 리듬	눈, 붉은 열매, 노을	무	유년의 겨울 저녁
8	내면화된 리듬	바다	유	유년, 봄에서 여름
9	내면화된 리듬	팔다리 뽑힌 게	무	봄
10	내면화된 리듬	은종이의 천사, 얼룩암소, 눈	무	겨울
11	동일 문장 반복과 순환을 통한 리듬	산다화, 바다	무	겨울
12	변형된 순환과 일탈 구조의 리듬	피, 바람, 바다, 햇살, 눈웃음	유	유년의 겨울
13	내면화된 리듬	바다, 햇발, 서녘 하늘, 피	무	여름

「처용단장 제1부」는 크게 네 가지 특징을 내보인다. 첫째, 「처용단장 제1부」는 타령조 연작에서 두드러진 표면화된 리듬이 내면화된 리듬으로 변모하고 있다. 리듬 자체만 추구하던 타령조 연작보다 사물의 즉물성을 드러내기 위해 묘사적 이미지의 구축으로 김춘수가 변모하였음을 알려준다. 둘째, 다양한 리듬과 내면화된 리듬과 묘사적 이미지를 병치시키고 충돌시킨다. 하나의 의미와 이미지로 고정되는 것을 거부하고 사물의 관습적 의미를 소멸시키려 한다. 셋째, 작품에 직접 등장하는 화자를 조금씩 소멸시키고 감정의 절제와 순수한 사물의 물질성의 추구한다. 화자의 소멸과정은 작품에서 의미와 관념을 배제하고 순수한 사물의 물질성만으로 사물시를 구현하려는 시적 실험이다. 넷째, 「처용단장 제1부」의 시공간은 김춘수의 유년시절과 겨울 바다를 주된 배경으로 삼고 있다. 유년시절은 분명한 실재했던 시간이지만 완전한 재현은 불가능하다. 회상

을 통해 호명된 유년시절의 이미지는 재현이 아니라 재구성된 이미지이다. 그러므로 유년 시절의 이미지는 대상으로부터 비롯되었지만 대상으로부터 자유로운 시적 이미지로 활용할 수 있다. 그 유년시절의 이미지는 겨울 바다라는 시공간의 물질성과 결합됨으로써 순수한 유년시절의 즉물적 이미지를 형성한다.

2. 주체의 소멸과 사물의 리듬: 「처용단장 제2부」

「처용단장 제2부」[16]는 사물시에 더욱 근접하기 위해 관념과 의미의 완전한 배제를 실험한다. 김춘수는 「처용단장 제2부」에서 사물로부터 들려오는 사물 자체의 파동을 들으려 한다. 사물의 존재 양식인 파동은 주술적 리듬의 형태로 구현된다.

시집 『처용단장』 제4부로 완결되면서 「눈, 바다, 산다화」라는 부제가 명기된 「처용단장 제1부」와 달리 처음 발표할 당시 「처용단장 제2부」는 「들리는 소리」라는 부제가 명기되어 있었다. 「들리는 소리」라는 부제는 「처용단장 제2부」가 사물로부터 '들리는 소리'를 받아적기 위한 시임을 암시한다. 사물로부터 '들리는 소리'는 사물의 파동이며 사물로부터 발생되는 의미 이전에 존재하는 사물의 물질성이다.

「처용단장 제1부」는 "-있었다"라는 과거진행형을 통해 유년시절의

---

16) "철저한 물질시의 시도로 제1부를 끌고 가다가 제2부에서는 그것의 연장으로 극단적 의미 배제, 즉 이미지로서의 이콘(icon)의 파괴로 나아간다. 리듬만이 남게 되는 일종의 주문이 되게 한다. 생의 카오스가 전개된다. 여기서 잠깐 사족을 붙인다면 다음과 같다. 역사허무주의자, 더 나아가서는 역사부정주의자가 되고 있었던 나는 고전의 현대화를 통한 신화적 세계에 시선이 모일 수밖에 없었다. 세계는 직선으로 앞만 바라고 전진해 간다는 역사주의자들의 낙천주의적 비전에 따라 움직이는 것이 아니라, 세계는 윤회하면서 나선형으로 돌고 있다는 비역사 내지는 반역사적 생각을 하고 있었던 나로서는(시인으로서의 나로서는 더욱) 신화쪽으로 시선이 갈 수밖에 없었다." 김춘수, 「장편 연작시 「처용단장」 시말서」, 앞의 책, 213면.

현전화를 시도한 바 있다. 유년시절의 현전화는 현재의 '나'의 기억을 통해 구현된다는 특징을 지닌다. 이는 주체를 중심으로 과거와 현재가 구분되며 유년시절의 이미지는 현재의 주체가 회상하는 이미지의 재구성을 통해 지속된다는 점을 시사한다. 이와 달리 「처용단장 제2부」는 현재 시제만을 사용한다. 「처용단장 제2부」는 현재 시제만을 사용함으로써 과거와 현재와 미래라는 시간의 구분을 모두 지우고 모든 시간을 현재로 통합시킨다. 현재로 통합되는 하나의 시간 속에서 「처용단장 제2부」의 화자는 소멸된다. 「처용단장 제2부」는 통사구조상 주어를 모두 생략하고 있으며 "ㅡ다오"라는 청유형 서술어미를 공통적으로 지니고 있다. 김춘수는 의도적으로 「처용단장 제2부」의 통사적 주어를 모두 생략하고 시 속의 주체를 소멸시킨다. 동시에 청유의 대상인 타자의 정체성도 드러내지 않는다. 그런 이유로 「처용단장 제2부」의 주체와 타자, 화자와 청자는 소멸되고 오직 현재의 시간 속에서 "ㅡ다오."의 주술적 리듬만이 들려온다.

> 울고 간 새와
> 울지 않는 새가
> 만나고 있다.
> 구름 위 어디선가 만나고 있다.
> 기쁜 노래 부르던
> 눈물 한 방울,
> 모든 새의 혓바닥을 적시고 있다.

> ㅡ「서시」전문

「서시」는 「처용단장 제2부」에서 일관되는 시작 방법론을 품고 있다. 「서시」는 「처용단장 제1부」에 잔존하고 있던 주체를 완전히 소멸시키고 보이지 않는 사물과 사물이 만나는 방식을 제시한다. 「서시」는 존재의 부재와 현존이 만나는 접점에서 새의 울음을 상기시키고 「처용단장 제2부」가 지향하는 시세계를 시사한다. "울고 간 새"는 '지금 - 여기'에서 울다가 사라진 존재의 부재를 가리킨다. "울지 않는 새"는 '지금 - 여기'에 있는 존재의 현존을 가리킨다. 동시에 '지금 - 여기'에 없는 존재의 부재를 가리킨다. 존재의 부재와 현존은 지금 잘 보이지 않는 "구름 위 어디선가" '새'라는 존재가 내뿜는 '울음'을 매개로 "만나고" 있다. 잘 보이지 않는 "구름 위 어디선가"의 '울음'은 보이지 않는 존재의 현존을 증명한다. 새의 '울음'은 존재의 부재 속에서도 존재의 현존을 증명하는 사물의 리듬이다. 그런 이유로 "기쁜 노래 부르던/눈물 한 방울,"은 '지금 - 여기'에 부재하는 모든 존재의 현존을 증명한다. 「서시」는 「처용단장 제2부」의 전편에서 소멸된 주체와 타자, 보이지 않는 화자와 청자가 '울음'이라는 주술적 리듬을 통해 만나게 된다는 것을 암시한다.

> 돌려다오.
> 불이 앗아간 것, 하늘이 앗아간 것, 개미와 말똥이 앗아간 것,
> 여자가 앗아가고 남자가 앗아간 것,
> 앗아간 것을 돌려다오.
> 불을 돌려다오. 하늘을 돌려다오. 개미와 말똥을 돌려다오.
> 여자를 돌려주고 남자를 돌려다오.
> 쟁반 위에 별을 돌려다오.
> 돌려다오.

— 「2 - 1」 전문

「2 - 1」은 상실한 것들을 돌려받기 바라는 원망願望을 담고 있다. 불과 하늘과 개미와 말똥, 여자와 남자가 빼앗아간 것을 돌려달라고 말한다. 그리고 앞서 약탈자였던 불과 하늘과 개미와 말똥, 여자와 남자와 쟁반

위의 별을 돌려달라고 반복적으로 말한다. 「2-1」은 상실한 것들을 돌려받기 바라는 원망만 있을 뿐 문맥의 연결은 잘 되지 않는다. 약탈자가 피약탈자가 되는 시적 논리와 상황이 배제되고 있다. 통사적 주어가 부재한 문장 속의 불분명한 화자가 불분명한 청자에게 요청하는 "돌려다오"라는 반복적 주문만 크게 들린다. 「2-1」은 시적 의미가 형성될 수 있는 시적 논리와 상황을 배제하고 상실한 모든 사물을 복원시키고 되돌려 받고자 하는 주문의 리듬 자체를 들려주고 있다.

> 구름 발바닥을 보여다오.
> 풀 발바닥을 보여다오.
> 그대가 바람이라면
> 보여다오,
> 별 겨드랑이를 보여다오.
> 별 겨드랑이의 하얀 눈을 보여다오.

— 「2-2」 전문

「2-2」는 보이지 않는 존재를 볼 수 있기를 바라는 소망을 담고 있다. 불분명한 청자인 "그대가 바람이라면" 지금 보이지 않는 구름 발바닥과 풀 발바닥, 별 겨드랑이와 별 겨드랑이의 하얀 눈을 보여주기를 갈망한다. 보이지 않는 존재를 왜 보여주기를 원하는가에 대한 이유는 없다. 다만 "보여다오"라는 주술의 리듬을 불분명한 화자가 되뇌일 뿐이다. 「2-1」이 상실한 것들을 되돌려 받기를 바라는 주문이라면 「2-2」는 비가시적인 것의 현시를 갈망하는 주문이다.

> 살려다오.
> 북 치는 어린 곰을 살려다오.

북을 살려다오.
오늘 하루만이라도 살려다오.
눈이 멎을 때까지라도 살려다오.
눈이 멎은 뒤에 죽여다오.
북 치는 어린 곰을 살려다오.
북을 살려다오.

―「2-3」 전문

8행으로 된 한 편의 단시 「2-3」은 7행에 걸쳐 "살려다오"를 반복함으로써 "북 치는 어린 곰"과 "북"을 살려달라는 갈망을 강하게 주문한다. '북 치는 어린 곰'과 '북'이 어떤 정황 속에서 왜 나타나게 되었는지에 대한 설명은 없다. "살려다오"라는 주문의 리듬만 살아있다. '북 치는 어린 곰'과 '북'이 어떤 의미를 지니는지 작품 안에서 분석할 수 있는 계기는 마련되어 있지 않다. "살려다오"라는 7번의 반복적 주문만이 6행의 "죽여다오"와 대비됨으로써 변형된 순환과 일탈의 리듬이 더욱 강조된다.

애꾸눈이는 울어다오.
성한 한눈으로 울어다오.
달나라에 달이 없고
인형이 탈장하고
말이 자라서 사전이 되고
기중기가 올라갔다 내려오고 올라갔다 내려오고
올라갔다 내려온다고
애꾸눈이가 애꾸눈이라고
울어다오. 성한 한 눈으로 울어다오.

―「2-4」 전문

「2-4」는 애꾸눈이에게 울어주기를 간청한다. 눈이 하나밖에 없는 애꾸눈이의 성한 한 눈으로 "울어다오"라고 간청하는 것은 그만큼 불가능한 일이 성취되기를 바라는 강한 바람이다. 그러나 그 간청은 불가능한 일이 성취되도록 바라는 간청이다. 달나라에 달이 없고 인형이 탈장하고 말이 자라서 사전이 되도록 애꾸눈이에게 울어주기를 간청하기 때문이다. 애꾸눈이의 울음과 불가능한 일의 성취 갈망은 7행에서 갑자기 출현한 "기중기"와 맞물린다. 돌연 '기중기'가 출현한 계기에 대한 설명은 부재하다. 시적 의미 전개와 이미지를 서로 충돌시키고 하나의 의미와 이미지로 고정되는 것을 거부하는 시적 의도이다. "기중기"의 상하운동은 다시 애꾸눈이와 "울어다오"와 매개됨으로써 시를 독해할 수 있는 가능성을 방해한다.

> 불러다오.
> 멕시코는 어디 있는가,
> 사바다는 사바다, 멕시코는 어디 있는가,
> 사바다의 누이는 어디 있는가,
> 말더듬이 일자무식 사바다는 사바다,
> 멕시코는 어디 있는가,
> 사바다의 누이는 어디 있는가,
> 불러다오,
> 멕시코의 옥수수는 어디 있는가,

-「2-5」전문

「2-5」에서 주어가 생략된 "불러다오."는 '멕시코'라는 지명과 '멕시코의 옥수수'가 어디에 있는지 잘 몰라서 호명하는 것이 아니다. 단지 '멕시코→사바나의 누이→멕시코→사바나의 누이→멕시코의 옥수수'를 차례로 호명할 뿐이다. 그 호명의 이유는 파악되지 않는다. '멕시코→사바나의 누이→멕시코→사바나의 누이→멕시코의 옥수수'의 연결고리는 부재하다. 시의 주제 역시 파악하기 어렵다. 다만 긴장된 말의 리듬만이 존재한다. 주체(화자)의 소멸과 타자(청자)의 불명료성 속에서 "불러다오."라는 주문의 리듬만이 꿈틀거린다. 「2 − 5」는 주체와 타자가 사라진 상태에서 '지금 − 여기'에 부재하는 사물들의 존재를 증명하는 '멕시코→사바나의 누이→멕시코→사바나의 누이→멕시코의 옥수수'를 차례로 호명하고 말의 주술적 리듬을 흘려보낸다. 사물을 호명하는 말은 부재하는 사물의 존재 증명과 사물 자체가 되는 계기를 마련한다. 「서시」에서처럼 "구름 위 어디선가" 주체와 타자, 화자와 청자, 사물과 사물이 언어를 통해 '만나고 있다'는 가능성을 열어놓는다.

앉아다오.
손바닥에 앉아다오.
손등에 앉아다오.
내리는 눈잔등에 여치 한 마리, 여치 두 마리,
앉아다오.

*

봄을 지나 여름을 지나
개울을 지나
늙은 가재가 사는 개울을 지나,
살구꽃 지는 마을을 지나
소쩍새와 은어가 사는 마을을 지나,
봄을 지나 여름을 지나
개울을 지나,

— 「2−6」 전문

각각 독립된 연으로 되어있으면서도 1연과 2연의 관계를 구성하고 있는 「2-6」에서 곤충일 뿐인 여치는, "앉아다오."라고 요청하는 화자의 목소리를 들을 수 없다. 의사소통이 불가능한 상황에서 요청하는 "앉아다오."의 주문의 목소리만 더욱 크게 들린다. 봄과 여름이라는 시간과 개울과 마을이라는 공간을 '지나' 손바닥과 손등에 "앉아다오."라고 요청한 주문의 목적은 알 수 없다. 「2-6」의 "앉아다오."는 수신자와의 의사소통과 의미 전달을 의도하지 않고 있다. "앉아다오."라는 발화 자체가 빚어내는 말의 리듬을 추구하고 있다. 말의 주술적 리듬은 '손바닥'과 '손등'에 부재하는 사물이 현존하기를 갈망한다.

새야 파랑새야,
울어다오
로비비아 꽃 필 때에 울어다오.
녹두낡에 꽃 필 때에 울어다오.
바람아 하늬바람아,
울어다오, 머리 풀고 다리 뻗고
3분 10초만 울어다오.
울어다오.

*

키큰해바라기
네잎토끼풀없고
코피
바람바다반딧불

모발또모발바람
가느다란갈라짐

　　　　　　　　　　　　　　　　　　　　 ―「2-7」

    전래의 민요에서 인용한 「2−7」의 "새야 파랑새야"는 "녹두낡"과 매개되어 동학을 연상시킨다. 그러나 「2−7」은 그 역사적 맥락과 배경을 설명하지 않는다. 역사적 맥락과 배경이 설명되지 않은 "새야 파랑새야"는 역설적으로 역사와 무관한 시구가 되고 있다. "로비비아"와 "녹두낡"이 어떤 연관이 있는지 밝히지 않는다. "울어다오."라고 요청할 뿐이다. "3분 10초"는 구체적 시간이지만 어떤 계기에서 비롯된 "3분 10초"인지 역시 밝히지 않는다. 구체적 시간의 길이 "3분 10초"는 역설적으로 추상적 시간으로 느껴진다.

    「2−7」은 「2−6」과 달리 연과 연 사이에 연결되어 있던 맥락마저도 끊어버리고 균열을 내고 있다. 오직 "울어다오."의 주문만 강조된 연과 띄어쓰기를 무시한 시행의 결합과 오직 '명사'의 병렬적 결합을 다시 결합시키는 시적 특성을 보여준다. '명사'로만 진행된 연 사이에는 구체적 연관성이 없다. "키큰해바라기/네잎토끼풀없고"와 "코피"와 "바람바다반딧불"의 결합은 전후 맥락의 부재로 명확한 의미를 파악할 수 없다. 띄어쓰기를 무시한 어법은 문법에 대한 거부이며 명사의 병렬적 배치와 결합은 문장 단위의 의미를 거부이다. "바람바다반딧불"에서는 어떤 의미의 전달보다도 명사의 첫 음절 "바"의 반복적 음운의 리듬과 언어유희를 즐기고 있다. 「2−7」의 명사로만 이뤄진 연은 「처용단장 제2부」의 주요한 특징인 통사적 주어의 생략뿐만 아니라 서술어조차 생략함으로써 문장의 성립을 통한 의사소통을 거부한다. 의사소통을 거부한 상태에서 "울어다오."라는 주문은 실현가능성을 고려한 것이 아니다. "울어다오."는 말의 주술적 리듬 자체의 자족적 완결성과 언어 유희, 그리고 "새야 파랑새야"가 잉태된 역사적 사건과 의사소통을 하기 위한 언어의 도구적 기능으로부터 자유로운 언어의 미적 자율성을 실험하고 있다.

잊어다오
어제는 노을이 죽고
오늘은 애기메꽃이 핀다.
잊어다오. 늪에 빠진
그대의 아미,
휘파람새의 짧은 휘파람,

*

물 아래 물 아래 가던 새,
본다.
호밀밭에 떨군
나귀의 눈물,
딱나무가 젖고
뭇 별들이 젖는다.
지렁이가 울고
네가래풀이 운다.
개밥 순채,
물달개비가 운다.
하늘가재가 하늘에서 운다.
갠 날에도 울고 흐린 날에도 운다.

— 「2-8」 전문

「2-8」은 "잊어다오."와 함께 "운다."라는 말의 리듬을 드러낸다. 말의 리듬 속에서 잊어달라는 이유와 우는 이유는 모두 밝히지 않는다. 어제 죽은 '노을'과 오늘 핀 '애기메꽃'과 늪에 빠진 '그대의 아미'와 '휘파람새의 짧은 휘파람' 사이의 의미의 연관성과 이미지의 연결고리는 부재하다. "잊어다오."라는 말의 주술적 리듬만 울려 퍼진다. "물 아래 물 아래 가던 새,/본다"는 청산별곡의 맥락과 무관하게 '젖고 우는 사물들'과 결합됨으로써 청산별곡의 맥락적 의미를 잃어버린다. 분명한 시적 의미의 전개도 없으며 단어와 문장이 연결되는 시적 논리도 없다. "잊어다오."와 "－고", "운다."는 말의 리듬만이 살아있다. 「2－8」은 발신자와 수신자의 의사소통을 전혀 고려하지 않고 말의 주술적 리듬이 빚어내는 언어 유희와 미적 자율성을 실험하고 있다.

「처용단장 제2부」는 다음과 같이 정리된다.

처용 단장 제2부	반복 리듬	"－다오"라고 청유하는 목적	화자 유무	청자	특징
서시	만나고 있다	*	무	무	존재의 부재와 현존의 매개체로서의 '울음'과 리듬
1	돌려다오	상실한 모든 것	무	무	약탈자가 피약탈자 되는 시적 논리 배제
2	보여다오	보이지 않는 것	무	무	비가시적인 것의 현시 갈망
3	살려다오	북 치는 어린 곰, 북(가상의 존재)	무	무	시적 소재의 기원불분명
4	울어다오	불가능한 것의 성취	무	무	애꾸눈이와 무관한 기중기 삽입과 충돌
5	불러다오	부재 혹은 알 수 없음	무	무	사물의 호명이 부재하는 사물의 존재 증명
6	앉아다오	부재 혹은 알 수 없음	무	여치	부재하는 사물의 현존 갈망
7	울어다오	부재 혹은 알 수 없음	무	파랑새 바람	역사적 맥락 무시 연관성 없는 명사에 의한 시적 전개
8	잊어다오	부재 혹은, 알 수 없음	무	무	의사소통 부정과 언어 유희

「처용단장 제2부」의 8편은 다음과 같은 다섯 가지 특징을 내보인다.

첫째, 통사적 주어를 모두 생략함으로써 「처용단장 제1부」에서 잔존하고 있던 작품 속의 주체를 완전히 소멸시킨다. 주체의 완전한 소멸은 작품 속에서 화자와 정서의 공감을 이뤄낼 계기를 마련하지 않는다. 작품 속에서 발화자는 지워지고 발화자가 남긴 말의 리듬만 넘치도록 만드는 효과를 발생시킨다.

둘째, "－다오."라는 청유형 서술어미를 공통적으로 사용한다. "－다오."라는 청유형 서술어미를 사용하지만 청유의 대상인 청자는 작품에 나타나지 않는다. 발화자뿐만 아니라 수신자 또한 소멸함으로써 「처용단장 제2부」에서 "－다오."라는 청유형 서술어미는 의사소통을 역설적으로 거부한다. 수신자가 부재한 까닭에 "－다오."라는 청유형 서술어미가 실현하고자 하는 주문은 성취할 수 없는 말의 주술적 리듬이 된다. 효용성 없는 말의 주술적 리듬과 언어 유희를 실험하려는 의도가 드러나고 있다.

셋째, 「처용단장 제2부」는 모두 현재 시제를 사용한다. 과거와 현재와 미래라는 시간의 구분을 모두 지우고 모든 시간의 현재화와 영원한 현재를 지향한다. 과거는 현재이며 미래 또한 현재인 시간 속에서 주체와 타자와의 구분은 물론 화자와 청자의 구분 역시 지워진다. 「처용단장 제2부」의 영원한 현재는 측량이 가능한 시간과 주체를 중심으로 성립한 근대와 역사주의를 거부하고 말의 주술적 힘을 믿었던 신화적 시간까지도 현재화하려는 시도로 볼 수 있다.

넷째, 「처용단장 제2부」는 일정한 의미와 이미지로 구축되는 것을 파괴하려 한다. 8편의 작품은 병렬적 병치에 의해 배열되어 있다. 한 편의 작품 안에서조차 의미와 이미지의 전개는 지속적이지 않다.

다섯째, 오직 "－다오"라는 말의 리듬만을 8편 모두에서 일관되게 사용한다. 발화자와 수신자가 부재한 상태에서 의사소통을 거부하고 의미와 이미지의 구축을 파괴하는 「처용단장 제2부」는 영원한 현재 시간 속에서 효용성 없는 말의 주술적 리듬만을 추구하는 태도를 내보인다. 주체와 타자의 구분 소멸과 말의 리듬은 근대와 역사주의로부터 벗어나 주술적 세계관을 지향한다. 말의 주술적 리듬은 불가능한 일의 성취와 부재하는 사물의 현존을 갈망한다. 주술적 세계에서 사물을 호명하는 말은 부재하는 사물의 존재를 증명하고 사물 자체를 가리킨다. 주체와 타자가 소멸된 주술적 세계에서 언어는 곧 사물이며 사물의 물질성을 구현하고 독립적으로 현존한다. 사물이 사물 자체로 현존하는 '지금-여기'와 부재하는 '지금-거기'에 있듯 언어 또한 사물처럼 아무런 의미 없이 '지금-여기'와 '지금-거기'에 존재한다. 언어 유희는 이성적 세계의 관습적 의미에 얽매이지 않은 사물이 존재하는 방식의 언어적 표현이다. 「처용단장 제2부」는 언어의 미적 자율성을 극단적으로 실험하는 김춘수의 세계관과 미의식을 보여준다.

「처용단장 제1부」와 「처용단장 제2부」는 타령조 연작을 통해 습득한 리듬을 배면에 깔고 즉물적 이미지의 병렬적 병치를 통해 순수한 사물의 물질성을 표현하려 하였다. 리듬을 내면화하고 사물의 즉물적 묘사와 결합시킴으로써 타령조 연작의 표면화된 리듬을 이미지로 지우려 하였다. 하나의 이미지로 응고되려는 시는 또 다른 리듬과 이미지와 충돌시키고 병치함으로써 하나의 이미지를 형성하지 못하도록 하였다. 텍스트 내부에 잔존하고 있던 주체를 소멸시키는 작업을 진행함으로써 순수한 사물성을 추구하였다. 모든 시간의 현재적 지속과 영원한 현재 시간 속에서 주체와 타자의 구분을 지우고 화자와 청자의 구분을 지우면서 이성적 세계로부터 벗어나 주술적 세계로 나아가고자 하였다. 주체와 타자의 소멸을 통해 언어가 지닌 의사소통의 도구적 기능을 거부하고 언어의 미적 자율성을 실험하였다. 영원한 현재 시간 속에 오직 말의 주술적 리듬만이 울려 퍼지게 함으로써 불가능한 일의 성취와 부재하는 사물의 현존을 갈망했다. 김춘수는 이성적 세계의 관습적 의미를 지우고 주술적 세계의 말의 리듬을 통해 순수한 사물의 물질성을 시로 구현하려 했다.

다. 은유적 언어와 환유적 언어의 균형

김춘수는 시집 『타령조·기타』와 「처용단장 제1부」와 「처용단장 제2부」에 이르러 은유적 언어와 환유적 언어의 균형을 내보인다. 시집 『타령조·기타』와 「처용단장 제1부」와 「처용단장 제2부」의 언술 구조는 대부분 5개 내외의 병렬된 단문과 묘사로 사물의 즉물적 이미지를 제시한다. 타령조 연작과 처용단장 연작은 병렬된 묘사 문장을 계열체로 지니면서 작품 밖에도 병렬된 묘사 문장과 유사한 묘사 문장을 잠재적으로 거느린다. 작품 밖의 잠재적 문장은 병렬된 병치문장을 거느리는 작품의 성격으로 인해 작품 내의 병렬된 묘사 문장과 교체 관계에 있으며 서로 대치될 수 있다. 병렬된 묘사 문장은 단지 계열체 문장의 교체 관계에만 있지 않고 작품 내부에서 서로 배열되고 결합된 병치 관계의 통합체 문장이다. 병렬된 묘사 문장은 유사성의 원리에 의해 선택되고 결합되어 있다는 점에서 병치은유의 특성을 지닌다. 병치은유에는 동일 문장의 반복과 변형과 순환이 발생시키는 리듬이 자리잡고 있다. 타령조 연작과 처용단장 연작의 리듬은 문장의 유사성을 바탕을 형성된다는 점에서 병치은유의 근간이 된다.

병렬된 묘사 문장의 병치은유는 등가성의 원리를 선택의 축(계열체)에서 결합의 축(통합체)으로 투영하는 시적 기능 속에서 환유의 특성을 드러낸다. 병렬된 묘사 문장은 계열체 문장으로서 작품에 투영되고 통합되고 있기 때문이다. 병렬된 묘사 문장은 은유와 상징적 언어로 수직 상승하여 하나의 의미로 수렴되지 않는다. 병렬된 묘사 문장의 결합은 유사성의 원리가 인접성의 원리로 이동하여 수직에서 수평으로 뻗어나가는 환유적 언어를 발생시킨다. 환유적 언어는 하나의 의미 체계와 상징적 의미로 구축되는 것을 방해한다. 미묘한 정서를 발생시키는 묘사적 이미지를 산문적 언어로 제시할 뿐이다. 병렬된 묘사 문장은 산문적 언어로서 인접한 시공간을 드러내고 병치은유와 리듬을 형성하고 은유적 언어와 환유적 언어의 균형을 유지한다. 타령조 연작과 처용단장 연작의 병렬된 묘사 문장은 사물에 깃든 인간적인 것의 관습적 의미를 지우고 순수한 사물의 물질성을 구현하려는 김춘수 사물시의 고유한 시적 언술이다. 8개의 병렬된 단문으로 묘사된 「처용단장」의 「1‒1」의 경우에도 동일하게 병치은유와 환유적 언어의 균형을 드러낸다.

1. 타령조 연작에서 은유적 언어와 환유적 언어의 균형

타령조 연작은 정형화된 리듬을 드러내지는 않지만 크게 3가지 유형의 리듬을 드러낸다. 동일 문장의 반복과 순환 구조의 리듬, 동일 문장의 변형된 순환 구조의 리듬, 변형된 순환과 일탈의 복합 구조의 리듬은 병렬된 묘사 문장과 결합하여 병치은유를 만들어내고 은유적 언어와 환유적 언어의 균형을 이룬다.

> A 사랑이여, 너는
>   어둠의 변두리를 돌고 돌다가
> B 새벽녘에사
>   그리운 그이의
>   겨우 콧잔등이나 입언저리를 발견하고
>   먼동이 틀 때까지 눈이 밝아 오다가
> C 눈이 밝아 오다가, 이른 아침에
>   파이프나 입에 물고
>   어슬렁 어슬렁 집을 나간 그이가
>   밤, 자정이 넘도록 돌아오지 않는다면
> A' 어둠의 변두리를 돌고 돌다가
>   먼동이 틀 때까지 사랑이여, 너는
> D 얼마만큼 달아서 병이 되는가,
>   병이 되며는

무당을 불러다 굿을 하는가,

E 넋이야 넋이로다 넋반에 담고

　　打鼓冬冬 打鼓冬冬 구슬채쩍 휘두르며

　　役鬼神하는가,

F 아니면, 모가지에 칼을 쓴 춘향이처럼

　　머리칼 열 발이나 풀어뜨리고

　　저승의 산하나 바라보는가,

A 사랑이여, 너는

　　어둠의 변두리를 돌고 돌다가……

　　　　　　　　　　　　　　　　- 「타령조(1)」 전문

　타령조 연작 중에서도 「타령조(1)」은 동일 문장의 반복과 순환 구조의 리듬과 병치은유의 병행성[17]의 원리를 특징적으로 보여준다. A문장의 반복과 순환을 통한 순환 구조(A-B-C-A'-D-E-F-A)를 지닌 「타령조(1)」은 동일 문장 A와 A의 변주 문장인 A'를 주축으로 리듬을 발생시킨다. 시의 전반부 A와 A' 사이의 B와 C는 각각 4행으로 된 동일 시행의 길이를 지니고 있다. 시의 후반부 A'와 A' 사이의 D와 E와 F는 각각 3행으로 된 동일 시행의 길이를 지닌 병행성을 드러낸다.

---

17) G.M. 홉킨스는 다음과 같이 병행성(parallélisme)의 원리에 대해 말한 바 있다. "시의 작위적인 부분은 병행성원리에 귀착한다. (중략) 병행성에는 대립 관계가 명확히 드러나는 경우와 점진적이거나 반음계적 경우의 두 종류가 필연적으로 존재한다. 전자의 경우, 즉 명시된 병행성은 운문 구조와 관련되어 즉 일정한 배열의 반복인 리듬과 일정한 리듬의 배열의 반복인 운율에서, 그리고 두운(allitération)과 모음운(assonance)에서 각운(rime)과 관련이 있다. 이러한 반복의 힘은 낱말이나 생각 속에 이에 호응하는 반복 또는 병행성을 일으키는 것이며 대체로 말해서, 또는 불변의 결과라기보다 일반적인 경향을 말해서, 정교한 병행성이든, 강조적 병행성이든, 구조상의 병행성이 두드러지면 질수록 말이나 의미의 병행성도 현저해진다……사물의 유사성에서 효과를 찾는 은유, 직유, 우화 등 그리고 비유사성에서 찾는 대조법, 대구법 등이 현저한 병행성에 속한다." 로만 야콥슨, 앞의 책, 75~76면 재인용 참고.

「타령조(1)」은 모두 23행 중 12개의 'ㅓ/ㅕ'로 된 두운, 5개의 'ㅏ'로 된 두운, 10개의 'ㅏ'로 된 각운으로 리듬을 형성한다. 그 중에서도 "ㅡ가"로 끝나는 각운은 동일 문장의 반복과 순환 구조의 리듬을 형성하고 병렬된 묘사 문장 통한 병행성의 원리를 구축하는데 큰 역할을 한다. "ㅡ가"는 모두 9번의 두운을 발생시키고 A−B−C−A'−D−E−F−A의 문장으로 나누는 기능을 한다.

한 편의 시 「타령조(1)」을 완성하고 있는 병행성의 원리의 내부에 구축된 유사성의 원리는 문장 A와 A의 변주 문장인 A'를 통해 드러나고 있다. 유사성(A=A)과 상이성(A≠A')은 「타령조(1)」의 내부에서 등가성의 원리를 통해 선택의 축(계열축)을 형성하고 은유적 언어의 특성을 드러낸다. 동시에 A와 A'는 B−C와 D−E−F 문장을 인접성의 원리를 통해 결합의 축(통합축)으로 투영하고 통합하는 환유적 언어의 특성을 드러낸다. 동일 문장의 반복과 순환 구조의 리듬이 구현된 「타령조(1)」은 은유적 언어와 환유적 언어의 균형을 보여준다.

「타령조(1)」은 시를 구축하고 있는 시어와 비유의 활용 면에서도 은유적 언어와 환유적 언어의 균형을 보여준다. "사랑이여, 너는"으로 시작된 1행은 추상명사인 "사랑"을 의인법으로 표현하여 은유적 언어를 활용한다. 너의 원관념 "사랑"은 작품 안에서 <너−병−역귀신−춘향(직유)>의 보조관념으로 비유되고 표현된다. 동시에 <너−병−역귀신−춘향>이라는 보조관념(주체)은 시공간의 인접성의 원리에 따라 <어둠의 변두리−새벽−아침−집−밤, 자정>의 시어와 함께 병렬적으로 병치 묘사되고 통합됨됨으로써 환유적 언어의 특성을 드러낸다. 또한 「타령조(1)」은 단 한 번도 "ㅡ다"로 끝나는 종결어미를 사용하지 않고 "사랑"의 움직임에 대한 묘사를 산문적 언어로 진행한다는 점에서 환유적 언어이다. 「타령조(1)」의 산문적 언어는 유사성(A=A)과 상이성(A≠A')의 반복과 변주의 리듬이 "눈이 밝아 오다가"와 "병이 되"라는 시구의 반복과 행간 걸림과 충돌한다. 산문적 언어는 "눈이 밝아 오다가"와 "병이 되"라는 시구의 반복과 행간 걸림과 충돌함으로써 리듬을 더욱 증폭시키는 시적 언어로 넘나들고 있다.

「타령조(1)」은 "유사성이 인접성 위에 중첩될 때, 시는 철두철미하게 상징적, 복합적, 다의적 본질을 표출하고 인접성에 유사성이 중첩되는 시에서는 환유는 모두가 다소는 은유적이며 은유는 모두 환유적 색깔을 갖는다[18]"는 로만 야콥슨의 전언을 투영시켜 볼 수 있는 작품이다.

타령조 연작은 다양한 리듬 실험을 통해 시의 언어와 산문 언어의 조화를 이룬다. 타령조 연작은 다양한 리듬과 병치은유를 만들고 작품에 투영함으로써 은유적 언어와 환유적 언어의 균형을 보여준다. 타령조 연작은 무엇보다도 리듬을 통해 인간적인 것과 윤리적인 것의 관습적 의미를 지우고 사물시를 완성하려 한 김춘수 시의 언술 구조의 특징을 보여준다.

2. 「처용단장 제1부」에서 은유적 언어와 환유적 언어의 균형

「처용단장 제1부」는 타령조 연작을 통해 습득한 리듬을 활용하면서도 타령조 연작의 표면화된 리듬이 고정되려는 것을 거부한다. 변형된 순환과 일탈 구조의 리듬은 내면화된 리듬을 통해 지워지고 내면화된 리듬은 동일 서술어의 변형된 반복과 결합되어 리듬을 드러낸다. 동일 문장의 변형된 순환 구조의 리듬은 변형된 순환과 일탈의 복합 리듬과 병치됨으로써 하나의 의미와 리듬으로 고착되지 않는다. 이와 같은 리듬과 이미지의 충돌 속에서도 「처용단장 제1부」의 병렬된 묘사 문장은 병치은유를 만들고 환유적 언어의 특성을 드러낸다.

---

18) 로만 야콥슨, 앞의 책, 78면.

A 눈보다도 먼저
　겨울에 비가 오고 있었다.
B 바다는 가라앉고
　바다가 있던 자리에
　군함이 한 척 닻을 내리고 있었다.
C 여름에 본 물새는
　죽어 있었다.
D 물새는 죽은 다음에도 울고 있었다.
　한결 여름이 된 소리로 울고 있었다.
A 눈보다도 먼저
　겨울에 비가 오고 있었다.
B´ 바다는 가라앉고
　바다가 없는 해안선을
　한 사나이가 이리로 오고 있었다.
E 한쪽 손에 죽은 바다를 들고 있었다.

－「1 － 4」 전문

　「처용단장 제1부」의 「1 － 4」는 문장(A － B)을 (A － B')으로 변주된 순환과 일탈 구조의 리듬을 형성한다. 새로운 문장 E로 끝냄으로써 나선형의 순환에서 일탈한 복합 구조를 보여주고 반복에 따른 심리적 기대의 안정과 불안한 심리를 이끌어낸다.

　「1 － 4」에서 다시 주목할 할 점은 묘하게 어긋난 심리적 기대와 불안한 심리를 갖게 하는 이유이다. 「1 － 4」의 문장(A － B) 배열이 다시 (A － B')의 배열로 병렬적으로 배치될 때 B문장의 "바다는 가라앉고"는 B'에서 동일하게 반복된다. 그러나 B문장(부사어＋주어＋목적어＋서술어)의 "바다가 있던 자리에/군함이 한 척 닻을 내리고 있었다"는 B'문장(목적어＋주어＋부사어＋서술어)에서 "바다가 없는 해안선을/한 사나이가 이리로 오고 있었다."로 변주되어 반복된다. "바다가"의 두운과 "－고 있었다"의 각운이 만들어내는 유사성(A=B) 속에 "바다가 있던/없는"의 대구와 문장 성분 순서의 상이성(A≠B)을 배치함으로써 반복에 따른 심리적 기대를 제공하면서도 묘하게 어긋한 심리를 이끌어낸다.

그 이유는 "낱말 배열 위에 등가의 원리를 부가하면, 다시 말해서 일반적인 발화 형태 위에 율격 형식이 더해지면, 그 언어와 운문에 익숙해 있는 사람이면 누구나 이중적이고 애매한 형식의 체험을 하게 된다. 그것은 두 가지 형태의 유사성과 상이성, 그리고 기대의 실천과 좌절"¹⁹⁾이 어울려지는 경험을 이끌어내기 때문이다.

(A−B)문장과 (A−B')문장의 유사성과 상이성이 빚어내는 「1−4」는 리듬은 유사성의 원리가 적용된 은유적 언어이다. 동시에 「1−4」의 모든 병렬된 묘사 문장은 마지막 E 문장 "한쪽 손에 죽은 바다를 들고 있었다."에 투사되고 통합됨으로써 환유적 언어의 특성도 드러낸다. 특히 물 이미지에 인접한 "비"와 "눈"과 "물새"라는 시어는 E의 "죽은 바다"라는 시어에 밀접한 이미지를 투영함으로써 인접성의 원리에 따른 환유적 언어가 활용되고 있다. 물의 이미지가 강조하고 있는 "바다"의 '죽음'과 '소멸'의 의미는 은유적 언어에서 비롯된 것이기도 하다.

이와 같이 김춘수의 『처용단장 제1부』는 『타령조·기타』에서 습득한 표면화된 리듬을 내면화하거나 다양한 리듬과 충돌시킴으로써 하나의 의미와 이미지로 고정되는 것을 거부하고 동일 문장의 유사성과 상이성이 빚어내는 리듬의 은유적 언어와 환유적 언어의 균형을 드러낸다.

3. 「처용단장 제2부」에서 은유적 언어와 환유적 언어의 균형

「처용단장 제2부」는 타령조 연작과 「처용단장 제1부」에서 주로 활용하던 병렬된 묘사 문장 단위를 해체하고 통사구조상의 주어를 모두 생략

---

19) 로만 야콥슨, 앞의 책, 234~235면.

한다. 시 속의 모든 주체를 소멸시키면서 청유형 서술어미만을 공통적으로 사용한다. 현재 시제만을 사용하여 과거와 현재와 미래라는 시간의 구분을 모두 지우고 모든 시간을 현재로 통합시킨다. 그런 이유로 「처용단장 제2부」의 주체와 타자, 화자와 청자는 소멸되고 오직 현재의 시간 속에서 "–다오."의 주술적 리듬만이 들려온다. 「처용단장 제2부」 8편 전편은 병렬적 병치은유를 형성하고 하나의 의미와 이미지로 수렴되지 않는다. 각각의 작품은 상이성을 지니지만 청유형 서술어미의 유사성이 빚어내는 리듬을 통해 통합되어 은유적 언어와 환유적 언어의 균형을 드러낸다.

> (1) A 새야 파랑새야,
>   B 울어다오
>   B' 로비비아 꽃 필 때에 울어다오.
>   B' 녹두남에 꽃 필 때에 울어다오.
>   A' 바람아 하늬바람아,
>   B" 울어다오, 머리 풀고 다리 뻗고
>   C 3분 10초만 울어다오.
>   B 울어다오.
>
>   *
>
> (2)   키큰해바라기
>   네잎토끼풀없고
>   코피
>   바람바다반딧불
>
>   모발또모발바람
>   가느다란갈라짐
>
>   — 「2-7」

「처용단장 제2부」의 「2-7」은 극단적인 형태의 시적 결합을 보여준다. 뚜렷한 연관성이 없는 (1)과 (2)는 병렬적인 병치에 의해 결합되고 있다. (1)과 (2)의 상이성은 1연의 의미와 2연의 이미지를 충돌시키면서 하나의 의미로 고정되는 것을 거부한다. (1)연은 6번의 "울어다오"의 청유형 서술어미를 통해 <A-B-B'-B'-A'-B"-C-B>라는 동일 시어의 변형된 순환 리듬을 형성한다. A("새야 파랑새야,")는 청유의 대상을 부르는 호격 "-야"를 동반하면서 청유의 대상만을 바꿔 A'("바람아 하늬바람아,")로 반복된다. B("울어다오")는 B'("로비비아/녹두낡에 꽃 필 때에 울어다오.")의 동일한 문장 길이의 형태로 1차 확장되고 B"(울어다오, 머리 풀고 다리 뻗고)로 2차 변주되어 중심 리듬을 형성한다. B("울어다오")는 1연을 유사성의 관계로 만들고 병치은유를 형성하는 주된 역할을 한다. C("3분 10초만 울어다오.")는 동일 시어의 단순한 반복이 줄 수 있는 지루함을 방지하고 다시 B("울어다오")로 회귀하여 반복하고 싶은 심리를 제공한다.

(2)는 (1)과 시적 특징과 무관하게 띄어쓰기를 무시한 시행의 결합과 오직 '명사'의 병렬적 결합을 다시 결합시키는 시적 특성을 보여준다. (2)의 1연 "키큰해바라기/네잎토끼풀없고"와 "코피"와 "바람바다반딧불"의 결합은 전후 맥락의 부재로 명확한 의미를 파악할 수 없다. 띄어쓰기를 무시한 어법은 문법에 대한 거부이며 명사의 병렬적 배치와 결합은 문장 단위의 의미를 거부이다. 명사의 병렬적 배치와 결합은 하나의 명사가 제시하는 이미지를 또 다른 명사의 이미지가 거부하는 기능을 한다. 띄어쓰기를 무시한 시행과 명사의 병렬적 결합은 극단적인 형태의 병치은유라고 할 수 있다. "바람바다반딧불"은 어떤 의미의 전달보다도 각 명사의 첫 음절 "바"의 반복적 음운이 만드는 리듬과 언어 유희를 보여준다. "바람바다반딧불"의 리듬과 언어 유희는 3행에 걸쳐 제시한 "키큰해바라기/네잎토끼풀없고"의 의미와 "코피"의 이미지를 하나로 통합되는 것을 방해한다.

(2)의 2연 "모발또모발바람/가느다란갈라짐"은 띄어쓰기를 무시하면서 시행단위 속의 동일음("모/가")을 반복함으로써 리듬을 형성한다. 그러나 그 리듬의 의미는 (2)의 1연과 결합되어도 특별한 시적 주제를 형성하지 않는다.

「처용단장 제2부」의 「2-7」은 문법적 의미와 통사적 의미로 구축되는 것을 방해하기 위해 띄어쓰기를 무시하고 문장 단위를 형성하지 않는다. 구축되려는 의미는 리듬의 이미지로 파괴되고 그 이미지는 다시 부정된다. 이러한 시적 언술은 (1)과 (2)의 극단적인 병렬적 병치은유를 형성하고 「2-7」에 투영됨으로써 환유적 언어의 특성을 드러낸다. 이와 같은 시적 언술은 「처용단장 제2부」의 은유적 언어와 환유적 언어의 균형을 보여준다.

타령조 연작과 처용단장 연작은 다양한 리듬 실험과 병렬된 묘사 문장을 주된 언술로 사용한다. 리듬과 병렬된 묘사 문장이 결합된 시적 언술은 인간적인 것과 윤리적인 것의 관습적 의미로 고정된 언어의 도구성으로부터 벗어나려는 김춘수의 시적 의지를 드러낸다. 문법과 통사적 의미를 해체하는 극단까지 밀고 나가는 그의 실험은 통사적 주어와 서술어조차 생략함으로써 의사소통을 거부하는 지점까지 도달한다. 그는 무의미한 말의 리듬을 통해 이성적 세계의 관습적 의미와 언어의 도구성으로부터 벗어나 주술적 세계의 순수한 사물의 물질성을 구현한 사물시를 쓰고자 한다. 주술적 세계에서 언어는 사물과 분리되지 않으며 언어는 곧 사물이 된다. 주술적 세계에서 주체와 타자는 분리되지 않으며 언어는 은유적 언어와 환유적 언어로 구분되지 않는다. 주술적 세계에서 순수한 사물의 의미를 지닌 언어는 은유적 언어와 환유적 언어가 균형된 사물 자체로 현존한다. 주술적 세계에서 언어와 일체를 이루고 있는 사물은 물리적 운동의 발현으로서 파동을 뿜어낸다.

V. 결론

    김춘수는 한국 현대시사에서 부단한 자기 부정과 언어 실험을 보여준 시인이다. 그는 새로운 시를 향한 실험과 모험을 멈추지 않았다. 그의 시는 사물과 언어에 대한 일관된 탐구를 보여준다. 그는 스스로를 배반하는 시의 실험 속에서도 자신이 추구하는 시세계와 긴장을 견지했다.

    이와 같은 김춘수의 시적 긴장과 실험은 많은 논자들의 연구의 대상이 되었다. 그의 무의미시와 무의미시론은 많은 논자들의 생산적인 연구를 낳았다. 그러나 많은 논자들의 연구에도 불구하고 아직 밝혀지지 않은 김춘수의 시에 대한 규명과 연구는 여전히 진행되고 있다.

    본 연구는 김춘수 시에 대한 연구 성과를 바탕으로 무의미시의 개념이 발생시킨 혼란을 극복하기 위해 사물시의 개념을 중심으로 김춘수의 시를 연구하였다. 아울러 김춘수 시의 언술 구조의 특징과 변모를 분석함으로써 주제론적 연구의 편향성을 극복하고자 하였다.

    해석상 많은 의도의 오류를 낳고 있는 김춘수의 '무의미시'의 '의미'와 '무의미'의 대립 개념 및 문제 설정은 김춘수가 탐구한 사물성의 추구와 언어에 대한 탐구라는 관점에서 재정립되어야 한다. 김춘수의 시가 지향한 '무의미'는 사물에 완강하게 깃들어 있는 현실과 역사와 문명의 관습적 관념과 인간적인 것과 윤리적인 것의 의미를 완전하게 지운 결과로서의 '무의미'이다. 그 '무의미'는 인간과 관련된 현실과 역사와 문명적 의미가 모두 지워진 '순수한 사물'과 '순수한 사물의 의미'를 발생시킨다.

　사물은 인간이 부여하고 판단한 '의미'와 '무의미' 이전에 사물 그 자체로 존재한다. 인간적인 것과 윤리적인 것의 '의미'와 '무의미'는 사물로부터 기원한 결과이다. 사물로부터 기원한 '의미'와 '무의미'라는 결과물에 대한 연구는 근본적이라기보다는 부차적인 측면을 지닌다. 그러므로 '순수한 사물의 물질성'을 추구한 김춘수의 시는 사물로부터 기원한 '의미'와 '무의미'를 고찰한 연구보다 근본적인 사물시의 개념으로 재정립되어야 한다. 김춘수의 '무의미시'는 사물에 깃든 인간적인 것과 윤리적인 것의 의미를 완전히 지운 순수한 사물의 물질성에 관한 시이기 때문이다. 사물시는 현대시의 출발점으로 삼고 있는 보들레르 이래로 시대와 지역을 달리 하여 나타난 미적 모더니티의 다양한 양상중의 하나로서 상징주의 시와 이미지즘 시 혹은 절대시와 순수시 등의 명칭으로 불리어왔다. 김춘수 또한 현실과 역사와 문명의 윤리적인 것의 의미가 없는 '무의미시'를 '일종의 순수시'라고 규정한 바 있다. 사물시는 현대시의 미학적 특성을 보여주는 시사적 가치가 있는 개념으로서 김춘수의 무의미시의 개념을 재정립할 수 있는 계기를 마련한다.

　김춘수는 사물의 본질과 존재의 의미 추구로부터 있는 그대로의 사물의 실재를 온전히 드러내기 위한 탐구로 전환하였으며 사물이 존재하는 방식인 파동을 구현한 사물시를 지향하였다. 그는 순수한 사물의 물질성을 언어로 담아내려는 일관된 목표를 위해 선택한 시적 언술 방식을 매번 바꾸어 나아갔다. 그의 사물시는 사물에 대한 언어에서 사물 자체가 되려는 언어를 지향했다.

　그의 사물시는 사물의 본질과 존재의 의미 추구를 사물에 대한 명명과 호명으로부터 출발한다. 명명은 사물을 처음 인식하기 위한 사물의 언어적 정의이다. 사물은 인간의 언어로 명명됨과 동시에 인간적인 것의 어떤 의미를 지닌 현상으로 존재하게 된다. 언어로 명명된 사물의 최초의 니금은 사물의 의미와 결합한다. 호명은 사물에 의미를 부여하는 행위이다. 명명과 호명은 사물이 인간에게 인식되고 의미있는 존재가 되도록 하는 언술 행위이다. 명명과 호명을 통한 사물의 본질과 존재의 의미 탐구는 언어의 자의성으로 인해 한계를 지닌다. 언어는 사물의 본질과 존재의 의미를 온전히 드러낼 수 없다는 한계를 품고 있어서 붕괴할 위기를 언제나 겪고 있다. 사물의 물질성을 완벽하게 구현하는 이름을 명명하고 호명하기 위해서는 매번 새롭게 명명해야 한다.

김춘수는 명명과 호명을 통한 사물에 대한 인식과 의미를 부여하는 은유적 언어의 한계를 자각한다. 그는 은유적 언어에 대한 회의를 통해 시적 방법론으로 묘사를 선택하고 묘사 절대주의 시를 지향한다.

김춘수에게 시적 방법론으로서 묘사는 직접적인 정서 표출을 절제하고 사물에 대한 미적 판단을 중지하기 위한 언어적 각성이다. 그의 묘사는 사물 자체로 돌아가서 사물을 있는 그대로 드러내기 위한 시적 언술로 활용된다. 사물의 즉물적 묘사는 시의 화자를 몰개성적 화자로 변모시키고 시의 화자를 소멸시키는 과정을 마련한다. 묘사는 형이상학적 차원에서 탐구하는 사물의 본질과 존재의 의미에 대한 추구를 사물의 현상 자체로 환원시키는 시적 효과를 지닌다. 그는 사물의 관습적 관념과 고정된 의미를 완전히 지운 묘사적 이미지, 즉 그의 용어로는 '서술적 이미지'를 통해 순수한 사물의 물질성을 구현하려 한다. 그가 주장한 서술적 이미지는 관념을 배제한다. 그의 서술적 이미지는 대상을 잃은 언어와 이미지로 구축된 대상으로부터 자유로운 순수시를 지향한다. 묘사 절대주의의 시를 바탕으로 그는 인간적인 것의 의미가 없는 사물이 스스로 의미를 드러내는 무의미시를 지향한다. 그가 지향하는 무의미시는 곧 사물시이다. 그의 사물시는 실재 풍경과 사물을 취사선택하고 과장과 축소를 통해 풍경과 대상을 재구성한다. 실재 풍경과 대상의 재구성은 역사와 일상의 시공간에 놓인 실재 풍경과 사물에 스며있는 관습적 관념과 고정된 의미의 해체 과정이다.

　사물시가 성립하기 위한 전제는 사물에 깃든 모든 인간적인 의미와 편견과 가치를 무無의 상태로 환원하는 것이다. 최초 사물의 순수 상태로 돌아가기 위해 인간적인 것의 모든 의미를 지우고 현상학적 환원을 다시 하는 것이다. 사물시는 사물에 깃든 역사와 문명과 현실에 대한 관심을 포기하지 않는 한 성취할 수 없다. 그는 현실과 역사와 문명에 대한 관심을 포기하지 않는다. '하나의 지향의 상대'로서 '절대'인 그의 사물시는 사물을 재현과 재구성의 대상으로 삼는 묘사를 통해서 도달하지 못한다는 것을 자각한다.

　그가 묘사를 통해 구현하려 한 사물시는 문장 단위의 산문적 언어를 주된 시적 언술로 활용한다. 묘사적 이미지의 산문적 언어는 사물에 대한 판단 중지와 사물의 즉물적 묘사를 추구하고 환유적 언어의 특성을 나타낸다. 그가 산문 언어를 쓰게 된 내면적 기원은 윤리적인 것에 있다. 시에서 담아낼 수 없는 현실과 역사와 문명에 대한 관심 때문이다. '한 사람의 시민이 되려는 충동'과 '도덕적인 인간'이 되려는 충동이 산문 언어를 쓰게 한 것이다. 그러나 묘사 절대주의 시가 선택한 산문 언어의 묘사는 그가 심미적인 것을 추구하는 시를 지향한다는 점에서 '메시지'를 직접 드러내지 않는다. 묘사 절대주의 시는 윤리적인 것을 초월하고 사물의 관습적 관념과 인간적인 것의 모든 의미를 지우는 사물시를 지향한다. 따라서 인접성의 원리가 적용된 환유적 언어를 기반으로 쓰인 묘사 절대주의 시의 묘사는 단순히 산문 언어의 성격만을 지니지 않는다. 묘사 절대주의 시는 윤리적인 것에서 심미적인 것으로의 초월과 시의 언어에서 산문 언어로의 이동 과정을 보여주는 김춘수만의 시적 언술의 특징을 보여준다.

　사물시의 산문적 언어는 인접한 시공간의 묘사 문장 단위를 구축하고 병치은유를 형성한다. 문장들의 병치은유는 다시 작품 전체에 투영됨으로써 환유적 언어의 특성을 드러낸다. 환유적 언어는 하나의 의미 체계와 상징적 의미로 구축되는 것을 방해하고 미묘한 정서를 발생시키는 즉물적 묘사 이미지를 주로 제시하는 특징을 보여준다. 김춘수 시의 환유적 언어는 사물의 물질성을 즉물적 묘사 이미지로 구현하는 사물시의 주된 시적 언술이다.

그러나 시적 방법론으로서 묘사는 사물을 여전히 시적 대상으로 머물게 하는 한계를 지닌다. 김춘수는 기의 없는 기표만으로 예술의 형식과 미를 완성하는 음악처럼 대상이 없는 사물시를 완성하기 위해 리듬을 선택한다.

리듬을 선택한 이유는 리듬이 창출하는 주문 때문이다. 주문은 말을 반복함으로써 실현하고자 하는 바를 되뇌는 주술이다. 리듬은 주문을 외는 말의 반복으로부터 발생한다. 주문의 주술적 효과를 일으키는 말의 리듬은 언어의 관습적 의미를 지운다. 이성적 세계에서 사용되는 언어의 의미와 달리 리듬을 통해 발현된 시의 의미는 불명료하고 의미가 없다. 무의미한 말의 리듬은 이성적 세계에서 주술적 세계를 불러내어 주술적 세계의 최초 언어를 되살려낸다. 리듬은 언어가 곧 사물이던 우주적 시간을 불러온다. 리듬은 이성적 세계에서 의사소통의 수단으로 전락한 언어를 순수한 사물의 물질성을 가진 언어로 복원시킨다. 리듬을 통해 복원된 언어는 언어가 최초로 탄생한 순간의 순수한 의미로 충만한 '말'이며 사물이다. 리듬은 사물의 존재 양식이며 사물의 물리적 운동으로서 흘러나오는 파동이다.

김춘수는 『타령조』 연작과 『처용단장』 제1부와 제2부에서 무의미한 말의 리듬을 통해 이성적 세계에서 사용하는 언어의 관습적 의미를 지우고 주술적 세계의 순수한 사물의 물질성과 파동을 사물시로 구현하려 한다. 『타령조』 연작과 『처용단장』 제1부와 제2부에서 실험한 리듬은 김춘수가 묘사를 통해 있는 그대로의 사물을 그려내려 했던 현상학적 환원과 판단 중지가 적용되고 있는 시적 방법론이다. 리듬은 이성적 세계의 주체와 객체의 구분을 지우고 이성적 세계로부터 주술적 세계로 나아가도록 한다. 리듬은 주술적 세계에서 주체를 소멸시키고 인간이 우주와 합일하도록 한다.

『타령조』 연작은 봄에서 가을에 이르는 시간의 경로 속에서 사랑을 완성하기 위해 반역사주의적 태도를 견지하고 주술적 세계를 지향하는 태도를 내보인다. 이성적 세계의 관습적 의미를 지우기 위해 실험한 타령조 연작의 시적 리듬 속에는 김춘수가 버리지 못한 인간적인 것의 의미와 세계관이 남아있다.

「처용단장 제1부」는 『타령조』 연작의 리듬을 내면화하고 사물의 즉물적 묘사와 결합시킴으로써 『타령조』 연작의 표면화된 리듬을 이미지로 지우려 한다. 또한 하나의 이미지로 응고되려는 시는 또 다른 리듬과 이미지와 충돌하고 병치됨으로써 하나의 이미지를 형성하지 못한다. 리듬과 이미지가 충돌함으로써 발생시킨 사물의 즉물적 묘사로 순수한 사물의 물질성을 드러내려는 시적 실험의 한 정점을 보여준다.

「처용단장 제2부」는 통사적 주어를 모두 생략함으로써 「처용단장 제1부」에서 잔존하고 있던 작품 속의 주체를 완전히 소멸시킨다. 주체의 완전한 소멸은 작품 속에서 화자와 정서의 공감을 이뤄낼 계기를 마련하지 않는다. 「처용단장 제2부」는 청유형 서술어미를 공통적으로 사용하지만 청유의 대상인 청자는 작품에 나타나지 않는다. 발화자뿐만 아니라 수신자 또한 소멸함으로써 「처용단장 제2부」에서 청유형 서술어미는 의사소통을 역설적으로 거부한다. 수신자가 부재한 까닭에 청유형 서술어미가 실현하고자 하는 주문은 성취할 수 없는 말의 주술적 리듬이 된다. 효용성 없는 말의 주술적 리듬과 언어 유희를 실험하려는 의도가 드러난다.

「처용단장 제2부」는 과거와 현재와 미래라는 시간의 구분을 모두 지우고 모든 시간의 현재화와 영원한 현재를 지향한다. 영원한 현재 속에서 주체와 타자와의 구분은 물론 화자와 청자의 구분 역시 지워진다. 「처용단장 제2부」의 영원한 현재는 측량이 가능한 시간과 주체를 중심으로 성립한 근대와 역사주의를 거부하고 말의 주술적 힘을 믿었던 신화적 시간까지 현재화하려는 시도이다. 「처용단장 제2부」는 일정한 의미와 이미지로 구축되는 것을 파괴하려 한다.

말의 주술적 리듬은 불가능한 일의 성취와 부재하는 사물의 현존을 갈망한다. 주술적 세계에서 사물을 호명하는 말은 부재하는 사물의 존재를 증명하고 사물 자체를 가리킨다. 주체와 타자가 소멸된 주술적 세계에서 언어는 곧 사물이며 사물의 물질성을 구현하고 독립적으로 현존한다. 사물이 사물 자체로 현존하는 '지금 – 여기'와 여기에 부재하는 '지금 – 거기'에 있듯 언어 또한 사물처럼 아무런 의미 없이 '지금 – 여기'와 '지금 – 거기'에 존재한다. 언어 유희는 이성적 세계의 관습적 의미에 얽매이지 않은 사물이 존재하는 방식의 언어적 표현이다. 「처용단장 제2부」는 언어의 자율성을 극단적으로 실험하는 김춘수의 세계관과 미의식을 보여준다.

시집 『타령조·기타』와 「처용단장 제1부」와 「처용단장 제2부」의 언술 구조는 대부분 5개 내외의 병렬된 단문과 묘사로 사물의 즉물적 이미지를 제시한다. 『타령조』 연작과 『처용단장』 제1부와 제2부의 병렬된 묘사 문장은 유사성의 원리에 의해 선택되고 결합되어 있다는 점에서 병치은유의 특성을 지닌다. 병치은유에는 동일 문장의 반복과 변형과 순환이 발생시키는 리듬이 자리잡고 있다. 『타령조』 연작과 『처용단장』 제1부와 제2부의 리듬은 문장의 유사성을 바탕을 형성된다는 점에서 병치은유의 근간이 된다.

병렬된 묘사 문장의 병치은유는 등가성의 원리를 선택의 축(계열체)에서 결합의 축(통합체)으로 투영하는 시적 기능 속에서 환유의 특성을 드러낸다. 병렬된 묘사 문장은 은유와 상징적 언어로 수직 상승하여 하나의 의미로 수렴되지 않는다. 병렬된 묘사 문장의 결합은 유사성의 원리가 인접성의 원리로 이동하여 수직에서 수평으로 뻗어나가는 환유적 언어의 특성을 드러낸다. 환유적 언어는 하나의 의미 체계와 상징적 의미로 구축되는 것을 방해한다. 미묘한 정서를 발생시키는 묘사적 이미지를 산문적 언어로 제시할 뿐이다. 병렬된 묘사 문장은 산문적 언어로서 인접한 시공간을 드러내고 병치은유와 리듬을 형성하고 은유적 언어와 환유적 언어의 균형을 유지한다.『타령조』연작과『처용단장』제1부와 제2부의 병렬된 묘사 문장은 사물에 깃든 인간적인 것의 관습적 의미를 지우고 순수한 사물의 물질성을 구현하려는 김춘수 사물시의 고유한 시적 언술이다.

리듬과 병렬된 묘사 문장이 결합된 시적 언술은 인간적인 것과 윤리적인 것의 관습적 의미로 고정된 언어의 도구성으로부터 벗어나려는 김춘수의 시적 의지를 드러낸다. 문법과 통사적 의미를 극단까지 해체하려는 그의 시적 실험은 통사적 주어와 서술어조차 생략함으로써 의사소통을 거부하는 지점까지 도달한다.

김춘수는 무의미한 말의 리듬을 통해 이성적 세계의 관습적 의미와 언어의 도구성으로부터 벗어나 주술적 세계의 순수한 사물의 물질성을 구현한 사물시를 쓰고자 했다. 주술적 세계에서 주체와 타자는 분리되지 않고 이성적 세계의 관습적 의미가 지워진다. 주술적 세계에서 순수한 사물의 의미를 지닌 언어는 은유적 언어와 환유적 언어가 균형된 사물 자체로 현존한다. 순수한 사물의 물질성이 구현된 사물시는 언어와 일체를 이루고 사물의 물리적 운동의 발현으로서 파동을 뿜어낸다.

김춘수의 사물시를 향한 시적 실험은 전적으로 성공적이라고 말할 수 없다. 순수한 사물의 물질성을 구현한 사물시는 인간적인 것의 관습적 관념과 고정된 의미를 완전히 지우려는 시적 기획과 지향으로서만 가능하다. 인간이 사물의 편에 서서 주체의 흔적을 시에서 완전히 소멸시키는 것은 불가능하기 때문이다. 그러나 부단한 자기 부정과 언어 탐구의 자세를 끝까지 견지하고 '사물시'라는 미적 모더니티에 도전한 김춘수의 시성신은 현대의 시인으로서 지녀야 할 자세를 제시한다. 1960년대와 1970년대를 가로질러 한국의 특수한 역사적 시공간에서 언어의 완전한 자율성과 미적 모더니티라는 현대시의 보편성을 성취하려 한 그의 사물시는 시사적으로 큰 의미가 있다. 1960년대와 1970년대 한국의 역사적 상황에서 존재와 언어에 대한 탐구를 끝까지 견지하고 끝없는 시적 실험과 언술의 변모를 실행한 김춘수의 시적 방법론은 한국 현대시사에서 주목할 만한 성과이다. 순수한 사물의 물질성의 의미가 스스로 드러나도록 하는 백지의 언어를 추구한 그의 사물시와 시적 방법론은 한국 현대시사에서 고유한 의미를 지닌다고 평가할 수 있을 것이다.

제2부
서정주『질마재 신화』의 시간의식 연구

Ⅰ. 서론

가. 연구 목적

본고는 서정주의 『질마재 신화』[1]에 나타난 시간의식을 고찰하고, 그 과정에서 시간의식의 각 양상들이 어떻게 『질마재 신화』의 각 텍스트 내의 시적 언어로 구현되어 있는지 살펴봄으로써 『질마재 신화』가 담고 있는 의미(significance)를 밝히는 데 그 목적을 둔다.

여기에서 '시간'이라 함은 실제 '시간 그 자체'가 아니라, 경험된 것으로서의 시간, 그리고 체험된 시간을 가리킨다. 이는 인간의 인식 밖의 외적 사태와 사건에 대한 계기적 측정이라는 객관적인 '시간'[2]이 아니라, 경험과 인간 의식의 매개 기능 속에서 획득되어지는 인식의 내적 시간을 의미한다. 즉, 일정한 시간 내에서 발생한 일련의 사건들을 체험한 인간의 의식이 이 사건들의 의미를 규정지으려는 능동적인 의식을 바로 시간의식이라 한다. 따라서 텍스트 내에서의 시간의식에 대한 연구는 기본적

---

1) 『질마재 신화』(일지사, 1975년)는 서정주의 여섯 번째 시집이다. 본고에서는 『미당 시전집·1』(민음사, 1994)을 '자료Ⅰ'이라 칭하기로 한다. 이하 작품 인용은 이 책에 수록된 「질마재 신화」를 주텍스트로 삼고 작품 끝에 면 수만 밝혔다. 즉 (Ⅰ:343) 은 전집 1권의 343면을 가리킨다. 서정주의 다른 작품 인용은 모두 이 책에서 인용한 것이다.

2) 객관적인 시간이란 그 안에서 모든 세계저인 실재성이 시간 내재적인 것으로서 정립되는 그런 시간이기에 후설은 그런 시간을 가리켜 '실재적인 시간' 혹은 '세계시간'이라고 부른다. 에드문트 훗설, 이종훈 역, 『시간의식』, 한길사, 1996, 56면 참조.

으로 텍스트 내의 시적 화자와 텍스트를 생산해내는 시인의 내재적 시간의 의미를 밝히는 작업이다.

텍스트 내에는 화자와 텍스트의 창작자인 작가가 존재한다. 창작자인 작가가 창작 과정에서 경험하는 실재 세계 및 회상과 상상 세계에 대한 시간의식은 텍스트를 생산해내는 주요한 원천이다. 이러한 시간의식을 바탕으로 텍스트가 형성되며, 텍스트 내의 화자는 텍스트 내의 사태들을 구체적으로 경험하여 화자의 의식 속에 각인되는 시간의식을 갖게 된다.

『질마재 신화』에서 '질마재'는 서정주의 고향이다. 그러하기에 『질마재 신화』는 서정주의 유년기에 경험한 세계를 시적으로 복원했다고 할 수 있다. 그러나 『질마재 신화』는 현실 세계의 '질마재'를 구현한 것에 그치지 않고 신화적 세계의 영역에 걸쳐 있다. 『질마재 신화』는 우리 민족의 정신적인 원형인 다양한 신화와 민담, 세시풍속을 담고 있다. 그런 의미에서 『질마재 신화』는 서정주의 개인적인 고향으로서 현실의 '질마재'를 우리 민족의 정신적인 원형의 공간으로 확장시키고 있으며 이와 동시에 역으로 민족 정신의 원형을 내면화시켰다고 볼 수 있다.

그런 까닭에 우리는 『질마재 신화』에서 현저한 시간 체험을 하게 된다. 문헌과 민담, 전설 등으로 전승되어 온 이야기들이 서정주 또는 시적 화자의 회상과 상상, 근원적 인상과 결합하는 과정에서 현재에서 과거로, 과거에서 현재로 이동하는 시간의 흐름의 양상을 고찰할 수 있다. 이러한 시간의 흐름은 서정주와 화자의 내적 의식에 나타난 양상이다. 그러므로 『질마재 신화』에서 나타난 시간의식이란 창작자인 서정주와 작품의 화자의 내적 의식에 직접적으로 주어지는 '체험'을 실존적으로 살아내는 이들 존재의 내적 표현인 것이다. 본고는 이러한 존재의 내적 표현인 시간의식이 어떻게 구현되어 있는지를 밝힐 것이다.

또한 본고는 앞의 논의를 통해 『질마재 신화』가 과거·현재·미래, 죽은 자와 산 자 사이의 단절된 시간의식을 어떻게 무화無化시키는지 밝힐 것이다. 연속적인 시간을 독립된 하나의 단위로 단절하여 이를 일컬어 '해年'라고 하는 사실 속에서 우리는 어떤 시간적인 간격이 효과적으로 정지되고, 다시 다른 시간이 시작된다고 하는 사실, 그리고 그뿐만 아니라 지난해와 과거가 또한 소거된다고 하는 사실을 알 수 있다.3) 서정주는 『질마재 신화』에서 시간의식은 시간의 지속과 재생, 영원성과 반복이라는 순환론적 시간의식에 맞닿아 있는데, 이러한 시간의식이 어떻게 시적 언어로 표현되어 있는지 살펴보고 그 의미를 밝힐 것이다.

마지막으로 『질마재 신화』에 나타난 시간 체험은 시인과 시적 화자의 것에 국한되지 않는다. 『질마재 신화』에 나타난 시간 체험은 다름 아닌 우리가 『질마재 신화』를 읽어가는 바로 지금의 '순간'에 우리의 의식에서 발생하고 있다. 앞서 언급한 바와 같이 『질마재 신화』는 우리 민족의 정신적인 원형인 신화와 민담, 다양한 민간 전승된 과거의 이야기를 현재의 시간으로 불러내어 화자와 시인의 목소리로 시화詩化한 것이다. 본고는 우리가 독자로서 읽어가는 『질마재 신화』를 통해서 우리의 내재적 의식에서 형성하고 있는, 그 현재적 의미를 밝힐 것이다.

나. 연구사 검토 및 문제 제기

지금까지 서정주의 시에 대한 논의는 매우 다양한 시각에서 여러 가지 방법론으로 전개되어 왔다.

그 가운데서도 서정주의 시에 관한 본격적이고 체계적인 연구는 조연현으로부터 시작되었다.4) 그는 『花蛇集』에서 『新羅秒』에 이르는 길에서 "굴욕과 유랑과 天痴와 죄의 의식"을 읽어내고 그것의 연원은 "인류의 원죄의식"에서 왔다고 분석했다. 송욱은 "퇴폐라기보다는 위악하는 몸부림"과 "걷잡을 수 없는 정열이 환멸을 거쳐서 차차 생명으로 삼는 서정시

---

3) 미르치아 엘리아데, 정진홍 옮김, 『우주와 역사』, 현대사상사, 1976, 82면.
4) 조연현, 동국대학교 한국문학연구소 편, 「원죄의 형벌」, 『미당 연구』, 민음사, 1994.

로 발전하는 것"에 주목한다.[5] 천이두는 『화사집』에서 『冬天』에 이르는 길에 깔린 모든 비극성의 근원을 <바람>에 연유된 것으로 보면서 "지상에서 영원에 이르기까지의, 혹은 지옥에서 열반에 이르"는 길에 서정주가 있으며 거기에서 "지향성, 끊임없이 어느 미지의 곳으로 떠나려는 지향성"이 "서정주의 거의 모든 시에서 결정적 모티프가 되고 있다"고 본다.[6] 김재홍은 "시집 『冬天』에 이르기까지의 시적 면모 과정을 <생의 상승>이라는 관점"에서 서정주가 "대지적, 육신적 존재로서 인간적인 조건과 운명적인 짐들을 극복하여 정신적으로 자유로운 삶 또는 생명의 투명화에 도달하"려는 자리에 있다고 논한다.[7] 김화영은 서정주 시의 공간구조에 대한 현상학적 연구를 행하는데, 바슐라르의 물질적 상상력을 바탕으로 동양의 무, 윤회사상 등을 적절히 원용하면서 서정주의 상상력의 움직임을 분석하고 있다.[8]

한편 김우창[9]은 서정주의 시에 대해 "출발은 매우 고무적이었으나, 그 출발로부터 경험과 존재의 모순과 분열을 보다 넓은 테두리에 포괄할 수 있는 변증법적 구조를 발전시키는 방향으로 나아가는 대신, 그것들을 적당히 발라 맞추어버리는 일원적 감정주의로 후퇴"하였다고 논하면서 대부분의 한국 시처럼 자위적인 자기 만족의 시가 되어버렸다고 비판한다.[10] 김윤식은 『신라초』를 논하면서 "기억 속의 신화"라 칭하고 『삼국

---

5) 송욱, 「서정주론」, 『미당 연구』, 동국대학교 한국문학연구소 편, 민음사, 1994, 25면.
6) 천이두, 동국대학교 한국문학연구소 편, 「지옥과 열반」, 『미당 연구』, 민음사, 1994.
7) 김재홍, 동국대학교 한국문학연구소 편, 「미당 서정주—대지적 삶과 생명에의 비상」, 『미당 연구』, 민음사, 1994.
8) 김화영, 『미당 서정주의 시에 대하여』, 민음사, 1984.
9) 김우창, 동국대학교 한국문학연구소 편, 「한국시와 형이상」, 『미당 연구』, 민음사, 1994.
10) 그 외 서정주에 대한 비판적인 논의는 다음과 같다.
   구중서, 「서정주와 현실도피」, 『청맥』, 1965.6.
   염무웅, 「서정주와 송욱의 경우」, 1969.12.
   이성부, 「서정주와 시세계」, 『창작과 비평』, 1972.

유사』 등의 기록을 자의적으로 해석한 "접신술" 또는 "뭿무당"의 혐의를 지적하기도 한다.[11]

이상의 서정주 시세계에 대한 긍정적인 평가와 부정적인 평가는 서정주를 이해하는 포괄적인 인식을 갖는 데 도움을 주고 있지만, 그 분석 대상이 초기시와 중기시에만 집중되어 초기시에서 중기시에 이르는 의식의 변모 양상을 고찰하는데 그치고 있다. 이는 후기시를 포함한 서정주의 시세계 전체에 대한 통일적인 인식을 갖는데 한계를 가지게 하고 있다. 또한, 그 연구방법론에 있어서도 작품에 밀착하여 분석하는 틀로서 사용되기보다는 도리어 연구방법론을 논증하기 위한 작품 인용에 그친 경우도 많았다. 이처럼 서정주 시의 시적 변모 양상을 고찰한 글은 연구의 대다수를 차지하고 있다.[12] 이에 본고는 선행 연구가 이룩한 성과를 받아들이면서도 선행 연구가 간과해온 후기시의 출발점이라 할 수 있는 『질마재 신화』를 살펴보고자 한다. 본고에서 다루고자 하는 시간의식과 관련된 연구로는 원형갑, 변해숙, 손진은 등의 선행 연구가 있다.[13]

후기시에 해당하는 『질마재 신화』는 서정주의 시적 변모 양상 가운데서도 하나의 전환점을 이루고 있다. 첫 시집에서 다섯 번째 시집까지의 대표적인 심상은 뱀(『화사』)→ 거북(『귀촉도』)→ 학(『서정주시선』)→ 구름(『신라초』)→ 눈썹, 달(『동천』)으로 변화되었는데,[14] 이는 그의 시세계가 대지에서 점차적으로 하늘로 상승해간 것을 알 수 있게 해준다.[15] 그러나 『질마재 신화』에서부터는 비상하던 그의 시세계가 지상으로 내려오기 시작

---

11) 김윤식, 「서정주의 『질마재 신화』고」, 『현대문학』, 1976.3.
12) 대부분의 연구와 평문이 여기에 해당한다. 최근까지 서정주를 대상으로 한 석·박사 학위 논문은 대략 65편 정도이다.
13) 원형갑, 『서정주의 세계성』, 들소리, 1982.
　　변해숙, 「서정주 시의 시간성 연구」, 이화여대 석사논문, 1987.
　　손진은, 「서정주 시의 시간성 연구」, 경북대 박사논문, 1995.
14) 김화영, 『미당 서정주의 시에 대하여』, 민음사, 1984.
15) 유지현, 『서정주 시의 공간 상상력 연구』, 고려대 박사논문, 1997.

한다. 『신라초』, 『동천』에서 한국 전통적 설화 내지 민족적 신화를 미의식의 현대적 차원으로 확대시킴으로써 신화 속의 인물을 서사적 요소로 재현하던 것과는 달리 『질마재 신화』에서는 신화 속의 인물이 미당 자신의 시적 편력으로 도달할 수 있는 시적 경험과 인생적 체험을 통해 자신을 신화적 주인공으로 환치시키고 있음을 의미한다.16) 바꾸어 말하면 이전 시의 형이상학적인 흐름과는 달리 신화적 신비 체험이 지상의 인간에게 현현되는 양상이 두드러지고 있다는 점이다. 더불어 『질마재 신화』는 형식면에서도 중대한 시적 변화를 내보인다. 음악성 혹은 소리 지향이 가장 높은 성취를 보여준 『귀촉도』 전후의 시기의 시들은 반산문 지향이 뚜렷하다.17) 그러나 『질마재 신화』에서는 그 제목부터 고향 마을의 전설이나 소문 또는 견문을 취하는가 하면 거의 전편에 걸쳐 서슴없이 산문투가 시로 채택하고 있다는 점에서 주목할 만하다.18) 이러한 특징은 『질마재 신화』 이후 후기시의 주요한 특질로 나타나고 있는데, 그간의 선행 연구들은 이러한 점들을 놓치고 그 의미를 간과했다는 점은 지적해야 할 것이다.

서정주의 시를 현상학적으로 조명해보려 했던 원형갑은 지나치게 자신의 주관적인 철학적 해석에 의존하여 시 개별 작품의 내재적이고 구조적인 측면의 의미를 피상적으로 파악하는 데 그치고 있다.19) 아울러 서정주 시의 분석에 있어서 현상학적 방법론에 충실하지 못한 채 다소 주제비평에 머무르는 한계를 지니고 있다. 그 주제비평 또한 면밀한 독해에 근거하여 이뤄지지 않고 있으며 작품의 해설 수준에 그친 경우가 많았다. 또한 작품에 대하는 태도에 있어서도 객관적인 거리를 두고 바라보기보다는 비판적 태도를 결여한 채로 작품에 대한 긍정적인 평가로 일관하는 경향이 있어서 서정주 작품 세계를 연구하는 데 있어서 깊이있는 해석을

---

16) 박진환, 「속, 질마재 신화고」, 『현대시학』, 1974.4.
17) 유종호, 「소리지향과 산문지향」, 『작가세계』, 1994.
18) 유종호, 앞의 글, 앞의 책, 125면.
19) 원형갑, 『서정주의 세계성』, 들소리, 1982.

보여주지 못하고 있었다. 변해숙은 서정주 시의 시간성, 영원성에 대한 본격적인 논의를 처음으로 펼쳐 서정주 시에 나타난 시간성 문제에 대한 현상학적 연구를 보여줬다.[20] 그러나, 변해숙은 서정시의 내면적 의식의 흐름과 시간성의 상관관계에 의한 대상의 형상화 문제에 치중하여, 포괄적인 의식의 흐름을 온전히 밝히지 못하고 의식의 흐름이 직접적인 시간 표시어로 나타난 시어를 면밀히 분석하지 못한 한계를 지닌다. 그것은 서정주 전 작품에 걸쳐서 분석함으로 인해서 발생하는 문제점으로 연구 범위의 축소하여 작품을 연구할 필요성을 갖고 있었다. 또한 작품을 분석함에 있어서도 시어와 시어의 이미지를 자신의 의도한 주제의식과 지나치게 결합하거나 소재의 이미지에 국한된 분석을 함으로써 서정주 시에 나타난 시간의식의 의미를 명료하게 밝혀내지 못한 면을 지닌다.

손진은의 연구는 변해숙의 논의의 연장선에 서서 현상학적 방법론에 바슐라르와 베르쟈예프 시간론 등을 접목하여 서정주 시에 나타난 '영원성'의 의미를 밝히는 한편, 서정주의 전통지향적 미의식이 가지고 있는 미적 자율성의 의미를 살폈다.[21] 손진은은 변해숙이 언급하지 못한 서정주 시에 나타난 시간의식의 문화적 역사적 의미에 대해 천착하고 있다는 점에서 유의미성을 지니지만 서정주 시의 각 시집별로 나타나는 미세한 시간의식의 변화를 면밀하게 파악하지 못했다는 한계를 지닌다. 더불어 그의 논의는 변해숙의 논의의 반복에 그치거나 변해숙 연구와 연관된 시간의식을 참고하여 약간 확장시키는 데 머무르고 있다. 시간의식의 분석에 있어서도 일관된 연구방법론을 통해 논의를 진행시키기보다는 여러 방법론을 열거한 후 그 가운데서 주관적 판단에 근거한 방법론으로 작품을 분석하고 있었다.

이에 본고는 시간의식에 대한 보다 명료한 개념 파악과 이를 토대로 한

---

20) 변해숙, 「서정주 시의 시간성 연구」, 이화여대 석사논문, 1987.
21) 손진은, 「서정주 시의 시간성 연구」, 경북대 박사논문, 1995.

『질마재 신화』의 각 개별 작품의 치밀한 분석과 창작자와 화자의 내재적 시간의식 분석을 통해 『질마재 신화』에 나타난 시간의식의 의미를 살펴 볼 것이다. 또한, 근대적 자기 정체성 확립의 한 방법으로서 서정주의 시 간의식이 가지는 미적 근대성의 가능성을 탐색해볼 것이다.

다. 연구방법론

문학 작품이 인간의 삶에 총체적으로 기반을 둔 작가의 유·무의식적 활동의 산물이라면 문학 작품은 작가의 체험과 의식 내용으로 형성, 창작 되었다 할 수 있다. 작가의 체험과 의식 내용은 작가의 의식 속에서 일정 한 시간적 순서, 즉 과거·현재·미래를 갖게 되며, 이 시간에 대한 의식 은 매순간 새롭게 유기적인 통일성을 형성하게 된다. 이 통일성의 기저에 는 작가의 체험과 의식 내용을 능동적으로 구성하려는 작가의 의식[22]이 흐르고 있다. 이를 통해 작가는 작가 자신의 내재적 시간의식의 흐름을 바탕으로 자신의 정체성을 확립하게 되며, 작가의 작품은 작가의 정체성 을 바탕으로 작가의 시간 의식과 미의식이 결합되어 창작된다고 할 수 있 다. 그러므로 문학 작품에서 나타난 시간의식[23]을 고찰한다 함은, 누구에 게나 동등하게 주어지는 객관적인 의미에서의 자연적 시간이 아니라 작 가에게 나타나는 시간 그 자체, 즉 작가의 주관적, 경험적 시간의 내재적 흐름에 한정하여 연구하는 것을 가리킨다.

---

22) 현상학에서는 이를 현상학적 자기 구성, 의식의 지향성이라 한다. 지향성은 수동 적으로 미리 주어진 감성(正), 이 감성에 혼을 불어넣는 의식작용(反), 이것의 지양 적 종합인 의식된 대상(合)이라는 그 자체 속에 통일성을 형성하는 변증법적 지향 범주로 나타난다. 그리고 본질적으로 충족에로의 경향을 지닌 지향성은 필연적으 로 시간적 구조를 제시한다. 왜냐하면 발생은 언제나 시간적 발생이기 때문이다. 에드문트 훗설, 앞의 책, 91면 옮긴이 주 참조.
23) 시간의식에서 '의식'이라 함은 항상 무엇에 관한 의식을 지시하면서도 대상을 의미 를 지닌 대상성으로 구성하는 작용을 가리킨다. 에드문트 훗설, 앞의 책, 91면 참조.

문학에서의 시간은 '인간의 시간', 즉 경험의 희미한 배경의 부분일 때의 시간의식, 또는 인간 삶의 구성의 일부일 때의 시간 의식이다. 그러므로 문학에서 시간의 의미는 이 경험세계의 정황 속에서 또는 이런 경험의 총체로서 인간의 삶의 정황 속에서만 찾아지는 것이다.[24]

이는 작가가 문학 작품 안에서 어떻게 시간을 경험하고 구성하는가 하는 문제를 규명하는 것을 의미한다. 시인은 자신의 의식에 와닿은 대상에 대한 근원적 인식과 경험을 시적 대상으로 삼아 거기에 자신의 상상력과 미적 계기들을 결합하여 언어로써 그 대상에 시적 의미를 부여한다. 바꾸어 말하면, 시인은 자신의 시간의식이 규정하는 인간의 삶을 총체적으로 파악하고, 시인이 자기 몫의 시간을 살면서 경험하는 사건들을 계열화된 시적 언어로 형상화하여 자신과 세계의 존재의미를 실현한다. 곧 시간의 차원에서 존재의 의미가 드러나는 것이라면 시인의 시 쓰기는 자신의 시간의식을 통해 존재의 본질을 경험하려는 노력이며, 인간이기에 갖는 시간적 존재의 유한성을 초월하려는 혼신의 몸짓이라 할 수 있다.

시인은 의식 밑에 가라앉아 있는 연속성을 지닌 자신의 경험을 기억을 통해 자신이 규정한 의미[25]있는 연상과 결합하여 경험 속에 내재된 시적 대상을 현재로 불러와 언어로 형상화한다. 그 창작 과정에서 주효하게 사용되는 시간의식은 과거지향(Retention)[26]이다. 시인은 과거지향을 통해 시

---

24) 한스 마이어호프, 이종철 옮김, 『문학 속의 시간』, 2003, 4면.
25) 여기서의 '의미'(significance)는 객관적이며 논리적인 뜻으로서의 '意味'(meaning)와는 구별되어야 한다. 여기에서의 의미는 인식적 차원에서의 '의미'가 아니라 사건들이 동적으로 결합하는 연상의 성질에 의해서 발생하는 것이다. 즉 인간경험에 있어서 연속되는 사건들이 가치를 가지느냐 못 가지느냐 하는 것은 바로 이 연상에 의해서다. 가치를 띤 차원에서의 의미, 진의를 가리킨다. 한스 마이어호프, 앞의 책, 56~57면 참조.
26) 라틴어 'retentare'(굳건히 유지하여 보존하다)에서 유래한다. 따라서 의식에 나타난 것이 사라져버리는 것을 생생하게 유지하는 의식의 능동적 작용을 뜻한다. 즉,

적 대상에 맞닿아 있는 과거의 기억을 현재로 소급해내고 그것을 자신의 상상력과 결합시켜 그대로 드러내거나 변모시켜 그것의 현재적 의미를 묻는다. 즉, 예술작품을 구성한다는 것은 경험세계와 자아를 재구성하는 일이다. 그래서 창조적 회상작용은 예술창조의 과정이 되는데, 이런 작용을 통하여 비로소 직접적 경험 속에 있어서의 자아한테서는 결코 볼 수 없는 통일성과 연속성을 특징짓는 새로운 자아의 개념이 생기게 되는 것이다.[27)]

본고가 연구하고자 하는『질마재 신화』는 이러한 의식의 지향성이 두드러진다.『질마재 신화』는 구술전승, 세시풍속, 문헌설화 등의 집단 체험 및 민간 전승을 토대로 시화되었다.[28)] 여기에 서정주 자신의 유년기 체험과 상상력이 덧붙여져 의미의 확장 또는 전환이 이뤄졌다. 이는 우리 민족의 고대의 집단 체험과 서정주 개인의 유년기 체험을 의식적으로 지금 '현재'로 불러와 현실적 '지금'과의 관계 속에서 그 의미를 새롭게 정립시킨 작업이 다름 아닌『질마재 신화』임을 알 수 있게 해준다. 이 과거

생생하고 현실적인 지금으로부터 더 이상 존재하지 않는 지금으로─다시 말해 어두운 과거의 심연으로─흘러들어가는 것을 붙잡아 의식 속에 간직해두는 태도를 가리킨다. 그 가운데서도 생생한 지금의 지각의식이 그쳤다고는 해도, 이런 지각의식에 끊임없이 연결되어 이어지는 과거지향을 후설은 '1차적 기억' 혹은 '근원적 인상'이라 하는데, 이는 지금이 이행함으로써 형성된 지나간 시간의 국면들을 과거지향적으로 의식하고 있음은 아직은 깨어 있어 완전히 사라지지 않은 의식의 한 상태로서의 1차적 기억이며, 이런 기억은 잠들어 있던 과거의 시간 객체를 현전화(現前化)하는 의식활동으로서의 회상작용인 '이차적 기억'과는 구분된다. 회상, 즉 2차적 기억은 근원적 인상이 과거로 밀려나버린 시점에서 상상 속에서 다시 기억하는 것으로 현전화된 기억 속에 그 기억이 지각되지만 실재하지 않는다는 특징을 가지며, 언제나 과거에 수행했던 의식작용을 다시 불러온다는 의미에서 현전화 활동이다. 회상은 회상에 의해 재생산된 것을 정립하며, 이러한 정립을 통해 재생산된 것에 현실적 '지금'으로서의 위치설정을 부여하고, 회상 자체가 속한 원본적 시간분야의 영역으로의 위치설정을 부여한다. 이를 통해 기억된 것의 통일성이 의식된다. 에드문트 훗설, 앞의 책, 101~104면 참조.
27) 한스 마이어호프, 앞의 책, 48면.
28) 정형근,『질마재 신화』연구, 서강대 석사논문, 1998, 16면 참조.

지향성은 과거에만 머무르지 않는다. 우리의 의식은 통일성 및 연속성 등의 지적 능력을 시간이라는 개념에 적용시켜 과거·현재·미래를 하나의 구조 속에 통합시킨다. 현재의 지각 속에는 기억이나 재생의 힘에서 나아가 예상이나 기대를 선인식先認識하는 힘, 곧 미래까지도 포함되어 있다.[29] 『질마재 신화』의 의미는 과거 지평뿐만 아니라 미래의 지평까지 이어져 있다. 곧 이러한 의식의 지향성을 밝히는 작업이 『질마재 신화』에 나타난 시간 의식을 연구하는 본질적인 방법이 된다.

『질마재 신화』는 과거·현재·미래로 이어지는 일직선의 근대적 시간의식에 대립한 반면 순환과 재생, 회귀와 반복이라는 순환적 시간의식에 맞닿아 있다. 서정주는 과거·현재·미래를 현재의 한 '순간'에 동일화시켜버리거나, 혹은 시간의 간극을 지워버린다. 그리하여 그 순간을 무시간성無時間性, 시간의 정지 또는 영원성으로 끌어올린다. 영원은 무한한 시간이 아닌, 무시간성, 즉 물리적 시간을 초월하고, 이 시간 밖에 있는 경험의 한 성질을 의미한다.[30] 과거는 기억의 힘으로 현재에 지속되고 미래는 희망이나 기대로서 현재에 연속되는 시간의식, 과거도 아니고 미래도 아니며 이 모두가 창조되는 시간으로서의 현재의 순간에 융합되어 있는 상태인 현재[31]라는 시간의식이다. 그것은 시적 자아가 이질적인 경험적 요소들을 기억을 통해 유기적으로 통합한다는 의미에서 영원한 현재라는 지위[32]를 가진다. 본고에서는 근대의 시간의식과 순환적 시간의식을 각각 고찰해보고 『질마재의 시간의식』이 순환적 시간의식에 맞닿아 있음을 확인해볼 것이다. 『질마재 신화』에서의 순환적 시간의식은 영원성이라는 주제의식으로 표현되었다. 서정주는 이러한 영원성을 자신의 주제로 삼아 구체적인 시작업을 해왔다.[33] 이에 본고는 『질마재 신화』에서

---

29) 김준오, 『시론』, 삼지원, 1991, 245면.
30) 한스 마이어호프, 앞의 책, 54면.
31) 김준오, 위의 책, 245면.
32) 이광호, 「영원의 시간, 봉인된 시간」, 『작가세계』, 1994, 봄, 117면.

서정주에게서 나타나는 영원성이 어떻게 시적 언어로 투영되어 작품으로 형상화되었는지 고찰해보고 그 작품 자체의 시간의식을 살펴볼 것이다.

아울러 『질마재 신화』가 가지는 시간의식이 영원성에 근거한 전통지향성임에 비추어 그것이 가지는 현대적 의미를 살펴볼 것이다. 근대성이 계몽과 진화론적 역사주의를 바탕에 두고 진보와 혁명이라는 이름으로 일직선으로 변화 · 발전하여 확립되는 것이라면 『질마재 신화』에서의 근대성은 서구의 근대성과 근대의 거부 즉, 반근대와 반계몽 지향의 양상으로 나타난다. 『질마재 신화』 연구는 근대성에 대한 반근대적 지향을 통한 한국 문학의 미적 근대성을 확립하려 한 시도를 탐색할 것이다.

---

33) 이광호, 위의 글, 위의 책, 115면.

Ⅱ. 시간의 내적 체험으로서의
『질마재 신화』

가. 유년 체험의 회상과 상상

기억은 현재를 기준으로 과거를 생각한다는 점에서 과거 지향적이다. 기억에는 최초의 경험으로 인해 얻어진 인식에 대응하는 근원적 인상과 근원적 인상을 시간이 흐른 후에 의식에 떠올리는 회상이 있다. 이에 반해 상상은 그 자체로서 주어진 것으로서 제시할 수 있는 의식은 아니다.[1] 상상은 현재 혹은 과거의 구체적인 객체와의 연관성을 통해 얻어지는 의식이 아니다. 상상은 회상을 통해 연상되었지만 객체와 연관을 갖지 않거나 현재의 의식 밖에 존재하는 객체와 연관을 갖지 않는 의식이라는 점이 특징이다. 그러므로 회상이 과거의 객체에 대한 의식으로서 대응성을 갖는다는 점이 상상과의 큰 차이점이라 할 수 있다. 회상은 과거의 특정한 어느 순간의 근원적 인상을 바로 '지금' 되살아나게 하는, 언제나 과거에 수행했던 의식작용을 다시 불러온다는 의미에서 의식의 현전화現前化활동이다. 회상은 의식하기 전까지 전혀 의식되지 않다가 의식하는 그 순간부터 의식 내에서 최초로 경험했던 근원적 체험을 떠올리게 한다. 체험을 현전화하여 지각하는 것은 순전히 의식의 능동성 속에 놓여 있다. 현재의

---

1) 에드문트 훗설, 앞의 책, 116면.

자아는 거듭된 회상을 통해 자아 내에 잠재되어 있던 과거의 체험과 자기 자신의 자아를 지각하게 되며, 이 지각을 통해 현재의 자아는 과거의 자아의 연장선에 놓인 지점에서 자신의 동일성을 매순간 새롭게 구성한다.

시인의 유년 체험은 시인 자신의 삶의 원초적 인상의 경험이며, 유년 체험의 회상이라 함은 시인의 의식의 지향성을 과거로 향하게 하여 잠재적으로 숨어 있던 유년의 체험을 시인의 의식 속에 현전화시키는 활동이라 할 수 있다. 시인의 유년 시절의 밑바닥에서 솟아오르는 이미지들은 단순한 추억이 아니다. 시인은 그 시절의 회상을 통해 유년 시절을 다시 꿈꾼다. 과거를 향해 가면 갈수록 기억 — 상상력이라는 심리적 혼합은 더욱더 분리할 수 없는 것으로 나타난다. 우리 자신이었던 옛날의 어린애를 생각하다 보면 가족사와 회한의 지대를 지나 무명의 유년 시절과 삶의 순수한 원천인 최초의 인간적 삶에 도달한다.[2] 시인에게 있어서 유년 시절의 체험은 하나의 커다란 삶의 원형인 것이다. 시인은 이 모든 것을 회상을 통해 체험한다. 시인의 의식 내부에서 일어나는 유년 시절 모든 존재의 양태들을 의식의 과거 지향을 통해 시인은 체험하는 것이다. 이를 통해 시인은 자아 동일성의 회복하는 한편, 현존재를 새롭게 구성한다.

질마재는 서정주가 줄포로 이사가던 열 살 때까지 살았던 유년 시절의 고향이며 서정주가 경험한 최초의 세계이다.

> 내가 난 집은 이 질마재 — 한문자 이름으론 선운리(仙雲里) — 의 집들이 다 그랬던 것처럼 물론 목조의 초가집. 웃똠의 맨 아랫쪽에, 호박넌출과 박넌출로 여름 가을을 감고 섰는 토담에 둘러싸여서 앉아 있었다. 손바닥만한 툇마루와 청마루를 단 안방과 그 옆의 곁방도, 소 구유를 단 사랑방도 내가 어려서 거기 살던 때는 장판도 깔지 않고 그냥 진흙 위에 자리를 펴고 있었던 게 기억난다.[3]

---

2) 가스통 바슐라르, 김현 옮김, 『몽상의 시학』, 기린원, 1989, 142면.
3) 서정주, 『미당 자서전 · 1』, 민음사, 1994, 10~11면. 이하 '자료Ⅱ'라 칭하고 인용은

심미파의 힘으로 흥청거리고 잘 놀고 노래하고 춤추고, 유자들의
덕으로 다스리고 지키고, 신선의 덕으로 답답지 않은 소슬한 기운
을 유지하면서 아직도 일본이 가져온 신문화의 혜택에선 멀리 그전
그대로의 전통 속에 있었다.

그래 나는 이런 세 갈래의 정신 속에서 내 열 살까지의 유년시절
을 다져, 그 뒤의 소년시절의 기초를 닦지 않을 수 없었던 것이다.
(Ⅱ:55)

서정주 자신의 기억에 의거해보았듯이 질마재는 근대 문명의 기운이
여전히 들어오지 않던 아주 가난한 전통적인 산골 마을이다. 질마재는 6
·25전쟁과 근대 문물, 거기에 덧붙여 들어온 근대 의식에 의해 훼손되
어 사라지고 오직 시인의 기억 속에서만 경험되는 유년 시절의 공간이다.
서정주는 유년 시절을 회상하면서 질마재에서 보고 들었던 순수한 체험
을 바탕으로 질마재를 복원해내는 한편 거기에 자신의 상상을 결합하거
나 독립적으로 형상화한다.

ⓐ新婦는 초록 저고리 다홍치마로 겨우 귀밑머리만 풀리운 채
新郎하고 첫날밤을 아직 앉아있었는데, 新郎이 그만 오줌이 급해져
서 냉큼 일어나 달려가는 바람에 옷자락이 문 돌쩌귀에 걸렸읍니
다. 그것을 新郎은 생각이 또 급해서 제 新婦가 음탕해서 그 새를
못 참아서 뒤에서 손으로 잡아다리는 거라고, 그렇게만 알곤 뒤도
안 돌아보고 나가 버렸읍니다. 문 돌쩌귀에 걸린 옷자락이 찢어진
채로 오줌 누곤 못 쓰겠다며 달아나 버렸읍니다.

ⓑ그러고 나서 四十年인가 五十年이 지나간 뒤에 뜻밖에 딴 볼
일이 생겨 이 新婦네 집 옆을 지나가다가 그래도 잠시 궁금해서 新
婦방 문을 열고 들여다보니 新婦는 귀밑머리만 풀린 첫날밤 모양
그대로 초록 저고리 다홍치마로 아직도 고스란히 앉아 있었읍니다.
안스러운 생각이 들어 그 어깨를 가서 어루만지니 그때서야 매운재

면 수만 밝히기로 한다.

가 되어 폭삭 내려앉아 버렸읍니다. 초록 재와 다홍 재로 내려앉아
버렸습니다.

― 「新婦」 전문, (Ⅰ:342)(이하 부호와 강조는 인용자)

「新婦」는 시집 『질마재 신화』에 나오는 첫 시편이다. ⓐ와 ⓑ사이에
는 사십 년에서 오십 년의 현실적인 시간적 거리가 있다. 그리고 ⓐ와 ⓑ
의 이야기를 다시 화자의 입에서 구술하는 현재까지의 시간적 거리가 있
다. ⓐ에 등장하는 신부의 '초록 저고리'와 '다홍 치마'와 ⓑ에 등장하는
신부의 '초록 저고리'와 '다홍 치마'는 동일하지 않지만 동일하다. ⓐ의
초록 저고리와 다홍 치마가 첫날밤 신랑의 손길을 기다리는 신부의 순결
성을 상징한다면, ⓑ의 초록 저고리와 다홍 치마는 오해로 빚어진 자신의
한恨을 상징한다. 자신의 결백을 인정받고자 기다린 인고의 세월이자 신
랑의 오해에 대한 여자의 원망이 곁들여 있는 시적 이미지이다. 그런 의
미에서 ⓐ와 ⓑ의 초록과 다홍의 이미지의 의미는 동일하지 않지만 신랑
이 다시 찾아온 그 때까지 빛깔을 유지해온 동일성에 있어서는 동일하다.
즉, ⓐ와 ⓑ의 시간적 간격은 초록과 다홍 속에서 지속되어온 것이지만
그 시간의 흐름에 따른 변화는 전혀 나타나지 않았다는 점에서 시간은 정
지되어 있다. 그런 의미에서 초록과 다홍은 신부가 기다려온 시간의 내적
동일성과 연속성을 나타낸다. 신부의 내적 체험으로서 시간은 흐르지 않
고 멈춰 있었다는 이미지로서의 초록과 다홍의 선명한 사물화로 읽을 수
있다. 그런데 신랑과 신부의 만나는 시점에서 시간의 흐름은 달라진다.
그 지점은 두 개의 시간이 만나는 지점이기도 하다. 하나는 신부방 안에
서의 시간과 다른 하나는 신부방 밖의 시간의 접점이다. 전자가 변하지
않는 신부의 마음을 간직한 내적 체험의 사물화로서 형상화된 초록 저고
리와 다홍 치마의 동일성의 시간이자 무시간성의 시간이라면 후자는 신
랑이 살고 있는 세계의 시간이다. 그 두 이질적인 시간의 흐름은 신랑이

신부방에 들어가는 순간 교차하게 된다. 초록 저고리와 다홍 치마에서 전혀 흐르지 않고 있던 시간은 신랑이 "안스러운 생각이 들어 그 어깨를 가서 어루만지"는 그 순간 지난 40~50년간의 직선적인 시간의 흐름은 신부의 방안에서 정지된 시간과 교차하면서 "초록 재와 다홍 재로 내려앉아 버"린다. 여기에서 다시 시간의 성격이 바뀌고 있다. 현실적인 시간의 시각화로 보여왔던 초록 저고리와 다홍 치마는 이미 목숨을 잃은 신부의 혼백의 빛깔이자 육신이었던 것이고 신부가 죽었다는 정보의 획득으로 인해 신부의 형상을 지닌 신부는 현실계의 인물이 아니라 사실은 신화적 인물이었던 것이다. ⓐ와 ⓑ 사이에는 시간의 소거와 정지, 급격한 흐름이 놓여 있다. 현실적인 시간의 흐름은 신화적 시간으로 확장되고 신부의 모습은 항상 재현되고 반복되듯 "초록 저고리와 다홍 치마"에서 "초록 재와 다홍 재"로 신랑의 시간의식에 현전화되고 이는 다시 화자의 의식 내에서 반복·재현되어 현전화된 동일성을 갖는다. 개인의 내적 체험으로서 질마재라고 하는 구체적인 지명 속의 현실의 인간이 신화적 인물과 혼교魂 交하는 신비체험을 과거 지향을 통해 바로 지금 현재의 화자의 의식 속에서 되살려놓고 있다.

> 외할머니는 뒷마루 밑에 섬돌로 깔린 커다란 차돌들 그것들을 디디고 서 계시다가, 마당 앞 밭의 옛옥수수 같은 옥수수나무들 옆으로 와서였던가, 흡사 무슨 특히 좋은 일을 보신 듯 입을 다 펴 웃어보였다…… 내 외할아버지는 먼 바다에 나가 그대로 물귀신이 돼버린 사람인데, 혹 이 마당까지 찾아든 해일에 남편과의 일종의 상봉의 기쁨을 가지지 않으셨을까 하는 데에 생각이 미친 뒤였다. 이렇게 다시 생각하면서 회고해 보니, 그때 웃으셨을 때의, 그분의 거둠이며 얼굴빛까지가 꼭 신부의 것 같았다. (Ⅱ:36)

> (…)외할머니는, 이때에는 웬일인지 한 마디도 말을 않고 벌써 많

이 늙은 얼굴이 엷은 노을빛처럼 불그레해져 바다쪽만 멍하니 넘어다보고 서 있었읍니다.

　그때에는 왜 그러시는지 나는 미처 아직 몰랐읍니다만, 그분이 돌아가신 인제는 그 이유를 간신히 알긴 알 것 같습니다. 우리 외할아버지는 배를 타고 먼 바다로 고기잡이 다니시던 漁夫로, 내가 생겨나기 전 어느 해 겨울의 모진 바람에 어느 바다에선지 휘말려 빠져 버리곤 영영 돌아오지 못한 채로 있는 것이라 하니, 아마 외할머니는 그 남편의 바닷물이 자기집 마당에 몰려들어오는 것을 보고 그렇게 말도 못하고 얼굴만 붉어져 있었던 것이겠지요.

—「海溢」 일부, (Ⅱ:343)

　시「해일」은 일단 시인 자신의 경험을 바탕으로 쓰여진 시라는 것을 알 수 있다. 작품 내에서만 본다면 시 속의 화자인 현재의 '나'는 해일을 통해 과거를 회상하는 계기를 갖는다. 화자의 기억 속에서 시간은 사물화되어 나타난다. 의식은 하나의 사물에 의해 촉발된 의식의 흐름에 따라 다른 사물들로 이어지고 그 사물들은 하나의 풍경을 만들어낸다. 그 풍경의 한가운데 외할머니가 서 계신다. 그리고 그 시간의식은 화자의 유년 체험을 새롭게 구성하고 반복하게 된다. 시간의 시각화이자 회상에 따라 이동한 의식의 흐름은 현재의 화자 - 바닷물 - 옥수수밭 - 마당 - 유년의 나 - 바다만 바라보는 외할머니 - 바다에서 죽은 외할아버지 - 남편과의 상봉처럼 보이는 바닷물 - 몰랐던 사실을 알게 된 현재의 화자로 이어진다. 바닷물이 마당까지 오는 날이면 외할머니는 할아버지를 그 때 그 시절의 신부처럼 맞이한다. 유년 시절의 화자는 외할머니가 왜 얼굴이 붉어지는지 몰랐지만 현재의 화자는 현재의 시점에서 회상을 통해 외할머니의 얼굴이 왜 붉어졌는지 추측해내고 이것을 유년 시절에 갖고 있었던 화자의 인식과 결합한다. 현재의 화자는 이러한 일련의 의식의 흐름을 통해 과거의 자아와 조우하여 잠재되어 있던 자아의 동일성을 회복해낸다. 동시에 자아의 지속성을 획득하게 되어 현재의 자아 동일성을 새롭게 구성하는 계기가 된다.

한편으로 회상의 계기가 된「해일」은 화자의 의식 측면뿐만 아니라 시 속에서 등장하는 외할머니와 외할아버지, 그리고 화자 자신을 이어주는 시간의식의 매개물이다. 바다는 존재의 모든 잠재적 가능성의 원천이며, 우주 만물의 원천으로서의 무덤이다. 모든 바다는 '태모太母'의 상징이며, 탄생, 여성원리, 우주의 자궁, '제1질료', 풍요와 재생의 바다와 연관된 다.4) 또한 바닷물의 밀물과 썰물은 달의 주기와 연관성을 지니는데, 달의 주기는 여성성과도 연결된다. 달은 생성과 파괴, 재생과 죽음이라는 양면 성 모두를 지닌다. 달은 연속적인 완벽함의 상태가 아니라, 달 자체의 주 기처럼 언제나 새로워지는 생명이다. 이 생명 안에서 이울고 죽는 것은 생성되는 것만큼이나 근본적인 것이다. 그러나 이 세계에서 생명의 발달 은, 일정한 방향을 따르는 발전이 아니라, 쇠퇴로 이어지는 주기적인 증 가로 구성된다.5) 달의 주기는 초승달－보름달－그믐달이라는 시간의 흐 름에 따라 변하지만 그 시간의 흐름은 직선이 아니라 원형적圓形的인 시간 이다. 그믐달과 초승달은 각각 달의 소멸와 재생을, 그믐달은 암흑－죽음 －파괴－폭풍우를, 초승달은 재생－부활－창조를, 보름달은 풍요－다 산－완전성을 상징한다. 바닷물은 달의 이러한 세 가지 국면에 따라 밀물 과 썰물의 주기가 형성되며 그 흐름이 반복된다.

바닷물은 외할아버지가 죽은 곳이며 마당은 외할머니가 사시는 곳이 다. 바닷물의 범람은 죽은 자와 산 자의 경계를 허물어버린다. 동시에 과 거와 현재 시간의 경계를 허물면서 과거의 죽은 자를 현재의 산 자 앞에

---

4) 진 쿠퍼, 이윤기 옮김,『그림으로 보는 세계문화상징 사전』, 까치, 1996, 394~396면 참조.
5) 에스터 하딩, 김정란 옮김,『사랑의 이해』, 문학동네, 1996, 55면 참조.

불러온다. 과거와 현재 사이에 존재하는 시간은 무화無化된다. 해일은 물이 넘쳐난다는 점에서 홍수와 비슷하다. 홍수는 뭍의 질서를 흐트려놓으며 물과 뭍의 경계도 허문다. 시간의 소거가 가능해지면, 그 때 죽은 자와 산 자 사이의 모든 장벽은 깨져버리고 만다.[6] 이는 코스모스에서 카오스로의 전환이며 과거의 현재화이자 현재의 과거화, 시간의 정지 내지 소거이다. 이 정지 속에 외할아버지의 부활과 시간의 재생이 일어난다. 죽은 자의 영혼이 세상에 들어오는 것은 속俗의 시간의 정지, 즉 '과거'와 '현재'의 공존이 역설적으로 실현되었다고 하는 징표이다.[7] 이러한 역설적인 공존이 가장 완전하게 이루어지는 것은 모든 양태가 동일한 것으로 합치되어 버리는 카오스의 기간, 바닷물의 범람 동안이다. 바로 이 때 시간의 법칙을 무효화시키는 죽은 자의 침입해 들어옴이 실현된다. 외할머니는 바닷물의 범람을 통해 외할아버지를 만나게 되며 이는 바닷물의 범람 때마다 반복된다. 또한, 그 반복은 화자의 내적 체험으로서 화자의 의식 내에서 현전화되어 나타나며, 현재의 화자—바닷물의 범람—외할머니—죽은 외할아버지—과거의 화자 전체를 아우르는 시간의 흐름에 따른 간극은 현재의 화자의 시간의식 내에서 동시성을 가지며 화자는 자아의 통일성을 갖게 된다.

> 심미파가 가졌던 특징은 그들이 유자들보다 눈에 썩 곱게 그립고 다정한 것을 가지면서도, 자연파와 같이 남 꺼릴 것 없이 의젓하지를 못하고, 늘 무얼 숨기는 양, 딴 데 남몰래 눈맞춘 사람을 두고 사는 것 같던 점이다…… <바위>의 어머니—이빨은 수월찮이 빠졌으면서도 항시 아주까리 기름으로 머리를 목욕하고, 기름 바른 떡을 팔러다니던 그 여인을 필두로 해서 여자도 속을 알아보면 이 파는 더러 있었다.(Ⅱ:51~55)

---

6) 미르치아 엘리아데, 정진홍 옮김, 『우주와 역사』, 현대사상사, 1976, 93면.
7) 미르치아 엘리아데, 위의 책, 101면.

알뫼라는 마을에서 시집 와서 아무것도 없는 홀어미가 되어버린 알뫼댁은 보름사리 그뜩한 바닷물 우에 보름달이 뜰 무렵이면 행실이 궂어져서 서방질을 한다는 소문이 퍼져, 마을 사람들은 그네에게서 외면을 하고 지냈읍니다만, 하늘에 달이 없는 그믐께에는 사정은 그와 아주 딴판이 되었읍니다.

陰 스무날 무렵부터 다음 달 열흘까지 그네가 만든 개피떡 광주리를 안고 마을을 돌며 팔러 다닐 때에는 「떡맛하고 떡 맵시사 역시 알뫼집네를 당할 사람이 없지」 모두 다 흡족해서, 기름기로 번즈레한 그네 눈망울과 머리털과 손 끝을 보며 찬양하였읍니다. 손가락을 식칼로 잘라 흐르는 피로 죽어가는 남편의 목을 추기었다는 이 마을 제일의 烈女 할머니도 그건 그랬었읍니다.

달 좋은 보름 동안은 外面당했다가도 달 안 좋은 보름 동안은 또 그렇게 理解되는 것이었지요.

앞니가 분명히 한 개 빠져서까지 그네는 달 안 좋은 보름 동안을 떡 장사를 다녔는데, 그 동안엔 어떻게나 이빨을 희게 잘 닦는 것인지, 앞니 한 개 없는 것도 아무 상관없이 달 좋은 보름 동안의 戀愛의 소문은 여전히 마을에 파다하였읍니다.

－「알뫼집 개피떡」 일부, (Ⅰ :366)

달의 모습이 시간의 단위(달, month)－태양년보다 훨씬 이전부터 그리고 보다 구체적으로－를 나타내는 것이라면, 달은 동시에 "영원한 회귀"를 나타내는 것이기도 하다. 달의 모습은 언제나 변한다－나타나고 커지고 기울고 사라지고, 사흘 동안의 어두운 밤이 있고, 그 밤이 지난 후 다시 나타나고－이 같은 월면(月面)의 변화는 인간이 지니고 있는 순환 개념(cyclical concept)을 정교하게 하는 데 가장 큰 역할을 수행하였다…… 달의 리듬이, 짧은 간격(주, 혹은 날)만이 아니라, 보다 확대된 지속적인 기간에 대해서도 원형의 역할을 하고 있음을 알게 된다. 예를 들면, 인간의 "탄생", 그의 성장, 노쇠("낡는 것") 그리고 사라짐은 주나 월의 기간과는 전혀 다른 확대된 지속이지만, 달의 순환과 일치하고 있는 것이다.[8]

「알묏집 개피떡」은 회상과 상상이 어우러진 작품으로 볼 수 있다. 이 시의 중심 이미지는 '달'이다. '초승달'부터 '보름달'까지 달이 차는 기간에 알묏댁은 성적 방종9)을 일삼는다. 그러나 달이 기우는 '보름달'이후 그믐, 음력 스무날부터 다음 달 열흘까지는 성적 방종을 삼가고 마을 사람들에게 떡을 팔면서 인심을 다시 얻는다. 이러한 일들은 계속해서 달의 주기에 따라 반복된다는 데 그 특징이 있다. 초승달에서 보름달에 이르는 시기는 생성의 시기이자 주기적인 재생의 상징이다. 주기적인 재생의 상징은 달의 신비(lunar mysticism)에 그 기초를 두고 있다. 달의 재생은 천지 창조를 반복한다고 하는 사상과 맞닿아있다.10) 달빛이 있는 동안의 세계는 모든 것이 분명한 코스모스의 세계이지만 어둠만 있는 그믐 즈음은 혼돈, 카오스의 세계를 나타낸다. 「해일」에서 외할아버지가 바닷물을 타고 마당에서 다시 외할머니와 재회하듯이 바닷물은 코스모스의 질서를 흐트려놓고 창조 이전의 혼돈의 상태로 되돌려놓는다. 이 혼돈은 새롭게 재생된 인간을 낳기 위하여 모든 인류를 멸절하는 것을 상징한다. 이 혼돈을 거쳐서 세계의 창조는 이뤄진다. 즉, 이 혼돈은 창조의 시작과도 맞물려있는 셈이다. 창조는 탄생이기에 성적 풍요로움을 필요로 하며 그 시기 동안 성적 방종은 묵인된다. 그리하여 다시 초승달에서 보름달에 이르는 시기와 알묏댁의 성적 방종은 일치되고 묵인된다. 이로써 현실 세계에서 홀어미인 알묏댁은 달이 가지고 있는 여성성과 함께 신화적 차원에서 현실의 금기 사항을 보상받는다. 보름 이후에 알묏댁이 만드는 개피떡은 알묏

---

8) 미르치아 엘리아데, 앞의 책, 125~126면.

9) 방종의 시간이란 질서와 형식, 금지(이 세 가지 개념들은 모두 '혼돈'의 개념에 연관되며 그 개념과 대립된다)가 생기기 이전의 시간으로 바로 이 세 개념들을 낳은 시간이다. 그 시기는 달력 속에 명시된 자기 자리를 갖고 있다. 방종과 광기는 모두가 기대하는 재생에 풍요로움과 번영을 위해 고대 사회에서는 권장된다. 음식과 성(性)에 관한 신성모독 행위들은 토템 사회에 있어서 새로운 세대를 위하여 생계와 다산을 그 목적으로 한다. 로제 카이와, 권은미 옮김, 『인간과 聖』, 문학동네, 1996, 168~175면 참조.

10) 미르치아 엘리아데, 정진홍 옮김, 『우주와 역사』, 현대사상사, 1976, 96면.

댁의 성적 방종 이후 만들어낸 생산물이라고 볼 수 있다. 그 생산물을 마을 사람들이 먹음으로써 알뫼댁의 허물은 이해된다. 더욱이 윤리적 기준으로 대척지점에 있는 마을 제일의 열녀 할머니에게서도 용인된다. 역설적으로 여성으로서의 생명력과 번식에 참여할 기회를 잃은 알뫼댁은 보름 이전에 사람들로부터 외면당하는 연애를 한 이후에 하늘의 보름처럼 풍성한 개피떡을 만들어 냄으로써 자신의 여성성과 다산성을 회복한다.

달의 두 시기에 따른 알뫼댁의 행동 양식의 변화 양상과 그에 대한 질마재 사람들의 대응 양상은 질마재에서 살아가는 사람들의 시간의식은 삶의 체험으로서 획득되는 시간의식임을 알 수 있다. 그리고 그 생활의 중심에는 달의 변화에 따른 시간의식이, 음력에 근거하여 살았던 고대인의 생활 방식이 삶의 원형으로 자리잡고 있음을 알 수 있다. 이러한 시간의식이 다시 현재 화자의 회상과 상상에 의해 복원되어 재생되고 있는 것이다.

> 나보고 명절날 신으라고 아버지가 사다 주신 내 신발을 나는 먼 바다로 흘러내리는 개울물에서 장난하고 놀다가 그만 떠내려 보내버리고 말았습니다. 아마 내 이 신발은 벌써 邊山 콧등 밑의 개 안을 벗어나서 이 세상의 온갖 바닷가를 내 대신 굽이치며 놀아다니고 있을 것입니다.
>
> 아버지는 이어서 그것 대신의 신발을 또 한 켤레 사다가 신겨주시긴 했읍니다만, 그러나 이것은 어디까지나 대용품일 뿐, 그 대용품을 신고 명절을 맞이해야 했었읍니다.
>
> 그래, 내가 스스로 내 신발을 사 신게 된 뒤에도 예순이 다 된 지금까지 나는 아직 대용품으로 신발을 사 신는 습관을 고치지 못한 그대로 있읍니다.
>
> ― 「신발」 전문, (Ⅰ:347)

최초의 근원적 인식의 대상으로서 「신발」은 그 최초의 시간의식에 상웅하는 위치에 자리잡고 있다. 최초의 것에 대한 기억은 시간이 흘러감에 따라 과거 속으로 가라앉아버리지만 최초의 근원적 감각을 기억하는 매 '순간'마다 "명절날 신으라고 아버지가 사다 주신" 원본적 '신발'과 신발에 대한 '기억'은 재생된다. 매순간의 '지금' 국면으로부터 뒤로 물러나 의식의 수면 밑으로 사라져버린 그 기억은 생생한 '현재의 순간'에 살아난다. 그것은 그 당시의 개울물이 신발과 함께 먼 바닷물로 흘러간 만큼의 시간과 신발이 바다에 당도하여 "이 세상의 온갖 바닷가를" 굽이치고 있을 예순 살 현재까지의 시간 모두를 "거슬러 올라가는 물"의 이미지를 지니고 있다. 바다에서 개울물을 거슬러 신발을 잃어버린 지점까지 도착하기까지 똑같은 물에 두 번 발을 담글 수 없듯이 거슬러 올라갈 때마다 만나는 것은 새로운 물이다. 당연하게도 새롭게 흘러오는 물을 만나면서 거슬러 올라가 당도한 지점에는 기억의 대상으로서 "명절날 신으라고 아버지가 사다 주신" '신발'은 존재하지 않는다. 왜냐하면 그 '신발'은 그때 이미 떠내려 가버렸기 때문이다. 그 신발은 더 이상 만질 수 있는 지각의 대상이 아니라 기억에 의한 이미지로만 남아 있다. 근원적 지각의 대상으로서 신발의 이미지는 시간이 흘러감에 따라 화자가 갖게 되는 상상과 결합하여 변용·확장되어 가치평가 된다. 아버지가 두 번째로 사다 주신 신발은 대용품일 뿐 원본품의 가치를 지니지 못한다. 잃어버린 신발은 원본품으로서의 가치를 지니고 있다. 그 가치는 화자 자신이 스스로 신발을 사 신게 된 예순이 다 된 지금까지도 훼손되지 않는다. 하지만 역으로 현재의 기준으로 보면 화자는 원본품으로서의 가치를 잃어버린 대용품의 시대를 살아왔다. 화자는 신발을 잃어버린 그 순간부터 현재까지 써온 대용품의 시대를 거부하고 원본품의 가치를 향유할 수 있는 그 시간을 지향하고 복원하기를 꿈꾼다.

현재의 의식은 과거에 존재했던 최초에 대한 기억을 통해 근원적 경험의 대상으로서의 신발과 신발에 대한 인식을 현전화시킨다. 매순간의 현전화는 매순간만큼의 시간의 흐름 뒤에 나타나는 의식의 활동이다. 그런 까닭에 지금까지 잃어버린 '신발'에 대한 화자의 반복적인 시간의식의 과거지향은 그것이 비록 반복적인 현전화 활동이라 할지라도 그 반복적인 의식의 행위는 다른 시간대에 놓여 있는 새로운 시간의식의 현전화 활동이다. 그러나 그것이 새로운 시간의식의 현전화 활동이라 할지라도 그 의식의 구성물인 신발에 대한 근원적 인식과 이미지는 변하지 않고 그 잃어버린 시점과 동일하게 의식의 내용물로서 존재하고 있다. 즉 매번 밀려오는 시간의 동일하지 않은 의식의 현전화 활동으로서 현재 – 순간의 과거지향은 여전히 변하지 않는 '신발'에 대한 근원적 인식의 동일성을 유지하고 있다. 이것은 비동시성의 동일성이라고 할 수 있다. 비동시성의 동일성을 통해 과거와 현재와 미래는 순간에 수렴되며 연속성과 지속성 및 동일성을 획득하게 된다. 화자의 신발에 대한 기억은 비동시적으로 발생하지만 그 기억의 내용물은 동일하다는 점에서 비동시성의 동일성을 가진다. 그런 점에서 기억의 비동시성의 동일성은 과거·현재·미래를 단절이 아닌 연속성으로 바라볼 수 있게 해주는 방법을 제시해준다.

나. 문헌 기록과 민담 전승의 개인 내면화

『질마재 신화』는 앞서 논의한 바와 같이 서정주 자신의 체험에 근거하여 창작된 작품도 있지만 상당수의 작품이 문헌 기록과 민담 전승에 근원을 두고 그 의미를 확장하거나 전환되어 텍스트로 된 것이 많다.[11] 『삼국

---

11) 리파떼르에 따르면 텍스트를 태동시키는 단어 혹은 문장 차원에서 표현한 것을 모체 키워드(matrix key word)라 한다. 이 키워드에 의해 의미의 전이와 이미지 혹은 내용의 전개가 이루어진다. 그러한 의미에서 그것은 작품 생산 과정에서 상상력을 불어넣는 역할을 한다고 할 수 있다. 즉, 시 창작 과정에서 이 모체 키워드는 비유적으로 기호화하여 텍스트를 생산한다. 이 모체 키워드가 시의 행과 연의 부분과 전체에서 생산하는 방식에는 확장(expansion)과 전환(conversion)의 방식이 있다. 확장은 모체 키워드로부터 발전된 모체 문장(matrix sentence)의 구성 요소들을 좀 더 복합적이고 풍요롭게 만드는 방법이다. 그것은 시퀀스로 이동하면서 형태적으

유사』와 세시 풍속과 구술 전승 등에 기원을 둔 이야기들[12]은 우리 민족의 정신적 원형이 내재되어 있다고 볼 수 있는데, 이를 서정주 개인의 경험과 접목시켜 개인 내면화로 형상화하고 있다.

> 이조의 어느 날, 문인이요 필객인 추사 김정희(秋史 金正喜)는 그의 펜팔 친구인 선운사의 백파(白坡) 스님에게 석전(石顚)과 만암(曼庵) 두 아호를 지어 보내며 사용해줄 것을 당부했었다. 물론 백파의 육신이 살아 있는 동안에 백파 자신이거나, 그와 가까운 사람 누가 이걸 사용해주기를 바란 것이다.
> 그러나 백파 스님의 생각은 추사와는 다른 데가 있어서 그의 육신이 살아 있는 동안엔 자기도 이걸 전연 쓰지 않고, 제자 누구에게도 이걸 주어 쓰게 한 일이 없다가 임종에서야 이걸 유언으로 후세에 전하며 "어느 때든지 이것에 딱 적합한 인물이 나오거든 거기 전해라" 해두었을 따름이었다.
> 백파 스님의 이 사용법이 추사와 다른 것을 추사인들 뒤에 듣고 몰랐을 리가 없다. 그래 그랬는지 백파가 이승을 뜨자 추사는 백파의 비문을 지어 쓰고 나서 그 제목을 백파대율사대기대용지비(白坡大律師大機大用之碑)라고 해놓았다. "큰 사람은 큼직하게 쓰는 것이다"는 느낌이 담긴 뜻 아니고 무엇인가?[13]
> 질마재 마을의 절간 禪雲寺의 중 白坡한테 그의 친구 秋史 金正喜가 晩年의 어느날 찾아들었읍니다.

로는 더욱 늘어진 문장 혹은 더 많은 시와 행과 연을 만들어나간다. 확장의 대표적인 방법으로 은유와 반복이 있다. 한편, 전환은 모체 문자의 구성요소들을 같은 요소들로 수정시킴으로써 그들을 변형시키는 방법이다. 이는 의미를 겹침으로써 함축된 뜻과 어휘적인 차원의 의미를 정반대로 만드는 방법이다. 독자들이 요구하거나 기대하는 상징 혹은 기호 구조를 파괴하거나 소거함으로써 오히려 이 취소(cancellation)를 통해 의미를 창조하는 방법이다. 미카엘 리파떼르, 유재천 옮김, 「텍스트 생산」, 『시의 기호학』, 1989, 83~129면 참조.
12) 이것이 리파떼르가 말한 모체 키워드라 할 수 있다.
13) 서정주, 『미당 산문』, 민음사, 1993, 221~222면. 이하 '자료 III'이라 칭하고 면 수만 밝히기로 한다.

종이쪽지에 적어온 <돌이마[石顚]>란 雅號 하나를 白坡에게
주면서,

「누구 주고 시푼 사람 있거던 주라」고 했습니다.

그러나, 白坡는 그의 生前 그것을 아무에게도 주지 않고 아껴 혼
자 지니고 있다가 이승을 뜰 때, 「이것을 秋史가 내게 맡겨 傳하는
것이니 後世가 임자를 찾아서 주라」는 遺言으로 감싸서 남겨놓았
읍니다.

그것이 李朝가 끝나도록 절간 설합 속에서 묵어 오다가, 딱한 日
本植民地 시절에 朴漢永이라는 중을 만나 비로소 傳해졌는데, 石顚
朴漢永은 그 雅號를 받은 뒤에 30年 간이나 이나라 佛教의 大宗正
스님이 되었고, 또 佛教의 韓日合邦도 영 못 하게 막아냈읍니다.

지금도 禪雲寺 入口에 가면 보이는 秋史가 글을 지어 쓴 白坡의
碑石에는 <大機大用>이라는 말이 큼직하게 새겨져 있읍니다. 秋
史가 준 雅號 <石顚>을 白坡가 生前에 누구에게도 주지 않고, 이
겨레의 未來永遠에다 가만히 遺言으로 싸서 傳하는 것을 알고 秋史
도 「야! 段數 참 높구나!」 탄복한 것이겠지요.

—「秋史와 白坡와 石顚」전문, (Ⅰ:372)

「추사와 백파와 석전」은 서정주 자신의 스승인 '석전' 스님에 대한 회
상과 '석전'이라는 아호에 얽힌 이야기를 형상화한 시임을 알 수 있다.
"백파는 1767년에서 1852년 사이에 있던 스님이고, 석전은 1870년에서
1948년까지 있던 스님"이다.[14] 이 두 사람의 죽음 사이에는 96년이라는
시간의 간극이 있다. 백파는 석전의 선대에 해당하는 과거 속의 인물이고
석전은 백파를 만난 적이 없다. 두 사람 사이에는 객관적인 시간 흐름 사
이의 단절이 있다. 그러나 이 두 사람은 추사가 건네준 아호를 통해 그 시
간의 간극을 지워버리고 조우한다. 이 조우 속에서 시간은 멈춘다. '석전'

14) 서정주, 『미당 산문』, 민음사, 1993, 222면.

이라는 아호를 쉽게 물려주지 않고 후세의 큰 인물에게 유언으로 남긴 백파의 뜻은 돌이마와 큰 뜻을 지닌 박영한에게 전승되어 실현된다. 선대에게 시작한 것이 후세에 이어져 이룩되는 과정을 통해 시간은 객관적인 영역에서가 아니라 정신 영역에서 지속된다. 백파는 백파 자신이 살아가던 현재가 아닌 미래를 예견함으로써 자신의 뜻을 지속시킨다. 아직 오지 않은 현재로서 백파의 의식 내의 미래는 미래지향성을 통해 현재와 동시성을 새롭게 구성한다. '현재'와 동시에 '지금' 있음으로서 미래의 '석전'은 아직 그 주인을 만나지 못한 이름이기도 하다. '석전'이란 아호는 백파의 내적 의식이 '석전'이란 아호에 적합한 인물을 찾지 못할 때까지 미지의 것이다. 따라서 '석전'의 임자가 나타나지 않을 때까지 백파의 유언은 백파가 죽은 후에도 지속된다. 백파의 육체적 죽음으로 백파의 미래지향성은 그치지 않는다. '석전'이란 아호는 박영한를 만나는 순간 백파의 미래지향성에 놓인 연속성을 획득하며 죽은 백파의 뜻을 살아있는 현재로 만든다. 아울러 그 시간 만큼의 간극은 박영한으로 수렴되며 '석전'이란 아호를 가지게 된 박영한을 통해 백파의 뜻은 현전화 된다. 두 사람의 사이의 시간의 단절과 연속성은 '석전'이란 아호에 공존하고 있다. 이 공존은 선운사에 세워진 비석으로 사물화된 이미지로 드러난다. 사물들이 놓여 있는 유일한 시간이라는 하나의 직선적 연장(Extension) 속에 서 있는 비석은 두 인물에 대한 시간의식의 동시성을 상징한다. 추사가 세운 비석은 석전이 죽은 이후의 오늘날 현재까지도 '대기대용'의 내용이라는 큰 뜻이 새겨진 단단한 돌의 이미지로 현현顯現되고 있다. 또한 비석의 이미지에는 훼손되지 않은 백파의 뜻과 시간의 영속성과 지속성이 내재화되어 있다. 직선적인 시간의 흐름과 그 흐름에 각각 상응하는 위치에 놓인, 세워진 시기가 다른 두 비석은 그 시간의 간극을 메워버리고 있는 것이다. 백파의 "단수 높은" 예감에 걸맞는 '대기대용'의 인품을 지닌 석전의 삶 속에서 백파의 뜻은 내재화된 체험으로서 재현되고 비석을 통해 영원성을 유지하며 화자가 회상하는 현재의 순간 다시 현현한다.

> (…)新羅 景文王은 마누라가 너무나 밉게 생겨서, 밤엔 뱀閣氏들
> 을 가슴 위에 널어 놓아 핥게 하고 지내다가설라문 쭈뼛쭈뼛한 짐
> 승 業報로 긴 당나귀가 되어 幞頭로 거길 가려 숨기고 지냈는데, 이
> 걸 혼자만 알고 있는 幞頭쟁이 놈이 끝까지 가만 있지를 못하고, 죽
> 을 때 대수풀로 가서 「우리 임금님 귀는 당나귀 귀다」 한마디 소근
> 거려 놓았기 때문에 대수풀이 그 다음부터는 그렇게 소근거린다든
> 지 그런 實談의 폭로 소리였읍죠.
> 　일이 이리 어찌 되어 내려오다가 窓을 대쪽으로 엮어 매는 습관
> 은 생긴 겁니다. 「비밀입니까/비밀이라니요/내게 무슨 비밀이 있겠
> 읍니까」 韓龍雲 선생님이 맞었어요. 결국 고려초롬 主張하기 위해
> 서지요.

ㅡ 「竹窓」 일부, (Ⅰ:379)

「죽창」은 『삼국유사』 제2기이편 하권 제48대 경문대왕 이야기를 토대
로 한 작품이다.[15] 경문왕의 귀가 당나귀처럼 길어진 이유에 대해서 삼국
유사 설화는 아무 것도 언급하고 있지 않지만 이에 대해 서정주는 "마누
라가 밉게 생겨서" 마누라를 피하고 "뱀각시들을 가슴 위"로 불러오는 까
닭이라고 해석한다. 더 나아가 서정주는 이 설화를 질마재 마을 사람들과
접목시켜서 변용한다. 접목되는 지점은 바로 "창을 대쪽으로 엮어 매는
습관"이다. 설화에서 대나무숲은 복두쟁이가 비밀을 토해낸 장소로서 비
밀이 소멸되는 장소이다. 그 대나무로 질마재 사람들은 창을 만든다. 이
는 마을 사람들 사이에서 비밀 없이 살아감을 암시한다. 한 마을에서 일
어나는 모든 일을 마을 구성원 전체가 알 만큼의 친밀도가 존재하는 마

---

15) 일연, 리가원·허경원 역, 『삼국유사』, 한양출판, 1996, 129~131면 참조.

을, 그곳이 바로 질마재이다. 이 사실에 대해서 다시 한용운의 시구절은 질마재에 비밀이 없음을 뒷받침해주고 있다. 그러므로 이 시에서 주목해야 할 지점은 당나귀처럼 길어진 경문왕의 귀가 아니라 질마재 마을 사람들이 "습관처럼 대쪽으로 엮어 매는 창"이다. 그것이 제목으로 삼고 있는 이유이다. 화자는 죽창을 바라보면서 이 습관의 내력에 대해 이야기한다. 죽창은 창문이지만 열려진 창문, 의사소통을 단절시키는 문이 아니라 비밀조차 마을 사람들 전체로 의사소통시키는 창문이다. 왜 대나무는 그런 역할을 가지고 있는지는 설화를 통해 보여준다. 「죽창」을 통해 질마재는 현실의 시간에서 삼국유사의 시간 이전까지 거슬러간다. 익숙한 습관처럼 엮어매는 죽창은 신라의 시대부터 질마재 시대까지의 모든 가로 방향의 시간을 동질적인 시간 영역으로 엮어맴과 동시에 혼자서만 가지고 있는 사람들 사이의 비밀이, 신라인들과 질마재 사람들 사이의 비밀이, 질마재 사람들 사이의 비밀이 전혀 없음을 지시한다. 즉 죽창을 엮어매는 그 동작의 "순간"에 신라에서 질마재에 이르는, 과거에서 현재에 이르는 시간은 연속성을 회복하고 선대에서 후대에 이르는 그 시간의 위치에 각각 상응하는 시간에 살아가던 여러 세대들의 비밀은 죽창으로 인하여 사라지게 되고 또한 각 세대 및 각 세대들이 살아가는 마을 내의 비밀 또한 사라진다. 비밀 없이 살아가는 마을의 유대감은 영속적으로 「죽창」을 통해 동시대적으로도 시간의 흐름 속에서도 유지된다. 이 모든 것은 습관처럼 죽창을 엮어매는 반복적인 "그 순간의 행위" 속에서 반복되어 발현된다.

신라 때에 관기(觀機)와 도성(道成)이라는 두 성사(聖師)가 있었는데, 어떤 사람인지는 모른다. 함께 포산(包山)에 숨어 살았는데, 관기는 남쪽 고개에 암자를 지었고, 도성은 북쪽 굴에 살았다. 서로 10여 리나 떨어져 살았지만, 구름을 헤치고 달빛에 휘파람을 불며 오가곤 했다. 도성이 관기를 부르려고 하면 산 속의 나무들이 모두 남쪽을 향해 굽어져 서로 맞아주는 것 같았다. 관기는 이것을 보고

(도성에게) 갔다. 관기가 도성을 맞으려고 할 때에도 역시 그와 같이 되었다.[16]

「여보게 관기! 어느 날 몇 시에 만나자는 약속을 해놓고 기다리고 애태우고 그럴 것 있나? 내가 사는 북쪽 동굴 쪽에서 남쪽으로 불어가는 바람이 소슬하여 산골짜기의 나뭇가지의 나뭇잎들을 자네 있는 남쪽 암자 쪽으로 이쁘고 조용히 아주 잘 구부러지게 하거든 나는 그걸 보고 자네 있는 데로 찾아갈 테니 그리 알고 나를 만날 채비를 하게」

이건 포산의 북쪽 동굴에 사는 도성 스님이 자연의 북풍에 자기를 맡긴 제안이었다.

「날 봐, 도성이! 그럼, 남풍이 또 불어서 나 있는 남쪽 영모롱으로부터 산골짜기 수풀에 나뭇잎을 북쪽으로 북쪽으로 아주 잘 굽혀가거든 내가 자네를 찾아 나서는 줄 알고 자네도 그 어디 마중나와야 하네」

이것은 남쪽 산 모퉁의 암자에 사는 관기가 또 자연의 남풍에 자기를 기탁한 대꾸였다. (Ⅲ:219)

이것이 『질마재 신화』에서는 다음과 같은 시로 확장(extention)되어 창작되었다.

(…)한 사내의 이름은 <機會 보아서>고, 또 한 사내의 이름은 <道通이나 해서>였읍니다. <機會 보아서>는 山의 南쪽 모롱에 草幕을 치고 살고, <道通이나 해서>는 山의 북쪽 洞窟 속에 자리 잡아 지내면서, 가끔 어쩌다가 한 번씩 서로 찾아 만났는데, 그 만나는 약속 시간을 정하는 일까지도 그들은 이미 그들 本位로 하는 것은 깡그리 작파해 버리고, 수풀에 부는 바람이 그걸 정하게 맡겨

---

16) 일연, 리가원·허경원역, 「포산의 두 성사」, 『삼국유사』, 한양출판, 1996, 383~384면.

버렸읍니다.

「아주 아름다운 바람이 북녘에서 불어와서 山골짜기 수풀의 나
뭇잎들을 남쪽으로 아주 이쁘게 굽히면서 파다거리거던, 여보게,
<機會 보아서!> 자네가 보고 싶어 내가 자네 쪽으로 걸어가고 있
는 줄만 알게」 이것은 <道通이나 해서>가 한 말이었읍니다.

「아주 썩 좋은 南風이 불어서 山골짜기의 나뭇잎들을 북쪽으로
멋드러지게 굽히며 살랑거리거던 그건 또 내가 자네를 만나고 싶어
가는 信號니, 여보게 <道通이나 해서!> 그때는 자네가 그 어디쯤
마중나와 서 있어도 좋으이」 이것은 <機會 보아서>의 말이었읍
니다.

그런데 그 <機會 보아서>와 <道通이나 해서>가 그렇게 해 빙
글거리며 웃고 살던 때가 그 어느 때라고, 시방도 질마재 마을에 가
면, 그 오랜 옛 습관은 꼬리롤망정 아직도 쬐그만큼 남아 있기는 남
아 있읍니다.

오래 이슥하게 소식 없던 벗이 이 마을의 친구를 찾아들 때면 「
거 자네 어딜 쏘다니다가 인제사 오나? 그렇지만 風便으론 소식 다
들었네」 이 마을의 친구는 이렇게 말하는데, 물론 이건 쬐금인 대
로 저 옛것의 꼬리이기사 꼬리입지요.

─「風便의 소식」 일부, (Ⅰ:377~378)

『삼국유사』는 상당부분 일연이 직접 스스로 현지를 답사하고 챙긴 데
서 얻어졌는데, 「관기와 도성」은 일연이 포산에 두 차례 살았을 때 채록
한 것으로 보인다.[17) 이를 서정주가 질마재로 끌어들여 시로 형상화한 것
이다. 관기觀機와 도성道成을 희극적으로 한글로 풀어서 이름 지은 것이
각각 "機會 보아서"와 "道通이나 해서"이다. 일연에 의해 채록된 이야기
가 다시 서정주라는 개인의 시로 형상화된 모든 시간의 흐름이 「風便의

---

17) 일연, 앞의 책, 385면, 옮긴이 주 참조.

소식」에 지속되면서도 공존하고 있다. 채록되기 전의 이야기가 일연에 의해 지각되어 채록되던 시간, 다시 창작자인 서정주의 의식에서 지각된 시간은 각각 개체화된 시간을 가지며 이들은 각 단계에 따른 시간의식이 있다. 이렇게 개별성을 지니던 각각의 시간 의식은 작품 내에서 통일성을 이루면서 동일한 하나의 시간이 된다. 과거의 각각의 사건들이 시인의 상상에 의해 연속성을 지니면서 가장 근원적인 이야기로부터 야기된 근원적 인상과 인식의 동일성을 다시 독자의 현재 시간 의식 속에서 체험하게 한다. 즉, 관기와 도성의 떠도는 이야기 ─ 일연의 채록 ─ 서정주의 읽기 ─ 서정주의 시적 형상화 ─ 작품 ─ 독자로 이어지는 일련의 시간 흐름이 이 작품 속에 내재되어 있다.

옛 문헌 기록에 의해 떠올려진 상상이 작품 창작의 주요 원동력이 된 것인데, 여기에서 주목할 것은 바로 약속 시간/데이트 시간이다. 그들은 "약속 시간을 정하는 일"을 "수풀에 부는 바람"에 맡겼다는 것이다. 바람에 흔들리는 수풀의 나뭇잎들의 움직임에 따라 두 사람의 의사 소통과 만남 시간이 이루어지고 있는 것이 이 작품의 주요 모티프이다.

이 시에서 서정주는 근대 세계에서 기준으로 삼고 있는 시간의식, 즉 시ㆍ분ㆍ초로 분화되고 양적으로 측정되는 물리적 시간의식과 대비되는 시간의식을 보여주고 있다. 근대 세계에서는 시간을 소비와 이윤을 위하여 상품을 생산하는 기능을 가진 하나의 도구로 보는 경향이 점점 강화되어온 것이 사실이다. 근대 생산 과정 속에서 시간은 양적이고 누적적인 물리적 시간단위로 측정되었다. 실제로 이 물리적 시간 단위가 우리의 일상 생활 전역으로 옮겨졌으며 근대 세계에서는 이러한 시간이 화폐로 계산된다. 양적이고 분리, 독립한 단위, 즉 파편에 따라 시간을 측정한다는 생각이 자연계뿐만 아니라 사회적 영역을 지배하게 되었다는 사실은 주목할 만한 것이다. 근대의 시간의식이란 과거는 죽은 존재요 무용한 존재였으며 자기 자신과 역사를 반추하는 것은 시간의 낭비라는 의식이다. 시

간의 가치는 생산성에 정비례하고 소비에는 반비례한다. 즉, 시간이 생산
성을 높이면 높일수록 그 시간의 가치는 그만큼 커지고, 소비되고 나면
시간은 무가치하게 된다.[18] 이에 서정주는 「風便의 소식」을 통해 파편화
된 근대 시간의식을 거부한다. 물리적이고 객관적 대상으로서의 시간이
아니라 인간이 동화될 수 있는 자연의 시간을 긍정하고 있다. 그것은 시
계기時計器로 측정되는 것이 아니라 "수풀에 부는 바람"에 흔들리는 "나
뭇잎"에 의해 알아볼 수 있는 식물화된 자연의 시간이며 전통지향적 시간
이다. 그 시간의식은 자연과 우주와 인간을 분리시키기 전의 시간의식이
며 고대적 시간 의식인 것이다.

　그러한 시간의식이 "시방도 질마재 마을에 가면" "아직도 쬐그만큼 남
아 있"다는 것은 질마재가 우주와 인간의 동일화가 이뤄지는 시간 영역에
서 살아가던 "옛것의 꼬리"에 해당하는 곳임을 알려준다. 서정주는 이 시
에서 자신이 사유하고 있는 고대적 시간 의식을 관기와 도성의 이야기에
나오는 "바람 편에 움직이는 수풀의 움직임"을 통해 보여주고 있다.

　　「고대적 시간[19](古代的 時間)」이란 제목으로 돼 있는 이 졸작시
　　속엔 중국 고대의 시각적인 시간 단위들이 담겨져 있다. 요즘 우리
　　는 초, 분, 시로 구분되는 추상의 시간 단위를 쓰고 있지만, 고대 중
　　국인들은 눈을 깜작이는 뜻을 담은 순간(瞬間)이니, 손가락의 손톱
　　을 퉁기는 느낌을 표현한 탄지(彈指)니, 수염을 쓰담는 점잖은 대인
　　군자의 모습을 뜻하는 수유(須臾)니 하는 것을 그들의 시간의 단위
　　들로 쓰고 있기도 했던 것이 『중용』 주석에 보여서 그게 근사하게

18) 한스 마이어호프, 앞의 책, 108면.
19) 만일에/이 時間이/고요히 깜작이는 그대 속 눈섭이라면//저 느티나무 그늘에/숨어
　　서 박힌/나는 한알맹이 紅玉이 되리.//만일에 이 時間이/날카로히 부디치는 그대
　　두 손톱 끝 소리라면//나는/날개 돋혀 내닷는/한개의 활살.//그러나/이 時間이/내 砂
　　漠과 山 사이에 느린/그대의 함정이라면//나는/그저 咆哮하고/눈 감는 獅子.//또/만
　　일에 이 時間이/四十五分식 쓰담던/그대 할아버지 텍수염이라면/나는 그저 막걸리
　　를 마시리//「古代的 時間」 전문, 『冬天』, (Ⅰ: 345~236)

느껴져 나도 한번 차용해 본 것이다…… 우리는 순수추상의 시간
단위들을 현재 쓰고 있지만 우리들은 시간 경험의 실제에는 완전
순수추상이란 없는 것이고, 또 이 순수 추상의 시간관념이나 느낌
이란 참으로 삭막한 것이니 말이다…… 우리 겨레의 현대생활에
있어서는 물론 그 <수유>니 <탄지> 같은 시간단위는 맞지 않은
것이라고 반대가 있을 것도 안다. 그러나 이런 것은 우리의 요즘의
생활에 맞는 걸로 뜯어 고치면 될 것이다. <수유>라는 시간단위
는 이것을 쓰던 때의 고대중국에서는 요즘의 45분을 구분해서 썼
다. 45분만큼씩의 사이를 두고 대인군자는 그 수염을 쓰윽 점잖게
한번쯤 쓰담는다는 데서 온 요량이겠지. (Ⅲ:147~148)

옛날 옛적에 中國이 꽤나 점잖했던 시절에는 <수염 쓰다듬는 時
間>이라는 時間單位가 다 사내들한테 있었듯이, 우리 질마재 여자
들에겐 <박꽃 때>라는 時間單位가 언젠가부터 생겨나서 시방도
잘 쓰여져 오고 있읍니다.
「박꽃 핀다 저녁밥 지어야지 물길러 가자」 말 하는 걸로 보아 박
꽃 때는 하로낮 내내 오물었던 박꽃이 새로 피기 시작하는 여름 해
으스름이니, 어느 가난한 집에도 이때는 아직 보리쌀이라도 바닥
나진 안해서, 먼 우물물을 동이로 여나르는 여인네들의 눈에서도
肝臟에서도 그 그득한 純白의 박꽃 時間을 우그러뜨릴 힘은 하늘에
도 땅에도 전연 없었읍니다.
그렇지만, 혹 興夫네같이 그 겉보리쌀마저 동나버린 집안이 있어
그 박꽃 時間의 한 귀퉁이가 허전하게 되면, 江南서 온 제비가 들어
그 허전한 데서 파다거리기도 하고 그 파다거리는 춤에 부쳐 「그리
말어, 興夫네, 五穀白果도 常平通寶도 金銀寶貨도 다 그 박꽃 열매 바
가지에 담을 수 있는 것 아닌갑네」 잘 타일러 알아듣게도 했읍니다.
그래서 이 박꽃 時間은 아직 우구러지는 일도 뒤틀리는 일도, 덜
어지는 일도 더하는 일도 없이 꼭 그 純白의 金質量 그대로를 잘 지
켜 내려오고 있습니다.

— 「박꽃 시간」 전문, (Ⅰ:359)

서정주는 시, 분, 초로 나뉘어진 추상화되고 분화된 근대 시간의식 대신에 사물로 구체화된 시간 의식을 말하고 있다. 「박꽃 時間」은 「古代的 時間」의 연장선에 놓여있는 시이다. 「古代的 時間」이 중국의 순간瞬間, 탄지彈指, 수유須臾라고 하는 시간 지표를 시로 형상화하고 있다면 「박꽃 時間」은 「古代的 時間」을 서정주의 표현대로 "우리의 요즘의 생활에 맞는 걸로 뜯어고친" 시간을 시로 형상화한 작품이다.

중국의 수유須臾에 상응하는 것을 우리 민족의 시간 표현으로 나타낸 것이 「박꽃 時間」이다. 우리 나라의 박꽃 시간은 "하로낮 내내 오물었던 박꽃이 새로 피기 시작하는 여름 어스름"을 나타낸다. 어느 여름날 저물녘을 박꽃이라는 식물성으로 구체화하여 표현한다. 거기에는 단지 언어에서 비롯된 시간의식만 나타난 것은 아니다. "혹 興夫네같이 그 겉보리쌀마저 동나버린 집안이 있"는 질마재의 곤궁함을 "박꽃 時間의 한 귀퉁이가 허전하"다라는 명징한 이미지를 통해 질마재 사람들뿐만이 아니라 힘겨웠던 우리 민족의 지난날의 한 시점을 환유적으로 드러내고 있다. 허나 그 가난을 삶의 절망이나 비극으로 몰고 가지 않는다. 겉보리쌀 대신에 날아들어온 "제비"를 환기시키면서 제비를 흥부와 결합시킨다. 박꽃 열매가 가져다준 것들을 상기시켜서 삶의 긍정을 유도한다. 거기에는 지난했던 우리네 삶의 가난했지만 여유있었던 삶의 체취가 묻어있는 것이고 이를 통해 우리로 하여금 얼마 전까지 남아 있었던 삶의 풍경을 떠올리게 한다. 그 박꽃 시간은 "여인네들의 눈"과 "肝臟" 즉, 사람의 힘으로도 어찌 할 수 없고, "하늘에도 땅에도 전연 없는" 자연 그 자체의 "그득한 純白"의 시간의 흐름이며 질마재 사람들은 그 시간의 순리에 따른다. "아직 우구러지는 일도 뒤틀리는 일도, 덜어지는 일도 더하는 일도 없이 그 純白의 金質量 그대로를 잘 지켜 내려오고 있"는 "박꽃 시간"은 질마재의 시간이자 우리가 살아가는 현재의 시간까지 이어져 내재화된 시간이다.

다. '기억'의 현상학 : '순간'의 비동시성의 동일성

지금까지 『질마재 신화』를 살펴본 결과 『질마재 신화』는 두 가지 방향
에서 창작되었음을 알 수 있었다. 하나는 서정주의 유년기 체험의 회상과
상상을 통한 작품들이었고 다른 하나는 문헌 기록과 민담 전승의 확장과
전환에 따른 작품들이었다. 이 모두는 유년 체험과 고대로부터 이어져오
는 신화적 이야기들이 서정주 개인의 내면에서 상상력과 결합하여 창작
된 것이라 할 수 있다. 이는 창작과정에서 작품 내의 화자 및 시인의 의식
속에 자아의 동일성이 형성되고 있음을 말해준다. 유년기 체험과 세시 풍
속 및 문헌 기록의 내용은 객관적인 시간으로서 과거에 대응하는 위치를
갖고 있다. 그러나 과거의 객관적인 시간이 화자의 내적 체험으로서 내재
화되었을 때 유년기 체험과 세시 풍속 및 문헌 기록에 대한 근원적 인상은
처음부터 놓여있던 자신의 시간 위치에 머무르지 않고 화자의 의식 내부의
현재 시간 위치까지 이동한다. 이러한 의식의 흐름은 기억에 의한 것이며
화자의 동일성 또한 기억에 의한 근원적 인상의 내용물의 동질성에서 확보
된다. 즉 화자의 의식 속에서 부단히 과거에서 현재로 현재에서 과거로 움
직이는 의식의 지향성이 기억의 지속성을 유지시키고 그 지속성 내부에서
각각의 시간의식의 내용물의 동질성은 화자의 동일성을 확립시킨다. 여기
에서 우리는 기억에 의한 시간의식의 연속성과 통일성을 발견하게 된다.

다시 말해 화자의 내재적 시간은 화자가 경험한 모든 내재적 체험, 즉
유년기 체험과 문헌 기록 등을 읽은 후에 얻은 근원적 인상과 인식들에
대해서 하나의 시간으로서 구성된다. 이와 맞물려서 내재적인 것에 관한
화자의 시간의식은 하나의 통일성을 이룬다. 과거에 겪은 질마재 체험의
'지금 있음', 지금 순간 과거로 밀려나는 '현재의 있음', 막 현재가 된 '미
래의 있음', 이 모든 있음이 동시에 화자의 시간의식에서 계속해서 현재
나타나고 있다. 여기에는 단순히 그 보는 체험의 단순한 복사複寫로서 '나
타남' 뿐만이 아니라 계속해서 의식 내에서 변양되어 나타나는 것, 즉 상

상과 결합하여 재생산되는 양상, 작품화되는 양상까지 공존하고 있다. 각각의 근원적 인상은 화자의 시간의식 내에서 하나의 연속성을 지니면서 화자가 의식의 지향성을 나타내자마자 그것들은 의식의 전면에 나타나는데 그것은 지향하는 그 '순간'에 이뤄진다. 동시에 근원적 인상은 화자의 의식 내에서 화자 스스로 인식하자마자 과거로 밀려난다. 과거로 밀려난 근원적 인상은 잠재적으로 화자의 의식 내에서 사라지지만 그 경험의 동질성은 유지한 채로 과거에 묻힌다. 즉 화자의 내재적 시간에서 획득되어지는 현실적 체험의 내재적 객체의 내용은 내재적으로 각각의 일정한 시간 위치를 지니면서 하나의 통일적인 연속성을 지닌다. 이 연속성에는 그 각각의 내재적 체험들의 동질성과 함께 내재적 체험들과 화자의 상상이 결합하여 새롭게 형성한 의식의 내용물이 공존하고 있으며 이 동질성과 변양된 내용물의 공존은 각각의 내재적 시간 위치에 상응한다. 이 모든 것은 화자의 과거 지향 내에서 이뤄지며 이러한 의식 내부의 활동은 모두 동시에 발생한다. 그런데 이 발생은 단 한 번의 순간에 이뤄지는 기억의 동일성이다. 매순간 의식의 기억 활동은 동일한 시간 내에서 이뤄지지 않으므로 비동시적이다. 시간의 흐름이라는 측면에서 기억은 매순간 비동시적으로 발생한다. 그럼에도 불구하고 각각의 시간의식의 지향성의 비동시성을 이루는 그 내용은 동일하다. 그런 점에서 기억은 '순간'의 비동시성의 동일성이라는 특질을 갖는다. 기억하는 '순간'의 비동시성의 동일성은 『질마재 신화』의 화자에 해당하는 자아가 갖고 있는 특질이며 곧 자아 동일성을 구성한다.

기억의 순간적 동일성을 바탕으로 회상과 상상에 의해 일정한 방향으로 잇달아 뻗어가는 과거 지평을 구축하였듯이 우리는 기억의 순간적 동일성을 통해 미래 지평까지 확보할 수 있게 된다. 순간적 동일성이라 함은 기억하는 그 순간의식의 지향성 속에 놓여있는 과거·현재·미래의 공존의 동일성을 가리킨다. 이는 모두 앞서 논의한 바와 같이 화자의 현재 의식 내에서 일어나는 시간의식이다. 이 의식 흐름은 과거로부터 미래로 이어지는 계열인 가로방향의 지향성과, '지금'이 지나가버린 그러나 흔적도 없이 사라진 것이 아니라 변양된 채 침전되어 유지되는 계열인 세로방향의 지향성이라는 이중의 연속성을 지닌다. 이 연속성 때문에 의식의 흐름은 방금 전에 체험한 것을 현재화하여 의식하는 즉 1차적 기억으로서 지각하는 '과거지향'(Retention), 근원적 인상인 '생생한 현재' 그리고 미래의 계기를 현재에 직관적으로 예상하는 '미래지향'(Protention)으로 연결되어 통일체를 이루고 있다. 이 통일체는 다름아닌 자아의 동일성을 통해 이뤄진다.

『질마재 신화』에서는 이러한 기억하는 순간의 비동시성의 동일성과 아울러 자아의 동일성이 의식 내부에서뿐만이 아니라 외부 세계로 확장된다. 자아와 세계, 인간과 자연, 현실과 신화적 공간, 이승과 저승의 동일화되는 양상이 기억하는 순간의 비동시성의 동일성을 통해『질마재 신화』에서 나타나고 있다.

> (…)陰 七月 七夕 무렵의 밤이면, 하늘의 銀河와 北斗七星이 우리의 살에 직접 잘 배어들게 왼 食口 모두 나와 딩굴며 노루잠도 살풋이 부치기도 하는 이 마당 土房. 봄부터 여름 가을 여기서 말리는 山과 들의 풋나무와 풀 향기는 여기 저리고, 보리 타작 콩타작 때 연거푸 연거푸 두들기고 메어 부친 도리깨질은 또 여기를 꽤나 매그럽겐 잘도 다져서, 그렇지 廣寒樓의 石鏡 속의 春香이 낯바닥 못지않게 반드랍고 향기로운 이 마당 土房. 왜 아니야. 우리가 일년 내내 먹고 마시는 飮食들 중에서도 제일 맛좋은 풋고추 넣은 칼국수 같은 것은 으레 여기 모여 앉아 먹기 망정인 이 하늘 온전히 두루 잘 비치는 房. 우리 瘧疾 난 食口가 따가운 여름 햇살을 몽땅 받으려 홑이불에 감겨 오구라져 나자빠졌기도 하는, 일테면 病院 入院室이기까지도 한 이 마당房.

> ─「마당房」일부, (Ⅰ:354)

외할머니네 집 뒤안에는 장판지 두 장만큼한 먹오딧빛 툇마루가
깔려 있읍니다. 이 툇마루는 외할머니의 손때와 그네 딸들의 손때
도 꽤나 많이는 묻어 있을 것입니다마는, 그러나 그것은 하도나 많
이 문질러서 인제는 이미 때가 아니라, 한 개의 거울로 번질번질 닦
이어져 어린 내 얼굴을 들이비칩니다.

그래, 나는 어머니한테 꾸지람을 되게 들어 따로 어디 갈 곳이 없
이 된 날은, 이 외할머니네 때거울 툇마루를 찾아와, 외할머니가 장
독대 옆 뽕나무에서 따다 주는 오디 열매를 약으로 먹어 숨을 바로
합니다. 외할머니의 얼굴과 내 얼굴이 나란히 비치어 있는 이 툇마
루에까지는 어머니도 그네 꾸지람을 가지고 올 수 없기 때문입니다.

― 「외할머니의 뒤안 툇마루」 전문, (I :348)

하늘의 은하와 북두칠성, 그리고 달빛이 내려앉는 마당방은 인간과 자
연이 쉽게 교감할 수 있는 곳이다. 마당방에서는 봄부터 가을까지의 모든
농사일이 이뤄지고 식구들의 편안한 잠자리도 펼쳐진다. 마당방은 "광한
루의 석경"처럼 "하늘 온전히 두루 비치는" 거울이다. 인간의 삶의 터전
으로서 마당방과 외부 세계로서 하늘이 대립되는 것이 아니라 하늘 속에
는 마당방이 마당방 속에는 하늘이 서로를 비추는 명경明鏡이다. 그렇다
고 해서 거울이 빚어내는 자아의 분열 내지 주체의 분열 양상은 나타나지
않는다. 서로가 서로를 비추지만 서로를 타자他者로서 인식하지 않고 오
히려 서로의 동일성을 확인한다. 자연과 인간의 삶이 유사성의 원리에 의
해 동일시되는 양상이 바로 「마당방」에서 이뤄지고 있다. 자연의 변화와
법칙에서 발생하는 것을 모방하고 인식 준거의 원리로서 이해하는 고대
인들은 우주의 질서와 자연의 순리를 따른다. 그런 까닭에 학질을 치료하
는 방법에 있어서 과학적인 의료 기술이 아닌 따가운 여름 햇살이라고 하
는 자연에 의존하여 치유하는 공간으로서 마당방에는 주술성도 깃들어
있다. 하늘로 지칭되는 자연의 시간과 인간의 삶의 시간 영역으로서 마당

방의 시간은 분리되어 있지 않고 동일한 하나의 시간 영역 속에 거울처럼 놓여 있다. 인간의 시간은 자연의 시간과 동일하며 질마재 사람들은 자연의 시간에서 살아간다 그러한 삶과 시간의 터전으로서 마당방은 하늘의 거울이다.

「외할머니의 뒤안 툇마루」에서의 '툇마루' 역시 마당방의 연장선에 놓여 있는 '거울'이다. 툇마루는 마당방의 거울 이미지와 함께 영속성의 이미지를 지니고 있다. 왜냐하면 "외할머니의 손때와 그네 딸들의 손때로 날이날마닥 칠해져 온" 거울이기 때문이다. 세대를 거쳐서 "번질번질 닦이어진" 툇마루는 각 세대들의 삶의 '때'를 닦아내는 세월이 담겨있다. 툇마루를 닦는 행위는 단순히 마루에 묻은 때를 벗겨내는 일에 그치지 않고 어머니와 외할머니의 삶의 영욕을 닦아내는 일도 겹쳐 있다. 마음의 때를 닦아내어 자신의 얼굴을 들여다보는 거울로서 의미를 지닌 툇마루이다. 툇마루는 그런 의미에서 툇마루는 진흙 속에서 연꽃을 피워내듯 세상의 더러움이 묻은 마음의 때를 벗겨내고 진정한 자신의 모습을 찾을 수 있는 거울이다. 화자가 어머니의 꾸지람을 피해 툇마루에 와서 툇마루에 자신의 얼굴을 외할머니와 함께 비추는 행위는 그러한 의미도 포함되어 있다고 볼 수 있다. 또한 순수한 자아의 동일성을 회복할 수 있는 곳으로서 툇마루는 화자의 기억을 통해서 다시 현재로 현전화되는 현재의 거울이다. 툇마루는 회상에 의한 근원적 인상을 지닌 시간의식의 공간화로서 자아의 동일성을 회복시키는 거울인 것이다.

> 이들(심미파)은 종족이 <재인>이나 <백정> 같은 그런 특수한 계급도 아니었다. 그러나 한결같이 학문을 모르고 그 집안에서 근조에 별 벼슬아치가 난 일이 없는 이유로서 한 사람도 양반 대우를 받지 못하는 듯 하였다……그들 중에 우두머리는 <상산>이었는데, 그는 또 공교롭게도 우리 집 두 번째 머슴으로 들어와 있게 되었다.

열두 발 상모도 머리에 꽂고 곧잘 내두르거니와, 그는 마을의 상쾡과리쟁이요, 노래도 마을에서 아마 으뜸이었던 것 같다……그의 호주머니 속에는 아직 손거울까지는 없었던 듯하나, 그의 상투를 둘러싼 망건 속으로 흘러내린 머리털을 보기 좋게 위로 추켜올리는 데 쓰이는ㅡ 쇠뿔로 만든 조그만 <염발>이 하나 언제나 들어 있어, 그는 곧잘 뒷간에서(하늘이 맞보이는 도가니를 묻어 놓은 것에서)똥오줌을 퍼 밭에 나르다가도 문득 멎어서 묽은 뒷간 도가니에 얼굴을 비추곤 <염발>에 침을 발라 망건 속의 머리털을 곱다라이 추켜세우곤 하였다. (Ⅱ:52~54)

ⓐ질마재 上歌手의 노랫소리는 답답하면 열두 발 상무를 젓고, 따분하면 어깨에 고깔 쓴 중을 세우고, 또 喪輿면 喪輿머리에 뙤약볕 놋쇠 요령 흔들며, 이승과 저승에 뻗쳤읍니다.

ⓑ그렇지만, 그 소리 안 하는 어느 아침에 보니까 上歌手는 뒷간 똥오줌 항아리에서 똥오줌 거름을 옮겨 내고 있었는데요. 왜, 거, 있지 않아, 하늘과 별과 달도 언제나 잘 비치는 우리네 똥오줌 항아리, 비가 오나 눈이 오나 지붕도 앗세 작파해 버린 우리네 그 참 재미있는 똥오줌 항아리, 거길 明鏡으로 해 망건 밑에 염발질을 열심히 하고 서 있었읍니다. 망건 밑으로 흘러내린 머리털들을 망건 속으로 보기 좋게 밀어넣어 올리는 쇠뿔 염발질을 점잔하게 하고 있어요.

明鏡도 이만큼은 특별나고 기름져서 이승 저승에 두루 무성하던 그 노랫소리는 나온 것 아닐까요?

―「上歌手의 소리」 전문, (Ⅰ:344)

"내가 참말은 너보다 더 네 마누라의 남편일세. 네 남편의 마누라일세. 그렇게 우리는 눈을 맞췄네. 법 때문에 할 수는 없지만, 사실은 내가 이긴 사람이네"[20]하는 투로 살아가는 심미파는 남의 집 머슴이거나 빈둥거리거나 좀 추하게 노는 축에 해당한다. 그들은 음악과 춤을 같이 하거나, 남색男色을 즐기거나 어린애들과 논다. 그러나, 마을의 초상이나 축제가 있을치라면 이들이 도맡아 일을 벌이는 상가수는 심미파에 해당한다.

ⓐ상가수의 <노랫소리>는 주요한 화자의 회상 계기이다. 그 노랫소리는 화자가 회상하자마자 화자의 의식 내에서 살아나며 그가 마지막으로 들었던 음부터 그 음의 처음까지 거슬러 올라가게 한다. 그 음을 처음부터 끝까지 살려내는 시간 의식 속에서 노랫소리는 <열두 발 상무> ─ <고깔 쓴 중> ─ <뙤약볕 같은 놋쇠 요령>로 전환되거나 병치되어 들리게 된다. 상가수가 노래를 부를 때는 마을의 축제[21]이거나 초상날인데, 그때는 노랫소리가 "뙤약볕"같이 이승과 저승의 경계를 녹여버리는 "놋쇠요령"과 함께 "이승과 저승에 뻗"친다. 축제와 초상은 고정되어 있는 현실 세계와 저승의 세계의 고정된 질서를 없애버린다. 죽음이 이 세계로 들어오는 것이고 이승의 질서를 벗어난 축제 기간 동안 금기가 사라진다. 그런 이유로 상가수의 <이승 저승에 두루 무성하던 그 노랫소리>는 시간과 공간을 초월한다. 현실의 시간과 저승, 혹은 신화의 시간의 간극을 지워버리는 것이다.

ⓐ가 축제나 초상 때의 시기라면 ⓑ는 <그 소리를 안 하는> 보통 때이다. 상가수는 똥오줌 거름을 옮겨 내는, <하늘의 별과 달도 언제나 잘 비치는 우리네 똥오줌 항아리>를 곁에 두고 사는, 자연과 자신을 쉽게 동

---

20) 서정주, 『미당 자서전·1』, 민음사, 1994, 51쪽.
21) 축제는 흔히 광란적으로 먹고 마시는 가운데 소음과 율동을 동반한 한밤의 방종으로 끝나는데, 그 소음과 율동은 아무리 조잡스러운 도구를 사용하든 박자를 맞추어 두드림으로써 리듬과 무용으로 바뀌어지는 것이다. 축제란 개인에게 있어서 마치 하나의 별세계처럼 느끼게 되는 그런 세계처럼 나타나고 있음을 우리는 이해하게 된다. 농작물의 수확이나 사냥, 고기잡이, 또 목축 등 그의 일상적 활동은 단지 그의 시간을 소비하고 즉각적인 그의 욕구를 충족시켜줄 뿐이다. 그러나 사실 그는 과거의 축제에 대한 기대 속에서 산다. 왜냐하면 축제란 그에게 있어서, 또 그의 기억과 그의 욕망에 있어서 강한 감동의 시간이며 자기 존재의 시간이기 때문이다. 로제 카이와, 앞의 책, 146~147면 참조.

일시할 수 있는 인물[22)]이다. 자연과 세계와 자신을 하나로 인식한다는 점에서 그는 전근대인이다. 화자는 상가수의 노랫소리가 ⓑ시기에 그가 염발질을 하면서 보고 있는 명경明鏡, 즉 똥오줌 항아리에서 나온 건 아니냐고 말하고 있다. 그것은 <특별나고 기름진 똥오줌 항아리를 명경>삼아 자신의 얼굴을 들여다보면서 자기 동일시를 확인하는 상가수의 일상에서 비롯된 것으로 보인다. 상가수는 똥오줌 항아리를 본래 용도와는 다르게 사용할 줄 아는 인물이며, 그 용도를 자신의 얼굴을 미적으로 가꾸거나 자신을 들여다보면서 동일시할 수 있는 도구로 사용하고 있다. 이러한 사실로 미루어 그는 변두리 인간[23)]이며 예인藝人이며 그의 노랫소리는 예인의 작품이다. 예술 작품과 주술의 공통점은 이들이 세속적인 현존재의 관계망에서 벗어난 「독자적이고 자기완결적인 영역」을 설정한다는 점이다.[24)]

> 아무리 집안이 가난하고 또 천덕구러기드래도, 조용하게 호젓이
> 앉아, 우리 가진 마지막껏—똥하고 오줌을 누어 두는 소망 항아리
> 만은 그래도 서너 개씩은 가져야지. 上監녀석은 宮의 각 장 장판房
> 에서 白磁의 梅花틀을 타고 누지만, 에잇, 이것까지 그게 그 까진
> 程度여서야 쓰겠나. 집 안에서도 가장 하늘의 해와 달이 별이 잘 비

---

22) 심미파는 학문을 하는 부류가 아니다. 문자를 아는 것과 모르는 것은 자아 형성에 있어서 중요한 문제이다. 기호로서의 문자는 과학으로 나아간다. 다시 말해 음향, 그림, 본래의 문자로서 문자는 여러 상이한 예술로 분배되는데, 이 경우 각 예술에서 첨가되는 무엇이나 공감각 또는 종합예술에 의해 문자가 복원되지는 않는다. 기호로서의 언어는 자연을 인식하기 위해 계산의 도구로 전락해야 하며, 자연과 유사해지려는 요구를 포기해야만 하는 것이다. 반면 형상으로서의 언어는 완전한 자연이 되기 위해 모상(模像)이 되는 데에 만족해야 하며 자연을 인식할 수 있다는 요구는 단념해야 한다. 막스 호르크하이머·테어도르 아도르노, 김유동 옮김, 『계몽의 변증법』, 문예출판사, 1995, 43~44면 참조.
23) 김윤식, 동국대 한국문학연구소 편, 「전통과 예의 의미」, 『미당 연구』, 민음사, 1994, 124면.
24) 김윤식, 앞의 글, 앞의 책, 45면.

치는 외따른 곳에 큼직하게 단단한 옹기 항아리 서너 개 포근하게 땅에 잘 묻어 놓고, 이 마지막 이거라도 실천 오붓하게 自由로이 누고 지내야지.

이것에다가는 지붕도 休紙도 두지 않는 것이 좋네. 여름 暴注하는 햇빛에 日射病이 몇 千 개 들어 있거나 말거나, 내리는 쏘내기에 벼락이 몇 萬 개 들어 있거나 말거나, 비 오면 머리에 삿갓 하나로 웅뎅이 드러내고 앉아 하는, 休紙 대신으로 손에 닿은 곳의 興夫 박 잎사귀로나 밑 닦아 간추리는 - 이 韓國 <소망>의 이 마지막 用便 달갑지 않나?

「하늘에 별과 달은
소망에도 비친답네」

가람 李秉岐가 술만 거나하면 가끔 읊조려 찬양해 왔던, 그 별과 달이 늘 두루 잘 내리비치는 化粧室 - 그런 데에 우리의 똥오줌을 마지막 잘 누며 지내는 것이 역시 좋은 것 아니겠나? 마지막 것일라면야 이게 역시 좋은 것 아니겠나?

－「소망(똥간)」 전문, (Ⅰ:368～369)

「소망」은 앞서 논한 「마당방」과 「외할머니의 뒤안 툇마루」에 나타난 거울 이미지를 포함하고서 그 의미를 더욱 확장시킨다. 현대의 화장실과 대비된 것으로서 소망은 "하늘의 해와 달이 별이 잘 비치는 외따른 곳"에 있다. "여름 폭주하는 햇빛"에 스민 일사병도 그대로 맞고 비가 오면 비 오는 대로 맞아가면서 일을 보고 "휴지 대신으로 손에 닿는 곳의 흥부 박 잎사귀로나 밑 닦아 간추리는" 일에 대해 화자는 "좋은 것 아니겠"냐고 동의를 구하고 있다.

소망이 불결하다는 이유로 수세식 변기와 하얀 화장지로 채워진 화장실이라고 하는 근대 문물로 대체되어 오늘날에 이르른 것은 소망의 역사보다는 사실상 짧다. 화장실은 한 건물내의 폐쇄된 곳에 위치하고 있다.

그곳은 콘크리트로 둘러싸인 곳으로 자연과 단절되어 오직 사람만이 들어갈 수 있는 곳이다. 이에 비해 소망은 쉽게 "손에 닿는 곳의 홍부 박잎사귀"가 널려있는 자연이 사람과 맞닿아 동일화할 수 있는 공간이다. 우리가 더럽다고 생각하는 똥과 오줌은 실은 사람의 육체 내부에서 나온 것으로 그 기원은 입으로 들어온 것들이다. 그것들은 홍부네 시절부터 비료를 쓰기 전까지 논과 밭의 거름이었다. 용변은 자연으로 돌아가는 일에 사람들이 참여하는 일이다. 우리가 입으로 먹는 것들은 모두 자연에서 섭취한 것이다. 자연이 생산한 음식이 자연의 일부인 사람을 거쳐 변이되어 다시 자연으로 돌아가는 과정에 소망의 위치가 놓여 있다. 이와 같이 소망이 갖는 의미로 인하여 소망은 불결하다는 인식을 불식시키면서 더러운 속俗의 세계와 성聖의 세계의 경계를 무화시킨다. 이 무화의 의미가 드러내는 것은 자연과 인간이 하나라는 인식이다. 인간도 우주와 자연의 원리에 포함되며 자연의 순환의 운동의 과정이자 자연의 순리의 매개이다. 즉, 우리가 소망에 가는 것은 단순히 버려야 할 것을 배설하러 가는 것이 아니라 자연의 순리에 따르러 가는 길이다. 이러한 소망에 "하늘의 해와 달이 별이 잘 비치는" 것은 당연한 일이다. 자연의 순리에 따르는 곳에 자연의 해와 달과 별과 바람과 비가 함께 하고 있는 것이기 때문이다. 이를 테면 "한국의 <소망>에서 용변用便" 보는 일은 아주 쉽게 우주와 자아, 자연과 자아의 동일화를 꾀하는 것으로 해석할 수 있다. 그러므로 서정주의 말대로 소망 항아리는 절대로 불결한 것이 아니며 자기 자신을 들여다 볼 수 있는 명경明鏡이다. 그 거울은 자연을 닮은 것이며 그 자연을 통해 보이는 자기 자신의 자아는 자연과 쉽게 동일시할 수 있다. 이 동일시를 통해 인간 세계와 자연, 자아와 세계의 합일을 보여줌과 동시에 화장실로 대별되는 근대 문물과 근대 정신의 시간을 거슬러간다. 근대가 주체를 중심으로 주체 형성 과정과 그 궤를 같이 하면서 주체와 다른 타자, 주체에 대립되는 객체를 상정하는 가운데 구축되는 것이라면 서정주는 오히려 소망을 통해 반근대적 태도를 취하고 있다. 또한 화장실로 상징되는 근대 세계가 타자와의 구별과 차이의 강조로 인해 쉽게 동일화를 이루지 못하는 세계라면 소망은 아주 쉽게 우주와 자연과 사람, 주체와 타자의 구분 없이 동일시되는 전통적인 세계라고 볼 수 있다. 소망의 세계는 질마재뿐만이 아니라 근대화 이전 한국 전역에 걸쳐 있던 세계이며, 이러한 동일성이 분화되기 이전의 세계는 파편화가 되기 이전의 총체성을 갖고 있는 세계이다.

Ⅲ. 근대의 시간의식과
『질마재 신화』의 시간의식

가. 직선적 시간의식과 순환적 시간의식

자연사와는 별개로 인간 자신의 역사를 스스로 상정하여 인식하기 시
작한 것은 바로 근대[1]로 일컬어지는 시기 이후의 일이었다. 인간은 자연

---

1) 영어 'Modern times', 프랑스어 'temps modernes', 독일어 'die Moderne'에 해당하는
데 우리말로는 '근대/현대'를 포괄하는 말이다. 이 개념은 원래 라틴어의 부사
modo(지금, 막)에서 파생된 형용사 modernus에서 시작하고 있다. 이 단어는 당시에
아직은 독자적인 내용이 없었다. 이때의 근대적/현대적이라는 말은 현재 유효한 제
도들을 대변하는 사람들, 생각들, 대상들에 부쳐질 수 있는 말이었다. 그러다가 이
단어는 후기 고대에서 중세로 넘어가면서 바로 그 전시대와 대별되는 10년 또는
100년 단위의 현재의 문화를 의미하게 된다. 과거와의 차별성을 토대로 한 현재 체
험, 즉 현재는 동질적이라고 여겨지는 특정한 특성들을 통해서 과거와 다른 새로운
것이라는 자의식이 관철되기 시작하였던 것이다. 이러한 역사적 자의식이 점점 강
화되어 가는 과정이 바로 근대/현대의 역사인 것이다. 그리하여 500년경에는 카지
오도루스cassiodorus가 처음으로 고대 문화를 완결된 과거로 되돌아보기 시작했고
mdernitas/antiquitas라는 대립쌍을 통하여 기독교적 현재를 이교도적 과거와의 대립
을 통해서 파악하기도 했다. 새로운 것이 옛 것을 항구적으로 점유해가는 것으로서
파악되는 지금의 modern을 본고에서는 '근대'로 번역하기로 한다. 근대는 현대와는
달리 일종의 시대 개념을 전제하고 있다. 시대 구분으로서 근대는 16세기 이후부터
오늘의 시대까지 너무 포괄적으로 아우른다는 단점이 있지만, '현대'라는 용어보다
는 '근대'라는 용어가 본고에서 다루는 시간의식과 밀접한 연관을 가지므로 '근대'
를 사용하기로 한다. 왜냐하면 우리말 '현대'라는 말은 당대의 시기를 포괄하는 최

의 흐름에 따른 시간과는 또 다른 시간 – 근대, 즉 역사 속에 인간 자신을 위치지움으로써 자연 상태였던 자신의 자리를 문명의 자리로 옮겨놓았다. 동시에 자연과 인간을 단절시키면서 역사의 주체로서 인간과 이성을 자리매김하였다. 헤겔은 『역사 속의 이성』에서 "우리가 주목해야 할 것은 지금 우리의 대상이 되는 세계사는 정신적 지반地盤 위에서 진행된다고 하는 사실이다. 인간은 자연이 창조된 뒤에 출현하여 곧바로 자연계와의 대립을 형성하는 바, 여기서 그는 제2의 세계로 자신을 고양시키는 존재로서 군림한다. 우리는 우리의 일반적 의식 속에 자연과 정신의 왕국이라고 하는 두 개의 왕국을 지닌다. 이때 정신의 왕국은 바로 인간에 의하여 산출된 것이다."[2]라고 밝힌 바 있다. 여기에서 정신의 지반이라 함은 인간이 그 안에서 활동하는 이성을 가리킨다. 즉, 이성은 "역사의 진행 과정 속에서 스스로의 실존을 지탱해나가는 정신적 자연 본성"[3]이다. 이와 같이 자연사와 대립된 역사를 상정하고 그 주체를 인간에 부여한 헤겔은 다음과 같이 근대를 묘사한다.

> 지금의 우리 시대가 새로운 앞날을 지향하는 탄생의 시대이며 또한 과도적인 전환기에 놓여 있다는 사실을 알아차리기란 어렵지 않다. 인간정신이 이제는 기존의 질서와 사유형태에 결별을 고하고 그 모두를 과거의 유물로 돌려버릴 찰나에 다다름으로써 바야흐로 변혁을 맞이할 수밖에 없는 단계에 와 있는 것이다. 실로 정신은 한시도 쉬는 일이 없이 끊임없는 점진적 운동을 전개해 나가고 있다…… 여하간에 기존의 질서가 잠식돼 들어가는 것을 보면서 부풀기 시작한 성급한 기대감이나 그의 지지부진한 진행속도를 보면

근의 시기를 지시하는 뜻에 국한되는 경향이 있기 때문이다. 하지만 문맥과 뜻에 따라서는 '모던'과 '현대'를 사용할 것이다. 임정택, 김성기 편, 「계몽의 현대성」, 『모더니티란 무엇인가』, 민음사, 1994, 53~55면 참조.
2) 게오르크 헤겔, 임석진 옮김, 『역사 속의 이성』, 지식산업사, 1992, 78면.
3) 게오르크 헤겔, 앞의 책, 79면.

서 느끼는 권태감, 그리고 어떤 미지의 것으로부터 어렴풋이나마 전해져 오는 어떤 전조들은 모두가 종전에는 볼 수 없었던 새로운 것이 다가오고 있음을 알리는 신호임에 틀림없다. 결코 전체의 상 (像)까지도 변형시키지는 않는 이와 같은 점진적 와해작용이 결국 은 순식간에 비쳐오는 번갯불과도 같이 새로운 세계의 형상과 구조 를 단숨에 이루어놓을 것이니, 실로 동트는 햇볕에 힘입어서 어느 덧 새로운 시대적 국면은 비로소 열리게 마련이다.[4]

"동트는 햇볕에 힘입어" 열리는 "새로운 시대"가 곧 헤겔이 말한 '근 대'이다. 헤겔은 근대라는 개념을 무엇보다도 역사적 맥락에서 시기 개념 으로 사용한다. 즉 '새로운 시대die neue Zeit'가 '근대die moderne Zeit'라 는 것이다. 이것은 당시 영어 및 프랑스어의 사용법과 일치한다. 1800년 무렵에 사용된 modern times 내지 temp modernes는 그때를 기준으로 하 여 과거 300년간을 가리킨다. '신세계'의 발견과 르네상스, 종교개혁 — 1500년 무렵에 있었던 세 가지의 위대한 사건 — 은 근대와 중세의 사이의 문턱을 형성한다.[5] 근대의 시간은 역사적으로 객관적인 시간으로 이해되 며 이 시간 개념 내에는 발전과 진보라는 직선적인 시간관과 함께 혁명과 해방이라는 서유럽의 역사적 계기들이 내포되어 있다.

17세기 과학 혁명과 그와 연관된 철학에서의 혁명은, 특히 코페르니쿠 스의 천문학은 근대의 전세계상을 전복시키는 혁명적 전기를 마련했고 케플러와 갈릴레이가 이것을 완수하자 철학에서는 데카르트, 홉스, 로크 등이 인간의 사고를 인식의 가장 확실한 토대로 삼으면서 기존의 형이상 학과 신학을 해체시킨다. 자연과학적 사고에 기초한 이 합리주의는 자연 을 수량화함으로써 경제적으로 사용한다는 생각을 확산시켜주었다. 뒤이

---

4) 게오르크 헤겔, 임석진 옮김, 『정신현상학 · Ⅰ』, 지식산업사, 1988, 68~69면.
5) 위르겐 하버마스, 서도식 옮김, 김성기 편, 「근대의 시간 의식과 자기 확신 욕구」, 『모 더니티란 무엇인가』, 민음사, 1994, 373면.

어 초기 근대의 합리주의 철학을 근거로 하면서 18세기 중엽에 확산되기 시작한 계몽주의는 시민적 공공성의 확립을 통한 시민 사회의 형성, 자본주의 경제의 확립, 개인의 해방, 이성의 일방적 지배, 진보에 대한 믿음 등을 통해 전통과의 단절을 확연히 보여주었다.[6] 이를 위해 계몽주의는 이성을 통한 인간의 주체성을 우선적으로 확립하고자 하였다. 계몽주의는 미래를 닫혀 있는 것으로 보지 않으며, 인간 스스로가 자신의 이성에 의한 규제와 통제를 통해 미래의 목표와 실천 규범을 확립하게 된다는 것을 전제한다. 이는 인간이 보편적 이성을 지닌 주체와 세계의 중심임을 선언하는 것이며 주체가 대상으로서 타자와 세계와 자연을 전유하게 됨을 내포하고 있다.

역사와 세계에 대한 주체와 이성의 확립은 이제까지 인간이 예속되어 있었던 그간의 모든 전통과 억압과 권위에 대한 타파로 이어졌다. 경험주의와 합리주의, 그리고 과학기술의 발전을 토대로 한 모든 공공영역과 사회 각 분야 및 개인 생활영역에서의 신화와 마술로부터의 탈피, 즉 신 중심에서 인간 중심 사회로의 이동이 이뤄졌고 자연의 합리적 지배를 통한 생산력 증대를 창출했다. 또한 종속적인 신분 관계 및 경제적 불평등이라는 비합리성은 모든 개인의 동등한 정치 참여의 기회와 법적인 평등, 그리고 개인의 자율성과 해방이라는 합리성으로 대체되었다. 전 사회 영역에서 지금보다는 미래가 더 나으리라는 발전적이며 낙관적인 역사관이 계몽주의에 배태되어 있었던 것이다. 그러므로 근대성[7]이라 함은 이러한 역사적 시기의 근대적 삶의 다양한 경험의 총체를 가리킴과 동시에 근대의 시간의식을 내포하고 있다고 볼 수 있다.

그런데 17세기의 계몽주의와 18세기의 계몽주의는 구별하여 인식할

---

6) 임정택, 앞의 글, 앞의 책, 55~56면.
7) 영어의 modernity, 독일어의 Modernität, 프랑스어의 modernité에 해당하는데, 본고에서는 앞서 논한 바와 같이 '근대'의 용례와 같이 쓰고자 한다.

필요가 있다. 17세기의 계몽주의가 앞서 논한 바와 같이 진보·이성·과학을 자신의 모토로 내세우면서 전통적 권위에 대한 도전과 비판을 감행함으로써 편견과 미신의 폐지, 지식의 확대에 근거한 자연 지배, 그리고 물질적 진보와 번영이라는 새로운 시대의 개막을 알리는 사상 운동이자 종교 개혁, 르네상스, 17세기 과학 혁명 등에 의해 점진적으로 이뤄진 역사적 경향의 결과라면, 18세기의 계몽주의는, 중세의 종교와 형이상학으로부터 분리되어 나온 과학·도덕·예술의 자율적인 세 분야에 걸쳐 각각의 내부적 논리에 따라 객관적 과학(진리), 보편적 도덕과 법률(규범적 공정성) 그리고 자율적 예술(신빙성과 미)를 발전시킴으로써 일상적 사회 생활의 합리적 조직화와 삶의 풍요를 이루는 것을 자신의 기획으로 삼았다.[8] 이에 따라 각각 정치적 근대성, 윤리적 근대성, 미적 근대성의 정초를 마련하기 시작했던 것이다.

그러나 19세기말에 이르러 계몽주의는 자신의 내부에 배태되어 있던 반계몽反啓蒙의 싹을 드러낸다. 여기에서 반계몽이라 함은 전근대前近代의 지향이 아니라 근대 형성에 이바지한 계몽주의, 즉 자신에 대한 비판적인 의미를 가리킨다. 18세기말에서 19세기말에 이르러 부르조아지에 의해 장악된 사회의 각 부문은 전근대와는 완연히 다른 산업 자본주의사회의 모습으로 바뀌었다. 그것은 마르크스에 의해 '새로운 시대'와 '새로운 것'이라고 일컬어지는 근대에 대한 비판적 분석이 이뤄진다.

> 부르조아지는 끊임없이 생산수단을 혁명적으로 개조하고, 그럼으로써 생산관계를 개조하며, 또 그와 더불어 사회관계 전체를 변화시킴으로써 존재할 수 있다. 반면에 이전의 모든 산업 계급들에게는 낡은 생산양식을 그대로 보존하는 것이 자신의 1차 존재조건이었다. 끊임없는 생산의 혁명적 발전, 모든 사회적 조건들의 부단

---

8) 위르겐 하버마스, 홍유미 옮김, 김욱동 편저, 「모더니티와 포스트모더니티」, 『포스트모더니즘의 이해』, 문학과지성사, 1990, 290면 참조.

한 교란, 항구적인 불안과 동요는 부르조아 시대와 이전의 모든 시대를 구분짓는 특징이다. 고정되고 단단히 얼어붙은 모든 관계들, 이와 더불어 고색창연한 편견과 견해들은 사라지고, 새로이 형성된 모든 것들은 골격을 갖추기도 전에 낡은 것이 되어버린다. 견고한 모든 것은 대기 속으로 녹아 사라져버리고, 거룩한 모든 것은 더럽혀지며, 마침내 인간은 냉정을 되찾고 자신의 실제 생활조건, 자신과 인류의 관계에 직면하지 않을 수 없게 된다.[9]

"모든 시대와 구분짓는 특징"을 지닌 근대는 그 이전의 모든 시대와 단절을 통해 "끊임없이" 사회 전체를 변화시키고 진보시키지만 동시에 "항구적인 불안과 동요"에 시달린다. 그 결과 자본주의적 생산에 참여하는 노동자의 "노동의 생산물은 하나의 대상 속에 고정되고 객관화된 노동"[10]이 되며 그것은 "노동의 대상화"[11], 즉 노동의 소외 현상으로 나타난다. 또한 그 노동의 결과물인 생산물의 "사용가치의 가치 크기를 결정하는 것은 오로지 사회적으로 필요한 노동량, 곧 그 사용가치의 생산에 사회적으로 필요한 노동시간"[12]으로 규정된다. 이는 근대의 이중적 측면과 함께 근대의 시간 의식을 살펴볼 수 있는 기회를 마련해준다. 근대는 계몽과 함께 이뤄졌지만 근대가 이뤄지자마자 계몽은 역으로 이성의 억압과 인간에 대한 소외를 불러왔다. "진보가 퇴보로 전환되는 것이다."[13]라고 말한 호르크하이머와 아도르노는 「신화와 계몽의 변증법」을 ≪오디세이≫ 신화 분석을 통해 보여준다. 자연에 대한 유사성의 원리로서 미메시스와 주술이 신화의 양식이라면 계몽은 그 신화를 역으로 신화의 방

---

9) 칼 마르크스 & 프리드리히 엥겔스, 남상일 옮김, 『공산당 선언』, 백산서당, 1989, 59~60면.(*Manifesto of the Communist Party*, Progress Publishers, Moscow, 1968, 31~63 쪽, 부분 대조 수정함).
10) 칼 마르크스, 김태경 옮김, 『경제학 – 철학 수고』, 이론과 실천, 1987, 56면.
11) 칼 마르크스, 위의 책, 56면.
12) 칼 마르크스, 김영민 옮김, 『자본 · 1』, 이론과 실천, 1990, 62면.
13) 막스 호르그하이머·테어도르 아도르노, 앞의 책, 20면.

식으로 극복한다. 즉, "신화가 이미 계몽을 수행하는 것처럼 계몽은 매 단계마다 더욱더 깊이 신화 속으로 빠져 들어간다. 신화를 파괴하기 위한 모든 소재를 계몽은 신화로부터 받아들"인다.[14] 그 결과 「제2의 자연」이 된 사회에서는 자신을 주체로, 타인을 객체로 만들려 하는 현상이 전사회적으로 이뤄지며 주체에 의한 타자의 전유 방식인 이성과 보편성은 폭력의 끝없는 확대재생산을 낳고 자기유지를 자기파괴로 전환시킨다. 그 과정에서 인간 자신과 노동의 소외 및 분업에 따른 예술 향유의 소외가 발생하며 자연과 신의 영역에서 분리된 시간은 단순히 경제적 가치인 화폐로 환원되어버리고 만다. 시간이 곧 화폐가 되어버린 시대가 근대인 것이다.

이렇듯 근대의 형성과 함께 야기된 문제를 극복하기 위한 새로운 근대의 모색은 그 출발점부터 시작되었으며, 근대성의 형성과 자기규정 및 그것의 비판적 극복은 근대의 전개 과정 내내 끊임없이 전개해왔던 것이다. 그것의 비판적 문제인식의 한가운데에는 근대와 계몽의 기획으로 이뤄진 "새로운 시대"에 "왜 인류는 진정한 인간적인 상태에 들어서기보다 새로운 종류의 야만상태에 빠졌는가라는 인식"[15]이 자리잡고 있다. 그러므로 근대는 주체의 자율성과 과학 기술을 바탕으로 확립한 생산력 증대의 새로운 시기였으며 동시에 주체에 의한 타자의 전유와 보편성의 특수성에 대한 억압, 그리고 지배의 수단으로 전락한 이성 자신에 대한 회의와 비판의 시기였던 것이다.

근대에 대한 비판적 인식 아래 계몽의 연장선에서 대립했던 마르크스와 아도르노 및 호르크하이머와 더불어 벤야민의 근대성과 근대의 시간의식은 앞서 논의한 바를 함축하면서 자신의 이해를 바탕으로 근대의 역사를 논한다.

---

14) 막스 호르그하이머 · 테어도르 아도르노, 앞의 책, 35면.
15) 막스 호르그하이머 · 테어도르 아도르노, 앞의 책, 15면.

클레(P. Klee)가 그린 새로운 천사(Angelus Novus)라고 불리우는 그림이 하나 있다. 이 그림의 천사는 마치 그가 응시하고 있는 어떤 것으로부터 금방이라도 멀어지려고 하는 것처럼 보이도록 묘사되어 있다. 그 천사는 눈을 크게 뜨고 있고, 그의 입은 열려 있으며 또 그의 날개는 펼쳐져 있다. 역사의 천사도 바로 이렇게 보일 것임에 틀림없다. 우리들 앞에서 일련의 사건들이 그 모습을 드러내고 있는 바로 그곳에서 그는, 잔해 위에 또 잔해를 쉬임없이 쌓이게 하고 또 이 잔해를 우리들 발 앞에 내팽개치는 단 하나의 파국을 바라보고 있다. 천사는 머물러 있고 싶어하고, 죽은 자들을 불러일깨우고 또 산산히 부서진 것을 모아서는 이를 다시 결합시키고 싶어한다. 그러나 천국으로부터는 폭풍이 불어오고 있고, 또 그 폭풍은 그의 날개를 꼼짝달싹 못하게 할 정도로 세차게 불어오기 때문에 천사는 그의 날개를 더 이상 접을 수도 없다. 이 폭풍은, 그가 등을 돌리고 있는 미래쪽을 향하여 간단없이 그를 떠밀고 있으며, 반면 그의 앞에 쌓이는 잔해의 더미는 하늘까지 치솟고 있다. 우리가 진보라고 일컫는 것은 바로 이러한 폭풍을 두고 하는 말이다.

— 「역사철학 테제 9」[16]

벤야민의 '역사의 천사'는 근대의 파국이 일어나고 있는 역사의 현장, 그 순간을 직시하고 있다. 벤야민의 '역사의 천사'는 미래를 향해 나아가지만 그의 얼굴은 과거를 향해 있다는 점에서 변증법적이다. 과거의 역사 속의 사건들을 과거의 문맥에서 뜯어내어 그것을 정화시키기 위해 새로운 '사고와 치명적인 충돌'을 하게 함으로써 어둠의 시간인 과거로부터 그것을 현재로 끌어올리고자 한다. 벤야민은 역사주의의 진화론적이며 인과론적인 발전에 반대한다. 그에게서 현재란 "그가 살고 있는 자신의 시대가 지나간 어느 특정한 시대와 관련을 맺게 되는 성좌"이며 "메시아

---

16) 발터 벤야민, 반성완 옮김, 『발터 벤야민의 문예이론』, 1983, 348면.

적 시간의 단편들로 점철된 <현재시간>으로서의 현재라는 개념"을 지닌다. 또한 현재는 "메시아적의 모델로서 전 인류역사를 엄청나게 축소해서 포괄하고 있는 현재시간(Jetztzeit)은 우주 속에서 인류의 역사가 만든 바로 그 형상(Figur)과 정확히 일치한다"고 주장한다.[17] 이는 과거에 대한 시간 체험, 즉 회상과 연결된다.

그는 "기억하는 작가에게 가장 중요한 역할을 하는 것은 그가 체험한 내용이 아니라 그러한 체험의 기억을 짜는 일, 다시 말해서 회상(Eingeden -ken)하는 일이기 때문이다. 아니 이보다 더 적합한 표현은 기억을 짜는 일이 아니라 망각을 짜는 일이라고 말할 수도 있을 것"[18]이라고 언급하면서 회상과 기억에 반추하여 현재를 과거에 결합하여 추출한 의미를 탐색한다. 벤야민은 우리가 과거를 회상하려는 구체적인 심리적인 경험을 주목하고 그 인간의 내면에 우리를 발전시킬 수 있는 씨앗을 발견하여 현실적인 시간 속에서 확대시키고자 한다. 벤야민은 "우리들 앞에" 놓인 "일련의 잔해"들의 순간을 놓치지 않고 바로 그 순간을 과거, 즉 역사와 교차시킨다. 그리하여 그 순간은 순간적인 정지된 상태와 현대적 의미를 지님과 동시에 과거의 전통으로부터 연속성을 지니며 벤야민 자신이 말한 바와 같이 "메시아적 구원"을 받는다. 이 구원은 객관적인 시간의 흐름 속에 놓여있을 뿐인 과거의 단순한 사실을 지금 눈 앞에서 벌어지고 있는 현재시간의 사건을 변증법적으로 통일하여 역사적 차원으로 올려놓을 때 현현된다. 근대의 시간의식을 전복시키는 의미를 담고 있다. 과거와 현재가 부딪치는 섬광과 같은 그 "순간"의 구원은 객관적이며 물리적인 장場에서 일어나지 않으며 내적 체험, 즉 신비적 체험의 양상으로 나타나는데, 이는 객관적인 시간 영역에서 경험할 수 없는 것이다. 누구에게나 균일하며 동등한 현재인 시간으로 수렴하려는 근대의 시간의식에 대한 일

---

17) 발터 벤야민, 「역사철학 테제」, 위의 책, 355면.
18) 발터 벤야민, 「프루스트의 이미지」, 앞의 책, 103면.

종의 저항이다. 더불어 그 순간은 예술 영역에서는 미의 원본적인 경험[19], 즉 아우라를 생성시킨다. 그 순간은 찰나이며 그 찰나 안에는 영원성과 일회성이 교차하고 있는데 이는 보들레르가 말한 바 있는 "모더니티는 일시적인 것, 사라지는 것, 우연적인 것이며, 예술의 절반이다. 예술의 다른 절반은 영원한 것, 불변적인 것이다"[20]와 의미가 상통하는 바가 있다. 예술의 절반에 해당하는 모더니티는 현재 사라져버리는 순간적인 우연적인 것이라고 보들레르는 명명한다. 그러면서도 모더니티는 그 나머지 절반인 영원하고 불변한 것을 지향하는 것임을 암시한다. 모더니티는 영속적이거나 필연적인 것이 아니라는 것은 보들레르 자신이 살았던 객관적 현실에 대한 환멸과 전면적 부정을 말해준다. 하지만 삶의 조건으로서 근대적 현실이 그러하다고 해서 삶을 포기할 수는 없고 영원성과 불변성에 대한 추구를 멈출 수는 없다. 포기할 수 없는 삶, 멈출 수 없는 영원한 것, 가치 있는 것에 대한 추구를 가능하게 하는 것이 예술, 곧 미적인 것에의 헌신이다.[21] 보들레르는 미를 전통에서 찾지 않는다. 오히려 그는 높은 곳에 올라서 대도시 파리를 바라보며 근대적 미를 찾는다.[22] 보들레

---

19) 예술의 영역에서 미적으로 경험되는 이것은 객관적으로 존재하는 것이 아니라 초월적으로 존재하던 것이 '현재' 인간의 내부로 경험되는 그 순간의 현현이다.

20) 샤를 보들레르, 박기현 옮김, 「현대적 삶의 화가」, 『세계의문학』, 2002, 봄, 35면.

21) 김명인, 『불을 찾아서』, 소명, 2000, 239~241면.

22) 보들레르가 관심있어 하는 미적 대상과 시간의식이 무엇인지는 다음의 에필로그를 읽어보면 분명하다. 그는 전근대적인 미적 취향을 가지지 않았기 때문에 전통적 미의 회복 내지 복원을 희망하지 않았다. 오히려 그는 파리의 군중 속을 걸어다니면서 현대의 아름다움을 찾아낸다. 시집 제목 『악의 꽃』에서 "악"은 바로 절망할 수밖에 없는 근대의 도시이며, "꽃"은 그 도시에서 피어난 예술을 상징한다. 이는 서정주의 전통지향성을 지닌 시간의식과 비견된다.
흡족한 마음으로 나는 산에 올랐다./그곳에서 도시를 상세히 내려다볼 수 있었다오.//병원, 娼家, 煉獄, 지옥, 도형수의 감옥 등.//이곳에서 모든 기상천외의 일들이 꽃처럼 피어난다./오, 나의 고뇌의 수호신, 사탄이여, 그대는/내가 여기서 헛된 울음이나 흘리려는 게 아님을 알고 있오.//그보다는 늙은 창녀에 취한 늙은 호색한처럼/이 거대한 갈보, 수도에 취하고 싶소./그녀의 지옥 같은 매력이 나를 끊임없이 젊게 해준다오./…오, 더러운 수도여! 나는 그대를 사랑하오!/창녀들, 그리고 비적

르는 파리의 산책자(flâneur)가 되어 군중 속에서 피난처를 찾는다.[23) 산책자는 「지나가는 여인에게」[24)서 황홀감을 느낀다. 대도시인들은, 군중을 그들의 반대자, 즉 적대적인 요소로 보기는커녕 바로 이들 군중에 의해서 비로소 그들을 매료하는 이미지를 얻게 된다. 이 사랑의 감정은 처음 보고 느끼는 사랑의 감정이 아니라 마지막으로 보고 느낄 때의 사랑의 감정이다. 그것은 또한 일종의 영원한 작별로서 그 작별은 시 속에서 매혹의 순간과 일치하고 있다. 이 매혹의 순간이 근대의 꽃 - 대도시, 파리에서 느낄 수 있는 미적 순간이며 시적 순간이다. 이 시는 대도시에서의 삶이 사랑에 대해 입히는 상처를 밖으로 드러내주고 있다.[25)

푸코는 보들레르에게서 "순간적으로 스쳐 지나가는 현재 너머에 내재해 있거나 또는 그 뒤편에 있는 것이 아니라 바로 현재 안에 내재해 있는 영원한 어떤 것을 재포착하려는 사려 깊고 힘이 많이 드는 어떤 태도"[26) 가 현대적인 태도라는 것을 읽어낸다. 근대적 상황의 파국 속에서 비극적으로 끝날 수밖에 없는 현재의 순간을 보들레르는 예술적으로 그 순간의 것과는 다른 영원한 것으로 변형해보려는 태도가 곧 현대적인 태도임을 지시하고 있다.

들, 그대들은 나에게 그처럼 자주 숨은 쾌락을 주는군-,/저속한 범인들은 이해하지 못하는. - 윤영애 옮김, 「에필로그」, 『파리의 우울』, 민음사, 1979, 241면.
23) Walter Benjamin, "Paris, Capital of the Nineteenth Century", translated by Edmund Jephcott, *REFLECTIONS*, Edited by Peter Demetz, Schochen Book, New York, 1986. p.156.
24) (…)조상(彫像) 같은 다리로 민첩하고도 고상한 걸음으로./나는 머리가 돈 사람인 양 부르르 떨며,/태풍이 싹트는 납빛 하늘 같은 그녀 눈에서/넋을 빼는 감미로움과 뇌쇄의 쾌락을 마셨어.//번갯불…… 그리고 어둠! 그 시선이 홀연/날 되살려놓곤 한 순간에 지나친 미녀여,/영원의 저승이 아니고는 다시는 못 볼 것인가?//딴 곳, 아득히 멀리! 이미 늦었어! 아마 영구히 못 만나리!/그대 사라지는 곳 나 모르고, 내 가는 곳 그대 알지 못하니,/오 내가 사랑할 수도 있었을 그대, 오 그것을 알고 있던 그대였거늘! - 김붕구 옮김, 「지나가는 여인에게」, 『악의 꽃』, 민음사, 1994, 82~83면.
25) 발터 벤야민, 「보들레르의 몇 가지 모티브에 관해서」, 앞의 책, 135~136면.
26) 미셸 푸코, 앞의 글, 앞의 책, 351면.

현재에 대한 역설적인 영웅화, 현실에 대한 자유로운 변형 활동,
금욕을 통해 자아를 세련되게 하는 것 - 이러한 것들이 사회 그 자
체나 정치적인 신체 안에 자리 잡게 되리라고 보들레르는 생각하지
않았습니다. 그것들은 단지 또 하나의, 다른 장소에서만 생산될 수
있습니다. 보들레르는 그 장소를 예술이라고 부르고 있습니다.[27]

그런 의미에서 미적 근대성은 계몽과 역사주의의 이름으로 진행되어
온 정치적 근대성과 대립된다. 그렇다고 해서 미적 근대성은 정치적 근대
성과 변증법을 시도하지도 않는다. 오히려 끊임없는 자기 부정의 변증법
속에 놓여있다. 왜냐하면 이성이 지배의 도구로 전락해버린 현재의 근대
에서, 덧없이 사라지는 순간을 영원성으로 끌어올리려는 태도가 미적 근
대성의 특성일 것인데, 이는 정치적 근대성과 대립되고 있기 때문이다.
끊임없는 자기 부정을 자신의 본성으로 삼고 있는 미적 근대성은 그런 까
닭에 정치적 근대성에 대한 타자로서 항상 위기와 불안, 부정성을 내재적
으로 갖고 있다. 근대적 상황의 파국에 이르는 추醜를 아름다움과 조화의
세계로 바꾸려는 부정의 정신, 곧 보들레르가 말하는 『악의 꽃』, 시집 자
체가 표현하고 있는 정신이자 미적 근대성의 상징이다.

현대성은 결코 그 자체가 될 수 없다. 그것은 언제나 다른 그 무
엇, 곧 타자(他者)에 해당한다. 현대의 특징은 신기한 것에 있는 것
이 아니라 다른 것, 즉 타자에 있다. 기이한 전통과 기이한 것의 전
통, 현대성은 이처럼 이중성으로 규정된다. 낡은 전통은 언제나 똑
같고 현대는 언제나 다르다. 전자는 과거와 현재의 통일성을 요구
하고, 후자는 그 자체의 차이점을 강조하는 데에만 만족하지 않고
과거는 하나가 아니라 여러 개라는 점까지도 확신한다. 따라서 현
대의 전통은 철저한 타성(他性)과 과거의 복수성(複數性)에 있다.

---

27) 미셸 푸코, 앞의 글, 앞의 책, 355면.

현재는 과거를 용납하지 않을 것이다. 오늘은 어제의 자식이 되지 않을 것이다. 현대적으로 되는 것은 과거와 결별하는 것이며 과거를 전적으로 거부하는 것이다. 현대성은 그 자체만으로 충분한 것이다. 그것은 그 자체의 전통을 발견해낸다.[28]

옥타비오 파스는 "현대성이란 거부이고 바로 조금 전의 과거에 대한 비판이며 지속성에 대한 방해"라고 주장한다. 이 방해는 다름아닌 현대성 자신이 가지고 있는 "차별성에 기인한다. 이 차별성이 바로 부정이며 그러한 부정은 시간을 '이전'과 '지금'으로 나누는 칼날"이 된다. 현대의 "우리들에게 있어서 시간은 역사의 구성 요소이며 시간은 역사 속에서 펼쳐진다."[29] 근대의 시간은 전통에 대한 비판으로부터 출발한다. 그 비판으로 인해 고대인의 시간의식과는 다른 속성을 지니게 된 것이다. '현대의 전통'이라는 의미는 우리들의 역사적 의식의 표현이다. 근대인의 시간은 변화의 전달자이지만 고대인의 시간은 변화를 억압하는 대리자이다. 고대인의 과거는 시간의 범주 그 이상으로 시간을 초월하는 실체, 곧 태초의 시작이다. 고대인들의 과거는 언제나 부동적이고 언제나 현재적이다. 고대인들의 과거는 여전히 모든 시대를 앞서는 하나의 모델이며 하늘과 땅의 조화에 의해서 지배되는 최초의 행복한 시간이다. 그러나 식물이나 살아있는 존재와 똑같은 속성을 지니고 있는 것은 과거이다. 과거는 일종의 활성화된 요소, 즉 변화하고 무엇보다도 소멸하는 요소이다. 역사는 최초의 시간에 대한 격하, 느리면서도 변경 불가능한 쇠퇴의 과정, 곧 죽음으로 끝나는 과정이다. 반복은 변화와 소멸을 치료한다. 과거는 모든 주기의 맨 마지막에서 기다리고 있다. 과거는 앞으로 오게 될 시대이다. 미래는 이중적인 이미지, 즉 시간의 끝과 시간의 재출현, 원형적인 과거

---

28) 옥타비오 파스, 윤호병 옮김, 『낭만주의에서 아방가르드까지의 현대시론 ─ 진흙 속의 아이들』, 현대미학사, 1995, 14면.
29) 옥타비오 파스, 위의 책, 16면.

의 붕괴와 그것을 부활을 제공한다. 주기의 끝은 최초의 과거를 복원하는 것이고 불가피하게 전락한 태초의 시간을 복원하는 것이다.[30]

니체는 근대성에 대해 보다 비관적이며 해체적으로 대립하며 그 시간의식에 있어서 영원회귀의 시간의식을 내보인다. 니체는 『반시대적 고찰』제2장 「삶에 대한 역사의 공과功過」에서 다음과 같이 논한다.

> 비역사적인 것은 사물을 둘러싼 분위기와 비슷하고 이 분위기 속에서만 삶은 스스로를 낳으며, 따라서 그것이 부정됨과 동시에 삶도 다시금 소멸된다. 인간이 사색하고, 숙고하고, 비교하고, 분리하고, 결합하고, 저 비역사적 요소를 제한함으로써 비로소, 저 두텁게 휩싸여 있는 중기의 구름 속에서 한 줄기의 밝은 섬광이 발생함으로써 비로소 ─ 따라서 지나간 것을 삶을 위하여 사용하고 또 일어난 사건을 기초로 역사Geschichte를 만드는 힘에 의하여 비로소, 인간은 인간이 된다. 이것은 진실이다. 그러나 역사Historie가 과잉이되면 인간은 다시금 인간임을 멈춘다. 인간은 비역사적인 것의 저 외피가 없이는 결코 시작할 수 없었을 것이고, 또 지금도 감히 착수할 수 없을 것이다. 인간이 먼저 저 비역사적인 것의 운무층에 들어가지 않고도 할 수 있는 행동이 어디에서 발견될 것인가?[31]

니체는 역사적인 것과 비역사적인 것을 대립적으로 파악한 후, 19세기에 이르러 과잉된 "역사적 교양"에 대한 비판을 행한다. 니체에게 있어서 역사주의는 삶의 모든 기력과 욕구를 파괴하는 것으로 보인다. "역사를 움직여 가는 일에도 일정한 한계가 있으며, 따라서 역사를 지나치게 존중하면 삶은 위축되어 퇴화되고" 말며 "이런 현상을 현대의 두드러진 징후로서 몸소 체험하는 것은 비록 고통스런 일이긴 하지만 실로 현재로서는 필요불가결한 일"이라고 니체는 토로한다. 그는 "역사적 교양"을 "시대

---

30) 옥타비오 파스, 앞의 책, 23~24면 참조.
31) 프리드리히 니체, 임수길 옮김, 『반시대적 고찰』, 청하, 1982, 113~114면.

의 병폐, 질병, 결함으로 이해"하고 이 병의 치유를 위해 동물들이 망각하며 살아가듯 "망각하는 능력"을 기를 것을 요구한다.[32] 이 "망각하는 능력"과 함께 니체는 동물처럼 "아주 비역사적이고, 거의 점과 같은 시계視界"에 살 것을 요구한다. "무언가 올바른 것, 건강한 것, 위대한 것, 무언가 참으로 인간적인 것이 일반적으로 그 위에서 성장할 수 있는 토대"는 바로 "비역사적으로 감각할 수 있는 능력"에 있다고 그는 주장하면서 역사주의자들을 다음과 같이 논박하면서 자신의 역사관－시간의식을 표명한다.

> 과거에의 조망은 그들을 미래로 밀어대고, 더욱 오랫동안 이 삶과 겨루려 하는 그들의 용기를 불러일으키고, 올바른 것은 역시 온다고 하는 희망, 지금 가고 있는 산 저편에 있다고 하는 희망에 불을 붙인다. 이 역사적 인간들은 현존의 의미는 그 과정이 진행됨에 따라 점점 더 밝혀지리라고 믿으며, 지금까지의 과정의 고찰에 의해서 현재를 이해하고 미래를 더욱 열렬하게 갈망하게끔 되기 위해서만 배후를 돌아본다. 그들은 그들이 역사적 지식을 소유하고 있음에도 불구하고 자기들이 얼마나 비역사적으로 사유하고 행동하는지를 전혀 모르고, 그들의 역사에의 모두도 순수인식에 봉사하기 위해서가 아니라 삶에 봉사하기 위해서라는 것을 전혀 모른다.[33]

> 과거의 것과 현재의 것은 참으로 동일하다. 즉 그것은 다종다양한 양태를 지니고 있지만 유형적으로는 서로 같고, 지나가지 않는 유형의 편재(偏在)로서는 불변의 가치와 영원히 같은 의미를 지닌 정지된 형상이다.[34]

영원한 현재로서 읽혀지는 시간 의식, '풀을 뜯어 먹으며 지나가는 가

---

32) 프리드리히 니체, 위의 책, 108~112면 참조.
33) 프리드리히 니체, 앞의 책, 116면.
34) 프리드리히 니체, 앞의 책, 117면.

축'의 시대로 돌아가려는 시간의식, 과거가 현재이자 현재가 미래이며 미래가 과거라는 시간 내의 불변 속에 생성하는 존재의 의미와 가치를 찾고자 하는 니체에게서 근대적 세계에 대한 강한 부정과 전면적인 단절, 비역사적이며 반근대 지향의 의지를 읽을 수 있다. 그것은 '전통과의 단절'이 아니라 '전통의 재생'이자 '회귀'이다.

> 보라, 우리는 당신이 가르치는 것을 잘 알고 있다. 만물은, 그리고 그들과 함께 우리 자신도, 영원히 회귀하며, 우리는, 그리고 만물도 우리와 함께, 이미 무한한 회수(回數)에 걸쳐 존재해왔다는 것을.
> 당신은 가르친다, 생성의 커다란 해(年)가 있다고 커다란 해라는 괴물이 있다고. 그 해가 새로이 흘러가버리고 흘러나오기 위해서는 마치 모래시계처럼, 스스로 언제나 다시금 새로이 역전되지 않으면 안 된다 - 그리하여 이러한 모든 해(年)들이, 최대의 것에 있어서도 최소의 것에 있어서도 서로 동일하며, 그리하여 우리 자신은 어느 커다란 해에나 동일하며, 그리하여 우리 자신은 어느 커다란 해에나 동일하며 또한 우리 자신과 동일한 것이다, 최대의 것에 있어서나 최소의 것에 있어서나…나는 되돌아오리라, 이 태양과 더불어, 이 대지와 더불어, 이 독수리와 더불어, 이 뱀과 더불어 - 새로운 삶이나 혹은 보다 나은 삶이나 혹은 비슷한 삶으로가 아니라, - 최대의 것에 있어서나 지금과 동일한 바로 이 삶으로 나는 영원히 되돌아오리라, 다시금 모든 사물에게 영원 회귀를 가르치기 위하여, - 다시금 대지와 인간의 위대한 정오에 관한 말을 하기 위하여, 그리하여 다시금 인간에게 초인을 알리기 위하여.[35]

사실 주기를 파괴하고 유한하고 회귀 불가능한 시간이 유입하게 되었

---

35) 프리드리히 니체, 최승자 옮김, 『짜라투스트라는 이렇게 말했다』, 청하, 1984, 264~265면 참조.

을 때에, 기독교는 시간의 '타성他性'을 강조하게 되었다. 시간이 그 자체와 결별하도록 하는 것, 시간 그 자체를 나누어서 분리시키는 것, 그런 다음 무엇인가 다르면서도 언제나 차이 나도록 하는 것 — 이러한 특성을 기독교는 분명하게 하였다. 아담의 추방은 낙원의 영원한 존재에 기여하였다. 연속적인 시간의 시작은 역으로 분리의 시작이다. 시간은 지속적으로 분산됨으로써 지속적으로 최초의 단절, 최초의 시작으로부터의 단절을 반복하고 있다. 영원한 현재를 어제·오늘·내일로 나누는 것은 그 각각이 차이 있는 것이고 유일한 것이다. 이와 같은 지속적인 변화는 불완전의 표시, 즉 추방의 조짐이다. 유한성, 회귀 불가능성, 타성은 불완전성에 대한 표시이다. 매순간은 유일하고 분명한 것이다. 왜냐하면 그것은 통일성으로부터 분리된 것이고 잘려져 나간 것이기 때문이다. 역사는 추방의 동의어이다.36)

신과 함께 살던 황금 시대에서 추방됨으로써 인간은 행복에서 불행으로의 점차적인 타락이 시작되었고 신의 시간인 태초로부터 분리되었다. 이 분리는 영원한 시간으로부터 분리이며 역사의 유한한 시간으로의 이동이다.

고대인들은 자연의 각종 현상과 힘들에 대해 애니미즘의 방식으로 자연을 익혀나갔다. 메소포타미아에서 "최초의 회귀적인 순환 개념은 태양신이 매일같이 죽었다가 다시 살아난다고 신화적으로 생각되었던 매일의 태양의 순환을 관찰"에서 나왔고 "훨씬 더 긴 회귀적인 순환으로서는 계절의 순환"으로부터 인식되었다.37) 인도에서 역사의 본성에 관한 신화적인 단계의 사상은 태양의 날마다 순환, 즉 소우주적인 현상에 관한 원시적인 형태의 신화와 더불어 발전되었다. 달을 자기의 상징으로 삼는 파괴

---

36) 옥타비오 파스, 앞의 책, 28면.
37) 그레이스 케언스, 이성기 옮김, 『역사철학: 역사 순환론 속에서의 동양과 서양의 만남』, 대원사, 1990, 49면.

신 시바(shiva)는 힌두교의 유일신으로 히말라야 산맥의 고봉을 넘어 일몰하는 태양이었다. 시바의 이마 중심에는 수직으로 놓여진 제3의 눈이 있다. 이 제3의 눈은 인도인의 시간관과 관련시켜 볼 때 매우 중요한 것이다. 시바가 지닌 세 개의 눈은 과거, 현재, 그리고 미래에 대한 지식으로서 일체의 시간 순환 중에서 모든 시간이 지니는 일체의 지식을 상징한다.[38] 일반적으로 시바는 우주이며 그의 춤은 진화와 퇴화의 과정, 즉 발생으로부터 절멸에 이르는 매 우주적인 순환의 전체 생활 과정의 기간을 가리킨다.[39]

힌두교에서 불교가 발전된 이래로 불교의 역사철학은 힌두교의 역사철학과 유사한 순환관을 가지고 있다. 한번의 세계 순환은 다음과 같은 형식을 취한다. (1)파괴의 시간, (2)파괴의 연속 시간, (3)쇄신 기간, (4)쇄신의 연속 기간, 다음에는 다시 파괴의 기간이 오며, 또 쇄신의 기간이 온다. 전체의 계기는 끝없이 반복된다. 일체의 세계 체제들은 동시적인 것은 아니라 할 지라도 똑같은 진화와 붕괴의 형식을 따른다. 이 끝없는 시간의 순환에 비하면 한정없이 보잘것없는 인간 존재, 그러나 그 시간의 고리에 갇혀서 유한하고 덧없는 현상의 세계로부터 인간 존재를 해방시켜 모든 인간 존재의 목표인 영원한 존재, 불타의 정수 혹은 니르바나(Nirvana)의 차원에 이르는 것이 바로 정신적인 자유를 추구하는 불교의 순환관이자 정수이다.[40]

바퀴는 힌두교와 불교에서 순환적인 시간관을 나타내기 위해 자주 사용된 상징 가운데 하나이지만 자이나교에서는 시간을 나타내는 완전한 상징이다. 그 바퀴는 끊임없이 영원히 움직인다. 시간이란 끊임없이 '움직이는 영원의 표상'이다. 그것은 뱀이 자신의 꼬리를 물고 있는 동그라

---

38) E.B. Havell. *The Ideals of Indian Art*. London: *John Murray*, 1920, 50쪽(그레이스 케언스, 앞의 책, 58면. 재인용).
39) 그레이스 케언스, 앞의 책, 58면.
40) 그레이스 케언스, 앞의 책, 78~83면 참조.

미 형상으로 상징되기도 한다. 뱀은 끊임없이 죽고 죽어서 다시 태어나는 영원한 에너지와 의식을 상징한다. 달이 다시 차기 위해서 그 그늘을 벗 듯이 뱀은 거듭나기 위해서 자신의 허물을 벗는다.[41] 주기적으로 허물을 벗는 것은 생명과 부활의 상징이며, 똬리를 튼 뱀은 현현의 순환을 나타 낸다. 이 끝없는 순환, 영원한 시간을 상징하는 뱀은 고대인들에게서만 나타나지 않고 현대의 원시부족에게도 공통적으로 나타난다. 그런 의미 의 연장선에서 바퀴에도 동일한 시간관이 내포되어 있다. 이 순환론적 시 간관에 담긴 힌두교와 불교 및 자이나교의 목표는 존재의 근원에 이르는 복귀 여정을 성공적으로 끝내고 자유에 도달하는 것이며 이 자유는 인간 개체와 우주의 반복적인 역사의 순환적인 바퀴의 멍에로부터 해방이다. 즉 무아無我를 통한 우주와 하나가 되는 것이다.[42]

우주의 순환론은 그리스에서도 나타난다. 우주의 본성에 관한 순수한 자연주의적인 이론을 정립해 보려고 한 그리스인들 가운데 최초의 사상 가들은 이오니아인들이었다. 헤라클레이토스(Herakleitos)는 불이 자연의 궁극적인 실체라고 가르쳤다. 이 불의 요소는 흙과 공기와 물을 낳는다. 만물은 이들 네 요소로 이루어졌다. 그러나 근본 실체인 불은 질료적인 성질 이상의 것을 가지고 있다. 그것은 '로고스(Logos, 문자대로 하면 '말'을 의 미하나 '이성'이란 의미를 내포한다)'라고 불리우며, 일정한 양에 따라서 불을 붙이며, 일정한 양에 따라 소멸시키는 작용을 한다. 이것으로 헤라클레이 토스는, 불이 변화의 본질이며, 변화는 자연에 두루 퍼져 있는 특징이지 만 변화에는 법칙(Logos)이 존재한다고 말한다. 이 로고스는 전체로서의 우 주에서 그같이 정확한 방식으로 작용하기 때문에 불에서부터 나온 요소 들과 다른 모든 것들의 진화와 또 만물이 불로 돌아가는 에크피로시스 (ecpyrosis) 또는 대화재大火災의 일정한 순환의 기간들이 존재한다.[43]

41) 조지프 캠벨, 이윤기 옮김, 『신화의 힘』, 고려원, 1996, 101면.
42) 그레이스 케언스, 앞의 책, 166면.
43) 그레이스 케언스, 앞의 책, 208면.

플라톤은 『티마이오스』편에서 이데아의 모방을 통해 창조된 우주는 물·불·흙·공기의 4원소로 구성되어 있는데 이 4원소의 기하학적인 완벽한 조화가 코스모스(kosmos), 곧 우주이며 시간은 우주의 창조와 함께 존재하게 되었다고 논한다. 이는 역으로 영원불멸의 이데아에서는 시간의 흐름이 존재하지 않음을 가리킨다.

> 시간은 천구[우주]와 더불어 생겨났는데, 이는 만약 언젠가 이것들의 해체 사태가 일어난다면, 이것들은 생겨나기를 함께 하였으므로 해체되는 것도 함께 하도록 하기 위한 것입니다. 그리고 그것은 영원한 본성을 지닌 그 본[이데아]에 따라 생겨났는데, 이는 그것이 그 본을 가능한 한 닮도록 하기 위한 것입니다. 그야 물론 본이 영원토록 있는 것인 반면에 천구는 그것대로 일체 시간에 걸쳐 언제나 '있어왔고' '있으며' '있을 것'이기 때문입니다. 그래서 시간이 생겨나도록 하기 위한 시간의 창조(genesis)와 관련되는 신의 이러한 숙고와 의도로 해서 태양과 달 그리고, 떠돌이별들(행성들: astra planēta)이라는 이름을 갖는, 그 밖의 다섯 별[금성·수성·화성·목성·토성]이 시간의 수치들의 구별과 수호를 위해 생겨났습니다…… 시간의 완전수(完全數)가 그때에 완년(完年)을 채우게 된다. 즉 [지구·태양·달을 포함한 다섯 별의] 여덟 회전 주기 모두의 상대적인 속도[에 따른 회전들]이 일제히 완결을 보아 그 종결점에 이르게 되는 때이다. 이런 방식으로 천구를 통해 운행한 다음 회귀(回歸)들을 갖게 되는 별들[의 회전 주기들]이 생기게 되는 것인데, 이는 이것이 완전하고 지성에 의해서[라야] 알 수 있는 살아 있는 것을, 그 영원한 본성을 모방함에 있어서, 최대한 닮은 것이도록 하기 위한 것입니다.[44]

우주는 자신에게 적합한 운동 - 원운동(회전운동)을 통하여 자기 자신에

---

44) 플라톤, 박종현·김영균 옮김, 『티마이오스』, 서광사, 2000, 104면.

게 돌아오는 동일성을 유지한다. 이는 천체의 운동[45]과 순환으로 해석된다. 완년 혹은 우주년을 유성군遊星群이 자기들이 발생되었던 그 상대적인 위치로 돌아가기까지 경과하는 시간으로 플라톤은 묘사하고 있다. 더 나아가 문명의 순환을 천체의 원운동과 연관시켜 설명한다.

> 인간들의 사멸이 여러 면에서 여러 차례 일어났으며 또 일어날 것인데, 그 중에서도 최대의 것들은 불과 물에 의한 것들이고, 소규모의 다른 것들은 수없이 많은 다른 사연에 의한 것들이오. 물론 당신들한테도 전해 오는 이야기로, 언젠가 태양신(헬리오스)의 아들인 파에톤이 아버지의 수레에 끌채를 매었으나, 아버지가 모든 길을 따라 몰고 갈 수가 없어서, 지상의 모든 것들을 불태웠고, 그 자신도 벼락을 맞아 완전히 소멸되었다고 하는데, 이는 신화의 형태로 이야기되고 있소만, <u>그 진실은 지구 주위로 하늘을 운행하는 것들의 이탈과 긴 시간적 간격을 두고서 일어난 지상의 것들의 대화재로 인한 파멸에 관련된 것이오.</u>[46]

신성한 천체는 지상의 존재보다도 불변하는 것이라고 생각했기 때문에 플라톤은 반복적인 천문학적 순환이 존재한다고 믿었다. 모든 것은 하나의 세계 – 유기체의 부분이기 때문에 인간의 문화사에서 변천이라고 하는 것은 이 천문학적인 순환과 상관 관계를 가진다. 문화사는 새로 순환을 시작하기 위해서 마지막에 남아 있는 자들과 함께 흥기興起, 절정, 타

---

45) 모든 천체는 동일성 운동의 지배하에 있다. 천체의 원운동은 자기 동일성을 유지하기 위한 운동이다. 동일성의 회전 운동만이 완전한 한결같음과 규칙성을 갖고 움직인다. 그 때문에 그것은 일차적인 시간적 척도이다. 각각의 천체는 저마다 특정한 시간에 결부되어 있다. 그러나 행성들의 다양한 시간들은 태양과 달의 운동의 시간 단위들에 의해 측정된다. 특히 공통적인 시간, 즉 대년(大年) 혹은 완년이 있어서, 이때 모든 천체는 저마다 그 최초 자리로 되돌아가 있게 된다. 플라톤, 위의 책, 105~109면 참조.
46) 플라톤, 앞의 책, 63~64면.

락하여 끝나는 순환의 유형을 반복한다.

이와는 달리 배화교(조로아스터교)도의 사상에서 역사는 절대의 시원始原과 절대의 종말을 가진 유일한 한번의 대희년이다. 그것은 정복淨福의 황금 시대, 즉 게이요마르드(최초의 인간)와 최초의 황소의 시대로 시작하여, 그 다음에 아리만(세상에 있는 어두움과 더러움, 죽음과 그 밖의 모든 악을 창조한 세력)과 그 악력들이 의義와 순결과 질서 그리고 진리를 파괴시키려고 세상에 들어온다. 악마의 세력과의 전투에서 결정적인 전환점은 인간을 돕고자 종교를 가져온 구속자 신동 조로아스터가 출현함으로써 도래된다. 세계의 대희년에 관한 이들 묵시적인 사상은 조로아스터 시대 이후에 형성되었다. 배화교도의 묵시적인 사상은 포로 기간에 유태인들에게 알려졌으며, 후대 유태인의 종교 사상에 영향을 미쳤다. 유태 기독교의 사상을 통해서 역사에 대한 이러한 직선적인 묵시론의 유형은 서구 근대 문화 형성에 많은 영향을 주었다.[47)

배화교의 시간관과 연관성을 갖는 유태교의 묵시 사상은 성서의 「다니엘서」에서 시작된다. 「다니엘서」는 미래 역사의 유형을 예언하는 형식으로 기록된 것으로, 자기 사상을 표현하기 위하여 모든 묵시적 형식 문학이 특징인 금수와 뿔의 형상들과 같은 은밀한 비유의 표현을 사용하였다. 「다니엘서」 12장에서는 미증유의 '환난 시대'를 예언한다. 「묵시록」이라고 칭호가 붙은 「계시록」에서는 선한 자와 악한 자를 구별하여 벌할 것을 논하고 있다. 생명의 책에 기록되지 않은 자들은 지옥의 불구덩이에 떨어지며 거기에 부활이란 존재하지 않는다. 신에게 경건한 자들은 '새하늘과 새땅'으로 인도되어 신과 함께 영원히 살아가게 된다. 그곳에서 그들은 생명의 나무를 가질 권리를 가진다. 생명의 나무는 최초의 낙원에서 아담과 이브가 놓친 불멸의 상징이다. 이로써 에덴으로의 복귀가 이뤄진다. 신으로부터 인간의 영혼이 나왔으며 신에게 다시 복귀함으로써 인간

---

47) 그레이스 케언스, 앞의 책, 242~243면 참조.

역사의 순환은 완성된다. 역사란 어떤 영혼들이 구원을 받아 신에 복귀하는 악몽과 같은 중간 시대인 것이다.[48] 성 아우구스티누스(St. Augustinus)는 역사의 목적과 의미에 대한 이러한 사상에 가장 조직적이며, 철학적인 형식을 부여하였다. 아우구스티누스의 역사에 대한 핵심 이념은 여전히 성서의 묵시적인 어떤 것, 즉 지상의 에덴, 타락으로 인하여 죽음이 인간에게 이르렀다는 사실, 구속救贖, 천년왕국, 낙원에 복귀함으로써 끝나는 최후의 심판과 구원받은 자의 불사不死와 같은 것이다. 아우구스티누스는 우리의 온 생이 죽음을 향한 경주에 놓여있다고 주장한다. 이로써 아우구스티누스는 순환론적인 시간의식의 자리에 직선적인 역사관을 정립하게 되고 이는 기독교가 풍미하던 중세를 지나면서 가장 유력한 역사관이 되었다. 중세 기독교 사회는 시간을 유한한 과정, 연속적이고 회귀 불가능한 것으로 생각하였다. 역사 이전과 역사 이후로 나누는 시간의 분기점에는 이러한 시간의 분리가 있다.

주기적인 시간에서 유한하고 회귀 불가능한 시간으로 전환시킨 자리에 아우구스티누스가 있다면 근대 시대는 아우구스티누스가 했던 것과 똑같은 강력한 방법으로 주기적인 시간을 거부한다. 중세는 이성과 계시의 대립을 거쳐 과학과 합리성, 주체의 형성과 "신의 죽음"으로 그 자리를 근대에게 넘겨주었다. 이성은 그 자체 스스로가 생각하는 것으로 고려되었던 존재에 관계되고 계시는 인간을 창조하는 신에 관계된다.[49] 계시에 의한 미래는 지옥이거나 천국이었던 것인데 신의 구원과 기독교의 영원성은 모든 모순과 고통, 역사와 시간의 종말에 대한 해결책이자 약속된 미래였다. 그에 반하여 기독교 사회로부터 탈피함으로써 시작된 근대의 미래는 휴식처도 종말도 아니다. 근대의 미래는 지속적인 시작, 앞으로만 전진하는 영원한 움직임이다. 근대의 미래는 낙원이자 지옥이다. 근대의

---

48) 그레이스 케언스, 앞의 책, 245~249면 참조.
49) 옥타비오 파스, 앞의 책, 43면.

우리들은 스스로 우리의 타성他姓을 찾아 나서고 그러한 타성에서 자신을 발견하게 된다. 그리고 우리 자신이 창조했으며 우리 자신만을 반영하는 이러한 타자와 하나가 되자마자, 우리들은 이와 같은 이상적인 존재로부터 자기 자신을 분리시키며 스스로의 그림자를 쫓아서 다시 한번 스스로를 찾아 뛰쳐나가게 된다. 이처럼 끊임없이 전진하는, 우리들이 알지 못하는 곳으로 언제나 전진하는 진행, 이것이 근대의 미래이다. 근대의 미래지향성 속에는 이성 자신에 대한 끊임없는 부정과 불안과 위기감이 존재하고 있다.

근대 시대는 이와 같이 부정에서 비롯된 비판의 시대이다. 기독교에서는 영원성을 완벽성이 자리잡고 있는 곳이라고 생각함으로써 미래의 철폐를 전제로 삼았다. 근대성은 기독교적 영원성에 대한 비판으로부터 시작된다. 근대성에 대한 비판은 시간에 대한 기독교적 주기적 시간에 대한 거부의 형식으로 이뤄졌다. 천국과 지옥의 가치는 지상으로 전환되었고 역사에 접목되었다. 영원성은 폐지되었고 미래가 그 자리의 왕관을 이어받았다. 근대성은 그 자체가 변화의 원칙, 곧 비판의 지배를 받고 있음을 알게 되었다. '역사적 변화'라고 불리는 이러한 비판은 진화와 혁명이라는 두 가지 형식을 적용한다. 두 형식 모두 역사이고 기록될 수 있는 것이다.[50]

나. 영원성의 은유로서 달 : 재생과 회귀

지금까지의 논의를 통해서 근대의 시간의식은 순환적이고 주기적인 시간의식으로부터 단절되어 형성되었음을 알 수 있었다. 이에 반하여 순환론적 시간의식은 근대 이전 고대로부터 이어져 온 전통적 시간의식으로서 『질마재 신화』에 투영되어 있는 시간의식인 것도 알게 되었다.

---

50) 옥타비오 파스, 앞의 책, 47~48면 참조.

순환론적 시간의식은 서정주에게서는 영원성이라는 주제로 형상화된다. 서정주가 『화사집』 세계를 정리하면서 뚜렷하게 천착하기 시작한 주제는 영원성의 문제였다.[51] 인간은 무한한 시간 내의 유한한 존재로서 그 유한성을 살아내면서 시간적인 존재로 규정받지만 그 유한한 시간을 초극하려는 몸부림 속에서 자신의 존재의미를 실현한다. 영원성은 그런 의미에서의 서정주가 추구해온 형이상학적 주제였다. 영원성에 대해 서정주는 시와 산문, 그리고 자서전을 통해 언급해온 바 있다. 그러나, 그 영원성이란 딱히 하나의 어떤 의미로 규정될 성질의 것이 아니다. 왜냐하면 그 의미가 조금씩 서정주의 작품 내에서 변모해왔기 때문이다. 그 변모의 끝자락에 위치하는 『질마재 신화』에서의 영원성의 의미를 살펴보는 것은 앞서 논의한 화자의 시간의식과 아울러 『질마재 신화』에 나타난 시간의식을 총체적으로 살피는 길일 것이다.

ⓐ나는 내 나이 20이 되기 좀 전에 문학소년이 되면서부터 이내 그 영원성이라는 것에 무엇보단도 더 많이 마음을 기울여온 것만은 사실이다.
그러나 이때 의식하기 시작하여 장년기에 이르도록 집착해 온 그것은, 말하자면 내가 쓰는 문학작품이 담아 지녀야겠다고 생각하는 그 영원성이었다. 영원히 사람들에게 매력이 되고 문제거리가 될 수 있는 내용을 골라 써야 한다. 그러니 그럴려면 한 시대성의 한계 안에서 소멸되고 말 그런 내용이 아니라 어느 때가 되거나 거듭거듭 문제가 되는 그런 내용만을 골라 써야 한다. 일테면 남녀의 사랑을 비롯한 사람들 사이의 여러 사랑에서 파생하는 환희와 비애, 절망과 희망 이런 것들은 사람들이 살아 있는 한 언제나 문제거리일 것이니 그런 걸 써야 한다. 이별·상봉·질투·화목 또 생과 사─이런 어느 시대에나 공통될 인생의 문제는 잘 찾아보면 얼마든지

---

51) 이광호, 앞의 글, 앞의 책, 115면.

있는 것이니 이걸 써야 한다. 그래 이걸 말하는 내 말의 매력만이 무능하지 않다면 나는 미래 영원 속에 이어서 내 독자를 가져 그들 한테 작용할 수 있다. 간단히 말하자면 이런 영원성이었다. (Ⅲ:117~118)

ⓑ그러나 앞장과 같은 영원성에의 헌신도 1950년의 6·25사변과 같은 현실의 각박이 다가왔을 때, 아직도 많이 무력한 내 실천 의지력을 가지고는 나를 끝까지 구제할 수 있는 것은 되지 못했다.

1951년 여름 내가 음독에서 우연히 의료되어 다시 살아 남게 되자 나는 또 다른 영원성을 마련해 가져야 했다. 그래서 제절로 마음 눈을 붙이고 바짝 다가가서 매달린 것이 말하자면 그 <사승자(史乘者)의 자각>이다…… 내 마음속에서 거세게 일어나기 시작하는 이 취향 때문에 나는 곧 우리 역사책－그 중에서도 우리 민족정신의 가장 큰 본향으로 생각되는 신라사의 책들을 정독해 읽어가기 시작했다…… 이후 몇 해 동안에 내가 거기서 영향받은 가장 큰 것은 영원한 세대계승 속의 그 <혼교>(魂交)라는 것이었다.

「사람은 자기 당대만을 위해서 살아서는 안 된다. 자손을 포함한 다음 세대들의 영원을 위해서 살아야 한다. 자기 당대에 못다 할 일이 많으면 많을수록 이 영원한 유대 속에 있는, 우리 눈으론 못 본 선대의 마음과 또 후대의 마음 그것들을 우리가 우리 살아 있는 마음으로 접하는 것－그것을 혼교라고 하기도 하고 영통(靈通)이라고도 한다」는 신라정신의 이해가 내게는 가장 중요한 것이 되었다. (Ⅲ:118~119)

ⓒ우리 민족의 정신의 힘도 이 영생사상이 철저했을 때 가장 잘 발휘되었던 건 숨길 수 없는 사실이다. 자기 몸이 살아 있는 동안의 부귀영달이나 자기 일생 표준의 성공실패관을 주로 해서 많이 살아 온 고려나 이조시대보다는 한정 없는 세대계승을 통해서 무엇을 하려 했던 통일신라시대가 가장 크고 아름다운 역사적 업적을 우리 민족사 속에 남기고 있음은 숨길 나위도 없는 일이다.

신라 고난극복사의 어느 것을 보거나, 거기엔 자기의 단생중심 (單生中心)은 보이지 않고, 언제나 여러 대의 계승하는 합작의 힘이 사관의 중심을 이루고 있다. (Ⅲ:36)

ⓓ우리가 우리 자녀들의 목숨을 사랑해서 자기의 마지막 목숨의 공포를 무릅쓰고 이렇게 2대의 계승을 해내듯이 우리 자녀들도 그들의 자녀들과 그런 사랑의 2대 계승을 해내고, 또 그 다음에도 그러고, 그래서 우리들의 자손 미래의 목숨들이 영원히 이어져 가는 것이 어찌 영생이 아니겠는가. 민족의 단위는 집안들인 것이니, 이런 집안들의 영생의 총화는 또 민족의 영생도 되는 것 아닌가. (Ⅲ:70)

ⓔ불경(佛經)을 읽으면 영생을 알게 된다. 그 아는 것도 막연한 관념으로서가 아니라 그 영생의 구체상과 그 영생을 자각하기 위한 그 구체적 방법을 알게 된다. 이것은 딴 종교나 철학에선 구하기 어려운 것이다. 그러므로 육체 가진 현생의 하염없고 부질없음에 애태우고 암담한 사람들이 정신의 영생을 소원하게 된다면 먼저 불교의 경전에서 그 주형(鑄型)을 찾아보는 것은 가장 실리 있는 일로 나는 경험해서 알고 있다…… 불교가 <삼세>(三世)의 영원의 시간과 삼계무한(三界無限)의 공간의 범주에다가 언제나 모든 것을 비추어서 인식하고 감득하는 사고방식을 써온 데서 유래되는 것이지만, 이러한 딴 데서 보기 힘든 불가시의 미의 구성은 현대시의 미의 구성의 한 유력한 주형이 되어서 아주 좋을 줄로 안다. (Ⅲ:258)

서정주는 1950년대 이래 영원성의 문제에 대해 천착해왔다. 그런데 위에서 본 바와 같이 그 의미의 맥락은 다양하다. ⓐ에서 영원성은 서정주 자신이 추구하는 문학에서의 주제의식 내지 문학하는 태도의 문제이다. 그것은 당대의 시류에 휩쓸리지 않는 것으로서 "영원히 사람들에게 매력이 되고 문제거리가 될 수 있는 내용", 인류의 보편적 주제를 쓰는 것이 자신의 문학관이자 창작원리임을 밝히고 있다. ⓑ는 6·25전쟁 체험 이후 가지게 된 "또 다른 영원성"이다. ⓑ는 ⓐ보다 구체화된 것으로서 신라 정신의 탐구로 얻어진 영원성이다. 그것의 내용은 다름아닌 "영원한 세대계승 속의 그 '혼교魂交 또는 영통靈通'"이다. 그가 왜 신라로부터 영원성을 발견하게 되었는지는 ⓒ를 보면 된다. 서정주에 따르면 "신라 고 난극복사의 어느 것을 보거나, 거기엔 자기의 단생 중심은 보이지 않고, 언제나 여러 대의 계승하는 합작의 힘이 사관의 중심을 이루고 있"기 때문이다. 신라의 영생사상과 '혼교'가 영원성의 구체성을 띤 것이라면 ⓓ에서는 보다 영생의 개념을 자기 나름대로 정의하고 있다. ⓓ에서 영원성은 서정주가 가지고 있는 '역사의식'을 엿볼 수 있게 한다. 그것은 단순히 사건을 기술하거나 근대에 들어서 논하는 역사주의라기보다는 현실과 현세를 넘어서는 의식, 내세의 삶과 '영통', 우리들의 후세로 영원히 이어지는 역사의식이다. 그것은 ⓔ에서 본 것처럼 불경에서 배운 것이다. 삼세인연三世因緣의 영원한 운명의 늘 능동하는 타개자로서의 풍류의 선과 형태[52]를 불교에서 배운 서정주에게서 영원성은 그의 문학관이자 창작 원리이자 그의 세계관을 이루고 있는 것이다.

첫 시집 『花蛇集』 마지막에 실려있는 「復活」에서 이와 같은 시간의식의 징후를 읽어낼 수 있다.

> (…)내 부르는소리 귓가에 들리드냐. 臾娜, 이것이 멫萬時間만이냐. 그날 꽃喪阜 山넘어서 간다음 내눈동자속에는 빈하눌만 남드니, 매만저 볼 머릿카락 하나 머릿카락 하나 없드니, 비만 자꾸오고……燭불밖에 부흥이 우는 돌門을열고가면 江물은 또 멫천린지, 한번가선 소식없든 그 어려운 住所에서 너무슨 무지개로 네려왔느냐. 鐘路네거리에 뿌우여니 흐터저서, 뭐라고 조잘대며 햇볕에 오는애들. 그들중에 열아홉살쯤 스무살쯤 되는애들. 그들의눈망

---

52) 서정주, 『미당 산문』, 민음사, 1993, 99면.

울속에, 가슴속에 드러앉어 臾娜! 臾娜! 臾娜! 너 인제 모두다 내앞
에 오는구나.

―「부활」 일부, 『화사집』, (I :63)

　화자와 "유나" 사이에는 "몇만시간" 만큼의 시간의 간극이 있다. 화자
는 유나가 "꽃상부 산넘어서 간다음" "몇만시간"만큼 "몇천린지" 흘러
간 "강물"처럼 현실의 객관적인 시간의 흐름 속에 있지만 유나는 흘러간
"몇만시간" 만큼 화자가 살고 있는 이승을 떠났다가 다시 이승으로 '부
활'하는 순환적인 시간의 흐름 속에 있다. 그러므로 「부활」에는 시간의
두 개의 접점이 있다. 그 하나는 유나가 죽기 바로 직전까지 화자와 함께
했던 시간인데 그것은 현실의 객관적인 시간의 흐름 속에 놓인 지점이며
다른 하나는 유나가 죽은 이후 화자가 "몇만시간"이라는 현실의 시간의
흐름을 살아내는 동안 유나는 "몇만시간" 만큼 이승이 아닌 "한번가선
소식없든 그 어려운 주소"에서 살다가 다시 이승으로 부활하여 화자와 재
회하는 시간의 지점이다. 화자와 유나가 사별하던 지점과 부활하여 재회
하는 지점의 시간의 간극은 "몇만시간"의 객관적인 시간적 거리가 있지
만 그 두 지점의 양끝은 화자를 중심으로 접점을 이루면서 그 시간의 양
끝은 원⚭처럼 이어진다. 원으로 이어진 시간은 주기성을 지닌 순환적 시
간으로 유나가 살아낸 "몇만시간"이며 현실의 시간이 아닌 이승으로 부
활하는 신화적 세계의 시간이다. 그렇다고 하여 신화적 세계에서 다시 현
실 세계로 부활할 때 유나는 죽기 이전의 모습 그대로 현현하지 않는다.
유나는 현세에 존재하지 않는 죽은 이의 이름이지만 현세로 부활하자마
자 화자의 계속된 부름 앞에서 "무지개로 네려"오거나 "뭐라고 조잘대며
햇빛에 오는애들" "그중에도 열아홉살쯤 스무살쯤 되는 애들"의 "눈망
울속에, 핏대에, 가슴속에 드러앉어" 현전화한다. 두 개의 시간의 지점은
화자의 의식 내에서 각각 과거와 현재의 시간적 거리를 갖지만 유나가 부

활하는 순간, 동시에 겹쳐진다. 유나는 유나로서 동질성을 지니지만 동일한 형태로 화자에게 경험되지 않는 것이 「부활」에 나타난 시간의식의 특징이다. 이 시간의식은 비 – 강물 – 무지개로 연결되는 물의 동적 이미지의 변용으로 표현된다. 만남과 헤어짐, 죽음과 부활, 재회와 인연 및 혼교라는 주제는 하늘에서 지상으로 내려오는 비의 수직적 하강, 강물의 수평적 이동, 지상에서 다시 하늘로 떠오르는 무지개에 내재된 물의 존재 양식의 변화 양상과 운동 이미지를 통해 발현된다. 그러므로 「부활」은 신화적 세계의 시간과 현실 세계의 시간 사이의 경계를 넘나드는 서정주 초기시의 시간의식을 형상화하고 있다고 할 수 있을 것이다.

「부활」에서 나타난 시간의식은 『歸蜀途』에서 『冬天』에 이르기까지 다양한 사물의 이미지로 구체화되어 스며 있다. 그러나 그 시간의식은 점점 지상의 시간의식을 벗어난다.

> 서러운서러운 옛날말로 우름우는 한마리의 버꾹이새.
> 그군은 바윗속에, 黃土밭우에,
> 고이는 우물물과 낡은時計ㅅ소리 時計의바늘소리
>
> (……)淑아. 네 생각을 인제는 끊고
> 시퍼런 短刀의 날을 닦는다.
>
> ㅡ「밤이 깊으면」 일부, 『귀촉도』, (Ⅰ:88)

> 千年 맺힌 시름을
> 출렁이는 물살도 없이
> 고은 강물이 흐르듯
> 鶴이 나른다
>
> 千年을 보던 눈이

千年을 파다거리던 날개가
또한번 天涯에 맞부딪노나

(……)누이의 수틀을 보듯
세상을 보자

— 「학」 일부, 『徐廷柱 詩選』, (Ⅰ:102)

내 마음 속 우리님의 고은 눈섭을
즈문밤의 꿈으로 맑게 씻어서
하늘에다 옴기어 심어 놨더니
동지 섯달 나르는 매서운 새가
그걸 알고 시늉하며 비끼어 가네

— 「동천」 전문, 『동천』, (Ⅰ:185)

　「밤이 깊으면」에서 화자의 청각에 들리는 "한마리의 버꾹이새"의 울음소리와 "낡은 시계의 바늘소리"는 자살한 '숙'이를 떠올리는 그 순간 "굳은 바윗속에" 우물물처럼 고인다. 시간의 흐름을 청각적인 것으로 환치시켰던 것을 고정된 사물, 즉 바위의 이미지를 통해 화자는 시간을 정지시켜 놓고 있다. 정지한 순간 동안 기억 속의 자살한 숙이는 되살아난다. 그러나 화자가 숙이 생각을 끊으려고 "시퍼런 短刀의 날을 닦"을 때 시간은 다시 제 속도를 찾는다. 우물물에 고인 만큼의 순간의 정지는 화자를 정지하는 순간 동안 현실의 시간으로부터 벗어나게 한다.
　'학'은 "고은 강물이 흐르듯" "나른다." 강물의 흐름 속에 내재된 수평적 역동성은 '고은'에 한정받고 있다. 즉 "천년 맺힌 시름"에 담긴 급박한 삶의 물결이, "천년을 보던 눈"이 '고은'에 수렴되고 있는 것이다. 이 시에서 천 년은 단지 숫자상의 천 년이 아니다. 학으로 표상되는 천 년은 영생을 누리는 삶의 억겁의 시간을 가리킨다. 그 무한한 시간 속에 서로 얽히고 충돌하는 역동성과 완만함 사이에 깃든 "천년을 파다거리던 날개가 또한번 천애에 맞부딪"치는 시름을 가슴에 조용히 묻고 학이 하늘에서 지상을 내려다보듯 '누이의 수틀을 보듯 세상을 보자'고 말한다. 이는 지상에 발 딛고서 현실의 고통을 감내해야 하는 시간을 살고 있지만 '누이의 수틀을 보듯 세상을 봄으로써' 지상의 시간으로부터 거리를 두고자 하는 화자의 의지로 볼 수 있다. 이러한 시간의식의 변화는 그의 시적 지향점인 '하늘'에서 정점에 다다른다. 「동천」의 '눈썹'은 동일시의 원리에 따른 초생달의 은유이면서 달의 영원성을 암시하는 시어이다. 달의 영원성은 '즈믄밤'이 함축하고 있다. 화자는 즈믄밤의 시간을 보내고 '맑게' 정화시킨 후에 동쪽 하늘에 심어놓은 동작을 통해 자신의 지향성을 하늘의 천체의 이미지 즉, 달로 구체화시킨다.

이와 같이 서정주의 시간의식은 지상에서 하늘로 점차 상승했던 것인데, 『질마재 신화』에서는 지상의 삶이 그려진다. 그리고 구체적인 인물명과 삶의 풍경을 통해 영원성과 시간의식을 형상화한다.

> 白舜文의 四兄弟는 뱃사람이었는데, 乙丑年 봄 風浪에 맏兄 舜文이 목숨을 빼앗긴 뒤 남은 三兄弟는 深思熟考에 잠겼읍니다.
>
> 深思熟考는 그러나, 그걸 오래 오래 하고 지내 보자면 꼭 그것만으로는 견디기 어려운 것이어서, 큰 아우 白冠玉이는 술로 그 長短을 맞추었던 것인데, 이 사람은 술도 가짜 술은 영 못마시는 性味라, 해마다 密酒를 담아서는 숨겨두고 찔끔찔끔 마시고 앉았다가 巡警한테 들키면 그 때마다 罰金만큼 懲役살이를 되풀이 되풀이해 살고 나와야 했읍니다. 둘째 아우 白士玉이도 그 긴 深思熟考의 사이, 마지못해 사용한 게 술이었지만, 그대로 白士玉이 술은 眞假를 까다롭게 가리지도 않는 것이어서 아무것이나 앵기는 대로 처마셨기 때문에 罰金條로 또박또박 懲役살러 갈 염려까지는 없었지마는,

그놈의 惡酒毒으로 가끔 거드렁거리고, 웃통을 벗고 덤비고, 네갈림길 넓적바위 같은 데 넓죽넓죽 나자빠져 버리고 하는 것이 흉이었읍니다.

이 두 형에 비기면, 막내 아우 白俊玉이가 그의 深思熟考 사이에 빚어 두고 지내던 건 좀 별난 것이어서 우리를 꽤나 잘 웃깁니다. 白俊玉이는 그가 난 딸아이가 볼 우물도 좋고 오목오목하게 생겼대서 <오목녀>라고 이름을 붙이고, 또 石榴나무를 부엌 옆에도 하나, 문간에도 하나 두 그루나 심어 꽃피워 가지고 지내면서, 언제, 어떻게, 남의 눈에 안 띄이게 연습시킨 것인지, 한동안이 지내자, 이 집 웃음과 아양을 왼 마을에서도 제일 귀여운 것으로 만들어 「아양이라면이사, 암 白俊玉이 네 아양이 이 하늘 밑에서는 제일이지 제일이여」가 되고만 것입니다.

그렇기사 그렇기는 해지만서두, 이런 그들의 深思熟考는 그들의 一生 동안 끝나는 날도 없이 끝없이 끝없이만 이어 가다가, 또 다시 그들의 아들딸들 마음속으로 이어 넘어갈 밖에 없었읍니다.

그러다가 어느 해 어느 날, 그 石榴꽃 아양 집―그 白俊玉이네 집 아들 하나가 그 두 代의 深思熟考의 끝을 맺기는 겨우 맺었읍니다. 그 집 食口들 가운데서도 유체 얼굴의 눈웃음의 아양이 좋은 아들 白風植이가 바닷물을 배를 또 부리기 시작하기는 시작했읍니다만, 멀고 깊은 바다 風浪에 죽을 염려가 있는 漁船이 아니라, 난들목 얕은 물인 造化峙 나룻터의 나룻배 사공을 새로 시작한 것입니다.

―「深思熟考」 전문, (Ⅰ:383~384)

「심사숙고」에 스민 영원성은 물水/배船와 석류 나무로 사물화된 이미지로 나타나 있다. 바닷물은 백순문이가 살아가던 삶의 공간이자 죽음의 공간이 혼용되어 있는 곳이다. 바닷물은 백순문을 죽음으로 몰고 간 것인데 그것은 그의 생업인 배를 타다가 풍랑에 목숨을 잃은 것이다. 배는 물을 헤치고 건너간다는 점에서 사람을 죽음의 바다와 강으로 건네주는 목관木棺의 이미지를 가지고 있다. 항상 목관을 타고 자신의 삶을 이어가는 삶, 그것이 뱃사람의 모습이다. 그것은 죽음과 삶을 분리시켜 사는 삶이 아니라 죽음이 삶의 영역 속에, 삶이 죽음의 영역 속에 서로 경계 없이 이어져 있는 '혼교'의 삶이다. 이처럼 바닷물은 백순옥이 살아가던 삶의 공간이자 죽음의 공간이 혼용되어 있는 것이다. 모든 것을 포용하는 물의 모성성은 바닷물이라는 죽음의 이미지와 '풍랑'으로 상징되는 삶의 격랑의 이미지라는 양면성으로 나타난다. 그 물의 이미지는 조금 변형되어 그들의 자손인 백풍식에게는 난들목 얕은 물로 이어진다. 비록 얕은 물이고 목숨의 위협을 느끼진 못하는 곳이라 할지라도 그는 선대가 그렇듯이 바다로 이어지는 강물에서, 이쪽과 저쪽, 이승과 저승을 이어주듯 나룻터의 나룻배 사공으로 선대의 업業을 이어간다.

백준옥은 자신의 맏형에 대한 슬픔과 사랑을 심사숙고를 통해 표현하면서도 자기 나름의 웃음으로 심사숙고를 이어가는데, 그 웃음은 딸아이의 웃음과 아양으로, 다시 붉은 열매를 가진 석류나무로 꽃피운다. 부엌과 문간에 심어둔 석류나무는 백순문의 죽음과 형제들의 우애 ― 심사숙고를 내면화하여 백순문의 후세들에게 계속해서 꽃 피운다. 그 꽃에는 웃음과 아양이 함께 묻어있어서 시디 신 붉은 석류 열매를 맺게 하듯이 그 딸아이의 후세, 백풍식이가 그 업을 이어가는 것이다.

뱃사람인 맏형이 풍랑으로 죽자 그 슬픔으로 인해 심사숙고에 빠진 잠긴 형제들의 모습, 그 슬픔을 견디는 방식은 모두 달라서 그 행동 양태도 다르다. 그러나, 큰 아우와 둘째 아우 그리고 막내 아우가 각각 슬픔을 견디는 방식은 다르다 하더라도 거기에는 맏형의 죽음에 대한 안타까움과 가족에 대한 사랑이 '심사숙고'라는 시어에 내포되어 있다. 가족구성원 중의 죽음을 자신의 삶 내부로 깊숙이 끌여들여 자신의 삶으로 받아들이는 삶의 모습은 우리 나라의 전통적인 가족의 모습의 전형이다. 백순문의 형제들은 그 전통적인 가족애의 모습을 「심사숙고」에 투영시키고 있다.

맏형에 대한 사랑이 극진한 삼형제의 심사숙고는 그들 형제들 사이에 그치지 않는다. 앞서 언급한 ⓓ에서와 같이 "우리가 우리 자녀들의 목숨을 사랑해서 자기의 마지막 목숨의 공포를 무릅쓰고 이렇게 2대의 계승을 해내듯이 우리 자녀들도 그들의 자녀들과 그런 사랑의 2대 계승을 해내고, 또 그 다음에도 그러고, 그래서 우리들의 자손 미래의 목숨들이 영원히 이어져 가는" 영생을 이 시에서 보여주고 있다. "그들의 심사숙고는 그들의 일생 동안 끝나는 날도 없이 끝없이 끝없이만 이어가다가, 또 다시 그들의 아들딸들 마음속으로 이어" 백준옥의 자손인 아들, 백풍식이는 선대의 아버지 마냥 사람들을 잘 웃기고, 선대의 어머니 마냥 "유체 얼굴의 눈웃음의 아양"을 닮아서 그 심사숙고의 끝을 맺는다. 더불어 선대의 할아버지가 뱃사람이었던 것이 자손인 백풍식이는 나룻배의 사공으로 이어져 한 집안의 내력을 이어간다. 서정주의 말대로 "민족의 단위는 집안들인 것이니, 이런 집안들의 영생의 총화는 또 민족의 영생도 되는 것"이다. 「심사숙고」는 가족의 사랑과 형제애, 영생과 영원성을 함축하고 있다.

> 沈香을 만들려는 이들은, 山골 물이 바다를 만나러 흘러내려가다가 바로 따악 그 바닷물과 만나는 언저리에 굵직 굵직한 참나무 토막들을 잠거 넣어 둡니다. 沈香은, 물론 꽤 오랜 세월이 지난 뒤에, 이 잠근 참나무 토막들을 다시 건져 말려서 빠개어 쓰는 겁니다만, 아무리 짧아도 2−3百年은 水底에 가라앉아 있은 것이라야 香내가 제대로 나기 비롯한다 합니다. 千年쯤은 잠긴 것은 냄새가 더 좋굽시요.
>
> 그러니, 질마재 사람들이 沈香을 만들려고 참나무 토막들을 하나씩 하나씩 들어내다가 陸水와 潮流가 合水치는 속에 집어넣고 있는 것은 自己들이나 自己들 아들딸이나 손자손녀들이 건져서 쓰려는 게 아니고, 훨씬 더 먼 未來의 누군지 눈에 보이지도 않는 後代들을 위해섭니다.
>
> 그래서 이것을 넣는 이와 꺼내 쓰는 사람 사이의 數百 數千年은

이 沈香 내음새 꼬옥 그대로 바짝 가까이 그리운 것일 뿐, 따분할
것도, 아득할 것도, 너절할 것도, 허전할 것도 없습니다.

－「沈香」전문, (Ⅰ:385)

「침향」에는 서정주의 영원성, 그 가운데서도 과거지향과 미래지향이
연속성을 유지한 채 모두 드러나 있다. 과거가 된 현재와 미래의 현재, 그
리고 이 두 현재를 동시에 지금 현재로 살아가는 질마재 사람들의 시간의
식이 뚜렷하다. "산골 물이" "바닷물과 만나는 언저리", 즉 <육수와 조류
가 만나는 지점>에 주목할 필요가 있다. 왜냐하면 그 지점은 참나무 토막
들을 넣은 이와 꺼내서 침향으로 쓰려는 이와의 만남의 지점이기도 하기
때문이다. 이 지점은 참나무를 넣고 꺼내는 사이의 시간의 간격에는 아무
리 짧아도 200~300년의 흐름이 있다. 그 시간의 흐름만큼 흘러갔을 "산
골 물"과 그 모든 산골 물을 받아들여 포용하는 바닷물의 출렁거림이 그
"육수와 조류가 합수치는 속"에 있다. 거기에는 선대가 "훨씬 더 먼 미래
의 누군지 눈에 보이지도 않는 후대들을 위"해 땀 흘린 마음이 있고, 오늘
의 우리들은 선대의 노동에 힘입어 침향의 냄새를 맡으면서 또 다시 그
먼 미래의 후대들에게 물려주는 마음이 겹쳐 있다. 이렇게 겹친 마음의
흐름에는 그 시간의 흐름만큼의 의식의 운동이 내재되어 있다.

'오늘 보고 있는 참나무 — 회상과 상상 — 수백 수천 년 쯤은 잠겨 있던
참나무 — 그 참나무를 건져서 만든 오늘의 침향 — 오늘 넣은 참나무 — 아
주 먼 미래의 후대가 쓸 참나무 — 그들이 만들어 쓸 침향'으로 시간의식
은 움직인다. 그러므로 현재는 과거의 현전화이자 미래의 현전화, 과거
지평과 미래 지평이 한 시간 영역에 걸쳐 있는, 겹쳐서 영원한 현재인 것
이다. 우리는 지금 단순히 지나가버리는, 소비해버리는 시각을 살아가는
것이 아니라 이러한 영생을 바로 지금 현재에 살아가고 있는 것이다. 이
러한 현재 시간에 대한 자각, 그것은 천년쯤은 잠겼다가 침향이 된 참나

무의 냄새를 느낄 수 있는 영생에 대한 자각이다. 그 자각을 생활로 살아가는 질마재 사람들에게 수백 수천 년에 대한 시간의식은 생소하지 않다. 서정주는 그 수백 수천 년쯤의 시간관념에 대해 아주 멀거나 아련하게 표현하지 않는다. "따분할 것도, 아득할 것도, 너절할 것도, 허전할 것도 없"다고 속삭이듯 전한다. 이는 영원성에 대한 서정주의 시간의식의 표현에 다름 아니다. 수백 수천 년이 흘렀지만 흐르지 않고 멈춰 있는 듯한, 과거·현재·미래가 동일하지 않지만 그 시간의 연속성과 행위의 동일성으로 인해 얻어지는 동일한 시간 체험을, 영원성을 추상이 아닌 '참나무를 넣고 꺼내는' 작업 속에서 질마재 사람들은 직접 체험한다. 그 체험 속에는 선대와의 만남, 영통 또한 내재되어 있다. 「침향」의 향기를 맡는 행위는 선대와의 대화이자 이승과 저승의 경계의 무화이며, 후세까지 이어지는 삼세인연의 고리를 상징한다. 그러므로 영원성이란 의식 속에서 연속적으로 체험되는 과거·현재·미래를 동시에 살아내는 시간의식이며 전생과 현생과 내세를 동시에 살아가는 현재이며 이 모든 것을 정지하듯 영원한 무시간성이라 할 수 있다. 질마재는 바로 이 영원성이라는 시간의식 속에 놓여 있는 곳이다. 이 영원성은 질마재에서 달로 은유된다.

앞서 잠깐 논의한 바 있는 달은 재생과 회귀, 죽음과 생명력을 상징한다. 달은 생명의 리듬을 가진 천체의 가장 완벽한 예이다. 태양의 리듬이 하루하루를 나누고 우주 시간의 기준이 되고 있다면, 달의 리듬은 구체적인 시간, 즉 땅 위에서의 생명의 변이의 시간에 대한 기준이 된다. 시간은 인간의 유한성에 연결된다. 그것은 죽음의 시제이다. 시간은 천체의 움직임과 낮과 밤의 교차를 통해서 고대인에게 인식된다. 밤은 시간의 첫 번째 실체이다. 인도에서는 시간을 '어둠의 나이(Kali-Yuga)'라고 부른다고 한다. 밤의 천체인 달은 완전한 죽음 - 그믐 - 을 겪는 천체이다. 그 때문에 달은 시간과 죽음에 연결된다.[53] 농경사회였던 우리 나라도 달의 모습

---

53) 조르주 나타프, 김정란 옮김, 『상징·기호·표지』, 열화당, 1995, 28~29면.

에 따라 시간을 측정하고 모든 농사일의 기준을 음력으로 삼아 24절기에 의해 파종과 수확을 해왔다. 이는 고대인들로부터 내려왔던 것으로 태양력과 근대 문물이 들어오기 전까지 이어져왔던 것이고 지금도 그것은 농사일에 관여하고 있다. 달의 주기적인 변화는 고대인들에게 시간을 잴 수 있는 방법을 제공해주었던 것이다. 새해 첫날인 설날, 그리고 우수·정월 대보름부터 섣달 대한·보름, 그리고 그믐까지 차고 이우는 달에 따라 인간을 포함한 대지의 생명은 그 주기에 따라 생성과 성장, 소멸의 주기를 가진다. 따라서 고대인들의 달의 숭배는 대지의 풍요를 가져왔기 때문에 자연스러웠던 것이다.

초승달은 그 생애를 시작하는 탄생이자 우주의 창조이자 시간의 창조를 상징한다. 더구나 새해의 첫 초승달은 지난 해의 어둠을 뚫고 나온 새로운 시간의 태초를 의미한다. 고대 문화의 종교적 인간들에게 세계는 해마다 갱신되는 것이었다. 달리 말하면 새로운 해가 올 때마다 그것은 그것의 원초적인 신성성, 그것이 창조주의 손에서 빚어질 때 가졌던 신성성을 회복하는 것이었다. 코스모스는 태어나고 자라나다가 한 해의 마지막 날에 사망하여 새해 첫날 다시 재생하는 살아 있는 단위로 간주된다. 우리는 이러한 재생이 하나의 탄생이라는 것, 즉 코스모스가 다시 태어나는 것은 모든 새해마다 시간이 그 최초에서 시작하기 때문이라는 것을 알기 때문이다.[54] 즉, 우주 창조를 해마다 반복함으로써 시간이 재생된다. 초승달은 그 재생을 알리는 신호이자 생장하기 위한 그 출발인 것이다.

달이 소멸을 통해 죽음으로 끝나지 않고 다시 재생하여 부활하고 성장하는 영원한 회귀와 영생을 살듯이 『질마재 신화』에 등장하는 인물들은 달의 주기적인 시간을 내적 체험으로 살아가고 있다. 이는 그 동안 논자들이 거론하지 않았던 『질마재 신화』의 마지막에 실려 있는 12편의 시들을 통해 보다 분명히 살펴볼 수 있다. 이 12편의 시들은 모두 달을 노래하

---

54) 미르치아 엘리아데, 이동하 옮김, 『聖과 俗』, 학민사, 1996, 65~66면.

는 달 노래에 해당한다고 볼 수 있다.[55]

소나무야 소나무야 겨울 애솔나무야.
네 잎사귄 우리 아이 속눈썹만 같구나.
우리 아이 키만한 새벽 애솔나무야.//
통일된다 하는 말 그거 정말 진짤까.
겨우 새 뿔 나오는 송아지 눈으로
끔벅끔벅 앞만 보는 우리 애솔나무야.//
고추장이 익는다 고추장 주랴.
눈이 온다 눈 온다 눈웃을 주랴.
기러기 목청이나 더 보태 주랴.//
천 만 번 벼락에도 살아 남아 가자고
겨울 새벽 이 나라 비탈에 서 있는
너무 일찍 잠깨난 우리 애솔나무야.//

ー「새벽 애솔나무」전문, (Ⅰ:394)

---

55) 다음은 각 시에서 음력을 나타내는 시어들이다. 정형근, 「『질마재 신화』 연구」, 서
강대 석사논문, 1998, 25면 참조.

	제 목	시 어
1월	새벽 애솔나무	겨울 애솔나무, 새 뿔 나오는 송아지 눈
2월	二月의 鄕愁	이월
3월	梅花	梅花
4월	노자 없는 나그넷길	제비, 나비, 진달래
	초파일의 버선코	사월 초파일
5월	端午 노래	단오날, 수리치 떡
6월	流頭날	유월
7월	七夕	七夕, 까치, 견우 직녀
8월	무궁화에 추석달	추석달
9월	菊花香氣	국화
10월	시월이라 상달되니	시월
11월	오동지 할아버님	동지, 메주, 팥죽

이 소나무에 눈을 박아 조용히 차분히 오래 보고 있으면, 그 이쁜 사람의 이쁜 속눈썹만 같은 잎사귀들 사이엔 우리 태초 어머니이신 단군자당(檀君慈堂)의 밝은 두 눈망울도 거기 있는 듯하고, 또 우리 염려스러운 자식들의 눈망울도 어려오고 있는 것만 같나니, 이렇게도 이 소나무는 우리와 대단한 정신의 혈연을 지닌 것만 같은 것이다.

그래 나는 이 소나무에 맞추어 자기를 조절하고 있다가 내 왼갖 약삭빠른 도피와 타협과 비겁을 자책하게 되고, 모든 비극과 절망과 막다른 사경에서도 넌지시 서서 견딜 성의와 용기를 배운다. 나도 잘 견디어, 역경을 살다 가신 우리들의 선인 선비들의 정신의 행렬에 넌지시 끼리란 마음이 겨우 일어나는 것이다. (Ⅲ:37～38)

잎사귀가 "우리 아이 속눈썹만 같"은 애솔나무는 겨울날 눈 오는, "이 나라 비탈에 서 있"다. 그 푸르름과 흰 빛의 대비된 이미지는 갓 태어난 생명의 푸르름과 현실의 엄혹한 차가움을 보여주고 있다. 현실의 엄혹한 차가움은 "비탈"과 "천 만 번 벼락"에서 충분히 감지할 수 있다. 그것은 이 나라 역사의 현장으로도 읽힐 수 있겠다. "겨울 새벽"에 "너무 일찍 잠 깨난" 이유로 더욱 춥고 고통스럽지만, 애솔나무는 "겨우 새 뿔 나오는 송아지[56] 눈으로" "끔벅끔벅 앞만 본다." 2연에서 언급한 "통일"은 그 앞에 놓여 있지만 애솔나무가 보는 것은 통일뿐만 아니라 우리 민족의 미래까지 "끔벅끔벅" 보고 있는 것이다. 현실의 비극성과 절망 속에서도 꿋꿋이 시작하는 마음으로, "천 만 번 벼락에도 살아 남"는 질긴 생명력을 애솔나무에게서 서정주는 보고 있다. 그것은 서정주 자신이 밝힌 산문에서도 확인할 수가 있다. 단군자당과 자식들의 눈망울을, 선대와 후대의 그

---

56) 달의 모성적인 면모는 가장 흔히 암소로 재현되는데, 암소의 뿔은 자연히 '뿔 달린 달'을 환기시킨다. 뿔이 달린 여신으로서의 달의 여신은 천상의 암소이며, 그녀의 아이인 젊은 달은 수송아지이다. 어머니이신 달의 아들인 수송아지는 인간에게 구원의 길을 가르쳐주기 위하여 땅으로 내려온 영웅이다. 에스터 하딩, 잎의 객, 93~94면 참조.

것들을 현재화하여 의식 속에서 현전화하는 계기로서 애솔나무 잎사귀를 보고 있는 것이다. 더불어 애솔나무를 통해 삶의 용기와 삶의 새로운 의지를, 삶의 영속성을 체험하고 있는 것이다. 그러므로 애솔나무는 어둠 속에서 태어나는 새로운 생명의 탄생이자 아직 날이 밝기 전 새벽의 새로운 태초의 시간을 상징한다 할 수 있다. 음력 1월은 그믐에 사라졌다가 뿔 달린 초승달과 함께 새로운 시간이 재생는 한 해의 시작이다. 음력 1월은 자연스레 앞서 논한 의미에서의 "애솔나무"와 연결된다.

오월이라 단오날에 수리치 떡은
해보단도 더 뜨거워 혼자 못 먹네.
오라버니 오라버니 젓가락 줄까
잘 불어서 씹어 삼켜 먹어야 하네.
단군님의 자손이라며 요게 무언가/글쎄?/
세 쌍둥이라도 날 만한 힘 어따 두고……//

- 「端午 노래」 일부, (Ⅰ:399)

음력 5월을 노래한 「단오 노래」는 단오의 풍습인 수리치 떡 먹는 것을 시화한 것이다. 단오는 홀수가 겹치는 날이라 하여 양기가 왕성한 날이라 하는데 이것의 은유가 5행에서 7행에 걸쳐 나타나고 있다. 『京都雜誌』에 의하면 단오날을 속어俗語로는 수릿날戌依日이라고 한다. 수리는 우리말의 수레車에 해당한다. 이 날에는 쑥으로 떡을 만들 때 수레바퀴의 모양의 떡을 만드는 까닭에 수릿날이라고 한다. 수레바퀴는 앞서 논한 바와 같이 힌두교와 불교 사상에서 순환적인 시간관을 나타내는 상징적인 이미지를 지니고 있다. 수레바퀴는 쉬지 않고 무정하게 돌아가는 운명의 수레바퀴를 나타내면서도 바퀴살로 나누어진 원주의 각 부분은 현현의 순환에서의 각각의 시대를 나타낸다. 생명의 수레바퀴나 존재의 바퀴의 회전은 주기적 순환, 변화, 생성, 활력을 나타낸다. 또한 수레바퀴는 태양의 힘, 하늘에서 회전하는 태양을 나타낸다. 수레바퀴의 중심은 태양이고 수레바퀴의 살은 태양의 빛이다. 수레바퀴는 생명의 순환, 무상無常, 변전變轉을 상징하고 원주는 현현 세계의 한계, 바퀴의 중심은 힘과 빛을 방사하는 우주의 중심으로서, 정지점, '움직이지 않고 움직이는 자'를 나타낸다.[57] 그러므로 「단오 노래」는 태양의 양기를 듬뿍 받아 다산을 기원하고 생명의 재생력을 수리치 떡을 통해 얻고자 하는 노래라고 볼 수 있다.

> 梅花 향기에서는 가신 님 그린 내음새.
> 梅花 향기에서는 오신 님 그린 내음새.
> 갔다가 오시는 님 더욱 그린 내음새.
> 시악씨야 하늘도 님도 네가 더 그립단다.
> 梅花보다 더 알큰히 한번 나와 보아라.
>
> ― 「梅花」 일부, (Ⅰ:396)

> 모든 길은 버선코에서 떠나갔다가
> 돌아돌아 버선코로 되돌아오네
> 판문점을 평양을 돌고 돌아도
> 버선코로 버선코로 되돌아오네.
>
> ― 「초파일의 버선코」 일부, (Ⅰ:398)

> 유월이라 유둣날은 살풀이 가세.
> 살풀이는 하여서 뭐가 풀리나?
> 동쪽으로 흐르는 물에 머리 감으면
> 머리털에 햇빛은 곱게 풀리네.

---

57) 진 쿠퍼, 앞의 책, 401면.

머리 감고 임네 집 한 번 더 가자.
우리님이 감은 눈을 뜰지도 몰라.

— 「流頭날」 일부, (Ⅰ:400)

국화 향기 속에는 고향이 깔리네.
아내여 노자 없어 우린 못 가고
아들하고 딸한테 미뤄 당부한
고향의 옛 산천이 깔려 보이네.

— 「菊花香氣」 일부, (Ⅰ:403)

어머님이 끓여 주던 뜨시한 숭늉,
은근하고 구수하던 그 숭늉 냄새,
시월이라 상달되니 더 안 잊히네.
평양에 둔 아우 생각 하고 있으면
아무래도 안 잊히네, 영 안 잊히네.

— 「시월이라 상달되니」 일부, (Ⅰ:401)

「梅花」에서는 님이 떠났다가 돌아오는 기쁨을, 님과의 재회이자 일종의 회귀라고 봐야할 그 기쁨을 '매화 향기'로 표현하고 있다. 「초파일의 버선코」에서도 떠났다가 되돌아오는 모든 길은 4월 초파일에서 연상되듯 윤회처럼 곡선미를 지닌 '버선코'의 길목을 거친다. 그 길목에는 한국의 역사적 상황의 암시도 놓여 있다. 「流頭날」에서는 유둣날 살풀이를 통해 죽었던 님의 감은 눈이 뜰지도 모른다는 기대를 표현한다. 살풀이를 통해 죽은 이가 저승으로부터 되돌아올지도 모른다고 이승의 산 자가 노래하고 있다. 이 역시 이승과 저승의 단절과 시간의 경계를 허물고 죽음에서 재생될 수 있는 시간의식을 엿볼 수 있다. 「국화향기」에서는 노자 없어 고향 못 가는 아내와 화자 대신 자식들에게 당부한다. 화자가 고향에 가고자 하지만 가지 못하는 것을 후세에게 당부하여 고향에 가도록 하는 것은 앞서 논한 바 있는 계승되는 영원성의 성격을 지닌다. '아들하고 딸한테 미뤄 당부한 고향 산천'에는 '약도 없이 앓으시는 어머니'가 계시는데 가보지도 못하는 그 길에 '국화 향기'가 펼쳐진다. 그 길은 노자 없는 현실에서는 가지 못하지만 아들과 딸에게 당부하여 아들과 딸이 걸어갈 '국화 향기' 깔리는 길이다. 「시월이라 상달되니」에서는 보름달이 강한 회상의 계기가 된다. 평소에도 기억 저편에 묻혀 있지 않던 어머니와 숭늉 냄새는 보름달을 통해 강한 그리움의 대상이 되고 생생한 현전화가 이뤄진다. 더 나아가 '평양에 둔 아우'까지 연상되어 한국의 역사적 상황을 환기시킨다.

다. 미적 근대성과 전통지향성

근대성이 예술적·문화적 차원에서 미적 취향 및 예술의 내용과 형식의 문제로 전환되어 표현될 때 근대성의 심미적 특성, 즉 미적 근대성의 문제를 살펴봐야 한다. 근대성이 반근대와 반근대, 계몽과 반계몽의 대립과 극복의 끊임없는 위기의 양상 속에서 발현되는 것처럼 미적 근대성은 이 양자의 치열한 긴장 관계 속에서 다양한 형태로 표출되었고 그 자신이 그 이전의 미적 취향과는 다른 새로운 취향으로서의 현대적 전통으로 성립하였다. 미적 근대성이 그 이전의 미적 취향과 다른 특질은 자율성이다.

헤겔은 <새로운 시대의 원리>, 즉 근대의 원리로서 주체성[58]을 발견한다. 주체의 정신인 이성은 신화적 색채를 지닌 자연과 역사에서 신화적

---

58) 주체성이라는 표현은 각각 <개인주의>, <비판의 원리>, <행위의 자율성>, <철학 스스로를 인식하는 이념> 등으로 해석할 수 있다. 위르겐 하버마스, 앞의 글, 앞의 책, 387면 참조.

요소를 제거하는데 계몽을 동원하고 그 힘으로 자연과 세계사를 총체성으로 인식하려 한다. 그런 까닭에 이성은 자연과 역사 내부에서가 아니라 외부에서 그 전체를 관망하려는 성격을 지니고 있다. 그것은 주체성이 역으로 자기 자신이 가진 비판적 성격으로 인하여 이성 자신에 대한 타자로서 주체성을 사유하는 특질도 함유하고 있다. 헤겔은 근대를 일반적으로 자기 지시의 구조를 통해 그 특징이 드러나는 것으로 본다.[59] 근대의 주체성의 원리는 자기 지시의 기능으로 인하여 자신이 행한 행동의 자유와 반성의 계기를 갖는다. 이를 통하여 주체성은 자신의 자율성을 확립하게 되는 것이다.

주체성의 원리는 근대 문화의 모습도 규정한다.[60] 맨 먼저 객관화하는 <과학>, 즉 자연을 마술에서 벗어나게 함과 동시에 인식 주체를 자유롭게 하는 과학에 주체성의 원리가 적용되었다. 자연에 대한 객관적인 인식을 통하여 자연에 대한 두려움을 제거하여 주체성은 자유를 획득하고 또한 타자와의 구별을 통해서 자신의 주체성을 확립한다. 주체의 자유는 근대와 근대 이전을 가르는 주요한 기준이다.

18세기말까지 과학, 도덕, 예술은 제도적으로 분화되어 자율성을 지닌 것으로 자리잡았다. 다른 것과 마찬가지로 예술에서 미적 취향에 대한 물음 또한 자율적으로 다뤄지게 되었다. 이는 경제적인 측면에서도 살펴볼 수 있다. 18세기 이전의 글쓰는 사람들이란 자신의 생존의 보호를 받는 지배 계층의 이념과 도덕을 그가 속한 사회에 확대·전파하는 일을 맡은 사람들이었다. 파트롱이라고 불리는 그 보호자들에게 글쓰는 사람들은 그들의 책을 헌정하는 것이 관례이었으며, 그 보답으로 파트롱들은 글쓰는 사람들의 생존을 책임맡았다.[61] 18세기 이후 글쓰는 사람들을 비롯한 예술가들은 경제적 신분적 관계로부터 풀려나와 경제적 곤궁함을 스스로

---

59) 위르겐 하버마스, 앞의 글, 앞의 책, 387면.
60) 위르겐 하버마스, 앞의 글, 앞의 책, 388면.
61) 김현, 『한국문학의 위상』, 문학과지성사, 1977, 10면.

떠맡는 대신 예술 자체의 자율성에 대해 고민하기 시작하였다.

이는 미적 근대성이 정치적 근대성에 대해 독립된 주체성을 확립하고 비판적인 태도를 지니게 된 주요한 요인이다. 미적 근대성이 정치적 근대성의 타자의 성격을 갖게 되는 것은 근대가 가지는 주체성의 원리가 예술적·문화적 차원에 적용된 결과이다. 미적 근대성이 자신의 주체성 및 자율성을 인식하자마자 자신의 미적 내용에 해당하는 정치적 근대성을 비판적으로 접근한다. 정치적 근대성이 과학기술 발전과 아울러 계몽의 기획에 의해 이성의 신화를 구축하여 생산력 증대와 아우슈비츠의 살상을 동시에 이뤄냈다면 미적 근대성은 정치적 근대성의 역설적인 비이성적 파국 속에서 자신의 권리와 책임, 즉 자율성을 인식하고 자신의 정체성을 정치적 근대성과는 구별되는 철저한 타자로 성립시켰다. 그러므로 미적 근대성은 단지 예술적·미학적 테두리에서의 문제가 아니라 역사적 사회적 차원에서 잉태된 미적 취향이자 심미적·문화적 차원에서의 근대성을 가리키는 말이다.

이와 관련하여 한국에서의 근대와 근대성은 식민지화의 시작과 동시에 출발하여 식민지적 체험을 통과한 근대이며 근대성이다. 그리고 이러한 식민지의 존재는 서구적 근대의 한 조건이기도 하다. 근대는 제국주의와 식민지의 동시적 공존을 특징으로 삼고 있다.[62] 이에 한국에서의 근대와 근대성은 우리 민족의 주체성에 의한 출발이 아니라 서구와 일제라는 타자에 의한 이중적 폭압의 형태로 나타날 수밖에 없었다.

그렇게 식민지적 근대성이 발현되어 한반도가 급격한 식민자본주의적 산업의 부흥과 침탈로 점철되는 시기에 놓여 있었지만 서정주의 유년 시절을 형성한 '질마재'는 다소 거기에서 비껴간 곳에 위치한다. 그런 만큼 '질마재'에서 근대성과 근대의 징후를 가까이서 체험할 기회가 적었다. '질마재'는 전통적인 우리 민족의 정신과 문물이 어우러져 서정주의 유년

---

62) 김명인, 앞의 책, 234면.

시절의 원형을 형성한 시공간이었다. 그러나 식민지적 체험과 6·25전쟁, 1960년대를 거쳐 1975년 서정주가 환갑의 나이에『질마재 신화』를 출간하게 된 사이에 '질마재' 또한 근대적 정신과 문물의 흐름을 피해갈 수 없었다. 파괴되고 훼손되어 사라져버린 '질마재'는 서정주 자신의 기억의 현상학을 통한『질마재 신화』에서 현존하게 되었다.

서정주는 근대성과 근대가 짓밟고 지나간 그 흔적을 되밟아 기억의 파편들을 주워모아 '질마재'로 되돌아간다. 그것은 소멸과 죽음이 끝이 아니라 그믐달이 초승달이 되듯 죽음을 초극하여 부활하는 재생과 회귀의 모습을 보여주는 것이다.

> 미당에 있어 이 고향의 의미가 일종의 강박관념으로 작용해온 것은 아마도 6·25라는 미증유의 민족적 참화에 직접적으로 발단되어 있는 듯하다. 6·25를 정신사적 측면에서 연역할 경우 그것은 전통단절에 관련시킬 수가 있다. 소위 문화에 있어 근대지향성(modernity orientution)을 뜻하리라. 만일 한 문화가 전통지향성과 근대지향성의 변증법적 전개과정이라면 6·25는 너무도 압도적이고 또 일방적인 근대지향성의 폭력으로 규정될 수가 있을 것이다. 이에 대한 대결의식은 오직 전통지향성이며, 이를 떠나서 정신적 창조의 개념이 설정될 수가 없다고 할 때, 이 양자 사이의 대결의식이 강렬할수록 그 가능성의 의미가 부각될 수 있을 것이다.63)

근대에 대한 대결의식으로서 전통지향성은 영원성의 내용이며 반근대의 정신에 맞닿아 있다. 전통지향성은 고대인들의 순환론적 시간의식에 맞닿아있다. 서정주는 시에서 자신의 전통지향성을 은유적으로 달을 통해서 형상화한다. 앞서 논한 바와 같이 달을 통해서 알 수 있었던 시간의식은 초승달과 보름달과 그믐달로 변해가는 시간의 흐름이 직선적이지

---

63) 김윤식, 「서정주의『질마재 신화』고」, 『현대문학』, 1976.3, 248~249면.

않은 원圓의 형상으로 나타난다. 직선적인 시간의 끝은 유한한 존재로서 인간이 맞이하게 되는 죽음뿐이다. 하지만 원의 형상을 지닌 순환론적 시간의식은 시작한 지점이 곧 돌아오는 지점이 되는, 처음과 끝이 이어져 주기성을 지닌 시간의식이다. 즉 죽음으로서 태어난 곳으로 되돌아가고 태어남으로서 죽음에 이르는 인간의 삶의 모습의 원형原型을 지닌 시간의식이다. 인간은 태어나자마자 죽음을 향해 나아가고 있기 때문에 인간의 삶은 죽음과 분리되어 있지 않고 죽음과 항상 혼용되어 자신의 삶을 영위한다. 그러므로 삶을 영위한다는 것은 죽음을 영위하는 것과 동일한 것이며 삶과 죽음은 본질적으로 동일한 우주 생명의 두 가지 모습일 뿐이다. 인간은 우주의 이 두 가지 형태, 삶과 죽음을 자신의 현존재를 관통하는 매순간의 현재시간에 동시적으로 살아냄으로써 죽음을 초극한다. 더불어 현재에 맞닿아 있는 죽음 너머의 미래와 과거가 된 현재를 한꺼번에 지금 이 순간에 영원한 현재로 살아가는 것을 의미한다.

영원한 현재로서 순환론적 시간의식은 근대의 시간의식과는 달리 시작과 끝이 이어져 시작도 끝도 없는 영원성으로 표명된다. 영원성은 근본적으로 "일시적인 것, 사라지는 것, 우연적인 것"[64]을 본질로 삼는 근대성에 대립되는 "영원한 것, 불변적인 것"[65]을 특성으로 삼는 반근대적 지향성이다.

모더니티 가운데서 "일시적이고 사라져가는 우연적인 것"이 예술의 절반이며 나머지 예술의 절반은 "영원한 것, 불변적인 것이다"라고 보들레르가 말한 서구에서의 미적 근대성은 그렇게 "순간적이고 일시적이고 사라져가는 우연적인" 근대의 체험들에 대한 타자성과 자율성을 지닌 미적 차원에서 그 '순간'을 "영원하고 불변하는 것"으로 형상화하는 것을 자신의 내용으로 삼는다. 이에 반하여 한국에서의 미적 근대성은 분명히 서구

---

64) 샤를 보들레르, 주 20)과 동일.
65) 샤를 보들레르, 주 20)과 동일.

의 미적 근대성과는 다른 양상으로 표출될 수밖에 없다. 제3세계 국가로서 식민지 체험과 제국주의에 의한 근대의 시작을 강요당한 한국에서 서정주가 체험한 근대성은 폭력적으로 비쳤을 것이고 그에 대한 입장은 근대에 대한 거부, 반근대적 성격을 지닌 한국에서의 새로운 미적 근대성으로 표현되었다.

> 현대 시대의 모순은 현대 시대 내부에서 작용한다. 그것을 비판하는 것은 현대 정신의 한 가지 기능이다. 그리고 그것은 더 나아가 현대 시대를 충족시키는 한 가지 방법인 것이다. 현대 시대는 분열의 시대이자 자체 부정의 시대, 비판의 시대이다. 현대 시대는 그 자체를 변화에 일치시키고, 변화와 비판을 발전에 일치시킨다. 현대 예술은 그것이 비판적이기 때문에 현대적이다. 현대 예술 비평은 두 가지 모순된 방향으로 나타났다. 그것은 현대 시대의 직선적인 시간을 거부하였고 그것은 또 현대 시대 그 자체를 거부하였다. 첫 번째 경우에서 현대 예술은 현대성을 부정하였고 두 번째 경우에서는 현대성을 인정하였다.[66]

옥타비오 파스의 논법에 따르면 서정주는 양적이고 교환가치가 내재되어 있는 직선적인 근대의 시간을 거부함으로써 근대 예술의 근대성을 부정하였고 근대 시대 자체를 거부함으로써 역으로 근대성을 인정한 것이다. 즉 근대 시대의 직선적인 시간에 대한 거부는 영원성과 순환론적 시간의식으로, 근대 자체에 대한 거부는 전통지향성을 통한 새로운 미적 근대성의 확립으로 서정주는 나아간다.

달의 생성과 성장과 소멸의 주기를 일상 생활의 리듬으로 내재화하여 살아가는 질마재 사람들의 모습을 형상화함으로써 서정주는 직선적인 시간을 미학적으로 거부한다. 또한 문헌 기록과 세시풍속 및 민간 전승된

---

66) 옥타비오 파스, 앞의 책, 179면.

이야기를 찾아내고 이를 '질마재' 사람들의 삶과 결합시킴으로써 서구의 근대성과 근대를 거스르는 전통지향성을 보여준다. '질마재'는 자아와 타자와의 구별과 차이에 역점을 두는 근대의 주체성과는 달리 자아와 우주, 자아와 자연, 주체와 객체의 동일성이 가능한 시공간이다. 또한 자아의 신비적 체험을 생활 전역에서 체험할 수 있는 곳이기도 하다. 이러한 특성을 지닌 '질마재'를 시화했다는 것 자체가 근대에 대한 반근대이며 전통지향성을 통해 근대성과 근대를 통해 파괴되었던 우리 민족의 동일성과 정체성을 회복하려는 미학적 시도로 볼 수 있다. 또한 『질마재 신화』에서 나타나는 전통지향성과 영원성의 현현인 달의 이미지는 여성의 원리로써 모성성을 지니는 바 이는 근대의 이성이 표출되는 폭력성을 껴안으려는 태도를 보여주는 서정주의 미학적 원리라 할 수 있다.

Ⅳ. 결론

본고는 서정주의 『질마재 신화』에 나타난 시간의식을 고찰하고, 그 과정에서 시간의식의 각 양상들이 어떻게 『질마재 신화』의 각 텍스트 내의 시적 언어로 구현되어 있는지 고찰함으로써 『질마재 신화』의 화자의 의식 내에서 경험되는 시간의식의 지향성을 포착하여 그 의미를 살펴보고자 하였다. 이를 위해서는 시간의식을 화자의 의식 내에서 경험되는 시간의식으로 국한하여 볼 필요가 있었다. 시간의식을 화자의 내적 체험의 범위에 국한하여 살펴보는 것은 물리적이며 객관적인 시간으로는 작품 창작 과정과 화자의 의식 내에서 발생하는 요소들을 살펴볼 수 없기 때문이다. 즉 창작자의 의식 내에서 체험되는 시간의식이 그 시간의식 내에서 형성된 체험과 상상력을 통해 창작되는 과정 및 작품 내의 화자의 의식의 양상을 살펴볼 수 있게 해주는 계기를 마련해주었다.

이와 같은 연구목표에 접근하기 위해서는 텍스트 내의 화자의 내적 체험으로 나타나는 시간의식의 양상의 특성에 대한 해명이 요구된다. 의식의 능동성에 해당하는 지향성에는 현재의 순간의식에 수렴되어 있는 과거와 현재와 미래가 끊임없이 이어져 흐르고 있다. 매순간의 현재는 흘러가버리는 과거가 되며 미래였던 시간은 지금 순간의 현재가 되고 있다. 의식은 의식 내부에 묻혀 있던 과거의 체험의 양상들을 회상이라는 과거 지향성을 통해 의식 내에서 단절되었던 과거와의 연속성과 지속성을 회복해낸다. 화자 의식의 내부에서 순간적 파악으로서 의식의 지향성은 과거의 존재와 동일성을 유지시켜주고 현존재의 정체성을 확보해준다. 그런 의미에서 그 순간은 항상 일회적인 지나침, 반복하지 않는 비동시적 발생이라는 기억의 비동시성을 지니는데, 이러한 의식의 지향성을 지속적 작용으로 파악했을 때 시간의식의 내용물은 과거에서부터 현재까지의 동일성을 유지하게 된다. 이러한 화자의 의식 내에서 순간의 지속성, 기억의 비동시성의 동일성은 텍스트 내에서 나타나는 시간의식을 살펴볼 수 있는 주요한 원리가 된다.

기억하는 순간의 비동시성의 동일성이라는 시간의식은 즉, 현존재의 자아의 시간의식은 우주와 역사의 시간 또한 내면화한다. 우주와 역사의 시간을 바라보는 태도에는 두 가지가 있다. 하나는 직선적인 발전의 양상으로 바라보는 근대의 시간의식이고 다른 하나는 고대로부터 이어져온 재생과 회귀를 반복하는 주기성을 지닌 순환적 시간의식이다.

근대의 시간의식은 근대의 형성과정을 통해 형성되었는데 근대의 특징인 자기 부정과 전통과의 단절은 근대의 시간의식에도 그대로 담겨 있어서 근대 이전의 시간의식인 순환론적 시간의식으로부터 분리를 낳았다. 그러나 무한한 진보와 혁명으로 일관되는 근대 및 근대의 시간의식의 중심에 자리잡고 있는 이성과 계몽은 역설적으로 인간 자신을 지배하는 도구로 전락하여 근대성과 근대에 대한 강한 회의를 가져다주었다. 또한 이러한 계몽에 대한 회의는 반계몽과 반근대적 철학의 담론의 출현이라는 양상으로 나타났다. 시간의식에 있어서도 진보와 발전만이 있을 것이라는 근대의 직선적인 시간의식에 대한 회의로 이어졌다.

이와 같이 정치적 의미에서의 근대성은 근대와 반근대, 계몽과 반계몽의 대립과 극복을 통해 형성되어온 것인데 이는 미적·예술적 측면에서의 근대성에 반영되었다. 근대의 예술도 정치적 의미에서의 근대성과 같이 역동적이며 다층적인 양상으로 표출되었나. 근내에 이르러 예술은 주체성 확립을 바탕으로 자신의 심미적 자율성을 획득하게 되었다. 이로써 예술과 심미적 가치는 역사적 사회적 구조의 반영으로만 머물지 않고 역사적 사회적 의식에 대한 자의식의 자율성을 갖게 되었다. 이러한 예술의 자율성은 근대를 형성하는 사회 구조 속에서의 다양한 체계와 역할 가운데서 제도적 역할과 기능의 일부분을 담당하게 되었다. 미적 근대성은 예술 작품 내에서 미학적 측면의 테두리에서뿐만이 아니라 근대 사회에서 나타나는 미적 경험의 총체를 표현하는 한편, 근대의 모든 부정성에 대한 성찰과 비판의 태도를 지니고서 현실의 폭력과 억압을 극복하고자 하는 미적 지향성을 자신의 특질로 갖는다.

'질마재'는 서유럽이 아닌 한국에서 형성되어가던 근대적 상황에 의해 사라져버린 서정주의 유년 시절의 고향이다. 『질마재 신화』에서 서정주는 역사적 상황에 의해 파괴되었던 유년 시절의 '질마재'를 서정주 자신의 기억과 상상력을 통해 과거로부터 현재로 끌어올려 현전화시킨다. 기억하는 순간의 비동시성의 동일성에 의해 「海溢」의 외할머니와 외할아버지는 죽음을 뛰어넘어 서로 상봉하게 되고, 「上歌手의 소리」에서의 상가수의 소리는 저승에도 뻗어간다. 「그 애가 물동이의 물을 한 방울도 안 엎지르고 걸어왔을 때」의 소녀, 「신발」에서의 아버지와 신발, 「알묏집 계피떡」의 알묏집, 「紙鳶勝負」에서의 연날리기 등은 화자의 의식 내에서 기억에 의해 현전화되어 기억하는 순간에 그 의미는 지속성을 갖게 된다.

또한 「외할머니의 뒤안 툇마루」의 거울 같은 툇마루, 내가 여름 학질에 여러 직 앓아 영 못 쓰게 되면」의 아버지와 나, 「李三晩이라는 神」에서의 부적과 같은 기능을 하는 '李三晩'이라는 글씨, 「姦通事件과 우물」에서 간통 사건이 일어나면 자신들의 우물을 막아버리는 마을 사람들, 「말피」에서 '말피'가 남자와 여자를 떼내 버리는 주술성을 믿는 마을 사람들, 「마당房」과 「소망(똥간)」에서 나타나는 자연과 융합하여 사는 마을 사람들은 주술의 주요 원리인 유사성과 자연과 자연의 시간에 대한 미메시스 및 합일에 의

한 동일성을 보여준다.

더 나아가『질마재 신화』는 서정주 자신의 기억에만 의존하지 않고『삼국유사』와 그 외 문헌 전승과 세시풍속 등으로 전해져오는 전래의 설화를 시화詩化함으로써 '질마재'를 서정주 개인의 고향으로서 "질마재"가 아닌 우리 민족의 무대로 확장시킨다. 또한「小者 李 생원네 마누라님의 오줌 기운」과「石女 한물宅에의 한숨」에서는 다산성에 관련된 여성성을 회복시킨다.「來蘇寺 大雄殿 丹青」과「竹窓」에서는 '질마재' 사람들이 신적 존재라기보다는 현실 세계에서 한 마을을 이루며 살아가는 농투성이들로서 신화적 신비 체험을 삶의 가까운 곳에 두고 살아가는 것을 보여준다. 이러한 작품 형상화를 통해 서정주는 이 사람들이 살아가던 '질마재'를 근대성에 의해 훼손되기 이전의 우리 민족의 원형으로 회복시켜 놓고 있다.

우리 민족 정신의 삶의 터전으로서 이어져 온 '질마재'를 감싸고 흘러가고 있는 시간의식은「風便의 소식」과「박꽃 시간」,「深思熟考」와「沈香」에 잘 나타나 있다. 질마재의 시간의식은 시·분·초로 나뉘어진 추상화되고 분화된 근대의 시간의식, 모든 시간 단위가 화폐로 가치평가되는 근대의 시간의식과는 다른 특성을 지니고 있다. 그것은「風便의 소식」과「박꽃 시간」에서처럼 구체화된 사물의 외양을 띠고 나타나는 것으로 사건을 경험하는 사람의 내적 체험의 표현으로서 구현된다. 이러한 시간의식은 단지 개인의 체험에 머무르지 않고 개인과 개인, 선대와 후세를 하나도 묶어주는 영원성이라는 시간의식으로 나타나는데「深思熟考」와「沈香」은 영원성의 특성을 잘 보여주고 있다. 끊임없이 후대에까지 이어져 선대의 업을 이루는 시간의식으로서 영원성이다. 영원성은 근대의 시간의식이 아니라 순환적 시간의식에 맞닿아 있다.

서정주는 바로 이러한 영원성을 자신의 주제로 삼아 시를 써왔다. 영원성은『질마재 신화』에서 달의 은유로 형상화되어 있다. 영원성은 달의 재생과 회귀로 특징짓는 순환되는 시간의식과 함께 선대에서 우리 세대로, 우리 세대에서 후대로 이어지는 영속성과 영생의 특징도 갖으며, 현재의 순간을 기억에 의한 근원적 인상과 결합하여 영원성 자신의 위치로 승화시킨다. 또한 영원성은 전생과 현세, 현세와 내세의 경계를 지우면서 현실과 저승의 경계도 허물면서 화자로 하여금 신화적인 신비체험을 하게 한다. 그리하여 근대성의 특징인 우연적이고 일시적이고 순간적인 것을 영원불멸의 시간으로 올려놓는다. 또한 서정주는 과거·현재·미래를 하나의 시간으로 동일화시켜버리거나, 혹은 시간의 간극을 지워버린다. 영원은 무한한 시간이 아닌, 무시간성, 즉 물리적 시간을 초월하고, 이 시간 밖에 있는 경험의 한 성질을 의미한다. 과거는 기억과 전승으로 현재에 지속되고 미래는 희망이나 기대로서 현재에 연속되는 시간의식, 과거도 아니고 미래도 아니며 이 모두가 창조되는 순간으로서의 현재 속에 융합되어 있는 상태인 현재라는 시간의식이다. 그것은 시적 자아가 이질적인 경험적 요소들을 기억을 통해 유기적으로 통합한다는 의미에서 영원한 현재라는 지위를 가진다. 그리하여 과거·현재·미래가 영원한 현재로 수렴되며 이러한 영원성은 『질마재 신화』의 주된 시간의식으로 자리잡고 있다

영원성이 『질마재 신화』의 시간의식이자 순환론적 시간의식인 바 『질마재 신화』는 근대에 대한 반근대적 태도를 취하고 있음을 알 수 있게 해준다. 서정주는 우리 민족 주체의 선택에 의한 근대의 시작과 형성이 아닌 타자에 의한 왜곡과 질곡의 방식을 통해 시작된 한국에서의 근대성에 대해 반근대적 태도를 취한다. 그는 '질마재'에 대한 회상, 즉 기억하는 순간의 비동시성의 동일성을 통하여 이성과 계몽의 이름으로 행해진 서구의 근대성을 거부한다. 오히려 그는 서구의 근대성과는 달리 식민지적 근대성에 뿌리를 두고 있는 한국의 근대적 상황 한복판에 '질마재'를 복원한다. 이는 서정주가 『질마재 신화』를 통해 반근대적 지향, 즉 전통지

향성을 통해 우리의 새로운 미적 근대성을 확립하려 한 하나의 가능성으로 읽을 수 있다. 비록 그것이 한국현대사에서 근대성에 대한 강한 부정으로부터 비롯된 파행의 것이었다 할지라도 그것은 식민지적 근대성과 근대를 이루는 두 가지 방식의 첨예한 대립이었던 6 · 25 전쟁, 그리고 지금까지 우리의 근대성 확립의 과정에서 겪은 전통의 파괴와 단절에 대한 저항으로 보아야 한다. 그러므로 서정주의 『질마재 신화』는 바로 그러한 근대에 대한 비판적 태도와 전통지향성을 통해 근대를 극복하려 했던 자리에 놓여 있으며 서구와는 다른 한국의 새로운 미적 근대성을 확립하려 했던 시도로 읽을 수 있다.

참고문헌

기본자료

김춘수,『김춘수 전집 1 詩』, 문장, 1984.

_____,『김춘수 전집 2 詩論』, 문장, 1986.

_____,『김춘수 전집 3 隨筆』, 문장, 1983.

서정주, 「질마재 신화」,『미당 시전집·1』, 민음사, 1994.

_____,『미당 자서전·1』, 민음사, 1994.

_____,『미당 산문』, 민음사, 1993.

보조자료

김춘수,『김춘수 시전집』, 현대문학사, 2004.

_____,『김춘수 시론전집 Ⅰ』, 현대문학사, 2004.

_____,『김춘수 시론전집 Ⅱ』, 현대문학사, 2004.

_____,『꽃과 여우』, 민음사, 1997.

_____,『왜 나는 시인인가』, 현대문학사, 2005.

_____, 이남호 편,『김춘수 문학앨범』, 웅진, 1995.

학위논문

강영기, 「김수영 시와 김춘수 시의 대비적 연구」, 제주대 대학원 박사논문, 2003.

권혁웅, 「한국 현대시의 시작방법 연구」, 고려대 대학원 박사논문, 2000.

김광엽, 「한국 현대시의 공간 구조 연구」, 서강대 대학원 박사논문, 1994.

김두한, 「김춘수 시 연구」, 효성여대 대학원 박사논문, 1991.

김의수, 「김춘수 시의 상호텍스트성 연구」, 서울대 대학원 박사논문, 2002.

김창근, 「한국현대시의 원형적 상상력에 관한 연구」, 부산대 대학원 박사논문, 1992.

노　철, 「김수영과 김춘수의 시작방법 연구」, 고려대 대학원 박사논문, 1998.

박근영, 「한국초현실주의시의 비교문학적 연구」, 단국대 대학원 박사논문, 1989.

박은희, 「김종삼·김춘수 시의 모더니티 연구」, 성신여대 대학원 박사논문, 2003.

변해숙, 「서정주 시의 시간성 연구」, 이화여대 석사논문, 1987.

손진은, 「서정주 시의 시간성 연구」, 경북대 박사논문, 1995.

오정국, 「한국 현대시의 설화 수용 양상 연구」, 중앙대 대학원 박사논문, 2002.

유지현, 『서정주 시의 공간 상상력 연구』, 고려대 박사 논문, 1997.

이기성, 「1950년대 모더니즘 시의 시간의식과 시쓰기」, 이화여대 대학원 박사
　　　논문, 2002.

이명희, 「한국 현대시에 나타난 신화적 상상력 연구」, 건국대 대학원 박사논문,
　　　2002.

이민정, 「김춘수 시 연구」, 경원대 대학원 박사논문, 2006.

이민호, 「현대시의 담화론적 연구」, 서강대 대학원 박사논문, 2001.

이순옥, 「한국 초현실주의 시의 특성 연구」, 영남대 대학원 박사논문, 1998.

이옥순, 「서정주의 『질마재 신화』 연구」, 영남대 석사논문, 1992.

이은정, 「김춘수와 김수영 시학의 대비적 연구」, 이화여대 대학원 박사논문,
　　　1993.

이인영, 「김춘수와 고은 시의 허무의식 연구」, 연세대 대학원 박사논문, 2000.

이주열, 「한국 현대시의 해학성 연구」, 한국외국어대 대학원 박사논문, 2005.

이　찬, 「20세기 후반 한국 현대시론 연구」, 고려대 대학원 박사논문, 2005.

이창민, 「김춘수 시 연구」, 고려대 대학원 박사논문, 1999.

임문혁, 「한국 현대시의 전통 연구」, 한국교원대 대학원 박사논문, 1993.

전영애, 「R. M. 릴케의 사물시(Dinggedicht)」, 서울대 석사논문, 1974.

정형근, 「『질마재 신화』 연구」, 서강대 석사논문, 1998.

진수미, 「김춘수 무의미시의 시작 방법 연구」, 서울시립대 대학원 박사논문,
　　　2003.

채종한, 「존재론적 시의식에 관한 연구」, 영남대 대학원 박사논문, 2001.

최라영, 「김춘수의 무의미시 연구」, 서울대 대학원 박사논문, 2004.

최진송, 「1950년대 전후 한국 현대시의 전개 양상」, 동아대 대학원 박사논문,
　　　1994.

학술논문

강연호, 「언어의 긴장과 존재의 탐구-김춘수의 시론」, 『어문논집』 33집, 민족
　　어문학회, 1994.

고창범, 「村野四郞의 즉물시」, 『일본학보』 제21집, 한국일본학회, 1988.

김동환, 한계전 외, 「김춘수 시론의 논리와 그 정체성」, 『한국 현대시론사 연구』,
　　문학과지성사, 1998.

김우창, 한국영어영문학회 편, 「전통과 방법: 엘리어트의 예」, 『T. S. 엘리어트』,
　　민음사, 1978.

_____, 동국대 한국문학연구소 편, 「한국시와 형이상」, 『미당 연구』, 민음사,
　　1994.

김재혁, 「릴케 고유의 "앞세우기" 이론을 통한 "사물시" 분석」, 『독일문학』 제
　　77집, 한국독어독문학회, 2001.

김재홍, 동국대 한국문학연구소 편, 「미당 서정주-대지적 삶과 생명에의 비상」,
　　『미당 연구』, 민음사, 1994.

김화영, 동국대 한국문학연구소 편, 「한국인의 미의식-서정주의 시적 공간」,
　　『미당 연구』, 민음사, 1994.

남기혁, 「김춘수의 무의미시론 연구」, 『한국문화』 24, 서울대한국문화연구소,
　　1999.12.

문혜원, 「김춘수의 시와 시론에 나타나는 이미지 연구」, 『한국 현대시와 모더니
　　즘』, 신구문화사, 1996.

_____, 「하이데거의 영향을 중심으로 한 김춘수 시의 실존론적인 분석」, 『비
　　교문학』 제20집, 한국비교문학회, 1995.

박윤우, 「김춘수의 시론과 현대적 서정시학의 형성」, 『한국현대시론사』, 모음
　　사, 1992.

배상식, 「김춘수 초기시와 하이데거 사유의 연관성 문제」, 『동서철학연구』 제
　　38호, 2005.

양균원, 「사물다움에 대한 추구: 스티븐슨과 윌리엄스」, 『현대영미시연구』, 제
　　11권 1호, 2005.

오세영, 「김춘수의 무의미시」, 『한국현대문학연구』 제15권, 한국현대문학회,
　　2004.

_____, 동국대 한국문학연구소 편, 「설화의 시적 변용」, 『미당 연구』, 민음사,

1994.

원형갑, 「김춘수와 무의미의 기본구조」, 『김춘수화갑기념현대시논총』, 형설출판사, 1982.

윤석산, 「한국 현대시의 두 가지 어법 – 김춘수와 김윤성 시를 중심으로」, 『예술논문집』 제37호, 예술원, 1998.12.

이경희, 「서정주의 시<알묫집과 계피떡>에 나타난 신비체험과 공간」, 『이화어문논집』, 1992.

이광호, 「자유의 시학과 미적 현대성 – 김수영과 김춘수 시론에 나타난 '무의미'의 문제를 중심으로」, 『한국시학연구』 Vol.12, 한국시학회, 2005.

이미순, 「김춘수의 꽃의 해체론적 읽기」, 『한국현대시와 언어의 수사성』, 국학자료원, 1997.

이승옥, 「'무의미시'와 '절대시'에 대한 비교 고찰」, 『뷔히너와 현대문학』 Vol.13, No.0, 한국뷔히너학회, 1999.

이승하, 「산업화시대 시의 모색과 발전」, 『한국현대시문학사』, 소명, 2005.

이영걸, 「블라이의 사물시(事物詩)와 산문시」, 『영미시와 한국시 2』, 한신문화사, 1999.

이영섭, 「김춘수 시 연구 – 무의미시의 허(虛)와 실(實)」, 『현대문학의연구』 22, 한국문학연구학회, 2004.

이혜원, 「황순원 시 연구」, 『한국시학연구』 3호, 한국시학회, 2000.

임용묵, 「W. C. 윌리엄즈의 詩論」, 『인문학지』 제26집, 충북대 인문학연구소, 2003.

정효구, 「김춘수 시의 변모 과정 – 창작방법론을 중심으로」, 『20세기 한국시와 비평정신』, 새미, 1997.

천이두, 동국대학교 한국문학연구소 편, 「지옥과 열반」, 『미당 연구』, 민음사, 1994.

최원식, 「김춘수 시의 의미와 무의미」, 『한국현대시연구』, 일지사, 1983.

하현식, 「절대언어와 자유의지」, 『한국시인론』, 백산, 1990.

평론

고 은, 「서정주 시대의 보고」, 『문학과지성』, 1973, 봄.

권영민,「인식으로서의 시와 시에 대한 인식」,『세계의문학』, 1982, 겨울.

김광림,「허무의 낭떠러지를 보는 사람-무라노 시로오(村野四郞)에 대하여」,『現代詩學』, 1994.9.

김기중,「윤리적 삶의 밀도와 시의 밀도」,「세계의문학」, 1992, 겨울.

김영태,「처용단장에 관한 노우트」,『현대시학』, 1970.2.

김용직,「아네모네와 실험의식: 김춘수론」,『시문학』, 1972.4.

김윤식,「서정주의『질마재 신화』고」,『현대문학』, 1976.3.

_____,「전통과 예의 의미」,『미당 연구』, 민음사, 1994.

김인환,「과학과 시」,『상상력과 원근법』, 문학과지성사, 1993.

_____,「김춘수의 장르의식」,『한국현대시문학대계』 25, 지식산업사, 1984.

김종길,「시의 곡예사: 춘수 시의 이론과 실제」,『문학사상』, 1985.10.

_____,『김춘수의 의미시와 소외현상학: 김춘수론』,『도시시와 해체시』, 문학과비평사, 1988.

_____,「무의미와 서정 양식: 김춘수의 2분법 체계」,『한국현대장르비평론』, 문학과지성사, 1990.

김주연,「기쁜 노래 부르던 눈물 한 방울—김춘수 시집『처용단장』」,『현대문학』, 1992.3.

김준오,「우울한 고전 기행의 소외현상학」,『문학과비평』, 1988.5.

김 현,「어둠 저 너머 세계의 분열과 화해 : 김춘수론」,『문학사상』, 1997.2.

_____,「김춘수의 시적 변용」,『문학과지성』, 1970, 여름.

_____,『김춘수에 대한 두 개의 글,『책읽기의 괴로움』, 민음사, 1984.

남진우,「남녀 양성의 신화」,『바벨탑의 언어』, 문학과지성사, 1989.

박진환,「속, 질마재 신화고」,『현대시학』, 1974.4.

박철희,「<속, 질마재 신화>고」,『현대문학』, 1972.

서우석,「김춘수: 리듬의 속도감」,「시와 리듬」, 문학과지성사, 1981.

서준섭,「무화과나무의 언어: 김춘수 초기에서 '부다페스트에서의 소녀의 죽음' 까지 시에 대해」,『작가세계』, 1997, 여름.

신범순,「무화과나무의 언어」,『작가세계』, 세계사, 1997, 여름.

오규원,「김춘수의 무의미시」,『현대시학』, 1973.6.

유종호,「소리지향과 산문지향」,『작가세계』, 1994, 봄.

이광호,「영원의 시간, 봉인된 시간」,『작가세계』, 1994, 봄.

이기철, 「무의미의 시, 그 의미의 확대」, 『시문학』, 1976.6.

_____, 「의미시와 무의미시」, 『시문학』, 1981.10.

이승훈, 「김춘수의 시론」, 『한국현대시론사』, 고려원, 1993.

_____, 「김춘수론 – 시적 인식의 문제」, 『현대문학』, 1977.11.

_____, 『무의미시』, 『비대상』, 민족문화사, 1983.

_____, 「존재의 해명: 김춘수의 '꽃'」, 『현대시학』, 1974.5.

이태동, 「발터 벤야민 – 정지된 변증법」, 『21세기 문학』, 이수, 1997, 봄.

임정택, 김성기 편, 「계몽의 현대성」, 『모더니티란 무엇인가』, 민음사, 1994.

최하림, 「원초 경험의 변용」, 『시와 부정의 정신』, 문학과지성사, 1984.

村野四郎, 김광림 옮김, 「詩에 있어서 言語란 무엇인가」, 『現代詩學』, 1972.2.

단행본

국내

강홍기, 『현대시 운율구조론』, 태학사, 1999.

김광림, 『일본현대시인론』, 국학자료원, 2001.

김규영, 『시간론』, 서강대 출판부, 1987.

김대행 편, 『율격』, 문학과지성사, 1984.

김명인, 『불을 찾아서』, 소명, 2000.

김수영, 『김수영 전집 2 산문』, 민음사, 1981.

김영민, 『현상학과 시간』, 까치, 1994.

김욱동, 『은유와 환유』, 민음사, 1999.

김유동, 『아도르노 사상』, 문예출판사, 1994.

김윤식 · 김우종 외, 『한국현대문학사』, 현대문학, 1989.

김윤식 · 김현, 『한국문학사』, 민음사, 1973.

김주연 편, 『릴케』, 문학과지성사, 1981.

김준오, 『시론(제3판)』, 삼지원, 1991.

김진수, 『우리는 왜 지금 낭만주의를 이야기하는가』, 책세상, 2001.

김 현, 『상상력과 인간/시인을 찾아서』, 문학과지성사, 1991.

_____, 『한국문학의 위상』, 문학과지성사, 1977.

김화영, 『미당 서정주의 시에 대하여』, 민음사, 1984.

박목월,『박목월 시전집』, 서문당, 1984.

박현서,『일본현대시평설』, 청하, 1989.

서우석,『시와 리듬』, 문학과지성사, 1981.

_____ 외,『음악의 연구』, 문학과지성사, 2000.

석영중,『러시아 현대시학』, 민음사, 1996.

신상희,『시간과 존재의 빛』, 한길사, 2000.

오규원,『현대시작법』, 문학과지성사, 1990.

_____,『현실과 극기』, 문학과지성사, 1976.

유정 편역,『일본근대대표시선』, 창작과비평사, 1997.

원형갑,『서정주의 세계성』, 들소리, 1982.

이상섭,『아리스토텔레스의『시학』연구』, 문학과지성사, 2002.

이승복,『우리 시의 운율체계와 기능』, 보고사, 1995.

이은정,『현대시학의 두 구도』, 소명출판, 1999.

이장욱,『혁명과 모더니즘』, 랜덤하우스중앙, 2005.

일 연, 리가원 · 허경원 옮김,『삼국유사』, 한양출판, 1996.

정완상,『호이겐스가 들려주는 파동이야기』, 자음과모음, 2005.

정원용,『은유와 환유』, 신지서원, 1996.

전광진,『독일문학의 현상』, 문학세계사, 1987.

지명렬,『독일낭만주의연구』, 일지사, 1975.

한전숙,『현상학』, 민음사, 1998.

황순원,『황순원전집 11 시선집』, 문학과지성사, 1993.

국외

Alain Robbe-Grillet, 김치수 옮김,『누보 로망을 위하여』, 문학과지성사, 1981.

Aristoteles, 이종오 옮김,『수사학 Ⅰ』, 리젬, 2007.

_____, 이종오 옮김,『수사학 Ⅱ』, 리젬, 2007.

Arthur Rimbaud, 이준오 옮김,『랭보 시선』, 책세상, 1997.

A.V. 외, 박장호 · 이인재 옮김,『윤리학사전』, 백의, 1996.

Carl Gustav Jung, 이윤기 옮김,『인간과 상징』, 열린책들, 1996.

Charles Baudelaire, 이건수 옮김,『벌거벗은 내 마음』, 문학과지성사, 2001.

_____, 김붕구 옮김,『악의 꽃』, 민음사, 1994.

_____, 윤영애 옮김, 『악의 꽃』, 문학과지성사, 2003.

_____, 정기수 옮김, 『악의 꽃』, 정음사, 1979.

_____, 윤영애 옮김, 『파리의 우울』, 민음사, 1979.

Charles Chadwick, 박희진 옮김, 『상징주의』, 서울대출판부, 1984.

Dominque Rincé, 강성욱·황현산 옮김, 『프랑스 19세기 시』, 고려대출판부, 1985.

Edgar Allan Poe, 송경원 옮김, 『생각의 즐거움』, 하늘연못, 2004.

Edmund Husserl, 이종훈 옮김, 『경험과 판단』, 민음사, 1997.

_____, 『순수 현상학과 현상학적 철학의 이념들』, 문학과지성사, 1997.

_____, 이종훈 옮김, 『시간의식』, 한길사, 1996.

_____, 이종훈 옮김, 『유럽 학문의 위기와 선험적 현상학』, 한길사, 1997.

Emile Benveniste, 황경자 옮김, 『일반언어학의 제문제 I 』, 민음사, 1992.

_____, 황경자 옮김, 『일반언어학의 제문제 II 』, 민음사, 1992.

Esther Harding, 김정란 옮김, 『사랑의 이해』, 문학동네, 1996.

Ezra Pound, 전홍실 편역, 『시와 산문선』, 한신문화사, 1995.

Ferdinand de Saussure, 최승언 옮김, 『일반언어학 강의』, 민음사, 1990.

_____, 김현권·최용호 옮김, 『일반언어학 노트』, 2007.

Francis Ponge, 허정아 옮김, 『표현의 광란』, 솔, 2000.

_____, 「나의 창작 방법」, 『시운동 5』, 청하, 1982.

Fridrich Nietzsche, 최승자 옮김, 『짜라투스트라는 이렇게 말했다』, 청하, 1984.

_____, 임수길 옮김, 『반시대적 고찰』, 청하, 1982.

_____, 김대경 옮김, 「비극의 탄생」, 『비극의 탄생/바그너의 경우/니체 대 바그너』, 청하, 1995.

Gaston Bachelard, 곽광수 옮김, 『공간의 시학』, 민음사, 1990.

_____, 김현 옮김, 『몽상의 시학』, 기린원, 1989.

_____, 이가림 옮김, 『물과 꿈』, 문예출판사, 1980.

G.E. Cairns, 이성기 옮김, 『역사철학: 역사 순환론 속에서의 동양과 서양의 만남』, 대원사, 1990.

Georg W.F. Hegel, 임석진 옮김, 『역사 속의 이성』, 지식산업사, 1992.

_____, 임석진 옮김, 『정신현상학·Ⅰ』, 지식산업사, 1988.

_____, 임석진 옮김, 『정신현상학·Ⅱ』, 지식산업사, 1988.

George Lakoff · Mark Johnson, 노양진 · 나익주 옮김, 『삶으로서의 은유』, 서광사, 1995.

George Nataf, 김정란 옮김, 『상징·기호·표지』, 열화당, 1995.

Hugo Friedrich, 장희창 옮김, 『현대시의 구조』, 한길사, 1996.

I. A. Richard, 김영수 옮김, 『문예비평의 원리』, 현암사, 1977.

Immanuel Kant, 이석윤 옮김, 『판단력 비판』, 박영사, 2001.

Jacques Derrida, 허정아 옮김, 『시네퐁주』, 민음사, 1998.

Jacques Lacan, 권택영 편역, 『욕망이론』, 문예출판사, 1994.

Jean Paul Sartres, 방곤 옮김, 『구토』, 문예출판사, 1999.

Jean Pierre Richard, 윤영애 옮김, 『시와 깊이』, 민음사, 1984.

_____, 이기언 옮김, 「프랑시스 퐁주·上」, 『현대시세계』, 1988.

_____, 이기언 옮김, 「프랑시스 퐁주·下」, 『현대시세계』, 1989.

Joseph Campbell, 이윤기 옮김, 『신화의 힘』, 고려원, 1996.

Juri Lotman, 유재천 옮김, 『시 텍스트의 분석』, 가나, 1987.

_____, 유재천 옮김, 『예술 텍스트의 구조』, 고려원,

_____ 외, 조주관 편역, 『시의 이해와 분석』, 열린책들, 1994.

Jurgen Habermas, 서도식 옮김, 김성기 편, 「근대의 시간 의식과 자기 확신 욕구」, 『모더니티란 무엇인가』, 민음사, 1994.

_____, 홍유미 옮김, 김욱동 편저, 「모더니티와 포스트모더니티」, 『포스트모더니즘의 이해』, 문학과지성사, 1990.

J.C. Cooper, 이윤기 옮김, 『그림으로 보는 세계문화상징 사전』, 까치, 1996.

Karl Marx, 김태경 옮김, 『경제학─철학 수고』, 이론과 실천, 1987.

_____, 김영민 옮김, 『자본·1』, 이론과 실천, 1990.

Karl Marx & Fridrich Engels, 남상일 옮김, 『공산당 선언』, 백산서당, 1989.

Ludwig Wittgenstein, 이영철 옮김, 『논리─철학 논고』, 천지, 1991.

_____, 이영철 옮김, 『문화와 가치』, 천지, 1990.

_____, 이영철 옮김, 『철학적 탐구』, 서광사, 1994.

Martin Heidegger, 이기상 옮김, 『존재와 시간』, 까치, 1998.

_____, 전광진 옮김, 『하이데거의 시론과 시문』, 탐구당, 1981.

Maurice Merleau-Ponty, 김화자 옮김, 『간접적인 언어와 침묵의 목소리』, 책세상, 2005.

_____, 류의근 옮김, 『지각의 현상학』, 문학과지성사, 2002.

_____, 남수인·최의영 옮김, 『보이는 것과 보이지 않는 것』, 동문선, 2004.

_____, 권혁면 옮김, 『의미와 무의미』, 서광사, 1985.

Max Horkheimer & Theodor W. Adorno, 김유동 외 옮김, 『계몽의 변증법』, 1995.

Michael Riffaterre, 유재천 옮김, 『시의 기호학』, 민음사, 1989.

Michel Collot, 정선아 옮김, 『현대시와 지평구조』, 문학과지성사, 2003.

Michel Foucault, 장은수 옮김, 김성기 편, 「계몽이란 무엇인가」, 『모더니티란 무엇인가』, 민음사, 1994.

Mircea Eliade, 이동하 옮김, 『聖과 俗』, 학민사, 1996.

_____, 정진홍 옮김, 『우주와 역사』, 현대사상사, 1976.

Northrop Frye, 임철규 옮김, 『비평의 해부』, 한길사, 1982.

Octavio Paz, 윤호병 옮김, 『낭만주의에서 아방가르드까지의 현대시론 — 진흙 속의 아이들』, 현대미학사, 1995.

_____, 김홍근·김은중 옮김, 『활과 리라』, 솔, 1998.

_____, 김은중 옮김, 『흙의 자식들 외』, 솔, 1999.

Paul Valéry, 김진하, 『말라르메를 만나다』, 문학과지성사, 2007.

_____ 외, 이가림 편역, 『불사조의 시학』, 정음사, 1978.

Paul Verlaine, 이건우 옮김, 『랭보에게』, 솔, 1997.

_____, 윤정선 옮김, 『사투르누스의 시』, 혜원출판사, 1988.

Philip Wheelwright, 김태옥 옮김, 『은유와 실재』, 문학과지성사, 1982.

Plato, 박종현·김영균 옮김, 『티마이오스』, 서광사, 2000.

Rainer Maria Rilke, 김재혁 옮김, 『두이노의 비가 외』, 책세상, 2000.

_____, 김용민 옮김, 『말테의 수기』, 책세상, 2000.

_____, 장미영 옮김, 『보르프스베데·로댕론』, 책세상, 2000.

Roman Jakobson, 권재일 옮김, 『일반언어학 이론』, 민음사, 1989.

_____, 신문수 편역, 『문학 속의 언어학』, 문학과지성사, 1989.

_____ 외, 박인기 편역, 『현대시의 이론』, 지식산업사, 1989.

Roser Caillois, 권은미 옮김, 『인간과 聖』, 문학동네, 1996.

Stéphane Mallarmé, 황현산 옮김, 『시집』, 문학과지성사, 2005.

Thomas Sterns Eliot, 이창배 옮김, 『엘리어트 선집』, 을유문화사, 1979.

Theodor W. Adorno, 김주연 옮김, 『아도르노의 문학이론』, 민음사, 1985.

Tzvetan Todorov, 곽광수 옮김, 『구조시학』, 문학과지성사, 1977.

_____ 편, 김치수 옮김, 『러시아 형식주의』, 이화여대 출판부, 1988.

Walter Benjamin, 반성완 옮김, 『발터 벤야민의 문예이론』, 1983.

_____, 김영옥·황현산 옮김, 『보들레르의 작품에 나타난 제2제정기의 파리/보들레르의 몇 가지 모티프에 관하여 외』, 길, 2010.

Yves Bonnefoy, 「프랑스 문학과 동일성의 원칙」, 『시운동 1984』, 청하, 1984.

송 승 환

1971년 광주에서 태어나 2003년『문학동네』신인상에 시「나사」외 4편이, 2005년『현대문학』
신인추천에 평론「청동 방패를 바라보는 두 가지 방식」이 각각 당선되어 등단하였다. 중앙대학교
대학원 문예창작학과에서「김춘수 사물시 연구」(2008)로 박사학위를 받았으며 주요 논문으로「전
봉건과 김종삼 시의 수사학」「조향 시의 수사학」등이 있고 시집『드라이아이스』『에테르』평론
집『측위의 감각』등이 있다. 현재 중앙대학교와 서울여자대학교에서 시와 시론을 가르치면서 계
간『시와반시』『문학들』편집위원으로 활동하고 있다.

김춘수와 서정수 시의 미적 근대성

초판 1쇄 인쇄일	2011년 6월 29일
초판 1쇄 발행일	2011년 6월 30일

지은이	송승환
펴낸이	정구형
총괄	박지연
편집 · 디자인	김현경 김영희
마케팅	정찬용
관리	한미애 김민아
인쇄처	월드문화사
펴낸곳	**국학자료원**

등록일 2006 11 02 제2007-12호
서울시 강동구 성내동 447-11 현영빌딩 2층
Tel 442-4623 Fax 442-4625
www.kookhak.co.kr
kookhak2001@hanmail.net

ISBN	978-89-279-0131-0 *93800
가격	23,000원

· 저자와의 협의하에 인지는 생략합니다.
· 잘못된 책은 구입하신 곳에서 교환하여 드립니다.